WRAAKKUNST

Van Jonathan Santlofer zijn verschenen:

Moordkunst
Kleurenblind
Wraakkunst

Jonathan Santlofer

Wraakkunst

Vertaald door Monique Eggermont

UITGEVERIJ LUITINGH

© 2005 Jonathan Santlofer
Published by arrangement with William Morrow, an imprint of HarperCollins
Publishers, Inc.
© 2007 Nederlandse vertaling
Uitgeverij Luitingh ~ Sijthoff B.V., Amsterdam
Oorspronkelijke titel: *The Killing Art*
Vertaling: Monique Eggermont
Omslagontwerp: Studio Jan de Boer
Omslagfotografie: Alamy/Imageselect

ISBN 978 90 245 2205 7
NUR 305

Alle in dit boek opgenomen kunstwerken zijn door de auteur vervaardigd.

www.boekenwereld.com

Voor mijn moeder Edith,
die me altijd heeft gestimuleerd

Voorwaar, ik zeg u, dat een van u Mij zal verraden.

MATTHEÜS, 26:21

De enige strijd in de kunst is die van kunstenaars tegen kunstenaars...

AD REINHARDT, LID VAN DE NEW YORK SCHOOL
EN EEN VAN DE 'IRASCIBLES'

Hier (in New York) wordt de strijd uitgevochten – bloederig en realistisch. Geen illusies over sociale normen. De kunstenaar is hier als nergens anders zijn broeders vijand... New York is een snee in de buik. Je weet dat je vriend een mes heeft en het tegen je zal gebruiken.

CLYFFORD STILL, LID VAN DE NEW YORK SCHOOL
EN EEN VAN DE 'IRASCIBLES'

22 december, 1978

Komt het door de chemische dampen dat zijn ogen zo tranen, of door het naderende einde?

Hij pakt de pen van zijn bureau en begint aan de laatste notitie in zijn dagboek – als je dat zo kunt noemen. Het is gewoon een schrift waarin hij een paar jaren geleden is begonnen en waar hij althans een fractie van zijn teleurstellingen in kan vastleggen; en nu een spijtbetuiging, verontschuldiging en verklaring, hoewel het onmogelijk samen te vatten is. Een paar zinnen worden een alinea, dan nog een, terwijl zijn hand beeft en ja, de tranen op zijn wangen zijn het gevolg van emoties, niet van chemische dampen.

Genoeg. Hij slaat het schrift dicht, reikt naar de whiskyfles, ziet dat die leeg is en komt overeind, staat enigszins op zijn benen te zwaaien, doet de kleine koelkast open en verruilt zonder nadenken het schrift voor een fles wodka, neemt een slok, denkt na over alles wat hij is kwijtgeraakt, pakt dan het blik van de vloer en gaat verder waar hij is gebleven. Hij kantelt het blik en ziet hoe de heldere vloeistof zich over een volgend schilderij verspreidt – dit exemplaar is met een paletmes doormidden gesneden, zodat het doek als een oude huid in plooien zakt – het schilderstuk, jaren geleden gemaakt, indertijd dierbaar, maar nu, zo lang daarna, niets meer dan verf en doek, gekoppeld aan spijt.

En wie zou er om het verlies ervan treuren? De critici? Verzamelaars? Andere kunstschilders?

Een dronken, verbitterde lach.

Hij grijpt de fles wodka, neemt nog een flinke teug, leunt weer tegen de muur en kijkt naar de afbladderende verf en de sjofele meubelen in de woning in Lower East Side die hij veracht, zo ver van het wereldje – de Cedar Street Tavern, de Club – plaatsen waar hij al niet meer kwam lang voordat ze geschiedenis schreven zonder hem.

Het 'nieuwe Amerikaanse schilderen' werd het genoemd in de tijd dat hun groep furore maakte en enkelen van hen de aandacht van de media trokken – eerst Jackson Pollock, 'Jack de Dripper' volgens het tijdschrift *Life*, een ellendige dronkenlap die alles voor zichzelf verpestte, daarna op hun beurt de verschillende leden van de zelfbenoemde incrowd: Mark Rothko, die altijd in de put zat over... iets, die schofterige Robert Motherwell, en de anderen – maar waarom zou hij een gedachte wijden aan diegenen van wie de meesten dood waren, op de belangrijkste na, Bill de Kooning, die nog steeds veel succes had nadat de roem van die beweging allang was vervaagd.

Hij denkt terug aan zijn carrière. Carrière? Een lachertje. Maar hij heeft toch even succes gehad, of niet soms? Eén artikel, wat prijzende woorden, en daarna... niets.

Heb ik iets verkeerd gedaan? Heb ik iets verkeerds gezegd?

Heel vaag herinnert hij zich nog een flard van een gesprek – boze, bittere woorden. Maar het heeft geen zin. Onmogelijk om het zich na al die jaren – en al die drank – te herinneren.

Roem? Hij maalt er niet meer om.

Jarenlang heeft hij zich afgevraagd waarom het hun wel was gegund en hem niet, waarom hij had gefaald waar zij waren geslaagd, maar wat moest hij doen toen hij de waarheid ontdekte – het vertellen aan een wereld die het niets meer kon schelen? En wie zou hem geloven?

Tegenwoordig is hij, als hij zijn bed uit kan komen, van negen tot vijf huisschilder, en 's avonds is hij te moe of te dronken om het penseel te hanteren. Ironisch.

Een productie van decennia – voornamelijk grote doeken met felle kleuren, dikke verflagen, ontwrichte abstracte figuren, lelijk maar briljant volgens sommigen – staat opgestapeld tegen muren en ligt in houten rekken, waar de schilderijen stof verzamelen, stikken, smeken om tentoongesteld te worden, opgehangen, gewaardeerd te worden.

Wankel loopt hij ertussendoor, terwijl de terpentine de onderkant van zijn werkschoenen doordrenkt en zijn rubberzolen plakkerige, soppende geluiden maken, met zijn ogen dicht, terwijl hij verf en doek streelt met vingertoppen die ruw en verkleurd zijn door jarenlange blootstelling aan verf en hars – de aanraking van een blinde minnaar.

Hij opent zijn bloeddoorlopen ogen, kijkt van de doeken naar de patronen van ijskristallen op de ruiten van zijn huurwoning, mini-abstracties die even mooi zijn als kunst.

Weer is het winter. Over een paar dagen is het kerst.

Herinneringen overspoelen zijn door alcohol benevelde geest. Knipperende kerstverlichting, versierde etalages, hand in hand met een prachtig kind dat een drugsverslaafde vrouw werd, een leven dat nog wanhopiger was dan het zijne.

Mijn schuld?

Geen tijd om daar achter te komen. Een ander gezicht heeft in zijn gedachten vorm gekregen – een portret van onschuld.

Hij staart naar de achterste muur alsof hij in de kamer daarachter kan kijken, en aarzelt heel even.

Ja? Nee? Er is nog tijd om van gedachten te veranderen.

Maar hoe maak je je hart heel?

Onmogelijk.

Zo is het beter.

De taak is volbracht, het vijfliterblik met terpentine is leeg; hij gooit het op een stapel smerige doeken, wankelt en valt bijna, veegt een paar tranen van zijn wangen, ademt diep de terpentinelucht in, strijkt een lucifer af langs de zijkant van zijn verftafel, laat hem los en kijkt toe hoe hij traag en fataal op de vloer van het atelier valt.

Een geluid – een collectieve kreet, de zucht van een Grieks koor – voordat de roodoranje stalagmieten kronkelen als een stel dronken buikdanseressen.

Even verbeeldt de kunstenaar zich dat hij aan het schilderen is, dat hij deze vlammende figuren, al die kleuren, dit drama, op het doek weergeeft.

Maar hij heeft het mis.

Hij maakt er deel van uit: schoenen die smelten, een broek die smeult, longen die samentrekken en snakken naar zuurstof, een keel die verschroeit en zijn huid die verteert.

1

Voor de kunstenaars van de New York School was het schilderen hun lust en hun leven, hun bestaansreden. De periode van 1930 tot 1940 werd voor hen gekenmerkt door flats zonder enig comfort, hard werken, veel drinken; schilders die rondhingen in bars en cafés, discussieerden over de laatste trends en ideeën – het scheppen was belangrijker dan het voltooien, het schilderen was een manifestatie – maar het was bovenal een tijd van intense vriendschappen en camaraderie.

Kate McKinnon tuurde naar de zinnen op haar computerscherm en keek vervolgens op haar horloge: twee uur. Ze was eraan gewend geraakt om 's nachts aan haar boek te werken tot in de kleine uurtjes, een tijdstip waarop de meeste mensen sliepen. Sinds Richards dood sliep ze niet al te goed meer en zag ze vaak op tegen de dagen en nachten die voor haar lagen.

Een jaar geleden was haar leven bijna volmaakt geweest; maar nu ze probeerde het te reconstrueren, leken de gebeurtenissen en de herinneringen fragmentarisch en verstrooid, als scherven van een spiegel die ze uit haar handen had laten vallen.

Was ze echt een getrouwde vrouw geweest, een invloedrijk persoon in de betere kringen, lid van de New Yorkse elite? Het voelde als een ander leven, en alles wat ze had gedaan om tot die status te geraken

– van politierechercheur in Queens tot grande dame – leek haar iets wat een ander was overkomen.

Kate stond op van haar bureau, rekte haar lange, slanke lichaam van bijna een meter tachtig uit en liep rustig door de hal van haar loft. Ze keek even binnen bij het eenjarige zoontje van haar beschermelinge Nola, die bij haar was ingetrokken toen ze haar appartement in de betere wijk had verkocht om de belasting en de schulden te kunnen betalen die zich hadden opgestapeld nadat de eens zo lucratieve advocatenpraktijk van haar man was opgeheven.

Kate leunde tegen de deurpost terwijl ze naar de donkere krulletjes en de op en neer gaande borst van het kind keek. Was het nog maar een jaar geleden? Het leek eeuwen – of gisteren. Zonder de baby zou ze geen idee hebben gehad van de tijd die verstreken was.

Een donkere steeg. Een dood lichaam.

Kate kneep haar ogen stijf dicht, maar het beeld van haar echtgenoot – *een gevallen vogelverschrikker, met agenten en een arts die zich over zijn lichaam bogen* – werd sterker.

Tijdens een diepe yoga-ademhaling, de ogen nog gesloten, zocht ze naar een ander beeld en daar was het, het beeld waarnaar ze op zoek was: Richard, lang en knap, stijlvol en rijk. Een kans om opnieuw te beginnen. Het politie-uniform omruilen voor Armani, een rijtjeshuis voor een penthouse, weer naar school om kunstgeschiedenis, haar eerste liefde, te gaan studeren, haar titel te halen, haar eerste boek te schrijven.

Tien jaar huwelijk. Bijna volmaakt.

Misschien, als ze eerlijk was, alleen volmaakt vanuit het perspectief van verlies en melancholie. Maar god nog aan toe, wat miste ze dat niet-volmaakte huwelijk.

Herinneringen fladderden voorbij, onmogelijk vast te houden, nu al vervagend. *Is dit alles wat er overblijft van een leven samen?* Kate voelde de tranen achter haar ogen branden. Nee, dit kon ze zichzelf niet toestaan. Ze had genoeg tranen geplengd.

Ze vroeg zich af hoe Richard zich zou voelen als hij haar nu kon zien in een loft in het centrum, met een baby die naar hem was vernoemd.

Het zou hem goed gedaan hebben, dacht ze.

Zelf hadden ze geen kinderen kunnen krijgen, wat ze ook hadden geprobeerd. En toen ze uiteindelijk de moed hadden opgegeven, had

Kate zich op liefdadigheidswerk gestort, waarbij ze tientallen jongeren hielp via de stichting Geef Ze Een Toekomst. Een van hen, een tiener uit een achterstandswijk in de Bronx, Nola, lag nu in de kamer naast die van de baby te slapen. Grappig, dacht Kate, dat ze onverwachts een dochter en een zoon had gekregen, een reden om te leven nadat ze het bijna had willen opgeven.

Buiten reden vuilniswagens met veel gekletter en gekreun, iets wat ze zelden of nooit had gehoord toen ze nog in Central Park West woonde, maar het stoorde haar niet. Ze was nu hier, in haar nieuwe huis, in een ander leven waaraan ze nog steeds probeerde vorm te geven, en ze besloot gelukkig te zijn.

Zwarte en witte acrylverf op het palet. Kwasten op een rij. De eenvoud zelve. Net zoals het plan.

Nou ja, het plan is niet zo eenvoudig. Nee, het plan is wel eenvoudig. Eerst het een. Dan het ander. Werken tot de beloning volgt, zo moet het. Langzaam maar zeker.

Ja, een eenvoudig plan. Het zijn de schilderijen die ingewikkeld zijn, althans voor sommigen. Maar dat is het leuke ervan, nietwaar?

Een scheve glimlach.

Muziek aan, een oude cd van Michael Jackson, *Thriller*, de kwast in zwarte, daarna in witte verf dompelen, om een koele tint grijs te maken; nog niet helemaal goed, iets meer zwart, een afbeelding die vorm begint te krijgen, een paar details erbij. Het kunstwerk neemt als een balsem de ergste pijn weg, tempert de onrust, dringt de terugkerende nachtmerries terug die niet wachten op de slaap.

Eén, misschien twee uur verstrijken, een van de schilderijen is klaar. Tijd voor rust. Even zitten, het werk bekijken, nadenken over het plan.

Zullen ze het begrijpen? Doet het ertoe? Hebben ze de andere doeken ontvangen – en wat dachten ze daarvan?

Geen idee. Nog niet. Denken is onmogelijk met deze pijn, deze verdomde pijn.

De laatste pil, wanneer was dat? Weet het niet meer. Gewoon ademhalen. Voelen hoe het middenrif uitzet. Ja, zo. Hou vast. En nu langzaam loslaten.

Weer ademhalen. Geef het de tijd.
Geduld.

Bijna een motto, voor de kunst, voor het leven.

Een vochtige kwast opgepakt van het palet, langs de wang gestreken, een denkbeeldig schilderij: gladde huid, opnieuw getekende gelaatstrekken.

Wat voor zin heeft het?

Terug naar het schilderij. Het ene voltooide werk teruggebracht tot zwart en wit, geen kleuren nodig, de reproductie niet helemaal symmetrisch, een facsimile – net als dit leven.

Schilderen; een manier om de wereld te ordenen en de toeschouwer te manipuleren.

Orde. Ja. Noodzakelijk voor het plan.

Muziek harder. Een geïmproviseerde *moonwalk*, stuntelig, maar de persoon die het doet denkt dat het volmaakt is.

Ik kan de rol spelen zoals ik wil. En waarom niet? Het is nu mijn beurt.

Een leven lang acteren – en zo goed.

Door de jaren is de geschiedenis bestudeerd, voorvallen die tot tragedie leidden zijn in kaart gebracht, verzameld en naar behoren opgetekend, en hoewel geen van deze feiten is geverifieerd, gelooft de acteur dat hij ze daadwerkelijk heeft beleefd en ervaren – een rechtvaardiging voor wraak, voor het weerleggen van de feiten, alles met een geest die verwrongen is door gemis en pijn.

Is het waar?

Ja? En nee.

Maar waar genoeg.

Doet het ertoe of je beweegreden echt of verbeelding is, waar of niet waar, goed of slecht?

Wat ertoe doet is dat het iemand voortdrijft, voeding verschaft voor het bestaan.

Sommigen creëren. Anderen vernietigen.

Het is een spel, zie je – hoewel de anderen nog niet weten dat ze eraan meedoen.

Maar een spel voor... wie?

Voor mij? Voor hen?

De toneelspeler wacht in de coulissen tot zijn optreden.

De rol: normaal doen. Een lastige opdracht, natuurlijk, maar één waar hard voor is gewerkt, die is geperfectioneerd. Maar op dit moment, hier alleen, is het niet nodig om het masker op te zetten. Dat komt later. Een speciale opvoering. Vanavond.

Make-up. Kostuum. Glimlach. Frons. Lach. Huil. Zet het aan. Zet het uit.

Licht! Camera! Actie!

Zo gemakkelijk.

Alleen die pijn.

Rot op met je diep ademhalen!

Nog een pil. Hoofd naar achteren. Ogen dicht.

3 uur 's nachts

Met de aantekeningen voor haar boek in de hand liep Kate op haar tenen de gang door, voorzichtig om Nola en de baby niet wakker te maken. Ze kroop op de bank en deed een lampje aan – haar kamer, haar verzameling werken van jonge kunstenaars werd in een zacht licht gehuld. De moderne meesters – Picasso, Léger, Braque, De Kooning – hingen veilig in musea, allemaal gedoneerd, aangezien ze de gedachte niet kon verdragen geld te verdienen aan de kunst die zij en haar man hadden verzameld, ook al had ze het geld goed kunnen gebruiken.

Natuurlijk had het huis op Central Park West winst opgeleverd, maar meer dan de helft ervan was opgeslokt door de belasting, en een aanzienlijk deel was voor Richards werknemers geweest, die een pensioenbreuk hadden opgelopen toen het kantoor werd gesloten. Natuurlijk was de firma wel verzekerd geweest, maar de maatschappij had geweigerd uit te betalen – omdat het om moord en verduistering ging, zo verklaarden zij. De gedachte dat ze een maas in de wet hadden geprobeerd te vinden maakte Kate razend, ze wilde er zelfs niets van weten, omdat het in haar ogen bloedgeld was.

En arm was ze ook niet echt, er stond genoeg geld op de bank om het de rest van haar leven comfortabel uit te kunnen zingen, maar de tijd dat ze volop geld kon uitgeven aan designerkleding en Jimmy Choo-schoenen was voorbij. Dat vond ze geen enkel punt; geld en status hadden nooit veel voor haar betekend. Ze had nooit iets gegeven om pracht en praal, om chique auto's en een huis dat veel te groot was voor hen tweeën, en ze miste het allemaal niet. Wat ze wel miste was haar man en de dingen die ze hadden gedeeld: onbeschrijflijke momenten samen, pratend, lachend, vrijend, samen zijn met iemand van wie je wist dat hij je begreep zonder een woord te zeggen.

Kate wierp een blik op de kunstwerken waarvan de details en de kleuren schuilgingen in de schaduw, en er kwam een herinnering boven: de kleurenblinde moordenaar, de onverwachte, niet-gewenste opdracht om samen met de NYPD achter een psychopaat aan te gaan, nog maar een jaar na de gruwelmoorden van de Doodskunstenaar. En toch had het haar op een vreemde manier geholpen bij de verwerking – in elk geval tijdelijk – van Richards dood.

Nu kon ze godzijdank een nieuwe start maken, met de zorg voor een jonge moeder en haar kind, haar werk aan een tweede boek en de PBS-serie die ze al een aantal jaren presenteerde: *Hoe kunstenaars leven*. Net als in haar boek zou het daarin vooral gaan over de New York School uit de jaren veertig en vijftig van de vorige eeuw, interviews met de paar kunstenaars uit die tijd die nog leefden en met deskundigen.

Kate las een paar van de pagina's die ze had geschreven over en maakte wat aantekeningen.

De vuilniswagens waren opgehouden met hun gierende lawaai en het was ongewoon stil in huis.

Er kwam een beeld bij haar boven van haar vader in zijn blauwe uniform, van haar ooms en een paar neven, allemaal in datzelfde uniform, met z'n allen in de woonkamer van het rijtjeshuis in Astoria waar ze was opgegroeid. Alles was gehuld in een wolk van sigarettenrook die sommige details vervaagde, maar de gebeurtenis was overduidelijk: de dag na haar twaalfde verjaardag, de doodswake van haar moeder. Daarna verscheen er een ander beeld, vijftien jaar later, van haarzelf in datzelfde blauwe uniform waarin ze bij de politie in Astoria op jacht ging naar ontsnapte criminelen en moordenaars – totdat ze Richard tegenkwam en haar leven veranderde.

Maar dat was daarna opnieuw veranderd.

Onlangs had Kate met stukjes en beetjes geprobeerd afscheid te nemen – van dat oude leven, van haar oude zelf, zelfs van Richard – hoewel ze niet zeker wist of ze dat wel echt wilde, omdat... wat dan? Wie zou ze dan zijn? Een vrouw alleen – dat was niet zo erg. Ze was altijd sterk en onafhankelijk geweest, ze had altijd in haar eigen levensonderhoud kunnen voorzien, zelfs toen ze getrouwd was. Maar het was toch een ander verhaal als je wist dat er iemand was om voor naar huis te komen, een buffer tegen de harde realiteit van het leven. Het was alsof het vangnet onder haar was weggehaald, en als ze struikelde, wie zou er dan zijn om haar op te vangen? Ze ging ervan uit dat ze zichzelf dan moest opvangen, of domweg niet mocht vallen – maar met haar avontuurlijke instelling deed ze er misschien verstandiger aan om te investeren in een wapenrusting.

Kate drong de gedachten weg en maakte nog wat aantekeningen voor haar boek. Een uur verstreek. Weer terug door de hal. Aantekeningen uittikken. Douchen. Terwijl ze zich afdroogde, ving ze een glimp op van haar spiegelbeeld – haar nieuwe uiterlijk – dat haar nog steeds verbaasde.

Hoe lang was het ook weer geleden – een maand? – dat ze langs de spiegel in een winkel was gelopen en daarin een lange, treurig kijkende vrouw in saaie, conventionele kleren had gezien, een triest wezen zonder levenslust? Dat was de druppel geweest. Ook al huilde ze diep vanbinnen, ze zou niet meer de wereld in gaan als een tut van middelbare leeftijd. Niet dat ze meteen een hele metamorfose zou willen – anesthesisten en chirurgen die haar een neuscorrectie of borstimplantaten zouden aansmeren. Nee, dat niet. Ze verruilde gewoon haar afgezaagde Jackie O-look – beige kasjmier truien en gemakkelijke broeken – voor kleurige katoenen truien en een zwarte spijkerbroek, met daarop een combinatie van excentrieke sieraden en haar oude designeraccessoires. Maar de grootste verandering was tegelijkertijd haar grootste uitspatting, een verjaarscadeau aan zichzelf – aangezien niemand anders haar zoiets buitensporigs zou geven: een nieuw kapsel.

Weg was de klassieke coupe op schouderlengte met hier en daar wat gouden lokken die de afgelopen tien jaar haar handelsmerk waren geweest. Ze droeg haar haren nu in een warrig kapsel, alsof ze zo uit bed kwam, zoals Jane Fonda in *Klute* en Meg Ryan in bijna elke film, waarbij haar dikke manen waren gekortwiekt en tot net over haar oren vielen, half in haar ogen, krullend in haar nek; honingblond afgewisseld met haar eigen roodbruin. Haar vrienden uit de betere kringen dachten dat ze haar verstand was verloren, maar op straat draaiden mannen zich naar haar om, en Nola vond dat ze er nu tien jaar jonger en twintig keer zo cool uitzag.

Voor deze metamorfose was ze in een buitenwijk, tot voor kort nog een stuk niemandsland dat de laatste paar jaar superchic was geworden, naar een van de allerhipste haarsalons gegaan. De beroemde hairstylist die haar door zijn brillenglazen met hoornmontuur had bekeken, had daarna een zucht geslaakt alsof ze een hopeloos geval was, en was daarna aan het werk gegaan met twee prachtige mannelijke assistenten, die het haar wasten, knipten, verfden en föhnden.

Wat het kostte? Een onbeschrijflijk bedrag. Kate vertelde het tegen niemand, zo gênant vond ze het. Maar de volgende dag deed ze een schenking aan drie van haar favoriete liefdadigheidsdoelen, en ze nam zich plechtig voor de eerstvolgende zes maanden geen cent uit te geven aan kleren of sieraden.

De waarheid? Ze was dol op haar nieuwe look. En nu ze een blik in de spiegel wierp, lachte ze deze onbekende 'toffe' meid toe en vroeg zich af wie ze in vredesnaam was.

In de slaapkamer trok ze een spijkerbroek en een t-shirt aan. Buiten was het nog donker. Als ze nu wegging, was ze de spits voor en had ze tijd genoeg om naar het atelier van Phillip Zander op Long Island te rijden.

Kate trok haar enkellaarsjes aan en ritste ze dicht.

In haar werkkamer pakte ze haar cassetterecorder en aantekeningen. Ze wierp snel een blik op de reproductie die boven haar bureau hing, een typische Zander: een vreemdsoortig vrouwenlichaam, dat uit losse lichaamsdelen was samengesteld op een manier die meestal een lach op haar gezicht bracht. Maar vandaag was het eerder onheilspellend dan grappig, al kon Kate niet zeggen waarom.

2

Als je in de glanzende witte kubus van het Modernist Museum stond, zou je niet zeggen dat deze ruimte ooit een negentiende-eeuwse drukkerij was geweest. De vloeren waren van een soort polyvinyl, glad als ijs, de leidingen en de apparatuur gingen schuil achter smetteloze muren van ruim vier meter hoog, de verlichting was ultramodern en bankjes als minimalistische sculpturen schreeuwden bijna: waag het niet op me te gaan zitten!

Rechercheur Monty Murphy stond voor het schilderij en voelde zich wat onpasselijk. Het bijna levensgrote doek uit de serie *Vrouwen* van Willem de Kooning, een wilde combinatie van figuratieve en abstracte kunst, gecreëerd met zware verf, was zowel in verticale als horizontale richting aan flarden gesneden zodat de ontwrichte figuur op het doek nu echt verminkt was. Stukken doek zakten weinig elegant uit de lijst.

'We hadden dit schilderij pas zes maanden in huis – zes máánden, verdomme!' Museumdirecteur Colin Leader, afkomstig uit noord-Londen – hoewel hij met net zo'n aardappel in zijn keel sprak als de Britse kroonprins – kon zijn woede nauwelijks bedwingen.

Murphy had het schilderij onmiddellijk herkend en in tegenstelling tot de meeste politiemensen, die nog geen doek van De Kooning van een tractor van John Deere zouden kunnen onderscheiden, was hij bijna net zo van streek als de directeur, hoewel hij dat niet liet merken. In de zes jaar dat hij bij de afdeling Kunstzaken werkte, had hij genoeg opzettelijke vernielingen meegemaakt en ook de verdwijning van een aantal beroemde kunstwerken waarvan, zo wist hij, sommige nooit meer boven water zouden komen. 'En u zegt dat het schilderij nog gaaf was toen het museum gisteravond dichtging?' vroeg hij op kalme toon.

'Gisteravond was er een vernissage, het was heel druk in de voorste zaal van het museum en op de afdeling met nieuwe schilderijen. Ik neem aan dat iemand gemakkelijk naar binnen kon glippen naar de afdeling met de permanente collectie.' De directeur zuchtte. 'Maar een van de zaalwachters heeft voordat hij wegging nog de ronde gedaan – en dit zou hem dan beslist niet ontgaan zijn.'

Murphy speelde onbewust met het elastiekje om zijn pols, een nerveuze gewoonte die hij een paar jaar geleden had ontwikkeld. Toen deed hij een stap naar achteren om het schilderij dat in een aparte nis hing goed te bekijken. 'Kan iemand de verlichting uitdoen?'

Een van de mannen van de technische recherche, die bezig was met het sporenonderzoek, drukte op een knop, waarna een rij spotlights uitgeschakeld werd. Het schilderij verdween bijna helemaal in de schaduw – men zou er voorbij kunnen lopen zonder het op te merken. 'U zei dat hier een zaalwachter was?'

'De meeste zaalwachters waren in de voorste zaal, bij de vernissage. Maar er was er één hier, niet speciaal in deze nis, maar op deze afdeling.'

'Is hij vandaag aanwezig, die zaalwachter?'

'De politie heeft al met hem gesproken. Hij is erg van streek. Ik wilde hem naar huis sturen – maar ik kan hem nog wel even halen.'

'Is het museum de laatste tijd niet bedreigd?'

'Bedreigd? Nee, natuurlijk niet.'

'Geen ontstemde mecenassen of kunstenaars?'

'Onlangs hebben er een paar bestuursleden ontslag genomen. Onenigheid over het beleid. Maar dat soort dingen gebeurt nu eenmaal. Natuurlijk zullen er duizenden kunstenaars rondlopen die om de een of andere reden wrok koesteren tegen musea. Ooit gehoord van de Guerrilla Girls?'

'Feministische kunstenaars – lobbyen voor meer kunstwerken van vrouwen in musea en galeries. Tijdens hun protestacties dragen ze gorillamaskers om hun identiteit te verbergen.'

'U bent goed op de hoogte, inspecteur.'

'Ik doe mijn best.'

'Nou, een paar van hen wisten hier gisteravond binnen te dringen en hebben stickers geplakt op de rug van een aantal mecenassen.'

'U wilt toch niet zeggen dat iemand welbewust een groep vrouwen met apenmaskers heeft binnengelaten?' vroeg Murphy, terwijl hij zonder zich ervan bewust te zijn het elastiekje van de ene over de andere pols schoof.

'Natuurlijk niet. Waarschijnlijk waren het genodigden, die tot de gebruikelijke gasten behoren. Niemand weet wie er zo'n Guerrilla Girl is – en zonder hun maskers, tja... Ze moeten die stickers bij zich hebben gehad en onopgemerkt bij bepaalde mensen op de rug hebben geplakt, en daarna zijn ze gewoon opgegaan in de menigte.'

'En niemand heeft hen dat zien doen?' Murphy moest het wel vragen, hoewel hij zich heel goed kon voorstellen dat zoiets heel goed onopgemerkt kon blijven. Hij had heel wat uurtjes doorgebracht met het bezoeken van vernissages, zowel voor zijn werk als privé, en hij kon zich goed voorstellen hoe het er toeging: de kunstenaars, galeriehouders, verzamelaars en conservatoren allemaal in verplicht zwart in een overvolle zaal, zonder acht te slaan op de kunstwerken – god verhoede dat iemand zou zeggen: 'O, dat is een mooi schilderij' – terwijl ze konden netwerken om in aanmerking te komen voor een galerie-expositie of -verkoop, met alleen aandacht voor hun eigen carrière.

'Als iemand al iets heeft gezien, zwijgen ze daarover,' zei Leader. 'Als u het mij vraagt, is het een criminele actie.'

'Nee,' zei Murphy, en knikte in de richting van het vernielde doek van De Kooning. 'Dít is pas crimineel. En, hoe luidde hun protest?'

'Ze beweerden dat we vrouwen buitensloten.'

'En was dat zo?'

'Nee, er waren ook vrouwen bij, maar het aantal mannen was eh, iets hoger.'

'Hebt u er toevallig een?'

'Een eh, wat?'

'Een van die stickers.'

'Nee. Ze zijn allemaal afgescheurd en weggegooid.'

Handig, dacht Murphy, terwijl hij de directeur aankeek. 'Weet u nog wat erop stond?'

'Bovenaan stond ons logo, en daaronder stond...' Leader keek even naar het plafond. 'Hormonale disbalans.'

Murphy moest een grijns onderdrukken. 'Ik wil graag de namen van die ex-bestuursleden.'

De directeur fronste zijn voorhoofd. 'Ik begrijp niet wat...'

Murphy wierp Leader een koele blik toe terwijl hij zijn potlood vlak boven zijn notitieblok hield. Hij was een grote vent van ruim een meter tachtig en hij kon als hij wilde intimiderend overkomen, en al had zijn gezicht nog niet dat cynische masker dat de meeste politiemensen al tegen hun veertigste ontwikkeld hebben – voor Murphy zat het er over twee jaar op. Zijn vader, die beroepsmilitair was geweest, had dat masker al vanaf dag één gehad. Als kind al had Monty zich altijd afgevraagd of het zijn schuld was dat zijn pa zo lelijk keek. Zijn moeder – die serveerster was bij een Italiaanse kroeg en als fan van oude films haar zoon had vernoemd naar de acteur Montgomery Clift – verliet zijn vader op de dag dat Monty zijn highschooldiploma in ontvangst nam.

'Walter Bram,' zei de directeur. 'Maar de heer Bram maakt momenteel een wereldreis, hij is al maanden weg.'

'En die andere?'

'Cecile Edelman.' Leader fronste zijn voorhoofd. 'Ik kan u haar specifieke klacht niet meedelen. Ik kan alleen zeggen dat het om een aantal beleidsonenigheden ging met de andere bestuursleden.'

'Zoals?' Murphy krabde met de achterkant van het potlood over zijn baardstoppels.

Leader boog zich dichter naar Murphy toe. 'Ik wil geen kwaad spreken over mevrouw Edelman, maar ze is een bijzonder welgestelde vrouw en ze kan – hoe zal ik het zeggen – een tikje verwend reageren als het niet allemaal gaat zoals zíj het wil, als u begrijpt wat ik...' Leader zweeg ineens toen een oudere zwarte man in een grijs uniform de zaal inkwam. Hij wenkte hem door met zijn vingers te knippen. 'Clarkson, dit is inspecteur Murphy.'

'Klopt het dat u hier gisteravond dienst had?' vroeg Murphy.

'Dat klopt,' antwoordde Leader. 'Clarkson was hier de hele avond.'

Murphy nam de man bij de arm en liep met hem de gang op. 'Ik weet dat u zich hier beroerd over voelt, meneer Clarkson.'

'Clarkson is mijn roepnaam. Ik heet Clarkson White.'

'Genoteerd.' Murphy schonk de man een hartelijke glimlach. 'Luister, alles wat u zegt blijft tussen ons, meneer White.'

De oude man keek even naar Leader, toen weer naar Murphy. 'Hoe zit dat?'

'Ik ben geen gewone politieman, meneer White. Ik ben van de afdeling Kunstzaken. Mij gaat het alleen om het schilderij, niet om het beleid van het museum. Begrijpt u? Ik zal niets doorvertellen aan uw baas.'

'Er is niets door te vertellen.'

Lang genoeg Aardige Politieman gespeeld. Murphy richtte zich in zijn volle lengte op en keek op de zaalwachter neer. 'Meneer White. Gisteravond is hier iemand binnen geweest die een schilderij heeft vernield. Of u hebt zitten slapen, hier of ergens anders – of erger, u hebt eraan meegewerkt.'

'Bent u gek?!' White schrok op. 'Ik werk hier al vanaf de eerste dag dat het museum zijn deuren opende, en daarvoor in het Metropolitan Museum. Het is ondenkbaar...'

'Rustig maar.' Murphy legde een hand op de arm van de oude man. 'Vertel nu maar gewoon wat er is gebeurd.'

White haalde diep adem. 'U moet begrijpen, als er een vernissage is, zijn er niet genoeg zaalwachters voor het hele museum. Daar klagen we al een jaar over. Maar ze luisteren niet – ze zeggen dat ze niet meer zaalwachters kunnen betalen. Joey, een van de jongste zaalwachters, kwam me halen, hij zei dat er problemen waren, iets over stickers die op ruggen werden geplakt, en dat hij een extra man nodig had. Ik zei dat ik niet weg kon, omdat ik hier de enige zaalwachter ben, maar hij zei: "Heel even maar." Hij keek om zich heen en zei dat hier toch niemand was, en dat was ook zo. Hij deed de lichten uit, we zetten de boel af en ik ging met hem naar de voorkant om te kijken wie die stickers opplakten, en voordat ik het wist, was er een uur voorbij.'

'Wanneer was dat?'

'Vlak voor de sluiting. Toen ze de verlichting lieten knipperen om de bezoekers duidelijk te maken dat het tijd was om naar huis te gaan, heb ik Joey gedag gezegd en ben ik hier teruggekomen en... heb niet meer rondgekeken. Het was laat. En ik was moe. En de lichten waren al uit, dus... ik ben gewoon weggegaan.'

Murphy knikte en liep weer de zaal in. 'Ik wil ook met de andere zaalwachters praten,' zei hij tegen Leader, 'en met de conservatoren, en iedereen die toegang had tot deze ruimte.'

'Inspecteur, er waren hier gisteravond honderden mensen.'

'Hebt u een lijst met de genodigden?'

'Natuurlijk. Maar het zal niet veel helpen. We controleren niet wie er binnenkomt. Een bewaker pakt gewoon je uitnodiging aan. Mensen brengen iemand mee of geven de uitnodiging door aan vrienden.'

Shit. Hoe kon hij in vredesnaam honderden mensen ondervragen die de vernissage hadden bezocht, van wie de helft misschien geen uitnodiging had? Om er nog maar over te zwijgen dat hij geen assistentie kreeg van die verdomde NYPD. Kúnstzaken. Wat een giller. Tegenwoordig? In New York? Het kon niemand iets schelen, tenzij het om terroristen ging die dreigden het Metropolitan Museum of Art op te blazen. Het afgelopen anderhalf jaar had Murphy in zijn eentje de afdeling Kunstzaken bemand. Hij zou geluk hebben als hem een paar groentjes werden toegewezen voor deze zaak. Een kostbaar schilderij dat was vernield haalde misschien wel de voorpagina's, maar zou het ook indruk maken op het departement? Vergeet het maar – niet zolang men zich moest bezighouden met kapotgesneden lichamen. Niet dat Murphy een deugdelijk argument kon bedenken om kunst met mensenlevens te vergelijken, maar was de kunst van een cultuur niet meer waard dan de zorg van één man? Hij gokte van niet.

Murphy zuchtte en ging dichter bij het vernielde schilderij staan om het beter te kunnen bekijken. De inkepingen waren heel netjes uitgevoerd. De conservatoren zouden het kunnen repareren, de achterkant verstevigen, de juiste kleur verf aanbrengen op de plaats waar het was opengesneden en dan was er voor het blote oog niets meer van te zien, maar het zou geen enkele waarde meer hebben – niet iets dat het museum zou kunnen ruilen of verkopen als ze geld nodig hadden. Hij sloeg zijn notitieblok dicht, boog zich naar de muur links van het vernielde doek en las op het bordje:

WILLEM DE KOONING, *zonder titel* (1959)

OLIE OP DOEK

GESCHONKEN DOOR KATHERINE MCKINNON ROTHSTEIN

TER NAGEDACHTENIS AAN HAAR ECHTGENOOT RICHARD

3

Even na acht uur in de ochtend reed Kate door East Hampton, daarna door Amagansett, ooit plattelandssteden op Long Island die hun kalme schoonheid hadden weten te behouden ondanks de instroom van nieuw geld, waardoor de slaperige gehuchten waren omgetoverd tot een recreatiegebied voor rijkelui die hier in het weekend en 's zomers verpozing zochten.

De wegen werden wat smaller en kronkeliger naarmate ze dichter bij Zanders atelier in Springs kwam. Ze passeerde het huis van Pollock-Krasner, dat ze er eenzaam vond uitzien. Het was nu een museum, een gedenkteken voor de schilder Jackson Pollock, wiens vlam te fel en te snel was opgebrand. Ze draaide Accabonic Road op en ineens zag ze dat ze bij de beroemde Green River-begraafplaats was, en zonder erbij na te denken parkeerde ze de auto langs de kant.

Geen gras, kale bomen, misschien niet de beste tijd van het jaar om een bezoek te brengen aan een kerkhof, dacht Kate, maar iets had haar hierheen getrokken – haar boek, of haar eigen tragedie? Ze wist het niet.

Ze bleef staan bij het graf van de dichter Frank O'Hara, herinnerde zich zijn zinloze dood, overreden door een strandbuggy, een leven vol beloften dat veel te vroeg was afgekapt. Hij had als een van de eersten over de kunstenaars van de New York School geschreven – ze had zijn recensies en essays thuis liggen en ze verwees er vaak naar.

Een leven dat voortijdig was beëindigd. Ze kon er niets aan doen dat ze aan haar man moest denken, die nog voor zijn vijfenveertigste was overleden. Zou ze er ooit aan gewend raken dat Richard niet meer terugkwam?

Kate keek om zich heen naar de gedenkplaten en grafstenen waaronder zoveel kunstenaars lagen, en in haar verbeelding zag ze hen onder de grond aantekeningen vergelijken over hun schilderijen. Ze hoopte dat althans sommigen van hen, degenen die tijdens hun leven geen roem hadden gekend, op de een of andere manier iets hadden gehoord over de invloed die ze hadden op de kunstgeschiedenis.

Kate had nooit echt geloofd in een leven na de dood, hoewel ze het afgelopen jaar vaak had gemerkt dat ze met haar overleden man praatte en hoopte dat hij haar kon horen.

Ze liep nog wat verder en trok haar jas dichter om zich heen tegen de kou en de vochtige winterlucht. Toen ze de gedenkplaat van Jackson Pollock had gevonden, veegde ze het vuil eraf en dacht ze aan dit gekwelde genie en zijn vrouw, de kunstschilderes Lee Krasner die hier vlakbij lag, hem had overleefd en zo'n groot deel van haar leven aan zijn nagedachtenis en legende had gewijd. Waarschijnlijk had de vrouw op die manier verder kunnen leven. En door haar eigen werk als kunstenares, vermoedde Kate.

Kate liep nog een paar minuten over de doorweekte aarde en langs grafstenen die herinneringen opriepen aan verschillende overleden schilders – Ad Reinhardt, Elaine de Kooning, Jimmy Ernst – waardoor ze weer aan haar eigen verlies moest denken. Toen was het genoeg.

Terug in de auto, waar de kilte haar bleef omringen ondanks de verwarming die ze op vol had gezet, vond ze de afslag naar een weg met bomen, en ten slotte naar een smalle laan met grind die haar bij het huis van Zander bracht.

Het oude houten huis, dat een stuk van de weg af stond, stelde niet veel voor en zag eruit alsof het niet meer was geschilderd sinds de schilder het in de jaren vijftig had gekocht, maar de schuur ernaast die hij had verbouwd tot een enorm groot en indrukwekkend atelier was een blikvanger.

Zander was al aan het werk, maar Kate verontschuldigde zich toch voor het feit dat ze zo vroeg was.

'Voor mij is het nooit te vroeg,' zei de schilder. 'Ik slaap niet veel.

Wat ze zeggen over kleine kinderen en oude mensen klopt: allebei voor dag en dauw wakker en allebei kwijleballen. Ik ben blij dat ik niet ben teruggekeerd naar het luierstadium. Nog niet!' De oude man grinnikte, zijn helderblauwe ogen stonden even levendig als die van een twintigjarige.

De zon was door de ochtendwolken heen gebroken en scheen nu volop door de ramen, waarbij het licht zich verspreidde door een enorme ruimte zonder meubelen, op een paar stoelen en een paar lange tafels na die vol lagen met tubes verf, flessen vernis, blikken terpentine en kwasten in koffieblikken. Een kantoor ad hoc was achteraan in de hoek te vinden; een bureau met een computer, planken vol boeken en tijdschriften met foto's van zijn werk, mappen met dia's van zijn schilderijen. Hier hield Zanders assistent dagelijks alles bij van de veelomvattende carrière van de schilder.

Er stond een verrijdbaar schilderstafeltje met daarop een glazen palet, een paar kwasten en verftubes, dat Zander zelf kon verplaatsen. Het stond nu naast hem, terwijl hij bezig was aan een groot schilderij dat tegen de muur stond.

Kate vond het opwindend om weer in het atelier te zijn met een levende legende – de laatste van de grote jongens van Ab Ex, een kunstschilder die tot de besten behoorde en wiens werk in alle grote musea in binnen- en buitenland hing.

Phillip Zander was een Poolse immigrant die begin jaren dertig naar de Verenigde Staten was gekomen, zich had gevestigd in Manhattan en de noodzakelijke offers had gebracht om kunstschilder te worden – geen normale baan of een normaal salaris – en erin was geslaagd om het tijdens de Grote Depressie uit te zingen door een combinatie van zuinigheid en doelbewuste daadkracht. Na de vroege dood van zijn goede vrienden de schilders Arshile Gorky en Franz Kline, had Zander schoon schip gemaakt, drank verruild voor thee en sigaretten voor vitamines – en blijkbaar had dat vruchten afgeworpen. Hij was nu vierennegentig, maar met zijn dikke bos wit haar en relatief gave huid zag hij eruit als een man van in de zeventig.

Kate controleerde de kleine videocamera die al een paar weken in Zanders atelier klaarstond en zette hem zo onopvallend mogelijk aan. De schilder wilde er geen echte cameramensen bij hebben; hij vertelde Kate dat Jackson Pollock, toen hij was gefilmd terwijl hij aan het schilderen was, het gevoel had gehad dat hij een bedrieger was, en een inzinking had gekregen waarvan hij nooit meer was hersteld. Maar Kate had Zander er uiteindelijk toe kunnen overhalen zijn toestemming te geven om met een kleine videocamera de interviews en af en toe zijn werkzaamheden te filmen.

Dit was hun tweede interview. Het eerste draaide bijna helemaal om Zanders schilderijen, de wilde abstracte figuren waarmee hij beroemd geworden was: ontwrichte lichaamsdelen die ruwweg als puzzelstukken met dikke lagen verf in felle kleuren geschilderd waren. Op dit moment hingen er een stuk of tien van dat soort schilderijen aan de muren van het enorme atelier – voor een expositie van zijn meest recente werk, die in het voorjaar zou worden gehouden.

'Het wordt een fantastische tentoonstelling,' zei Kate.

'Wie wil er op mijn leeftijd nog een tentoonstelling? Maar de galeriehouder bleef erom vragen totdat ik uiteindelijk zwichtte.' Zander zag er blij en zelfvoldaan uit toen hij dit zei.

'Het lijkt wel of die figuren dansen. Maar misschien komt het door de muziek.'

Ella Fitzgerald zong scattend op de achtergrond; de hoge plafonds van de schuur zorgden voor een akoestiek als in een concertzaal.

'De hele dag muziek,' zei Zander, 'is een van de beste redenen om kunstschilder te worden. Zelfs toen ik platzak was kocht ik nog platen, van die grote langspeelplaten, achtenzeventig toeren, niet die kleine dingetjes die ze tegenwoordig hebben. Toen Mondriaan in 1940 vanuit Nederland hierheen kwam, naar New York, was hij een vrek, maar hij kocht wel een platenspeler omdat hij dol was op Amerikaanse jazz. Hij heeft zelfs zijn laatste schilderijen ernaar genoemd.'

'*Broadway Boogie-Woogie* en *Victory Boogie-Woogie*,' zei Kate.

'Juist,' zei Zander. 'Dat doet me eraan denken...' Hij begon te vertellen, het ene verhaal na het andere. Hoe de meeste schilders elkaar via de instantie Uitkeringen voor Kunstenaars hadden leren kennen, twintig minuten lang over de economische situatie in die tijd; de armoede die ze allemaal leden, dat ze rondhingen in cafetaria's – eerst in Stewart's in Twenty-third Street, later in het Waldorf, en Bickford's – waar ze de hele dag kletsten, met een kop koffie voor vijfentwintig cent, tot de cafetaria's plaatsmaakten voor cafés – de Cedar, aan University Place, was het beroemdste – koffie plaatsmaakte voor drank, en een praatje voor discussies.

'We hadden zelfs bijnamen voor elkaar,' zei Zander. 'Ad Reinhardt was de Monnik, vanwege de zwarte, minimalistische schilderijen die hij maakte. Mark Rothko noemden we de Rabbijn.'

'En hoe werd u genoemd?'

'Ik?' Zander vouwde zijn knoestige vingers in elkaar en keek naar het plafond. Het bleef even stil. 'Judas?'

'Echt?' Kate keek hem onderzoekend aan om te zien of ze iets van spot zag. 'Waarom?'

'O... een grapje.' Hij liet een schallende lach horen.

Kate vroeg zich af wat hij bedoelde. Het had niet geklonken als een grapje, maar ze had geen tijd om erop in te gaan – Zander was al bezig aan een ander verhaal, deze keer over de schilder Arshile Gorky.

'Stel je voor, dat je op je vijftiende vanuit Armenië naar Amerika gaat, en jezelf leert schilderen als Cézanne en Picasso. Hij was heel indrukwekkend, die jongen. Natuurlijk was Gorky niet zijn naam. Die nam hij gewoon aan, hij zei dat hij de kleinzoon was van de Russische revolutionair Maxim Gorky, en wij geloofden dat allemaal... eerst.' Zander grinnikte. 'Natuurlijk waren we allemaal bezig onszelf opnieuw uit te vinden. Dat is toch een heel Amerikaans concept, om jezelf opnieuw uit te vinden?'

Inderdaad, dacht Kate, het arme meisje uit Queens dat politie-agente was geweest, daarna een invloedrijk persoon in New York, en nu voor de derde of vierde keer opnieuw was begonnen. Ze ging met haar vingers door haar korte plukken en knikte.

'Natuurlijk heeft Gorky een tragisch leven gehad,' zei Zander. 'Zijn vrouw ging ervandoor met zijn beste vriend, de schilder Matta, hij vocht tegen kanker, hij kreeg een auto-ongeluk waardoor hij deels verlamd raakte, en er brak brand uit in zijn atelier. Hoeveel kan een mens verdragen?'

Kate kende het verhaal en dacht aan de manier waarop Gorky was gestorven en waarover ze had gelezen. De man had zich in zijn atelier opgehangen nadat hij een boodschap had gekrabbeld op een krat met zijn schilderijen: *Tot ziens, dierbaren.* 'Had hij nog maar een paar jaar geleefd,' zei ze. 'Dan zou hij hebben meegemaakt hoe belangrijk zijn werk is geworden voor velen – hoe beroemd hij zou worden.'

'Roem,' zei Zander op een wat bittere toon, voordat hij begon te vertellen hoe ze allemaal voor het eerst hadden geëxposeerd en beroemd waren geworden. 'De Kooning was de eerste die exposeerde, daarna ik.'

'En Sandy Resnikoff, toch?'

Zander knikte; zijn ooglid trilde.

Resnikoff, zo wist Kate, was net zo belangrijk geweest voor de New York School als Zander, net zo belangrijk als de anderen, maar hij had het toneel vroegtijdig verlaten om zich voor de rest van zijn leven terug te trekken in Rome – een kunstenaar die op het hoogtepunt van zijn carrière was gestopt.

'Weet je,' zei Zander. 'Op een keer werd Bill de Kooning uitgenodigd voor een etentje bij de Rockefellers, en toen zei hij zoiets als: "Mevrouw Rockefeller, u ziet eruit alsof u tonnen waard bent!" Dat vind ik nog steeds geweldig, tegen mevrouw Rockefeller zeggen dat ze eruitziet alsof ze tonnen waard is!' Zander liet weer een bulderende lach horen. Kate lachte met hem mee en vervolgde toen: 'Ik heb Sandy Resnikoff heel even gesproken toen ik in Rome was, iets meer dan een jaar geleden, vlak voor hij stierf.'

'O ja?' Zander tikte even op zijn trillende ooglid. 'Wat zei hij?'

'Niet veel. Hij was toen heel ziek. In feite heb ik hem alleen gedag kunnen zeggen. Ik heb zelfs zijn schilderijen niet gezien. Maar ik ben van plan terug te gaan om zijn dochter te interviewen, om meer achtergrond te verzamelen voor mijn boek.'

'Je neemt Resnikoff ook op in je boek?'

'Waarom niet?'

Zander keek op zijn handen. 'Ach... ik geloof niet dat er veel over hem te vertellen is.'

'Weet u waarom hij uit New York is weggegaan?'

'Wie kent iemands beweegredenen,' snauwde Zander, en ging toen op een vriendelijker toon verder. 'Maar goed... tegen de tijd dat Sandy vertrok, begon de groep uit elkaar te vallen.'

'Waarom precies is de groep uit elkaar gegaan?'

'Dat was... ingewikkeld.'

'Hoezo? Ik probeer een idee te krijgen van wat er is gebeurd met de New York School, van wat er precies is voorgevallen waardoor de groep is opgehouden te bestaan.'

'Mensen groeien uit elkaar.' Zander sloeg zijn armen over elkaar.

'Maar er was toch camaraderie in de groep? Het gevoel van één voor allen en allen voor...'

'Waarom moet iedereen die tijd toch romantiseren?' snauwde Zander weer. 'Denken jullie soms dat we allemaal helden waren?'

Kate wilde net bevestigend antwoorden toen de voordeur van het atelier openging en een jongeman naar binnen stormde. Zijn lange haar viel tot op zijn quasi chique zwarte bril, hij had een hangsnor en droeg een haveloze trui met capuchon die wijd om zijn magere lichaam hing en waarvan de mouwen bijna tot zijn vingertoppen reikten. Hij liet tassen van Pearl Paint en New York Central op de grond vallen. 'Ha Phil, hoe gaat het?'

'Je kent mijn assistent Jules?'

'Ja, natuurlijk.' Kate had een van haar moederlijke opwellingen om de jongen onder de douche te zetten en hem daarna naar een kapper te brengen voor een knip- en scheerbeurt.

'Hallo.' Jules gaf de oude man een hartelijke klap op zijn rug, haalde een stapeltje cd's uit zijn rugzak en liet ze zien: Lauryn Hill, Norah Jones, Mary J. Blige. 'Ik dacht dat je deze misschien wel goed zou vinden. Ze zijn best wel cool, maar rustig.'

'Ik geloof dat die jongen elke cent die ik hem betaal aan muziek uitgeeft. Hij is gewoon een muziekjunk.'

'Ik geef het toe,' zei Jules. 'Rap, hiphop, opera, jazz, oude Motown, noem maar op.' Hij neuriede even met Ella mee met een licht, aangenaam stemgeluid. 'Ik maak ook mijn eigen cd's, soms akoestisch, soms dance – zoiets als Moby, maar dan hipper, hoewel ik de laatste tijd meer *grime* doe.'

'Grime?' vroeg Kate, terwijl ze bedacht dat hij eruitzag als een jongen op een poster met een of andere ziekte. 'Is dat een band?'

'Het is een soort muziek,' zei Jules. 'Britse rap. Eigenlijk een mix van Jamaicaanse dance hall en Engelse rave – de Streets, Dizzee Rascal – allebei Brits. Die zijn op het ogenblik helemaal het einde.' Hij liep de schuur door naar achteren.

'Is het goed als ik andere muziek opzet? Ik heb iets nieuws bij me dat jullie misschien wel zal bevallen.'

Zander knikte. 'Zolang je het niet te hard zet.'

De assistent zette een andere cd op, verruilde toen zijn dikke winterhandschoenen voor rubberhandschoenen, begon olieverf op een glazen palet te spuiten en kwasten rond te draaien in blikken terpentine.

'Hij leeft voor de muziek, die jongen.'

'Wie zingt dit?' vroeg Kate, die warm liep voor de combinatie van gospel, soul en iets wat ze niet helemaal kon thuisbrengen.

'Antony,' zei Jules. 'Antony en de Johnsons.'

'O, ik dacht even dat het een vrouw was.'

'Antony is man noch vrouw, net als een castraat. Cool, hè?'

'Nou,' zei Kate.

Zander keek even vol genegenheid naar zijn assistent en schreeuwde toen: 'Niet zoveel cadmiumrood. Dat spul is duur.'

'Krent,' schreeuwde Jules terug.

'Die jongelui,' zei Zander. 'Ze hebben nooit zware tijden gekend, ze hebben nooit zuinig aan hoeven doen of hoeven kiezen tussen een maaltijd en een tube verf.'

'Over zware tijden gesproken,' zei Kate. 'Ik ga Beatrice Larsen interviewen.'

Zander keek haar even aan, en draaide toen zijn blik weer weg. 'Beatrice? Waarom?'

'Om dezelfde reden als waarom ik meer wilde weten over Resnikoff. Ik wil niet alleen supersterren in mijn boek – zoals u.' Kate glimlachte. 'Kent u haar, Beatrice Larsen?'

Zander aarzelde even. 'Ja. Ze hoorde ook een tijdje bij onze groep, maar toen... Waar woont ze tegenwoordig?'

'In Tarrytown. Ik heb haar aan de telefoon gesproken, maar nog niet ontmoet. Ze woont alleen. Schildert elke dag.'

'Goed zo,' zei Zander. 'Ze is er natuurlijk een van de jonge garde.'

Kate glimlachte. Beatrice Larsen was tachtig.

'Alles ligt klaar,' riep de assistent van achteren uit de schuur.

'Vind je het erg?' vroeg Zander.

'Helemaal niet,' zei Kate. 'Als ik maar terug mag komen.'

'Natuurlijk,' zei Zander. Hij werkte zich uit zijn stoel en ging met hulp van zijn assistent in een andere zitten, voor een nog niet voltooid schilderij met een lichaam in wording, een vlek als hoofd, geen gelaatstrekken, misschien een bovenlichaam en dikke plakkaten die eruitzagen alsof het benen konden worden.

Kate zette haar cassetterecorder uit, haalde de oude band uit de videorecorder en stopte er een nieuwe in.

Bij de deur had ze het merkwaardige gevoel dat er iets ergs zou gebeuren. Maar wat?

Toen ze zich omdraaide zag ze dat Zander met een kwast in zijn hand zijn schilderwerk bekeek, nadenkend over zijn volgende penseelstreek.

Kate werd kort nadat ze bij Zander was vertrokken gebeld op haar mobieltje; haar schilderij van De Kooning dat ze aan het museum had geschonken, was vernield

Allerlei vragen gingen door haar heen – wie zou zoiets doen, en waarom? – toen ze in recordtijd terugreed naar de stad, door waar mogelijk keihard tussen auto's door over de Long Island Expressway te rijden en af te slaan naar de smallere, maar minder drukke ventweg en zelfs een paar rode lichten negeerde terwijl ze in haar spiegeltje controleerde of er geen politie achter haar reed en compleet vergat dat ze van plan was geweest om op Long Island te blijven voor een feestje bij een vriendin thuis. En toen ze zich daarna een weg baande tussen politiewagens en vrachtwagens, en een wirwar van wegen overstak naar One Police Plaza, dacht ze: er is gelukkig niemand vermoord.

Het kantoor van inspecteur Montgomery Murphy zag er heel anders uit dan Kate had verwacht.

Goed, het was vierkant en beige, maar die onopvallende muurkleur was amper te zien. De ene wand bestond van boven tot onder uit kunstboeken, de rest was volgehangen met reproducties van Manet en Monet, Pissaro en Cézanne, Picasso en Braque. Alleen de ruimte boven Murphy's bureau was gereserveerd voor dingen die met zijn werk te maken hadden: polaroids van gestolen kunstwerken, keurig op rijtjes naast elkaar – tien horizontaal, vijf verticaal – waar de nummers van de betreffende zaak met een dikke zwarte markeerstift op geschreven waren.

De inspecteur zag er ook anders uit dan ze had verwacht. Ondanks de baard van twee dagen die zijn kaaklijn donker kleurde en de warrige haardos die de indruk wekte dat hij net uit zijn bed kwam, was het een knappe vent.

Natuurlijk wist Kate van het bestaan van de afdeling Kunstzaken bij de NYPD, maar ze had er nog niet mee te maken gehad, aangezien er bij de zaak van de Doodskunstenaar en de kleurenblinde moordenaar geen sprake was geweest van kunstroof of vandalisme.

Murphy wees haar een stoel en bleef kijken toen ze ging zitten, verbaasd dat Kate McKinnon in werkelijkheid nog indrukwekkender was dan op tv; en langer.

'Leuk om je in het echt te zien.' Hij ging met zijn hand over de donkere stoppelbaard. 'Ik kijk altijd naar je programma, dat ben ik wel een beetje verplicht aan mijn werk.'

'Wat een fijn compliment,' zei Kate.

'Laat ik het anders zeggen: ik kijk er graag naar. Hoe klinkt dat?'

'Sloof je maar niet te veel uit,' zei Kate. Ze schonk de rechercheur een half lachje, zat even aan haar haren, sloeg haar benen over elkaar en probeerde eruit te zien alsof het haar niet zoveel deed dat ze een beetje beroemd was.

Murphy trok aan het elastiekje om zijn pols.

'Probeer je je iets te herinneren?'

'Wat...?' Murphy volgde Kates blik op het elastiekje. 'O. Dit? Nee. Dat is een gewoonte.' Hij pakte een map, sloeg die open en legde foto's van de vernielde De Kooning naast elkaar op zijn bureau.

'Jezus.' Kate moest even diep ademhalen toen er een herinnering bij haar bovenkwam: Richard die bij Sotheby's het bordje in de lucht stak voor het hoogste bod op het schilderij. Ze zag het nog helemaal voor zich. Het idee dat een meisje uit Queens een meesterwerk zou krijgen dat ze had bestudeerd en waar ze van hield, was echt fantastisch – maar nu probeerde ze die gevoelens juist uit alle macht te ontkennen. 'Het is maar een schilderij,' fluisterde ze in zichzelf.

'Wat?'

'Laat maar.' Ze speelde met de ring aan haar halsketting, Richards trouwring. 'Wie zou zoiets doen?'

'Dat wilde ik net aan jou vragen.' Murphy liet zijn elastiekje knallen. 'Ken je iemand die uitgerekend een schilderij van jou zou willen vernielen?'

De vraag leek absurd. Ze dwong zich een grapje te maken en probeerde intussen niets te voelen – het verlies van het schilderij, de herinnering aan Richard. 'Misschien iemand die de pest heeft aan mijn tv-programma.'

Murphy lachte niet; hij zag dat ze met haar emoties worstelde. Hij stopte de foto's weer in de map.

'Misschien is het gewoon willekeurig vandalisme,' zei Kate, 'zoals de aanslag op Michelangelo's *Pietà*, of Rembrandts *Nachtwacht*.'

'Zou kunnen,' zei Murphy. 'Maar meestal worden schilderijen gestolen, en niet vernield.' Hij kauwde op zijn onderlip alsof hij ergens over nadacht en zei toen: 'Twee weken geleden is er een werk van Jackson Pollock vernield dat op een advocatenkantoor hing, zo'n groot juristencollectief. Dat schilderij is nu in het lab en wordt daarna gerestaureerd. Ik ga jouw schilderij daar ook naartoe sturen, om te zien of er overeenkomsten op te vinden zijn, misschien dingen als stukjes huid, haren of wat dan ook.'

Kate boog zich naar voren. 'Denk je dat een of andere gek schilderijen aan flarden wil snijden?'

Murphy wist niets zeker. Hij nam haar even op en keek toen weg. Niet alleen keek hij naar haar tv-programma en kende hij haar reputatie als kunstexpert, maar wat ze had gepresteerd in de zaak van de doodskunstenaar en de kleurenblinde moordenaar was bijna een legende geworden, en hij hoopte zo'n beetje dat ze met hem zou willen samenwerken, hem ook tot een legende zou maken voordat het daarvoor te laat was. 'Ik moet nog achter een paar mensen aan: een ontstemd ex-bestuurslid van het museum, en de Guerrilla Girls.'

'De Guerrilla Girls? Uitgesloten. Die vernielen geen kunstwerken.'

'Ja, maar ze waren gisteravond wel in het museum en daar hebben ze mecenassen stickers op hun rug geplakt.'

'Dat betekent niet dat ze zijn gebleven om een schilderij te vernielen.' Een paar jaar geleden had Kate een artikel over de beweging geschreven en een aantal van deze vrouwen leren kennen – kunstenaressen en curatrices die met apenmaskers op in hun vrije tijd als vreedzame revolutionairen optraden – en ze had respect voor hen gekregen. 'Luister, ik ken een paar van die Guerrilla Girls – dit is gewoon hun stijl niet.'

'Misschien niet, maar ik moet er toch achteraan.'

'Hoe dan? Ze geven hun identiteit niet prijs.'

'Je zei net dat je er een paar kende. Wat dacht je ervan om een ontmoeting te organiseren?'

Kate dacht even na en pakte toen haar mobiel. Ze babbelde even en toen ze had opgehangen zei ze: 'Een van de Guerrilla Girls belt me terug – je krijgt je ontmoeting.'

'Snel geregeld,' zei Murphy.

'Ik denk dat ik dat beter kan regelen dan jou achter hen aan te sturen alsof het om een stel dieren gaat.'

'Waarom niet? Het zijn toch...'

'Toe,' zei Kate, en ze stak haar hand omhoog, vlak voor Murphy's gezicht. 'Zeg alsjeblieft niet dat het goríllas zijn.'

Murphy slikte het woord in. 'Wil je je schilderij van De Kooning nog zien voordat het naar het lab gaat?'

Kate moest hier even over nadenken. Ze kon nog terug, haar verlies nemen, naar huis gaan, aan haar boek gaan werken en de baby knuffelen. Maar ze zei 'ja'.

Het Modernist Museum was het geesteskind van een selfmade multimiljonair die treurde om New York's Museum of Modern Art nadat hij zonder succes had geprobeerd in het bestuur te komen, en daarom wraak had genomen door zijn eigen museum op te richten – waarvoor hij de hulp inriep van zijn rijke vrienden, onder wie Richard Rothstein, die hij overhaalde de oude fabriek ten noorden van Canal Street te kopen en te laten renoveren, op een steenworp afstand van de Holland Tunnel. Het was een onwaarschijnlijke huisvesting voor de verzameling kunst waarvoor hij het MOMA regelmatig overbood. Toen hij nog geen halfjaar geleden aan een hartaanval overleed, was Kate net bezig haar schilderijen te doneren aan verschillende musea in New York, en haar De Kooning schonk ze aan het Modernist, omdat ze wist dat Richard dat ook graag gewild zou hebben.

Het museum dat sinds de aanslag op het schilderij was gesloten, deed denken aan een begraafplaats, waar de schilderijen aan de muren de overblijfselen leken van een oude beschaving waar niemand iets om gaf, ook Kate niet, die er zonder ernaar te kijken langs liep door een koele witte hal die aandeed als een overdreven surrealistisch schilderij – of voelde zij dat alleen zo? Ze voelde zich sinds het telefoontje al gespannen. Het idee dat haar schilderij was vernield trof haar zo... ze probeerde te bedenken wat voor woord ze aan dit gevoel moest geven. Zo persoonlijk.

Aan het eind van de gang stak een paar blote benen uit de muur. Als Kate niet had geweten dat dit het werk was van de eigentijdse kunstenaar Robert Gober, zou ze ervan geschrokken zijn, maar evengoed had het in het bijna verlaten museum iets verontrustends. Zij en Murphy liepen eromheen in de richting van een betonnen trappenhuis naar het magazijn in de kelder, waar de De Kooning in zwaar ondoorzichtig plastic was gehuld, met een bewaker ervoor die als een schildwacht heen en weer liep.

Murphy haalde het plastic eraf en Kate had onmiddellijk spijt van haar komst hierheen. In het echt was de aanblik van het vernielde schilderij veel schokkender.

Museumdirecteur Colin Leader, die Kate oppervlakkig kende, knikte haar met gepaste ernst toe. 'Zinloos,' zei hij. 'Volkomen zinloos.'

'Niet altijd,' zei Murphy, terwijl hij een ruk gaf aan zijn elastiekje.

'En wat bedoelt u daarmee?' zei Leader.

'Alleen dat de meeste mensen iets doen met een reden. Ze kunnen in uw en in mijn ogen gestoord zijn, maar ze hebben wel een reden.'

Kate dacht aan de psychopaten die ze achterna had gezeten. Het was waar – ze waren er volledig van overtuigd geweest dat hun daad een doel en een reden had gehad.

'De afdeling Restauratie heeft het bekeken,' zei Leader. 'Ze gaan er meteen mee beginnen.'

Kate keek naar de neerhangende flarden. 'Is het echt mogelijk om dit te restaureren?'

'Ze lijmen het schilderij op nieuw doek en schilderen daarna over de scheuren heen. Ze zijn niet rafelig. Ik heb me laten vertellen dat het schilderij er weer precies zo uit zal zien, maar...'

Het wordt nooit meer hetzelfde, dacht Kate.

'De restauratie zal moeten wachten,' zei Murphy. 'Dit is bewijsmateriaal. Als de politie ermee klaar is, kunt u het terugkrijgen.'

'En hoe lang gaat dat duren, inspecteur?'

'Ik doe niet graag beloftes,' zei Murphy. 'Daarmee stel je mensen maar teleur.' Hij trok aan zijn elastiekje.

Voor het effect, dacht Kate. Ze wierp hem een blik toe. Die gewoonte begon op haar zenuwen te werken.

Martin Dressler, conservator van de afdeling Twintigste-eeuwse Schilder- en Beeldhouwkunst, begroette het groepje met een gefronst voorhoofd en samengeknepen lippen. 'Ik kan er niet naar kijken,' zei hij, terwijl hij met een dramatisch gebaar zijn hoornen bril afzette. Maar Kate wist dat zijn gevoelens oprecht waren; er waren maar weinig mensen op de wereld die zo van kunst hielden als Dressler, nog een reden waarom ze het schilderij aan het museum had geschonken. Toen hij Kate een hand gaf, zag ze tranen in zijn ogen.

'Het spijt me,' zei hij, terwijl hij zijn bril weer opzette en met een hand door zijn uitdunnende grijsbruine haar ging. 'Ik weet dat het voor jou nog erger moet zijn. Het is een vreselijk verlies.'

Ja, het was een verlies, en dat voelde Kate ook zo, maar ze had in haar leven al te veel mensen verloren en maakte een onderscheid tussen voorwerpen en mensen – hoe waardevol het voorwerp ook was.

'Als jullie me niet meer nodig hebben,' zei Leader. 'Ik heb een bespreking.'

'Eén ding nog,' zei Murphy. 'Ik vroeg me af wanneer het museum van plan was de pers in te lichten.'

Leader kneep in zijn neusbrug. 'Ik hoopte dat we het nog een paar dagen stil zouden kunnen houden. Althans, totdat ik mijn bestuur ervan op de hoogte heb gebracht. Ik zou het vreselijk vinden als ze het in de krant moesten lezen voordat ik het hun had verteld.'

'Een schilderij van meer dan een miljoen, vernield,' zei Murphy. 'Dat is nieuws. Ik zou de pers maar inlichten. Zo spoedig mogelijk.'

Leader knikte ernstig.

Dressler keek zijn baas na voordat hij begon. 'Als onze geachte directeur denkt dat dít te repareren is met wat zuurvrije lijm en een paar streken olieverf...' Hij fronste zijn wenkbrauwen. 'En zich zorgen maakt over wat het bestuur ervan zal vinden, tja... ik wil niets suggereren... maar het museumbeleid schijnt altijd op de eerste plaats te komen. Maar ik denk dat ík daarom conservator ben, en hij directeur is.'

'Waarmee u wilt zeggen?' Murphy hield zijn toon licht, maar hij keek de man onderzoekend aan.

'Eigenlijk niets,' zei Dressler. 'Alleen dat ik van kunst houd; de voornaamste reden waarom ik conservator ben geworden.'

'En de tweede?'

'Pardon?'

'U zei net dat dat de voornáámste reden was waarom u conservator bent geworden. Ik vroeg me af wat de andere reden was.' Murphy trok aan zijn elastiekje.

'O.' Dressler glimlachte bijna. 'Omdat ik een beroerde schilder ben.'

'U had kunstschilder willen worden?'

'Tja. Ik heb de kunstacademie gedaan, en daarna heb ik in een atelier gewerkt. Ik kon wel tekenen en zo, maar ik had niet het heilige vuur; niet dat iedereen met het heilige vuur schilderijen zou moeten maken, als u begrijpt wat ik bedoel.' De conservator richtte zijn blik omhoog. 'Uiteindelijk besefte ik dat het voor mij voldoende was als ik gewoon in de buurt van kunstwerken kon zijn. En in dit werk leer ik de kunstenaars kennen, ik kies schilderijen voor het museum, ik zie fantastische kunstwerken – en dat is ook heel bevredigend.' Hij keek naar het vernielde schilderij en zijn gezicht betrok. 'Soms.'

'Krijgt u wel eens vijandige reacties?' vroeg Murphy.

Dressler dacht even na. 'De laatste keer was naar aanleiding van een tentoonstelling van de erotische etsen van Picasso. Sommige mensen vonden die aanstootgevend. Een aantal zegde zelfs hun lidmaatschap op. Die kun je maar beter kwijt zijn, zeg ik dan.'

'En de Guerrilla Girls?'

Kate draaide zich om van het doek van De Kooning om Murphy een waarschuwende blik toe te werpen.

'Wat is daarmee?' vroeg Dressler.

'Vallen die u wel eens lastig?'

'Niet echt. Ik geloof dat er wel een paar op de vernissage waren, incognito, als u dat bedoelt.' Hij grinnikte. 'Grappig, nietwaar? Ik bedoel, de Guerrilla Girls incognito zónder hun masker. Maar hén zie ik zoiets niet doen.' Dressler keek weer even naar het vernielde doek en ineens leek hem iets te binnen te schieten. 'Er was wel iets vreemds, maar ik geloof niet...'

'Wat?' vroeg Kate.

'Het is eigenlijk niets bijzonders, in elk geval geen dreigement of scheldbrief. Alleen heb ik vorige week een vreemd schilderijtje gekregen. Ik denk niet dat het iets te betekenen heeft, maar... er stond een fragment op van dit schilderij, van De Kooning – of iets dat er sterk op leek.'

'Voor een tentoonstelling waar u mee bezig bent?' vroeg Kate.

'Nee. Dit kwam zomaar. Daardoor vond ik het zo vreemd. En er zat niets bij – geen aankondiging, geen biografie van de kunstenaar, niets.'

'Hebt u het nog?' vroeg Murphy.

'Het ligt op mijn kantoor,' zei Dressler. 'Gaat u maar mee.'

4

Kate en Murphy bekeken het schilderij dat op het bureau van de conservator lag.

'Ziet u? Daar.' Dressler wees. 'Helemaal bovenaan. Zoals ik al zei, is het niet helemaal De Kooning, maar een soort variant.'

'Ja,' zei Kate, terwijl ze probeerde te begrijpen hoe de vork in de steel zat. Het schilderij had inderdaad iets weg van haar De Kooning.

'Een schilder die denkt dat postmodernisme iets nieuws is,' zei Dressler. 'En die tegen wil en dank allerlei afbeeldingen samenvoegt. In de jaren tachtig deden veel kunstenaars dat, maar het idee is een beetje belegen geworden.'

'En er zat verder niets bij?' vroeg Murphy.

'Nee,' zei Dressler. 'Helemaal niets.'

'Dat andere stukje,' zei Kate, 'onderaan. Dat lijkt heel erg op een werk van Franz Kline.'

'Ja,' zei de conservator. 'Het lijkt niet echt iets bijzonders, maar ik ben het met je eens.' Hij stond ineens rechtop, met verschrikte ogen. 'Goeie hemel! We hebben een Kline in het museum – twee, zelfs. Denk je...' Hij wachtte niet eens tot Kate of Murphy reageerde en stapte onmiddellijk op een museumtelefoon af. 'Verbind me door met de suppoost van de afdeling Amerikaanse naoorlogse abstracte kunst.' Hij wachtte even. 'Met Dressler. Is alles daar in orde? Met de schilderijen bedoel ik, die van Franz Kline in het bijzonder – die grote zwart-witte doeken aan de westelijke muur.' Dressler blies zijn adem uit toen hij had opgehangen. 'Volgens de suppoost is er niets aan de hand met die schilderijen van Kline.'

'Hoor eens, meneer Dressler, ik geloof niet dat we uit moeten gaan van een of andere samenzweringstheorie,' zei Murphy. 'Dit schilderij dat u is toegestuurd, heeft misschien geen donder te betekenen. Maar voor de veiligheid zou u die doeken van Frans Kline misschien beter een paar weken van de muur kunnen halen.'

'Ik moet het er met Colin over hebben,' zei Dressler, 'maar inderdaad, we kunnen maar beter voorzichtig zijn.'

Murphy keek nog even om naar het zwart-witte schilderij op het bureau van de conservator. 'Waarom hebt dit bewaard?'

'Pardon?'

'Dit schilderij. Waarom wilde u dat bewaren?'

'O.' Dressler leek hier even over na te moeten denken. 'Nou ja, ik ben een conservator, inspecteur, een kunstminnaar. Zoiets kan ik toch niet zomaar weggooien?'

'Maar zojuist noemde u het nog belegen.'

'Zei ik dat?' Weer een stilte. 'Eerlijk gezegd weet ik het niet. Ik heb het gewoon ergens neergelegd en... heb er toen niet meer aan gedacht.'

'Hebt u misschien een stuk cellofaan voor me om het in te pakken?'

Dressler haalde een stuk doorzichtig zuurvrij papier tevoorschijn om kunstwerken in te verpakken en Murphy legde het op het schilderij. 'Ik geloof dat we dit maar moeten meenemen, als u dat goedvindt.'

'O ja, best,' zei Dressler, en hij trommelde met zijn nagels op de rand van het bureau. 'Uitstekend.'

Kates mobieltje begon te zoemen toen ze het museum uit liepen. Ze luisterde even, legde haar hand toen over het spreekgedeelte en draaide zich om naar Murphy. 'Wil je nog steeds met die Guerrilla Girls praten?'

'Jazeker. Wanneer?'

Kate keek snel om zich heen en sprak toen weer in de telefoon. 'Er is een cafetaria aan de overkant van het Modernist Museum, is dat goed?' Ze richtte zich tot Murphy. 'Nu meteen?'

De cafetaria was een Griekse aangelegenheid, waar nog maar een kwart van de tafeltjes bezet was na het drukke lunchuur, en waar een paar obers verveeld tegen de bar geleund stonden.

Kate en Murphy hadden zich net in een hoekje met roodvinyl bankjes en uitzicht op de straat geïnstalleerd, toen een zwarte bestelbus langs de kant van de weg stopte en twee vrouwen uitstapten. Nou ja, misschien waren het vrouwen, want echt goed was het niet te zien; ze droegen ruime zwarte jacks, en petten op hun hoofd dat voor de rest schuilging achter een gorillamasker.

Toen ze de deur in kwamen, draaiden de weinige klanten zich naar hen om en de verveelde obers waren ineens wakker.

De Guerrilla Girls namen plaats op de bank tegenover Kate en Murphy.

'Bedankt voor jullie komst,' zei Kate. 'Jullie zien er verrukkelijk uit.'

'Jullie willen zeker niet dat masker afzetten?' vroeg Murphy.

'Ik heb hun gevraagd hierheen te komen,' zei Kate. 'Ik begrijp dan ook niet wat hun identiteit ertoe doet.'

Murphy liet het er – voorlopig – maar even bij zitten en keek toe terwijl de vrouwen zich uit hun jas werkten. Ze droegen allebei een zwart t-shirt, waar slanke blote vrouwenarmen uit tevoorschijn kwamen. De ene vrouw droeg een nauwsluitende spijkerbroek, de andere een zwart minirokje en netkousen, waardoor het contrast met hun apenmasker iets verontrustends kreeg.

'Noem mij maar Frida Kahlo,' zei degene met de netkousen.

'Georgia O'Keeffe,' zei de ander.

Kate glimlachte. Ze vond het leuk dat de Guerrilla Girls de namen van overleden kunstenaressen gebruikten, waardoor de verschillende rollen die vrouwen in de geschiedenis van de kunst hadden gespeeld weer in herinnering werden gebracht. Maar ze was zich ook bewust van de reden waarom ze anoniem wilden blijven – om zich te beschermen tegen vergeldingsacties uit de kunstwereld. Ze was ervan overtuigd dat ze met deze ontmoeting hadden ingestemd om lasterpraat de kop in te drukken.

'Oké,' zei Murphy. 'Het gaat hierom. Er is gisteravond een schilderij vernield in het Modernist Museum en...'

'En denken jullie dat wíj dat hebben gedaan?'

'Nou ja, een paar van jullie hebben stickers op de rug van een paar mecenassen geplakt.'

'Stickers zijn één ding, inspecteur. Maar wij vernielen géén schilderijen. Wij zijn kunstenaars, geen vandalen.'

'Dus je geeft wel toe dat er mensen van jullie – dat een paar Guerrilla Girls – bij de vernissage aanwezig waren?'

'Ik geef niets toe,' zei degene die zich Frida Kahlo noemde. 'Maar ik denk dat het wel mogelijk is. Die expositie is een schandaal. Er zijn – hoeveel? Twee vrouwen zijn erbij – van de veertig! Het is een schande.'

'Die tentoonstelling verdient een van onze speciale prijzen,' zei degene die zich Georgia O'Keeffe noemde.

'Prijzen?' Murphy keek de vrouwen niet-begrijpend aan en probeerde door de spleetjes van hun masker in hun ogen te kijken, maar dat was onmogelijk.

'Jazeker. Misschien onze speciale Norman Mailer Prijs – voor seksediscriminatie dus. Die hebben we al meer dan eens uitgereikt. Heb je wel eens van Brice Marden gehoord?'

'Natuurlijk,' zei Kate. 'Een van de toppers in de kunstwereld.'

'En ook een van onze prijswinnaars,' zei Frida Kahlo, terwijl ze haar gorillahoofd schudde. 'Hij heeft een keer in een interview gezegd dat hij niet zeker wist of het wel goed voor hem was dat zijn zaken behartigd werden door een vrouwelijke kunsthandelaar. Kun je dat geloven? Die man mag van geluk spreken dat we geen geweld gebruiken.'

Kate schoot bijna in de lach. De manier van doen van deze vrouwen, met humor en lef, sprak haar wel aan.

'Luister,' zei Georgia O'Keeffe, 'wij hangen posters op, we voeren campagne met brieven, billboards, advertenties in tijdschriften en af en toe een bezetting, maar dan heb je het wel gehad. Het is ons doel meer vrouwen en zwarte kunstenaars te laten exposeren. We willen er meer mensen bij betrekken, niet minder.'

'En hoeveel Guerrilla Girls zijn er?' vroeg Murphy.

De twee gorillahoofden keken elkaar aan.

'Geen idee,' zei de een.

'Misschien wel honderden,' zei de ander. 'Waarschijnlijk duizenden.'

Murphy vermoedde dat ze drommels goed wisten wie er wel en wie er geen lid was van hun geheime club. 'Jullie houden toch bijeenkomsten?'

'Jawel, om de vier weken. Eén keer per maand, weet je wel.'

Murphy leek met stomheid geslagen. Kate boog zich naar hem toe en zei: 'De menstruatiecyclus.'

Hij bloosde en begon snel te praten. 'En jullie hebben toch een nieuwsbrief?'

'*Opvliegers*,' zei Georgia, en wapperde zichzelf toe. 'Die heb ik nu trouwens ook. Die maskers zijn stikheet.'

Kate onderdrukte een lach.

'Dus jullie houden bijeenkomsten en hebben een nieuwsbrief,' zei Murphy. 'Maar jullie weten niet met hoeveel jullie zijn?'

'U kunt vast wel ergens de mailinglijst te pakken krijgen, inspecteur, en al die duizenden vrouwen – en mannen – die erop staan vervolgen,' zei Frida.

'Luister,' zei Murphy, terwijl hij het elastiekje steeds opnieuw om zijn pols wikkelde. 'Ik wil helemaal niemand vervolgen. Ik probeer alleen de waarheid boven tafel te krijgen.'

'U wilt de waarheid?' Frida boog zich naar voren tot haar masker een paar centimeter van Murphy's gezicht was. 'Tot het moment dat de Guerrilla Girls de waarheid verkondigden, werd er door de meest invloedrijke kunstgaleries vrijwel geen werk van vrouwelijke kunstenaars geëxposeerd.'

'Noch in musea,' viel Georgia haar bij. 'In 1985 was er in het Museum of Modern Art een tentoonstelling genaamd An International Survey of Painting and Sculpture, en volgens de conservator, een man, vertegenwoordigde die het werk van de meest vooraanstaande kunstenaars over de hele wereld. Er waren honderdnegenenzestig kunstenaars. En slechts dertien van hen waren vrouwen.'

'En bijna allemaal blanken,' voegde Frida eraan toe voordat Murphy iets kon zeggen. 'En weet u wat die conservator zei? Hij zei dat iedere kunstenaar die niet tentoongesteld was nog maar eens goed moest nadenken over "zijn carrière". Dat noem ik nog eens gelul!'

'Zoiets kan alleen een man zeggen,' zei Kate.

'Precies,' zei Frida.

Murphy keek Kate aan en zuchtte. 'Het gaat hierom: iemand is het museum binnengedrongen en heeft een schilderij vernield.'

'Zoals ik al zei, inspecteur, dat hebben de Guerrilla Girls niet gedaan.' Georgia keek naar Frida. 'Ik geloof dat we uitgepraat zijn.'

'Wacht even,' zei Kate. 'Inspecteur Murphy beschuldigt jullie nergens van, en ook de Guerrilla Girls niet. Het is alleen gebleken dat enkele leden van jullie beweging gisteravond in het museum zijn geweest.'

'En daardoor denken jullie dat ze zich schuldig hebben gemaakt aan vernieling van een kunstwerk?'

'Nee, helemaal niet,' zei Kate, 'maar misschien hebben ze iets vreemds of iets ongewoons gezien.'

'Er was niets vreemds of ongewoons aan die tentoonstelling,' zei Frida. 'Zoals bijna altijd waren er allemaal mánnen. Maar ik zal eens vragen of iemand misschien iets is opgevallen.' Ze plukte aan haar netkousen. 'Maar ik zeg het nogmaals – een Guerrilla Girl zou nooit zoiets doen. Dat is gewoon niets voor ons.'

'Je kunt niet namens al jullie leden spreken,' zei Murphy. 'Jemig, je hebt net toegegeven dat je de helft niet eens kent. Misschien heeft een van hen wel last van apenkolder gekregen.' Hij lachte spottend.

'Of misschien... was het apekool?' opperde Frida, die zich niet uit het veld liet slaan.

'Touché,' zei Murphy vlak. 'Maar jullie begrijpen wel wat ik bedoel. Iemand zou besloten kunnen hebben iets te doen wat de beweging niet goedkeurt, bijvoorbeeld een stapje verder gaan met dat antimannengedoe.'

'Wij zijn niet anti mannen, inspecteur.' Frida Kahlo's stem kreeg iets scherps. 'We proberen alleen de kunstgeschiedenis te herschrijven ten gunste van de vrouwen die eruit weggelaten zijn.'

'Tja,' zei Murphy. 'Een schilderij vernielen van een van de beroemdste en meest succesvolle mannelijke schilders zou daarbij wel helpen, nietwaar?'

'Ik weet niet of dat wel eerlijk was,' zei Kate toen de Guerrilla Girls in hun bestelwagen weggereden waren en zij met Murphy op straat liep. 'Er is totaal geen bewijs dat de Guerrilla Girls hierbij betrokken zijn.'

'Het enige wat ik weet is dat ze in het museum waren en tegen de tentoonstelling protesteerden.'

'Die groep bestaat al twintig jaar zonder dat ze ooit enig geweld hebben gebruikt.'

'Eens moet de eerste keer zijn,' zei Murphy. 'Luister, ik val de Guerrilla Girls als groep niet aan. Maar er hoeft maar één gek tussen te zitten.'

Kate wist dat hij gelijk kon hebben, maar ze had geen zin om dat toe te geven. Ze keek weer naar het kleine zwart-witschilderij en tuurde door het doorzichtige cellofaan. 'Dus dit is een fragment van een werk van De Kooning – of een soort De Kooning – en van een schilderij van Franz Kline, twee van Amerika's grootste abstract expressionisten. Maar die andere beelden...' Ze tikte tegen haar lip. 'Ik weet niet wat die ermee te maken hebben.'

'Het is de moeite waard het naar het lab te sturen, om te zien wat dat oplevert. Natuurlijk heeft het geen zin meer het op sporen te laten nakijken, maar...'

'Weet je,' zei Kate, 'iedereen heeft er nu toch al aan gezeten, dus het kan wel even wachten. Ik heb op dit moment een beter idee.'

5

De Delano-Sharfstein Gallery, gevestigd in een pand van rond 1900, was een rustige oase van verfijning, ingebed tussen de prijzige winkels van Calvin Klein en Giorgio Armani aan Madison Avenue. In tegenstelling tot de vele gestroomlijnde en gemoderniseerde galeries, had Delano-Sharfstein nog zijn oorspronkelijke wenteltrap, ingelegde vloeren, sierlijk gestuukte plafonds en houtsnijwerk dat naar oud geld rook, allemaal dankzij Delano, Mert Sharfsteins vroegere partner, die enkele jaren terug was overleden. Sharfstein was afkomstig uit een achterbuurt aan de verkeerde kant van Dayton, Ohio, al zou niemand dat ooit vermoeden – zijn pakken waren afkomstig van Savile Row, zijn schoenen waren van Italiaans leer, en zijn manier van praten was helemaal Cary Grant.

Toen Kate weer was gaan studeren, was Sharfstein een mentor voor haar geweest, en hun vriendschap had er ook toe geleid dat Richard hem hielp om verschillende belangrijke kunstwerken te kunnen aanschaffen. Sharfstein richtte zich op de ultrarijken, maar hij heette iedereen welkom met stijl, humor, klasse of schoonheid.

Terwijl Kate zijn personeel bekeek, bedacht ze dat deze jonge mannen en vrouwen zonder meer uit een catalogus van Abercrombie & Fitch hadden kunnen stappen – allemaal opgepoetste Amerikaanse schoonheden. Jaren geleden had Kate Mert ervan beschuldigd dat hij onopvallende types als minderwaardig beschouwde, en daarop had hij gesnauwd: 'Niemand, maar dan ook niemand, koopt iets van een lelijkerd!'

Sharfstein begroette Kate met een omhelzing en gaf Murphy een hand. 'Aha, de knappe inspecteur Murphy, dat is lang geleden.'

'Hè?' Kate keek van Sharfstein naar Murphy. 'Kennen jullie elkaar?'

'Inderdaad,' zei Sharfstein. 'Montgomery heeft wel eens een beroep gedaan op mijn expertise.'

Kate wierp Murphy een blik toe.

'Tja...' Hij plukte aan zijn elastiekje. 'Je hebt er niet naar gevraagd.'

'Kunstpolitie,' zei Sharfstein. 'Het idee. Nou, als ik de leiding had van dat team, zou ik jullie op ateliers af sturen om verf en benodigdheden weg te halen bij de knoeiers en al die neobedriegers een flinke boete geven.'

'Ik meen me te herinneren dat de nazi's iets dergelijks hebben gedaan,' zei Kate.

Sharfstein deed haar opmerking af met een handgebaar en ging hen voor naar zijn kantoor – een grote kamer, ingericht als het paleis van een pasja, met overal schilderijen en antiek. 'Ik vermoed dat dit bezoek niet voor de gezelligheid is.'

Murphy haalde het cellofaan van het schilderij en Sharfstein snoof letterlijk aan het doek. 'Dat is geen olieverf. Ik gok dat het acryl is.'

'Dat is gemakkelijk na te gaan,' zei Kate.

'En waar gaat dit over?' vroeg Sharfstein.

'Als we je dat vertelden, zouden we je moeten vermoorden,' zei Kate.

'Leuk hoor,' zei Mert met een zuinig mondje.

'Dat hoor je zodra wij het weten,' zei Murphy.

'Altijd weer mysterieus doen,' zei Sharfstein, terwijl hij het schilderij onderzoekend bekeek.

Kate wees op de afbeelding van De Kooning en vroeg of de handelaar het met hen eens was.

'Ja,' zei Sharfstein knikkend. 'Hoewel het meer doet dénken aan een De Kooning, uit de serie *Vrouwen*, dan aan een echt schilderij.'

'En hier' – Kate wees op de onderkant van het schilderij – 'Franz Kline, vind je niet?'

'Ja,' zei Sharfstein. 'Maar ook weer een gelijkenis.'

Kate pakte Sharfsteins loep van zijn bureau en hield het boven het schilderij. 'Wat is dat?' vroeg Kate, terwijl ze op een afzonderlijk stukje wees.

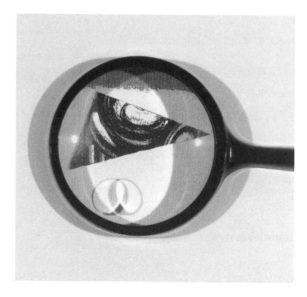

'Dat lijkt nergens op,' zei Sharfstein. 'Misschien het begin van het figuur van De Kooning? Het zou iets kunnen zijn wat later overgeschilderd zou worden.'

Kate tuurde er nog even naar en beaamde het idee. 'En wat vind je van dit schilderij? In het algemeen, bedoel ik.'

'Rotzooi,' zei Sharfstein.

'Ach kom, Mert. Het heeft best wel iets. En het is met veel zorg gemaakt.'

'Zorg is nog geen kwaliteit, schat.'

'Ik zei toch ook niet dat het de *Mona Lisa* was,' zei Kate. 'Alleen dat de maker er veel tijd aan heeft besteed.'

Sharfstein trok een wenkbrauw op. 'Ik vraag me soms af wie jou heeft opgevoed, lieverd.'

'Wolven,' zei Kate. 'Maar laten we het over de schilderijen hebben.'

'Dit soort postmoderne rotzooi laat me koud. Het is altijd een allegaartje van stijlen.' Sharfstein tuurde naar het schilderij en keek Kate aan. 'Wacht even. Dit fragment van De Kooning heeft wel iets van jóuw De Kooning – die flitsende ogen, die borsten, niet helemaal precies hetzelfde als jouw doek, of iets anders van Willem de Kooning, maar toch...'

Precies wat ze had gedacht. De man had er kijk op, en bovendien een goed geheugen, daarom had Kate het aan hem willen laten zien.

'En hetzelfde geldt voor Franz Kline – het is niet echt hetzelfde, en toch... doet het me denken aan een bepaald doek van Kline...' Sharfstein staarde in de ruimte, en keek toen weer naar het schilderij. '*Downtown El*. Dat bedoel ik.'

De titel deed wel een belletje rinkelen bij Kate, maar op dit moment kon ze zich er niets bij voorstellen. 'Wat denk je van het gezicht van Michael Jackson?' vroeg ze.

'Ik probeer vooral níét te denken aan het gezicht van Michael Jackson,' zei Sharfstein.

'En die tunnel?' vroeg Murphy.

'Goede vraag. Misschien een Amerikaanse precisieschilder – Sheeler of Demuth, maar daar lijkt het niet echt op.' Sharfstein schudde zijn hoofd. 'Het ziet er gewoon uit als... een tunnel.'

'En dat stukje erboven?' vroeg Murphy. 'Dat taartpuntje?'

'Volgens mij is het een stukje kaas,' zei Kate, terwijl ze met haar vinger tegen haar kin tikte. 'Kaas... hangend boven een tunnel.'

'De kaastunnel?' zei Murphy.

'Wat dacht je van de Brie Tunnel?' zei Sharfstein.

'Of de Dutch Tunnel,' zei Murphy.

'Dutch Tunnel,' herhaalde Kate. 'Of... de Holland Tunnel?' Ze dacht even na. 'Een reproductie van het schilderij van De Kooning boven de Holland Tunnel... Wacht eens – het Modernist Museum is vlak bij de Holland Tunnel.' De adrenaline gierde door haar lichaam.

'En wat stelt dit voor?' Murphy wees op de langgerekte witte vorm. 'Het lijkt wel een duizendpoot of zoiets.'

'Of een draak,' zei Sharfstein.

'Misschien,' zei Kate. 'Een middeleeuwse draak uit een prenten-boek.'

'Zoiets heb ik dan nooit gezien,' zei Sharfstein. Hij pakte zijn loep en ging ermee over de afbeelding, legde hem weer weg en begon het schilderij van alle kanten te bekijken. 'Wacht eens even...' Hij stapte naar achteren, haalde diep adem, draaide het schilderij weer om en hield het horizontaal. 'Dat is geen draak,' zei hij. 'Het is een kaart, een kaart van Long Island.'

6

Marci Starrett legde de hoorn neer en ging bij haar man aan tafel zitten, waar ze genoten van een goed glas sherry. 'Kate komt niet,' zei ze.

'Wat jammer,' zei haar man. Hij had een prettig, jongensachtig gezicht dat zich moeilijk liet beschrijven: regelmatige trekken, lichtblauwe ogen. 'Er is hopelijk niets aan de hand.'

'Niet dat ik weet, maar ik wilde haar niet onder druk zetten.'

De cateraar en zijn personeel waren in de keuken druk bezig met de gebruikelijke hors d'oeuvres en borrelhapjes; het huishoudelijk personeel liep daartussendoor heen en weer om ruimte te maken voor hapjes en drankjes.

Marci Starrett vulde het glas van haar man bij. Ze was een aantrekkelijke vrouw van in de zestig, onberispelijk verzorgd.

Nicholas Starrett proefde een slokje sherry en zei: 'Verrukkelijk.' Hij keek naar het landschap achter het huis – net een kerstkaart: rijp op de grond, een half bevroren vijver, glooiende heuvels – het bracht hem altijd weer tot rust. 'De koudste decembermaand die ik ooit op Long Island heb meegemaakt. We hadden in Palm Beach moeten blijven.'

'We gaan over een paar weken terug, schat. Ik wil niet zo lang wegblijven, vooral niet vanwege Kate. Nog niet.' Marci fronste haar voorhoofd. 'Ik wou dat ik haar kon overhalen met ons mee te gaan naar Florida.'

'Ik denk niet dat ze de baby zou kunnen missen.'

Marci Starrett glimlachte. 'Die heeft haar wel goed gedaan, hè? Ik heb me zoveel zorgen gemaakt, maar ik geloof dat ze zich er uiteindelijk wel doorheen slaat.'

'Voor een groot deel dankzij jou, lieverd.'

'Ach, Nicholas, wat een onzin. Ik heb gewoon gedaan wat iedere vriendin zou doen.'

Haar man wist dat dit niet waar was. Marci was een uitzonderlijk goede vriendin geweest. Hij lachte naar zijn vrouw en wierp toen een blik op de laatste aanwinst van hun indrukwekkende, steeds groter wordende kunstcollectie: een serie foto's van een kunstenaar die zich een paar jaar daarvoor een hoop moeilijkheden op de hals had gehaald met een foto van Jezus Christus die in urine dreef. Deze nieuwe foto's waren grootschalige Cibachrome-opnamen van een lijkenhuis, afschuwwekkend vond hij, maar zijn vrouw was er verrukt van, en het was haar beurt geweest om een kunstwerk uit te kiezen, want zo pakten ze dat aan: de ene keer iets wat hij mooi vond, dan iets wat zij mooi vond, daarna iets wat ze allebei mooi vonden. En Marci was niet zo gecharmeerd geweest van zijn laatste keuze: het boottafereel van Andrew Wyeth. Misschien was dit haar manier om hem terug te pakken, dacht hij, hem te plagen met zijn conservatieve smaak door zoiets bizars uit te kiezen. Maar dat vond hij niet erg. Hij was dol op zijn vrouw en op bijna alles in zijn heerlijke, onberispelijke leven.

'Je vindt de nieuwe foto's niet mooi,' zei Marci.

'Ze zijn prachtig, lieverd,' zei hij.

'O. Over foto's gesproken, ik wilde je steeds al iets laten zien.' Ze excuseerde zich en kwam terug met een schilderij, zwart-wit, niet ingelijst. 'Wat vind je hiervan?'

'Is dat een nieuw soort aankondiging van een tentoonstelling?'

'Het is een echt schilderij.' Marci hield het doek tussen haar duim en wijsvinger en draaide het om. 'Er staat niets achterop. Een heel vreemde aankondiging, als je het mij vraagt. Het werd gisteren bezorgd in een gewone bruine envelop, zonder afzender of zoiets.'

'Misschien is het een lokkertje.' Nicholas Starrett slaakte een zucht. Hij was niet in de stemming om een idioot kunstwerk te bekijken dat hun was toegestuurd. 'Ik vind het heel vervelend dat iedereen – galeries, kunstenaars – gewoon je adres van internet kan halen en ons van alles kan toesturen.'

'Maar kijk nu even, schat.' Marci Starrett wees met een keurig verzorgde wijsvinger naar het anonieme schilderwerk. 'Hierom wilde ik het je laten zien.'

'Waarom dan, lieverd?'

'Kijk dan.'

'O,' zei hij.

'O? Is dat alles wat je kunt zeggen?'

'Wat zou je dan willen dat ik zeg, lieverd?'

'Iets' – ze wapperde met een hand door de lucht – 'iets waaruit blijkt wat je voelt.'

'Waarom zou ik dat doen?'

Nu was het Marci's beurt om diep te zuchten. Ze bekeek het jongensachtige gezicht van haar man, het totale gebrek aan geslepenheid. Ach ja, hoe kon ze zich ook aan hem ergeren? Hij had gelijk. Het was dwaas om je door zulke dingen te laten beïnvloeden. 'Het lijkt gewoon zo ontzettend op óns schilderij, schat, ons schilderij van Franz Kline.'

'Ja, lieverd, dat zie ik.'

'En vind je dat niet vreemd?'

Hier moest Nicholas Starrett even over nadenken. 'Misschien hebben ze het daarom naar ons gestuurd. Misschien is het van een of andere jonge art-about-art-kunstenaar die denkt dat we het misschien willen kopen.'

'Maar we hoeven het niet te kopen, schat. Het is ons toegestuurd, gratis.' Marci draaide het schilderij naar zich toe. 'Weet je, ik vind het wel aardig. Misschien ga ik het wel inlijsten.'

'Doe dat, lieverd.' Nicholas Starrett dronk zijn glas sherry leeg en glimlachte.

Marci Starrett legde het schilderij weg en keek op haar horloge. 'O jee, ik moet me gaan aankleden voor het feest.'

7

Kate klapte haar telefoontje dicht. Natuurlijk had Marci het begrepen. Ze begreep altijd alles.

Kate stelde zich haar vrienden Marci en Nicholas voor in hun huis in Water Mill, met de vijver en de fraai verzorgde tuinen die haar het afgelopen jaar door zoveel weekends heen hadden geholpen. Ze staarde door het taxiraampje, waar de lichten van tegemoetkomende auto's langs flitsten.

De dagen 's winters zijn te kort, dacht ze. Ze miste de zon, dagen aan het strand met Richard.

Kate herinnerde zich het gesprek dat ze met inspecteur Murphy had gevoerd toen ze wegging.

Zou je het schilderij van Jackson Pollock willen zien waar ik je over heb verteld – dat aan flarden gesneden is op het advocatenbureau?

Ze had bijna ja gezegd, terwijl de adrenaline nog door haar lichaam joeg naar aanleiding van dat vreemde schilderijtje dat was vernield, zoals altijd wanneer ze met een zaak bezig was geweest. Maar dat was verleden tijd; ze had nu weer een gezin met een baby waar ze rekening mee moest houden – hoewel het besluit haar niet gemakkelijk was afgegaan.

Ze was gered door een telefoontje. José, een van haar beschermelingen bij de stichting, had tijdens een vechtpartij zijn arm gebroken en ze wilde zich er met eigen ogen van overtuigen dat alles goed met hem was.

Maar toen de taxi wegreed uit Central Park en naar het centrum reed, kon ze de vernielde De Kooning niet uit haar hoofd krijgen.

De pillen werken. Een halve hydrocodone, een heel klein beetje valium, net genoeg om de ergste pijn en angst weg te nemen en toch helder te kunnen denken. Alles is onder controle; het plan loopt. Stap twee. Of was het stap drie? Een moment van twijfel. *Drie. Ja, drie.* De acteur doet een stap naar voren, met het penseel geheven als een microfoon.

'Ik wil graag de dames en heren van de academie bedanken, mijn dramadocent en alle kaboutertjes die dit mogelijk hebben gemaakt.' Een diepe buiging, een theatrale veeg over de ogen, de stem een hoge falset, suikerzoet: 'Jullie vinden me aardig, jullie vinden me echt aardig.'

Nog een buiging, gevolgd door een krijsende, hoge lach, bijna onbeheerst, die overgaat in gehijg, daarna een snik.

Oké, rustig nu. Rustig. Adembalen. Adembalen.

Ogen dicht. Helemaal nergens aan denken.

Nu.

Dit is niet het moment om de controle kwijt te raken, zo vlak voor het spel begint. De tekst is gerepeteerd, alles is tot in de perfectie geregeld – route, opkomst, waar verberg je je, langs welke weg vertrek je. Vorige week een doorloop, en niemand die er aandacht aan besteedde.

De wrede blindheid van anderen. Daar kun je net zo zeker van zijn als van ongevoelige kwinkslagen, geschokte blikken of verholen lachjes.

Klootzakken.

Nog eens diep adembalen. *Geen tijd om daar nu aan te denken.*

Concentreer je op het plan.

Het is tijd om je voor te bereiden.

Het kostuum ligt klaar, samen met de benodigde accessoires.

Ruim een uur om het voor elkaar te krijgen.

Nu de checklist doornemen.

Route. Check.

Volle tank. Check.

Aankomsttijd. Check.

Vertrektijd. Hmmm... variabel. Check.

Handschoenen. Check.
Wat nog meer?
Een lach.
Het mes, natuurlijk.
Check.

José was alweer terug uit het ziekenhuis, met zijn arm – het was maar een scheurtje – in zo'n nieuw plastic gipsverband, dat hij vol trots liet zien, terwijl hij uitlegde hoe hij het er 's nachts kon afhalen, en popelend om het aan zijn vrienden te laten zien.

Ze zaten in de stampvolle keuken van de flat van het gezin Medina die langs het spoor stond. Kate nipte aan een kop café con leche die Anita Medina voor haar had gezet. Ze had haar twee dochters, Josés jongere zusjes, de kamer uit gedirigeerd, en op de achtergrond stond nu de televisie te loeien.

'Die jongen,' zei mevrouw Medina, terwijl ze bij het fornuis met een spatel naar haar dertienjarige zoon wees, 'is altijd uit op rottigheid.' Ze was een knappe vrouw, waarschijnlijk niet ouder dan vijfendertig, maar haar ogen zagen er moe en oud uit.

Kate keek even naar José terwijl ze haar kopje neerzette. Ze wist niet wat ze moest zeggen. Het was waar, de jongen zat altijd in de penarie, was brutaal tegen zijn leraren en raakte betrokken bij vechtpartijtjes; maar hij was ook intelligent, scoorde boven het gemiddelde, en hij was muzikaal. Maar als hij zo doorging, zouden de leraren bij Geef Ze Een Toekomst hem niet langer willen hebben. En Kate wist wat de stichting voor ze kon doen; een handjevol jongeren kreeg speciale aandacht, de klassen waren minder vol en de leerlingen werden gemotiveerd voor en voorbereid op vervolgonderwijs. Voor velen was het een geweldige kans op een nieuw leven.

Kate was er vanaf de eerste dag dat ze een klaslokaal was binnengelopen bij betrokken geweest. Over timing gesproken. Vlak na haar derde miskraam, verstrikt in de bureaucratische regels van adoptie, had ze hen daar gezien: tientallen jongeren die haar hulp nodig hadden. Het werd voor haar een passie om zich te wijden aan het programma en de jongeren, en ze had er zoveel voor teruggekregen: surrogaatkinderen van wie ze hield.

'Vertel het hem maar,' zei mevrouw Medina tegen Kate. 'Dat hij eruit geschopt wordt. Heb ik gelijk?'

Kate probeerde Josés blik te vangen. Ze wilde hem niet de les lezen, maar ze wilde ook niet dat hij zijn kansen verspeelde.

José keek haar even aan met zijn doordringende, donkere ogen die hem een stuk ouder deden lijken en haalde zijn schouders op. Kate zag zichzelf weer op die leeftijd – in het uniform van de katholieke school, de geruite rok die ze had opgehesen tot het een minirokje werd; de tijd die ze op de meisjeskamer doorbracht om de lipstick en mascara aan te brengen die haar vader had verboden, en die de nonnen er altijd weer afboenden.

'Hij doet waar hij zin in heeft, terwijl hij toch de man in huis zou moeten zijn,' zei zijn moeder.

Zware taak voor zo'n jonge jongen, dacht Kate, maar ze zei het niet.

'Het is twee jaar geleden dat Enrique, zijn vader, overleed.' Ze slaakte een diepe zucht. 'Het valt niet mee, maar ik doe mijn best.'

'Dat weet ik,' zei Kate, en ze dacht aan haar eigen verlies, en dat het voor haar veel gemakkelijker was, omdat ze wat geld had en een mooi huis. Ze dacht terug aan het rijtjeshuis in Astoria waar ze was opgegroeid; een eenpersoonsbed, de eenvoudige ladekast die haar moeder met kleurig papier had beplakt. Haar moeder – lang, net als Kate, ooit een mooie vrouw; voor haar veertigste had ze een eind aan haar leven gemaakt; en haar laatste bezoek – het gesprek over shocktherapie, dat zowel raadselachtig als beangstigend was geweest voor een meisje van twaalf – ze zag het allemaal even duidelijk als de scheuren in de gepleisterde muren waar ze nu naar tuurde.

Ze keek naar Josés arm in het gips. 'Hoe moet je nu drummen?'

'No problemo.' José greep een vork en een mes van de tafel en liet een indrukwekkende roffel van negentig seconden horen. Hij grijnsde en Kate kon haar lachen niet houden, ook al had ze hem het liefst door elkaar gerammeld en gezegd: *Je hebt een kans gekregen, verpest die niet!*

In plaats daarvan nam ze de gelegenheid te baat om José te vertellen over Willie, een van de jongeren die als een zoon voor haar was geworden – nadat hij was opgegroeid in een achterbuurt, was hij een beroemd kunstenaar geworden die zijn schilderijen verkocht en de hele wereld over reisde – en over andere jongens die iets van hun leven hadden gemaakt. 'Dat kun jij ook – iets met muziek, als je dat wilt.'

'Rottigheid,' zei zijn moeder. 'Dat wil hij.'

Nola zat voor haar computer, boeken met reproducties van schilderijen lagen geopend voor haar op het bureau.

Kate tilde haar lange dreadlocks op en drukte een kus op haar wang.

'Moest jij niet naar een feestje op Long Island?'

'Ik ben te moe. Ik hoor alle ranzige details morgen van mijn vriendin Blair, dat weet ik wel zeker.' Kate doelde op een van haar vriendinnen uit haar luxeleven van vroeger, die ze tegenwoordig niet zo vaak meer zag.

'Ik snap niet dat je het uithoudt met die vrouw.'

'Ach, Blair is zo kwaad nog niet. Onder dat Chanelpakje van haar klopt een hart van goud – minstens vierentwintigkaraats.'

Nola schoot in de lach.

'Slaapt de kleine?'

'Ja. Maar ik moet hem zo even oppakken, anders slaapt hij niet de hele nacht door.'

'Dat doe ik wel.' Kate wierp met enige trots een blik op Nola's kunstgeschiedenisboeken; haar protegee volgde haar voorbeeld. Ze overwoog even haar te vertellen over de vernielde De Kooning, maar ze kon de gevoelens die dit bij haar opriep op dit moment niet aan. 'Heb je iets gegeten?'

'Al uren niet. Ik ben uitgehongerd.'

'Ik zal eens kijken wat er in de koelkast ligt, of ik laat iets bezorgen. Heb je trek in iets speciaals?'

'Ja. In eten.'

Kate was blij dat ze thuis was, maar toen ze de gang door liep, bekroop haar een voorgevoel. *Komt het door dat schilderij van De Kooning? Richard? Doordat ik vandaag aan de zelfmoord van mijn moeder moest denken?*

Misschien hadden haar hersenen een verandering ondergaan. Ze had over onderzoeken gelezen waarin werd beweerd dat het brein van slachtoffers van verkrachting en marteling werkelijk veranderde, dat ze daarna altijd het ergste verwachtten.

Toen Kate de baby zag, schudde ze het naargeestige gevoel van zich af. Hij had zich overeind gehesen aan de spijlen van zijn ledikant en stond haar grijnzend aan te kijken.

'Wat ben jij toch een grote jongen.' Kate pakte hem op en knuffelde hem. Een kwijldraad liep van zijn lip in haar blouse.

'Fijn is dat.' Ze greep een tissue uit een doos en depte zijn mondje. Hij trok zijn hoofd naar achteren, liet een harde boer en kwijlde nog meer op haar kleren.

'Niet spugen, schat,' zei Kate, en ze ging met hem de keuken in terwijl ze lieve woordjes tegen hem uitkraamde.

In de koelkast stond niet veel meer dan babyvoeding, en ze was niet in de stemming voor peertjes en ananas, en Nola ongetwijfeld evenmin. 'Bestellen,' zei ze, en ze drukte de baby tegen zich aan. Ze kon bijna niet geloven wat een intense gevoelens het kind bij haar losmaakte.

Ze kuste hem op zijn voorhoofd, terwijl ze nog steeds vocht tegen dat angstige voorgevoel, maar wat ze ook deed, het ging niet weg. Ze had die dag iets gezien – behalve dat vernielde schilderij van De Kooning – dat sluimerde in haar geest en wachtte tot het verwerkt was, maar ze kon er niet bij. *Ik ben gewoon te moe*, dacht ze. *Laat het los. Laat het gewoon los.*

8

Het huis, een riant landhuis, ligt tussen hoge, kale bomen en zacht glooiende heuvels, aan het einde van een lange oprit met een dicht hek om ongewenste bezoekers tegen te houden – hoewel dit de enkele voetganger niet afschrikt. Er is niemand die namen controleert, geen bewakers.

Er is nauwgezet onderzoek gedaan, de doorloop was nog maar een week geleden.

Het echtpaar, rijke kunstverzamelaars, is beroemd om hun feestjes op vrijdagavond, waar men graag voor wordt uitgenodigd, hoewel je er zonder veel problemen binnenkomt – je mompelt een naam die ze zich nooit zullen herinneren, omdat ze denken dat je meekomt als introducé van de een of ander. Dit soort mensen maakt nooit ophef, vraagt nooit: *Ken ik u wel?*

Een knecht doet open, zo een met wit haar en een kromme rug uit een oude MGM-zedenkomedie; het feest is in volle gang, de late komst is van tevoren beraamd, de gastheer en gastvrouw staan aan de andere kant van de kamer met een paar gasten te praten.

Zelfs beter dan gepland, niet nodig om die ouwe lul een naam op te geven. 'Ik heb buiten even een sigaret gerookt. Ik wilde de anderen er niet mee lastigvallen. Vervelende gewoonte. Ik neem me aldoor voor ermee te stoppen.'

De knecht is afgeleid omdat hij de ingehuurde hulp in de gaten houdt: de barkeeper en serveersters, die geen deel uitmaken van het huishoudelijk personeel en in zijn ogen dus niet helemaal te vertrouwen zijn.

De hal is ruim, een kleine trap leidt naar de eerste van een aantal woonkamers die in elkaar overlopen, met overal kunst – muren vol, op piëdestals, hangend aan het plafond.

Ogen half dichtgeknepen om het allemaal op te nemen, de indeling in het geheugen te prenten, waar zich de duurste stukken bevinden. Maar het kan wachten; geduld is een schone zaak.

De gasten staan bijna even kunstzinnig gegroepeerd als de schilderijen – bevoorrechte Amerikanen in prachtige handgemaakte, over het algemeen zwarte kleding.

Een gedachte – *vermoord ze allemaal* – tijdens het doorkruisen van de kamer, hoofd gebogen, een houding waaruit spreekt: *ik hoor hier*; ziet een groepje staan, ziet hen gebaren en lachen, het vertrouwen dat ze tentoonspreiden. *Die verdomde incrowd.*

Oké, speel de rol. Ga er dichterbij staan. Maar niet te dichtbij.

'Jullie hebben vast wel iets gehoord over die tentoonstelling bij Art Specific – foto's, levensgroot, zwart-wit, superscherp. Van oude mensen. Naakten. Lichamen als reliëfkaarten. Het vlees hing als hoepels om hen heen. Ik weet niet hoe die fotograaf hen zover heeft gekregen dat ze hun kleren uittrokken. Ik weet wel dat ik dat niet zou doen.' Dit komt uit de mond van Blair Summer, lid van de beau monde van New York.

'O, ik wel hoor,' zegt een man naast haar, met verf onder zijn nagels. 'Ik heb het zelfs al gedaan. Ik heb alles uitgetrokken voor die vent die honderden, duizenden mensen, allemaal naakt, op de foto zet. Je weet wel, Spencer Tunick. Die kerel is geniaal. Ik was een van de, nou, ik denk wel paar honderd mannen en vrouwen die spiernaakt op Grand Central Station stonden. Wat een belevenis. Al dat vlees. Tunick gaat de hele wereld over om mensen zover te krijgen: Londen, Barcelona, Helsinki.'

'Helsinki? Nou, dat zal echt wel cool geweest zijn,' zegt Blair met een glimlach.

De jongeman lijkt de grap niet te vatten. Hij raaskalt door: 'Nadat je de eerste dertig of veertig naakte lichamen hebt gezien, al die tieten en konten en pikken en ballen, kijk je er niet meer van op.'

De kunstenaar draait zich om en kijkt de mensen om zich heen een voor een aan. 'Stel je voor. Wij allemaal. Op dit moment. Naakt.

Geen geheimen. Iedereen gelijk.'

'Sommigen iets meer dan anderen,' zegt een man in een pied-de-poule jasje.

'Serieus,' zegt de man met verf onder zijn nagels, de kunstschilder. 'Geen kleren, geen labels om je achter te verschuilen.'

'Ik laat mijn labels liever waar ze zijn, dank je feestelijk,' zegt Blair.

De gastvrouw, die iets heeft opgevangen, komt dichterbij en legt haar verzorgde hand op de arm van de man met verf onder zijn nagels, en met haar lange, taps toelopende vingers en bloedrode nagels knijpt ze hem heel zacht. Ze heeft graag een paar kunstenaars op haar partijtjes, hoe controversiëler hoe beter, zodat de gasten zich niet gaan vervelen. 'Ik denk dat we onze kleren het beste aan kunnen houden,' zegt ze met een lach.

Misschien wel een aardige vrouw.

De gastheer komt aangeslenterd. 'Wat is dat voor gedoe over kleren uittrekken?' Zijn jongensachtige trekken lichten op als hij een derde martini pakt. 'Wil Jeremy dat we gaan strippen?' Tussen opeengeklemde kaken door laat hij een nasaal lachje horen.

De gastvrouw, met de bloedrode nagels, drukt een kus op zijn wang.

De echtgenoot, juist. Zij zijn dus de eigenaars.

'Zijn die nieuw?' Blair gebaart naar een serie enorm grote kleurenfoto's.

'Ja,' zegt de gastvrouw. 'Schitterend, vind je niet?'

'Een beetje gruwelijk,' zegt de man in het pied-de-poule jasje.

'Ja, zeg dat wel,' zegt de gastheer met een blik op zijn echtgenote, maar met een glimlach.

'Ik heb hem wel gehoord, Nicholas.' Ze tikt vol genegenheid tegen zijn wang. 'Nicholas vindt ze niet mooi, maar het was mijn beurt om iets uit te kiezen.'

'Zijn die echt in een lijkenhuis gemaakt?' vraagt Blair.

De indringer, die iets verderop staat, kijkt op naar de groteske foto's van de doden en voelt iets dat het midden houdt tussen angst en opwinding.

'Andres Serrano,' zegt de kunstenaar, pochend met zijn kennis. 'Hij is die vent van *Piss Christ*.'

'Vinden jullie dat een artiest provocerend moet zijn om vandaag de dag mee te tellen?' vraagt Blair.

'Ja.' 'Nee.' De gastheer en zijn vrouw reageren op exact hetzelfde moment en schieten in de lach, waarna de gastvrouw zich tot Blair richt en vraagt: 'Hoe gaat het met Kate?'

Kate?

'Lui,' zegt Blair. 'Ik vrees dat ik haar niet heb kunnen overhalen om vanavond hierheen te komen.'

'We mogen haar ook niet onder druk zetten,' zegt de gastvrouw. 'Het zal niet makkelijk voor haar zijn. Zij en Richard waren zo'n goed stel.'

Ja, een aardige vrouw.

'Je maakt het haar veel te gemakkelijk,' zegt Blair. 'Ik ben een groot voorstander van de schop-onder-je-kontmethode.'

Dat is echt een loeder.

De indringer draait zich om – *Blijf lopen, net doen of je hier hoort* – en komt bij een andere trap die naar de grote kamer leidt, bijna een museum of een galerie. Drie muren met volmaakt belichte schilderijen, een glazen pui die uitkijkt op het bewuste pittoreske winterlandschap, een paar gasten die de kunstwerken staan te bewonderen: *Mao* van Warhol, een late Picasso, een plexiglazen sculptuur dat aan een vrijwel onzichtbare draad aan het plafond hangt, en een wand met slechts één groot zwart-witschilderij.

Bingo!

'Franz Kline,' zegt een man op fluistertoon tegen de vrouw naast hem. 'Ik heb gehoord dat ze er een klein fortuin voor hebben neergeteld.'

'Dat is de enige manier om zo'n schilderij in je bezit te krijgen,' zegt de vrouw. 'Tenzij je het steelt!'

Ze hebben de aanwezigheid van de indringer niet opgemerkt, die een paar meter van hen af naar het schilderij staat te kijken.

Franz Kline. Een van de belangrijkste schilders van de New York School, overleden toen hij tweeënvijftig was, een korte, stormachtige carrière die een opleving wacht, de ruige penseelstreken van het schilderwerk geven al aan waar het mes in gezet kan worden.

Maar nu nog niet.

De indringer glipt weg, gaat snel een andere deur door, weer een trap af, de kelder in, de volmaakte schuilplaats – een L-vormige ruimte met een opslagruimte, stapels karton, lampen, schoonmaakmiddelen, vouwstoelen,

Wachten. Geduld oefenen. Ademhalen.

Nogmaals: *wachten. Geduld oefenen. Ademhalen.*
Een mantra. Herhalen. Steeds opnieuw.

1 uur 's nachts.
Boven is niets meer te horen.

Ziekenhuisschoenen, rubberhandschoenen aan. Een doek van de plank met schoonmaakmiddelen om de leuning af te vegen als de indringer naar boven loopt.

De kamer met het schilderij van Franz Kline is nu leeg; je ziet niet dat hier een feest is geweest, alles is keurig schoon, de maan door de glazen wand geeft net genoeg licht om bij te kunnen werken.

Breekmesje pakken, opgeheven tot vlak voor het schilderij en dan toesteken.

Een flinke jaap door het zestig jaar oude doek en de verf, omhoog en dan omlaag. Flinters goedkope muurverf, waar Kline het liefst mee werkte, vliegen eraf en dansen naar de vloer.

Een sidddering gaat door hem heen, zo aangenaam vindt hij dit vernielen van echte kunst.

Plotseling gaat boven het licht aan. Nicholas Starrett staat in pyjama en op pantoffels boven aan de trap.

'Wat doe jij – mijn god – ben je krankzinnig?! Dat is een Franz Kline. Een Franz Kline! Een van de groten der aarde, een meesterwerk, miljoenen waard...' Hij haast zich de trap af, met zijn vuisten gebald voor hem uit, trillend van woede.

Niet volgens plan. Niet volgens plan. Maar er is geen tijd om na te denken. De reactie van een dier in nood: een steek in de onderbuik van de man – omhoog, dan omlaag. En behalve de angst is er onmiskenbaar een aangename sensatie in het kruis.

Het lichaam van Nicholas Starrett geeft zich gemakkelijker gewonnen dan het doek van Kline. Hij grijpt naar zijn buik terwijl het bloed door zijn vingers sijpelt en zijn zijden pyjama doordrenkt. Met zijn lichtblauwe ogen wijd open van schrik strompelt hij op het vernielde schilderij af en valt hij neer.

De auto staat een stukje van de weg af te wachten tussen een stel bomen, de winterjas ligt nog binnen, over de rug van de bestuurdersstoel.

Sleutel in het contact, huiverend, het hart klopt snel.

O god. Wat is er gebeurd? Beelden verschijnen met horten en stoten, als in een stomme film.

Het alarm, dat afging bij het opendoen van de achterdeur, krijst in de verte maar klinkt als een kreet in het hoofd. Er is geen tijd om na te denken, geen tijd om vragen te beantwoorden.

Even scheurt het masker, en herinneringen krioelen als maden in de wond.

Waar zijn verdomme die pillen?

Een flesje uit een zak gehaald, een pil doorgeslikt zonder water.

Hoofd naar achteren. Diep ademhalen.

Met trillende vingers in handschoenen wordt het sleuteltje omgedraaid, de voet diep op het gaspedaal, de auto gaat met een schok naar voren.

Maar naarmate de zenuwen bedaren, worden de gedachten helderder. *Was het echt zo fout? Is de eigenaar eigenlijk niet net zo schuldig als de maker?*

Een redelijk argument: *straf voor aanbidding.*

De handen steviger om het stuur, de geest helderder, kracht ontleend aan het besef: *ik kan alles.*

Een lachje rond de lippen, terwijl gedachten doorgaan: *dit verandert niets. Het plan blijft gehandhaafd. De volgorde is nog hetzelfde.*

Deze daad had weliswaar als laatste uitgevoerd moeten worden. Maar eerlijk gezegd was er de angst er niet tegen opgewassen te zijn. En nu is er niets om bang voor te zijn.

Het stuur overpakken in de andere hand, een korte worsteling om die verrekte handschoenen uit te trekken, dan een hand die op de tailleband valt. Weer een huivering van genot.

De acteur moet toegeven dat het... iets had. De huid doorboren was veel opwindender dan het kapotsnijden van canvas. Weer een huivering.

Het is echt beter zo. Dit voegt alleen maar iets toe aan het plan, het geeft er diepte en betekenis aan. Het is een rol om van te genieten en opnieuw te spelen.... En nog eens.

Oefening baart kunst. Luidt zo niet het gezegde?

'Help me.' Hij keek omlaag naar zijn buik, waar zijn ingewanden uitpuilden.

Trillend stak ze haar hand uit, maar het was te laat.

Iemand floot ergens een bekend popnummer, 'Smooth criminal', en anderen, politiemensen, stonden nu over het lichaam gebogen; een hedendaagse versie van de piëta.

Nee, nee. Dit kan niet waar zijn.

Het fluiten was opgehouden, maar ze hoorde het nummer nog in haar hoofd. Het was toch zang? Of was het een kreet – of een schreeuw? Waar kwam het vandaan? Van engelen? Zo klonk het wel. Ja, daar waren ze, ze loerden tussen geschilderde wolken in een geschilderde hemel, zwart-wit, als het schilderij uit het museum dat ineens voor haar ogen begon te golven, het fragment van de De Kooning kwam ineens van het doek los, het popnummer begon weer en Michael Jacksons gezicht doemde op en hij zong, maar zonder dat zijn lippen bewogen.

Maar was het wel zingen?

Het was huilen.

Huilen.

Kate werd met een schok wakker en deed de lamp aan. Ze hijgde, haar nachthemd plakte tegen haar lichaam.

Huilen. De baby.

Ze sleepte zich het bed uit. De droom: Richards lichaam achter in die donkere steeg, agenten die over hem heen gebogen stonden en het vernielde schilderij – het speelde allemaal nog steeds door haar hoofd.

Nola zat geagiteerd in de kinderkamer met de baby in haar armen. 'Hij huilt al een kwartier. Ik heb hem verschoond en geprobeerd hem een flesje te geven, maar niets helpt.'

Kate nam de baby van haar over. 'Sst...' fluisterde ze in zijn oor. En tegen Nola: 'Ga maar slapen, schat. Jij hebt morgen les. Het komt goed, ik krijg hem wel weer in slaap.'

'Weet je het zeker?'

Kate knikte en wiegde de baby. Ze hield hem graag in haar armen. Ze drukte haar lippen tegen zijn voorhoofd om te controleren of hij verhoging had, maar hij voelde normaal. Ze vroeg zich af of hij, net als zij, een nare droom had gehad.

Ze liep met de kleine naar de andere kant van de loft en weer terug, met haar blote voeten op de houten vloer, en neuriede zonder dat ze het wist het melodietje uit haar droom.

Ten slotte viel de baby in slaap. Kate drukte haar gezicht tegen zijn

wangetje en ademde zijn frisse geur in. Toen legde ze hem in zijn ledikant, terwijl ze nog steeds dat vreselijke schilderij voor zich zag: het
gezicht van Michael Jackson, en het fragment van de vernielde De
Kooning, de tunnel, en het stukje van Franz Kline dat haar zo bekend
voorkwam, al wist ze niet waarvan.

9

Nola probeerde met één arm boeken in haar rugzak te proppen en met de andere de spartelende baby in bedwang te houden.

Kate nam het kind van haar over, zijn mollige beentjes trappelden alle kanten op. 'Rustig jij, tijger.' Ze zette hem in zijn kinderstoel en roerde daarna wat appelsap door poederachtig tarwemeel.

'Ik snap niet waar Diane blijft.'

'Die komt zo. Ga jij maar naar je cursus. Ik red het hier wel.'

'Dank je.' Nola gaf de baby een kus, en daarna Kate.

Toen Nola was bevallen, had Kate haar een belofte gedaan: zij zou ervoor zorgen dat Nola kon afstuderen. En daar had ze zich aan gehouden. Zij zou ervoor zorgen dat Nola kunstgeschiedenis kon studeren en daarna haar doctoraal kon halen, als ze dat wilde. De waarheid? Kate vond het fijn om zich onmisbaar te maken, het gaf haar het gevoel dat het kind ook een beetje van haar was.

'Jammie-jammie,' koerde ze, terwijl ze het kind fruitpap voerde, en toen ging de telefoon. Ze klemde de hoorn tussen haar schouder en oor en bleef het kind intussen eten geven.

Het was Blair, haar vriendin. Die wilde natuurlijk alle roddels over het feest vertellen. Kate bereidde zich erop voor dat ze zeker een halfuur aan de telefoon zou zitten.

'Ik heb slecht nieuws,' zei Blair. 'Het gaat over gisteravond...'

Kate voelde haar spieren spannen.

'Nicholas,' zei Blair. 'Hij is...'

'Wat?'

'Hij is... vermoord.'

'O god...' Kate liet de lepel vallen, zodat de smurrie op haar kleren en die van de baby belandde, die begon te schateren.

'Het is na het feest gebeurd. Er was kennelijk ingebroken.' Blairs stem trilde. 'Nicholas zal hen wel betrapt hebben. De politie heeft me zojuist gebeld. Ze ondervragen iedereen die op het feest is geweest.'

Kate was verbijsterd, ze kon geen woord uitbrengen.

'Kate. Heb je gehoord wat ik zei?'

'Ja, ik...' Kate staarde naar het lieve snoetje van de baby en probeerde het nieuws tot zich te laten doordringen. Nicholas Starrett. Dood! 'Is alles goed met Marci?'

'Ja. prima. Ongedeerd, bedoel ik. Ze is hier, in de stad.'

Er kwamen allerlei beelden bij Kate boven, waardoor ze zich moeilijk kon concentreren.

'Kate, ben je daar nog?'

'Ja. Ik spreek je later, Blair. Ik moet Marci bellen.'

De kinderverzorgster riep vanuit de gang; Kate liep haar tegemoet, gaf de baby een kus en droeg hem zonder een woord te zeggen aan haar over.

Kate zou de oude vrouw op de bank misschien niet eens hebben herkend als ze haar niet in het weelderig ingerichte appartement van de Starretts aan Park Avenue had zien zitten. De bijzonder elegante, perfect geklede en gekapte Marci Starrett leek in één nacht tien jaar ouder te zijn geworden.

Had zij er ook zo uitgezien toen Richard overleden was?

Kate wilde hier niet haar eigen tragedie bij slepen, maar ze kon het gebeuren er niet los van zien.

Toen Marci Starrett haar zag, begon ze te huilen, en Kate omhelsde haar. Tegen de tijd dat de vrouw haar hoofd van haar schouder optilde, was Kates trui drijfnat van de tranen.

'Godzijdank heeft mijn zus me hierheen gereden. De politie wilde dat ik daar bleef, maar dat kon ik gewoon niet. Ik moest daar weg. Dat begrijp je wel, hè?'

Kate begreep het inderdaad. Zij had zo snel mogelijk het appartement aan Central Park West en het huis dat ze met Richard had bewoond in East Hampton verkocht – het idee op een plek te moeten wonen waar aan alles herinneringen kleefden, was onbestaanbaar.

'Alleen...' Marci greep Kates hand. 'Ik weet alleen niet of ik kan...' Ze slikte en probeerde op adem te komen. 'Het lijkt een onmogelijke opgave. Ik bedoel, waar is Nicholas nu ik hem zo hard nodig heb?'

Precies hetzelfde gevoel had Kate gehad tijdens Richards begrafenis – dat degene die ze het hardst nodig had er niet voor haar was.

'Om een schilderij, een stom schilderij.'

'Een schilderij? Wat bedoel je?'

Marci snoot haar neus in een tissue. 'Dat van Frans Kline, dat we een paar maanden geleden hebben gekocht... dat heeft die, die man vernield, en...'

'Jullie schilderij van Kline?'

'Ja.' Marci haalde diep adem. *Downtown El.*'

Downtown El. Het zwart-witte schilderij, met het fragment van Kline, schoot Kate weer te binnen. *O god. Natuurlijk!* Dat was het, wat haar maar niet te binnen wilde schieten. Hoe had dat haar kunnen ontschieten? Was ze zich de laatste tijd van zo weinig bewust, zo met zichzelf bezig dat ze niets meer zag?

Deze vragen drongen zich aan Kate op, maar Marci zat alweer te snikken, haar magere schouders schokten.

Kates nachtmerrie begon ook weer boven te komen, de beelden flikkerden op als in een film: Richards geknakte lichaam, en die donkere steeg die haar insloot, haar de adem benam. Ze legde haar arm om Marci heen, ze had het contact met een ander bijna even hard nodig als haar vriendin. De vrouw voelde frêle en kwetsbaar.

Marci keek op met rode, gezwollen ogen. 'Hoe heb jij het gedaan, Kate? Hoe ben jij er... bovenop gekomen?'

Het duurde even voordat Kate de vraag begreep, en toen nog even voordat ze haar stem weer vond. 'Ik weet het niet, Marci. Ik ben er nog steeds... mee bezig.'

Marci Starrett keek Kate recht aan. Ze sprak zachtjes, maar met een intensiteit die haar bang maakte. 'Je zorgt er toch wel voor dat degene die dit heeft gedaan gestraft wordt?' Haar vingers klemden zich vaster om Kates pols. 'Jij kunt de politie van dienst zijn, dat weet ik.'

Kate reageerde niet. Ze dacht aan Nicholas Starrett die was vermoord, en aan het schilderij – dat verdomde doek van Franz Kline. Hoe was het mogelijk dat ze het schilderij niet in verband had gebracht met dat van haar vrienden? Had ze het maar gezien.

De ochtend was helder begonnen, maar nu trok de hemel dicht en lage wolken hingen rond de wolkenkrabbers van Manhattan. Kate had haar loft in Chelsea vroeg verlaten, haar handschoenen en een sjaal was ze vergeten, maar ze voelde de kou amper terwijl ze over Park Avenue liep.

Ze had niet tegen Marci gelogen toen ze zei dat ze er nog mee bezig was – Richards dood, en de vraag wat ze verder aan moest met haar leven. Ja, ze was verhuisd en ze had Nola en de baby in huis genomen – dat was allemaal nieuw en opwindend en vol beloftes. Maar toch had ze nog het gevoel dat haar leven nog in de steigers stond. Zo vaak overviel haar het gevoel dat het haar inhaalde, en kon ze niet geloven dat ze weduwe was; en hoewel ze het lichaam van haar man op een metalen plaat in het mortuarium had zien liggen, en zand op zijn kist had gestrooid, kon ze nog steeds niet bevatten dat hij dood was en nooit meer terugkwam.

Hoe ben jij er bovenop gekomen, Kate?

De waarheid? Ze had zich op haar werk gestort. En op dit moment, nu ze langzaam de onregelmatige skyline van Manhattan in zich opnam, besefte ze dat ze het weer zou doen.

Het besluit had ze al genomen in het appartement van Marci Starrett, toen ze het verdriet van haar vriendin zag en ook voelde, waardoor haar eigen herinneringen weer levend werden. Maar er was nog een reden, en dat wist ze.

Het was schuldgevoel.

Had ze dat schilderij maar herkend. Had ze maar nagedacht en een conclusie getrokken. Dan had het allemaal heel anders kunnen lopen.

Verdomme. Kate hield een taxi aan en dook op de achterbank. Ze noemde het adres en haalde diep adem, terwijl ze nadacht over wat ze zou gaan doen.

10

One Police Plaza.

Het kantoor van Clare Tapell, commissaris van politie.

Kate blikte langs de dossiers en mappen tot ze haar vroegere cheffin van Astoria, met wie ze jarenlang had samengewerkt, recht in de ogen keek; ze hadden niet veel woorden nodig om elkaar te begrijpen.

Tapell liep te ijsberen. 'Weet je zeker dat je dat wilt? Zo kort na –'

Kate snoerde haar de mond. 'Ik bemoei me alleen met de schilderijen, samen met Murphy,' zei ze. 'Bij Moordzaken gaan ze hun eigen gang maar. Murphy en ik zullen alles wat we tegenkomen aan hen doorspelen.'

Wie probeerde ze nu voor de gek te houden? Het was zonneklaar: als ze degene vonden die het schilderij had vernield, hadden ze de moordenaar.

'De moord op Nicholas Starrett valt onder Suffolk,' zei Tapell. 'Daar zijn Brown en Perlmutter er op dit moment mee bezig.'

Kate zag Floyd Brown en Nicky Perlmutter voor zich: Brown, hoofd van het speciale team Moordzaken van Manhattan, en Perlmutter, zijn inspecteur. Ze hadden allebei aan Richards zaak gewerkt.

'De Starretts wonen de helft van het jaar in de stad. Suffolk wil dat de NYPD die zaak behandelt.' Tapell slaakte een zucht. 'Maar ik kan de mankracht niet missen. Ik heb tegen Brown gezegd dat hij ze moet afschepen.'

'Nou, ik werk gratis,' zei Kate. 'Ik kan Murphy helpen door hem in contact te brengen met een paar kunstexperts.'

'Murphy doet dit werk al een poosje. Hij redt het wel,' zei Tapell, ook al wist ze dat hij die hulp best kon gebruiken, aangezien de afdeling Kunstzaken door de recente bezuinigingen was teruggebracht tot een eenmansafdeling, en werkte zijn vroegere collega nu op de onderbezette afdeling Diefstal.

Kate nam haar vroegere cheffin op: donkere ogen, donkere huid, op wat lipstick na geen make-up, de starre houding die haar persoonlijkheid tot uitdrukking bracht. 'Luister, Clare. De NYPD heeft mijn hulp de afgelopen twee jaar twee keer ingeroepen – twee keer.

'Ik dacht dat jij je zelf gemeld had,' zei Tapell.

'De eerste keer wel.' Kate zag een flits voor zich van het dode meisje. 'Maar de laatste keer niet, met die kleurenblinde moordenaar. Toen heeft Brown mij benaderd, weet je nog? En ik heb die zaak opgelost – als ik het me goed herinner zelfs beide zaken.' Ze liet dit even doordringen. Er waren een paar dingen die ze over Clare Tapell wist, een paar minder fraaie daden waardoor haar vroegere cheffin deze functie in de wacht had gesleept, maar ze vond het niet nodig om haar daaraan te herinneren – ze wisten het allebei. 'Dit ben je me verschuldigd.'

Tapell hield op met ijsberen. 'Ik dacht dat je wel gesteld was op je leven als gewone burger.'

'Nicholas Starrett was een vriend van me.'

Tapell liet zich achter haar bureau in de leren stoel zakken. Ze kende Kate al twintig jaar en ze wist dat ze dit niet zou laten rusten tot ze had gekregen wat ze wilde. Ze had Richard ook gekend, en op haar eigen manier rouwde ze ook om hem. 'Volgens mij ben je gek, maar als Murphy het goedvindt...' Ze zuchtte. 'Dan ga ik akkoord.' Ze wist dat agenten niet zo gesteld waren op ex-collega's die ineens hun neus weer in hun zaken staken. Maar Kate had zich bewezen, dat was een feit. 'Maar het kan absoluut niet officieel. Tenzij je wilt stoppen met schrijven en televisie maken, om weer volledig in dienst te treden.' Tapell trok een wenkbrauw op, waardoor haar woorden zowel serieus als spottend klonken.

'Ik hou het bij niet-officieel,' zei Kate.

Floyd Brown masseerde zijn slapen. Hij voelde hoofdpijn opkomen. Met een bureau dat al vol lag met zijn eigen werk, was een moordzaak buiten de stad wel het laatste waar hij op zat te wachten.

Inspecteur Gene Fuggal van Suffolk County leek hem niet te horen. 'Ik zeg alleen dat die Starrett in Manhattan woonde...'

'Maar hij is overleden in East Hampton, inspecteur.'

'Water Mill,' corrigeerde Fuggal hem.

Dit gekissebis duurde nu al een halfuur. 'Nog steeds buiten onze jurisdictie.' Browns ogen zochten die van Perlmutter. *Kom me te hulp.*

'Weet je wat,' zei Perlmutter, terwijl hij met zijn een meter negentig lange lichaam overeind ging staan. 'Als we ook maar iets ontdekken, kun je ervan verzekerd zijn dat we je bellen.'

'Weet je, de echtgenote is hier, in Manhattan. Ik heb geprobeerd haar tegen te houden, maar ze ging er snel vandoor.'

'Dat doet er niet toe,' zei Brown. 'Tenzij zij haar man heeft vermoord.'

Fuggal krabde zich op zijn bijna kale hoofd. 'Nou, je weet wat ze zeggen: als de vrouw sterft, is de man verdacht, en vice versa.'

Brown blies lucht uit zijn mondhoek. 'We zullen met mevrouw Starrett gaan praten. Zoals inspecteur Perlmutter al zei: als we iets horen, geven we een gil.'

'Ze kan ook iemand hebben ingehuurd,' zei Fuggal.

Brown keek naar de kleine, dikke agent, die naar hij vermoedde op het oostelijk deel van Long Island niet veel te doen zou hebben – een paar onopgeloste moorden die waarschijnlijk nooit opgelost zouden worden; de laatste zaak waar Brown over had gelezen was een enorm schandaal geweest waarbij een rijke kerel een politie-inval had georganiseerd om een stel kerels te laten arresteren die rondhingen op de parkeerplaats naast het landgoed van dertig miljoen dollar dat hij had gekocht zonder te weten dat het een van de belangrijkste homo-ontmoetingsplaatsen van de omgeving was.

'Volgens mij heb jij te vaak naar de *Sopranos* gekeken,' zei hij. De Starretts, wist Brown, waren filantropen die aan praktisch alle instanties van New York geld schonken: kunstverenigingen, ziekenhuizen, de openbare bibliotheek. Volgens zijn baas, die hem had gevraagd zich niet met deze zaak te bemoeien, zou de burgemeester er niet blij mee zijn als Marci Starrett werd lastiggevallen. 'Het lijkt me eerder een kwestie van slechte timing. Iemand die bezig was hun schilderij te vernielen en daarbij werd gestoord door het slachtoffer.'

'Misschien,' zei Fuggal, en hij krabde zich nog steeds op zijn schedel, die lichtrood begon te worden. 'Ik heb mijn beste mensen naar de plaats delict gestuurd. En ik heb rechercheurs uit omliggende gemeenten er ook op af gestuurd. Maak je geen zorgen, Brown, dit krijgt van mij prioriteit.'

'O,' zei Brown. 'Heel goed.' Hij wist wat dat betekende. *Verontreinigd sporenonderzoek.* Brown was de tel kwijtgeraakt van de keren waarop voorwerpen en bewijzen die op een plaats delict werden aangetroffen – sigarettenpeuken, voet- en vingerafdrukken – achtergelaten bleken te zijn door de agenten die erdoorheen gestruind waren. Brown kon zich wel voorstellen hoe het er daar nu uitzag: de nachtmerrie van een forensisch arts. Hij wierp Nicky Perlmutter een veelbetekenende blik toe.

Perlmutter nam de inspecteur van Suffolk bij de arm en liep met hem naar de deur. 'We houden contact.'

Inspecteur Monty Murphy was al gebeld door commissaris Tapell en probeerde te doen alsof het hem niet zoveel kon schelen dat McKinnon kwam helpen.

Hij had zich nog niet geschoren en Kate vond dat zijn dikke zwarte haar er vanochtend nog warriger uitzag dan anders. Hij wreef in zijn ogen.

'Moe?' vroeg ze, terwijl ze ging zitten.

'Slapeloosheid,' zei hij. Hij gaf de schuld aan zijn vrouw, die hij al op school had leren kennen en die hem anderhalf jaar geleden had verlaten voor een kerel met geld; hun elfjarige dochter had ze meegenomen, en het drietal woonde nu op het landgoed van die kerel in Southampton. Het was niet helemaal waar; zijn slapeloosheid was al een paar jaar eerder begonnen.

'Slapen wordt overschat,' zei Kate bij wijze van grapje; maar ze zag aan Murphy's gezicht dat ze de aandacht nu op haar eigen situatie had gevestigd.

'Luister,' zei Murphy, terwijl hij met een hand door zijn warrige haardos ging. 'Ik wilde je al zeggen dat ik het heel erg vind van je –'

'Laat maar,' onderbrak ze hem. 'En, wat heb je tot dusver over de zaak-Starrett gevonden?'

Hij gaf haar een map. 'Dit gaat alleen over het schilderij. De moordzaak gaat naar een andere afdeling.'

'Dat heb ik gehoord.' Kate liet de afbeeldingen uit de map glijden, zes foto's van de vernielde Kline – dat verdomde schilderij dat ze meteen had moeten herkennen op het moment dat ze dat vreemde zwartwitte schilderij onder ogen had gekregen, en later, met Sharfstein. 'Mert Sharfstein herkende het,' zei ze. *'Downtown El*, weet je nog?'

Murphy knikte. 'En er is nog iets. Volgens mevrouw Starrett hebben zij en haar man een schilderij ontvangen... waar een kopie van hun schilderij van Kline op te zien was.'

Kate had er niet aan gedacht het aan Marci Starrett te vragen, gezien alle emoties van dat ogenblik. 'Zoals dat schilderij in het museum?'

'Ik weet het niet. Ik heb het niet gezien. Het is nog in Water Mill.'

'Nou, waar wachten we nog op? Dat moeten we gaan bekijken. Nu meteen.'

'Suffolk PD heeft al iemand gestuurd om het te gaan halen. Ze faxen het naar ons zodra ze het hebben.'

'Faxen? Ben je mal? We gaan erheen.'

'Dat vindt Brown niet goed, en Tapell ook niet. Het is niet binnen onze jurisdictie.'

'De jurisdictie kan de tering krijgen.'

'Dat vind jij misschien.' Murphy keek haar strak aan. 'Maar ík werk hier.'

Kate wist dat hij gelijk had. *De moord op Nicholas Starrett gaat naar Suffolk.* Dat had Tapell gezegd; bovendien had ze er zelf mee ingestemd zich te beperken tot Murphy en de schilderijen. Kate probeerde haar adrenalinestroom in te tomen, maar het lukte niet. 'Ik wil die schilderijen echt zien. Allebei – de vernielde Kline en het schilderij dat de Starretts hebben ontvangen.'

'Geduld,' zei Murphy, en speelde met het eeuwige elastiekje om zijn pols. 'Laten we niets overhaasten.'

'Hoezo niet? Wil jij hier blijven zitten en met je... elastiekje spelen?' Kate zuchtte. 'Sorry. Ik weet dat het voor jou ook niet gemakkelijk is. Maar als die Kline van de Starretts op dezelfde manier is vernield als de De Kooning – en ze hebben net zo'n schilderijtje ontvangen als Dressler...' Ze zweeg even en dacht na. 'Dan zitten we hier met een nogal merkwaardig feit, vind je niet? Een... vooropgezet plan.' Kate dacht even over haar eigen woorden na. *Liep er een maniak rond die schilderijen – en mensen – aan flarden sneed? Was dat mogelijk?* Ze bestudeerde de foto's van de kapotte Kline van de Starretts, de stukken doek die uit de lijst hingen. 'Die inkepingen zien eruit alsof ze met een scherp mes zijn toegebracht, net als in het doek van De Kooning, maar daar kun je niet zeker van zijn zonder het gezien te hebben.'

'Nee, nee,' zei Murphy. 'Het lab van Suffolk kan ons wel vertellen wat voor mes er is gebruikt. Dat vergelijken we dan met de bevindingen van ons lab over de De Kooning. De twee laboratoria kunnen ons veel meer vertellen dan wij met ons blote oog op de plaats delict zouden kunnen zien.'

Dat is waar, dacht Kate, maar het lab kon haar niet vertellen hoe het vóélde op de plaats delict. Ze legde de foto's naast elkaar op Murphy's bureau en probeerde of ze er iets bij kon voelen. Op een van de foto's was een stukje van de vloer afgezet met tape. Ze deed haar ogen dicht.

'Alles goed?'

'Ja hoor,' zei Kate, die besefte dat Murphy dacht dat het haar te veel werd. 'Ik probeer alleen de plaats delict voor me te zien,' zei ze. 'Als het slachtoffer recht onder dat schilderij is gevonden, heeft er waarschijnlijk geen worsteling of zoiets plaatsgevonden.' Ze sloot haar ogen weer. 'De dader valt het doek aan. Het slachtoffer stoort hem daarbij. De man steekt op hem in.'

'Een aannemelijk scenario,' zei Murphy. 'Maar zoals je ziet, hebben ze hun best gedaan ons niet de hele plaats delict te laten zien. Dit is de versie van de afdeling Kunstzaken.'

'Gelul dus.'

Murphy moest bijna lachen. Hij kreeg nu een andere kant te zien van de elegante dame die hij van tv kende – over wie al zijn collega's praatten, die achter psychopaten aanzat zonder zich van de wijs te laten brengen.

Althans, dat dacht hij.

Het viel niet mee voor Kate om haar vriend Nicholas ook als een slachtoffer te zien, maar het was noodzakelijk als ze hiermee verder wilde – en ze was lang genoeg bij de politie geweest om te weten dat het moest. Afstand, daar ging het om. En ze had er al een begin mee gemaakt door Nicholas Starrett simpelweg 'het slachtoffer' te noemen. 'Ik neem aan dat voor het schilderij hetzelfde mes is gebruikt als op het slachtoffer, zodat gemakkelijk kan worden vastgesteld wie er het eerst mee is aangevallen: het slachtoffer of het schilderij.'

'Je bedoelt dat als er zich bloed van het slachtoffer op het doek bevindt, de man eerder is aangevallen dan het schilderij?'

Kate knikte.

'En wat kunnen we daaruit opmaken?'

'Onder andere dat het verdomd moeilijk zal worden om deze zaak te beperken tot de afdeling Kunstzaken. Als het slachtoffer is neergestoken voordat het schilderij werd aangevallen, zou dat betekenen dat de man het voornaamste doelwit was, en het schilderij daarna kwam.' Kate haalde diep adem. 'Wanneer krijgen we de resultaten van het lab binnen? Vezels? DNA?'

'Als we ze krijgen,' zei Murphy, en speelde met zijn elastiekje alsof het een banjo was. 'Als we ze al krijgen.'

'Kun je daarmee ophouden?'

'Waarmee?'

'Met dat elastiekje.'

'Denk het niet,' zei Murphy.

Kate rommelde in haar tas, haalde er een pakje kauwgum uit, stopte er een paar in haar mond en liet ze knallen.

'Probeer je me nu op de kast te krijgen met kauwgum?'

'Was nog niet bij me opgekomen,' zei Kate. 'Dus jij denkt dat we geen resultaten van het lab te zien krijgen?'

'Die van het schilderij wel. Maar van die van het slachtoffer ben ik niet zeker.'

'Dat slaat nergens op,' zei Kate.

'Welkom bij de afdeling Kunstzaken,' zei Murphy.

Kate zuchtte. Ze zou een tijdje met dit bureaucratische spelletje en de jurisdictie van de verschillende afdelingen mee moeten doen. Als het moest, zou ze weer naar Tapell gaan en het keihard spelen. 'En wat heb je ontdekt over het schilderij van Jackson Pollock waar je het over had – dat vernield is op het advocatenbureau?'

'Niets. Ik heb ze gebeld nadat ik jou voor het laatst had gesproken, maar geen van de advocaten was op kantoor.'

Kate wilde net zeggen dat ze ernaartoe moesten gaan, toen het faxapparaat begon te zoemen en centimeter voor centimeter een afbeelding uitstootte.

'Nou, lekker is dat,' zei Murphy, terwijl hij op de fax neerkeek. 'Wat een rotzooi.'

'Ja, het is erg, maar hier zie ik iets, misschien schilderijen. Ik weet

het niet zeker.' Kate probeerde iets te ontwaren in de grijszwarte wir-war. 'Dat zou het schilderij van Kline kunnen zijn, daar bovenaan, zie je? En... misschien is dat daar beneden een portret. Ik weet het niet zeker. Kan Suffolk geen fatsoenlijke digitale foto naar ons mailen?'

'Het is een idee.' Made belde met Suffolk. 'Ja, dat kunnen ze,' zei hij, en hij hing hoofdschuddend op. 'Maar dan moet een of andere dombo genaamd Clyde naar huis om zijn digitale camera te halen, dan moet hij ermee naar het huis van de Starretts, enzovoort enzo-voort. Dat schiet lekker op. Maar ik heb gezegd dat ze ons het origi-neel moeten brengen, per helikopter. En daar gingen ze mee akkoord. Binnen twee uur moet het hier zijn. Dat kost minder tijd dan als wij daarnaartoe zouden gaan.'

'Alleen hebben we dan nog steeds niet de plaats delict gezien,' zei Kate.

'Vergeet dat maar,' zei Murphy. 'En voor zover ik weet, hebben de groentjes die daar het eerst waren de boel al verontreinigd – evenals de vrouw van het slachtoffer.'

Kate nam niet de moeite om tegen hem te zeggen dat het niet zo moeilijk was om de vingerafdrukken en het DNA van Marci Starrett, en ook die van de groentjes, uit elkaar te houden, omdat hij dat heus wel wist. Ze begreep dat hij het alleen volgens het boekje wilde doen. En misschien was dat maar beter ook. Was het echt nodig dat ze de omtrekken van het lichaam op de grond en de vlekken op het tapijt zag, en de geur van het geronnen bloed rook?

'Zal ik je iets laten zien?' vroeg Murphy. 'Ga dan maar mee. We gaan naar dat advocatenbureau waar dat schilderij van Jackson Pol-lock vernield is.'

11

Norman Brandt bladerde door stapels papieren op zijn bureau, opende een voor een alle laden en schoof ze weer dicht.

Murphy boog zich over het bureau van de advocaat. 'U hebt het toch niet weggegooid, hè?'

'Dat zou ik u dan aan de telefoon wel hebben gezegd, inspecteur. Nee. Ik heb het... ergens neergelegd.' Hij ging met een hand door zijn dunner wordende haar. 'Mijn vrouw zegt dat ik alles vergeet.' Hij glimlachte. 'Ze zal wel gelijk hebben.' Hij trok aan zijn bretels die al onder zware spanning stonden door zijn indrukwekkende buik en liep toen naar een muur vol donkere houten boekenplanken en kasten.

'Kiest u zelf uw kunstwerken uit?' vroeg Kate. De stukken aan de muur bestonden onder meer uit een serie sierlijke tekeningen van bloemen en een schitterend landschap van Richard Diebenkorn. Alles in Brandts kantoor ademde raffinement, behalve Brandt zelf.

'Een kunstadviseur doet dat voor ons. Ik weet wel wat ik mooi vind, maar wat heeft het voor zin om kunst te kopen als je er nooit meer iets voor terugkrijgt?' Hij keek naar Kate om instemming.

'Ik adviseer mensen meestal om met hun hoofd én met hun hart te kopen.' Kate wilde nog zeggen 'als ze dat tenminste hebben', maar ze hield zich in. Ze wees op een lege muur waar nog alleen een haakje hing. 'Heeft daar het doek van Pollock gehangen?'

Brandt knikte terwijl hij de ene kast na de andere opendeed, waarvan in één kristallen karaffen met sterke drank stonden. 'Wilt u iets drinken? O nee, dat zult u wel niet mogen,' zei hij tegen Murphy.

'Niet tijdens diensttijd. Dat zeggen ze toch altijd?' Met een wenkbrauw opgetrokken nam hij Kate van top tot teen op. 'Maar u werkt niet bij de politie.'

'Nee, bedankt,' zei Kate. Ze had uitgelegd dat ze als adviseur optrad nadat Brandt haar had herkend van haar televisieprogramma.

'Dus u was degene die ontdekte dat de Pollock vernield was?' vroeg Murphy.

'Nee.' Brandt schudde zijn hoofd terwijl hij zichzelf een borrel inschonk. 'De schoonmaakster. Zij heeft de beveiliging boven geroepen, en die belde ons.'

'Zijn er verdachte types in uw kantoor geweest, voor zover u zich kunt herinneren?'

'Verdachte types? Ja. De meeste cliënten.' Brandt lachte gnuivend. 'Strafrechtzaken, u kent het wel.'

Kate kende het. Richard had ook wel eens een cliënt gehad die hem op zijn zenuwen werkte – al was het uiteindelijk geen cliënt geweest voor wie hij had moeten vrezen. Ze verdrong deze gedachte. 'En hoe hebt u het schilderij ontvangen dat u is toegestuurd, meneer Brandt?'

'Het was geadresseerd aan het kantoor, niet aan mij; er stond simpelweg Brandt en Seligson op.'

'Hebt u de envelop nog?' vroeg Murphy.

'Weggegooid. Sorry.' Hij pakte zijn glas whisky. 'U weet zeker dat u niet meedoet?'

'Heel zeker,' zei Kate. 'Dus hoe ging dat met het schilderij?'

Hij nam een slok. 'Het kwam een paar dagen voordat dit gebeurde, voordat de Pollock werd vernield. Man man, wat een schrik was dat. Weet u hoeveel dat schilderijtje heeft gekost?'

Zeg maar dag tegen je investering, dacht Kate.

'En hebben ze nergens anders aan gezeten?' vroeg Murphy.

Brandt schudde zijn hoofd. 'Maf, hè? Een of andere gek die Jackson Pollock haat?' Hij knipte met zijn vingers. 'Wacht even. Ik weet precies waar ik het heb gelegd.' Hij zette zijn glas neer en greep een rijk geïllustreerd boek van de plank: *De complete werken van Jackson Pollock*. 'Hierin.'

Kate zag de randen van het doek al voordat Brandt het boek had opengedaan.

Brandt brabbelde door over de reden waarom hij het in het boek van Pollock had gestopt, maar Kate en Murphy luisterden niet. Hun blik werd getrokken naar het zwart-witte schilderij dat de jurist op zijn bureau had gelegd.

'Het heeft veel weg van onze Pollock – die vernield is,' zei Brandt. 'Maar ja zeg, Jackson Pollock, dat is natuurlijk een stel kostbare verf-druppels bij elkaar, nietwaar?' Hij tikte tegen het zwart-witte schil-derijtje. 'Ik dacht dat onze kunstadviseur het misschien had gestuurd om erover na te denken – u weet wel, om iets nieuws aan te schaffen. Ik wilde hem er al steeds over bellen. Maar ik was het totaal verge-ten – totdat u belde.' Hij keek even naar het schilderwerkje. 'Dat moet lastig zijn, al die druppels namaken – moeilijker dan het origineel, als je het mij vraagt.' Hij sloeg zijn blik ten hemel.

Kate knikte zonder erbij na te denken. Ze tuurde naar het fragment naast de na-gemaakte Pollock, en probeerde het te ont-cijferen. 'Aan wie denk jij?' vroeg ze aan Murphy.

'Jasper Johns misschien? Die schilderde toch altijd letters en cijfers, kaarten en dat soort dingen?'

'Ja, maar niet op deze manier.' Ze liep om het schilderij heen om het van alle kan-ten te bekijken, terwijl ze ervoor oppaste dat ze het niet aanraakte. 'Het lijken me letters. Allemaal dezelfde letters, steeds de B en de S,' zei Kate. 'Steeds weer opnieuw.'

'O, dat heb ik niet eens gezien,' zei Brandt. 'B en S. Nou, dat zijn wij. Brandt en Seligson.'

Kate en Murphy gingen met het zorgvul-dig ingepakte schilderijtje snel naar One Police Plaza om het te vergelijken met de andere exemplaren. Maar toen een tele-foontje naar het bureau duidelijk maakte dat het doek van Starrett nog niet was gearriveerd, beseften ze dat ze niet ver weg waren van het huis waar het ex-bestuurslid van het museum, Cecile Edelman, woonde, en ze grepen de gelegenheid met beide handen aan om de tijd die ze nog moesten wachten te doden.

Er waren vier portiers in de lobby – de eerste begroette hen, de tweede zei iets door de intercom, en de derde begeleidde hen naar de vierde die de lift bediende, die hen naar het appartement van Edelman bracht. Kate had het gevoel dat ze terug was in haar flat in Central Park West, maar dit had nog meer grandeur.

Een kleine, gezette dienstbode met een zwaar Slavisch accent bracht hen door een hal naar een imposante woonkamer vol kunstwerken.

Kate werd onmiddellijk naar een groot doek getrokken: een verminkte lappenpopachtige vrouw, met drievoudig gescharnierde armen en benen, geschilderd in wilde, felle kleuren.

'Ik zie dat u mijn Phillip Zander staat te bewonderen.' Cecile Edelman schreed de kamer in, tot in de puntjes verzorgd, haar slanke figuur gehuld in een fraaie wollen broek en een beige kasjmier trui – het soort kleding dat Kate vroeger ook droeg en nu niet miste. Edelman was waarschijnlijk in de zeventig, en dat was niet direct aan haar te zien – haar gezicht was botoxglad – maar haar handen, benig en vol levervlekken, verrieden het. 'Ongelooflijk dat we elkaar nooit eerder hebben ontmoet,' zei ze tegen Kate. 'Dat zou toch heel goed hebben gekund in de wereld van de kunst, het museum en uw televisieprogramma...' Edelman nam Kate van top tot teen op: de zwarte laarzen, haar spijkerbroek, de zware canvas jas met een brede riem, en ten slotte haar haar. 'Wordt u voor televisie door iemand gekleed? U ziet er zo... anders uit.'

'Ik vrees dat ik er de rest van dit seizoen op deze manier bij zal lopen. Het is mijn nieuwe look.'

Edelman probeerde haar gebotoxte wenkbrauwen – zonder succes – op te trekken. 'Nou, laat je door niemand bekritiseren, lieverd. Ik vind dat het je... uitstekend staat.'

Kate zag de stapel brieven al voor zich die PBS zou ontvangen: *Wat is er met haar haar gebeurd?* Ze wierp nogmaals een blik op het schilderij van Zander. 'Ik interview Phillip Zander voor mijn programma.'

'Wat fantastisch! Mijn kunstgroepje kijkt er altijd naar. Naderhand bespreken we de schilderijen die je hebt laten zien, al hebben we onze eigen docent, die zowel kunstenaar als leraar is, en tja... hij is het niet altijd eens met jouw commentaar.'

'Daar heb ik niets op tegen,' zei Kate. 'Ik vind een man die overal ja op zegt verschrikkelijk – tenzij het tegen mij is.' Ze tikte Cecile Edelman op haar arm, en de vrouwen giechelden samen. Murphy keek op enige afstand toe, met bewondering voor de manier waarop Kate de vrouw kon laten ontspannen.

'Uw verzameling is heel bijzonder,' zei Kate, terwijl ze om zich heen keek: een Mark Rothko in donkerrood en paars die een hele wand bedekte, een groot zwart-wit schilderij van Robert Motherwell – uit de serie *Elegy* – twee Warhols, een *Marilyn* en een portret van de eigenares zelf – een kunstcollectie die vele miljoenen waard was. Maar wat Kates aandacht trok was iets dat niet zo bekend was: een dynamische, abstracte figuur in een landschap. 'Is dat een werk van Resnikoff?'

'Inderdaad,' zei Edelman. 'Bijna niemand kent zijn werk nog. Hij is niet erg bekend.'

'Maar vroeger wel,' zei Kate.

'Het was het eerste kunstwerk dat wijlen mijn echtgenoot in zijn bezit kreeg. Zijn vader gaf het hem voor zijn achttiende verjaardag. Ik geloof dat Mortons vader de schilder kende en het in zijn atelier van hem heeft gekocht. In die tijd vond Morton er niet veel aan en hij verkocht het. Maar jaren later, nadat zijn vader was overleden, dook het doek op bij een veiling, en toen heeft Morton het teruggekocht – voor twee keer zoveel. Morton was een sentimentele man.'

Kate glimlachte. 'Weet u, ik ben zeer geïnteresseerd in de veronachtzaamde schilders van de New York School. Ik ben van plan Resnikoffs dochter te gaan bezoeken in Rome om wat meer van de man te weten te komen voor het boek dat ik aan het schrijven ben.'

'Wat geweldig,' zei Edelman. 'Morton, wijlen mijn echtgenoot, zou dat fantastisch hebben gevonden.' Ze legde een van de handen die haar leeftijd verraadden op haar hart. 'Hij is bijna twee jaar geleden overleden.'

'Is dat de reden waarom u het bestuur van het Modernist Museum hebt verlaten?' vroeg Murphy.

'Nee.' Als Cecile Edelman al fronste, was dat amper te zien – haar voorhoofd bleef strak. 'Ik neem aan dat jullie bezoekje te maken heeft met die verschrikkelijke toestand – dat schilderij van De Kooning. 'O jee – dat schilderij was van jou, hè, schat? Het spijt me verschrikkelijk... hoewel het me niet echt verbaast.'

'Waarom niet?' vroegen Kate en Murphy bijna tegelijk.

'Nou ja, het museum is zo... laten we zeggen... nalatig geworden.'

'In welk opzicht?' vroeg Murphy.

'In alle opzichten. Als je het mij vraagt, heeft het museum zijn... visie verloren.'

'En dat is iets waar de directeur verantwoordelijk voor is,' zei Murphy, terwijl hij in zijn aantekeningen keek. 'Colin Leader.'

'Ik zat, samen met wijlen mijn echtgenoot, in de commissie die meneer Leader heeft aangenomen. Ik dacht dat Colin zeer veelbelovend zou zijn. Per slot van rekening had hij een klein Australisch museum vrijwel in zijn eentje omgetoverd tot een vooraanstaand instituut.'

'Maar u bent uw geloof in hem kwijtgeraakt?'

'Dat zou je kunnen zeggen, maar...' Ze wuifde met een van haar benige handen.

'De kunstwereld kan uitputtend zijn,' zei Kate. 'Je geeft en geeft aan een instituut, en waarvoor?'

'Precies,' zei Edelman. 'Als je zo hard voor een instituut hebt gewerkt, en ze laten je dan vallen, nou... Morton en ik hebben heel wat gegeven aan het Modernist, en ik bedoel niet alleen geld, hoewel we daar natuurlijk ook heel wat van hebben geschonken. Maar we hebben ook tijd en energie gegeven, en... ons hart.'

'Ik weet precies wat je bedoelt,' zei Kate.

Murphy deed alsof hij een schilderij stond te bekijken en kon nauwelijks een glimlach onderdrukken. Hij genoot van Kates optreden en was bang dat hij het zou verpesten als hij zich ermee bemoeide.

Cecile Edelman slaakte een theatrale zucht. 'Maar als een museumdirecteur niet helemaal voldoet aan je verwachtingen en je oordeel wordt niet langer op prijs gesteld, tja, wat moet je dan? Ofwel je zorgt ervoor dat de directeur opstapt, ofwel je stapt zelf op – en dat laatste heb ik gedaan.'

'En Colin Leader heeft niet geprobeerd je tegen te houden?'

'Nee.'

Vreemd, dacht Kate. Het vertrek van een bestuurslid betekende een verlies aan inkomsten voor een museum.

Cecile Edelman leek haar gedachten te lezen. 'Het bleek dat Colin ergens anders geld vandaan haalde – nieuwe bestuursleden, denk ik. Hij genoot beslist van de sociale aspecten van zijn baan, de contacten, de mensen die hij leerde kennen.' Ze boog zich naar Kate toe en fluisterde: 'Ik wil niet roddelen, maar de laatste tijd gebeurde het heel vaak dat ik rook dat Colin had gedronken – bij meer dan één bespreking – en dat geeft natuurlijk niet als je net hebt geluncht, maar ik heb het over besprekingen om negen uur 's ochtends.' De wenkbrauwen probeerden weer te fronsen, maar faalden opnieuw. 'Ik heb geprobeerd een paar bestuursleden ertoe over te halen hem te laten vervangen, maar hij had stevige contacten aangeknoopt met een paar nieuwe zakenlui in het bestuur: Floyd Lattin, een investeringsbankier, en vooral met Henry Lifschultz. Ze golfen samen. Ik heb hen gezien op de green van de Maidstone Club in East Hampton. Meer dan eens. De heren Lattin en Lifschultz zijn zeker lid. Colin kon het in elk geval niet zijn.'

Het was duidelijk dat Cecile Edelman, die beweerde niet van roddelen te houden, dat welzeker deed, en dat ze ermee door zou zijn gegaan als Murphy's mobieltje zich niet had laten horen. 'Het schilderij,' zei hij tegen Kate. 'Uit Suffolk. Het is aangekomen.'

12

Kate en Murphy tuurden naar het schilderij. 'Geen twijfel mogelijk.'
Bij Kate begon de adrenaline te stromen toen ze het schilderij uit het
advocatenkantoor naast dat van de Starretts legde. 'Ze zijn van de
hand van een en dezelfde schilder. Evenals het exemplaar dat naar het
Modernist Museum is gestuurd.'

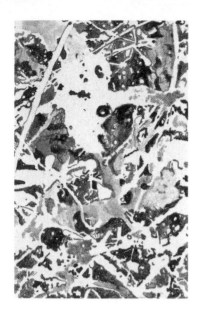

'Weet je het zeker?' vroeg Murphy.

'Nou, ik zou er geen eed op durven doen, maar kijk zelf maar. Ze zijn allebei op een stuk linnen geschilderd, ongeveer even groot, allebei zwart-wit – waarschijnlijk acrylverf, zoals Mert Sharfstein al zei – dezelfde penseelvoering. Ja, ik zou zeggen dat het dezelfde schilder is.' Ze richtte haar aandacht op het schilderij van het advocatenkantoor. 'Hier is de verwijzing naar het schilderij van Jackson Pollock dat vernield is.'

'En bovendien staan er de beginletters van het advocatenkantoor, S en B op,' zei Murphy, terwijl hij met een loep over de schilderijen ging.

'En de twee herhaalde afbeeldingen – mijn De Kooning, dat in het Modernist Museum is vernield, en de Holland Tunnel die de locatie lijkt te vertegenwoordigen. Norman Brandt ontving het zijne vóórdat de Jackson Pollock op zijn kantoor werd vernield,' zei Kate. 'Wat erop wijst dat het inderdaad een soort waarschuwing was – om Brandt en Seligson erop te attenderen dat hun schilderij zou worden aangevallen...' Ze voelde dat de adrenaline nog harder begon te stromen.

'Wat ze toen natuurlijk nog niet konden weten.' Murphy plukte aan zijn elastiekje.

'Nee, dat konden ze onmogelijk hebben geweten. Maar het was

ook een vooraankondiging van de vólgende aanslag – op het doek van De Kooning in het Modernist Museum.'

'Dus het advocatenkantoor krijgt het schilderij, waarop de twee afbeeldingen staan die vervolgens worden aangevallen: dat van Jackson Pollock en daarna dat van Willem de Kooning.' Het was duidelijk dat Murphy's adrenaline al net zo hard stroomde als die van Kate, nu ze het allebei begrepen. 'Daarna krijgt Dressler, de conservator van het museum, het volgende schilderij, waarop ook de twee doeken staan die doelwit zijn: jouw De Kooning,

plus een vooraankondiging van de volgende: de Franz Kline, met daar-

bij een aanwijzing over de locatie: Long Island.'

'Precies.' Kate haalde diep adem toen het duidelijk werd, daarna keek ze naar het schilderij dat naar de Starretts was gestuurd. 'Dat betekent dat dit schilderij niet alleen aangeeft dat de Franz Kline van de Starretts zal worden vernield, maar ook welk schilderij hierna aan de beurt is.'

Murphy tuurde weer naar het schilderij dat naar de Starretts was gestuurd. 'Oké, dus we hebben het schilderij van Kline en Long Island op de bovenste helft.'

'Maar wie is die gast daar in de hoek?' vroeg hij.

'Als ik me niet vergis,' zei Kate, 'is dat Franz Kline zelf, een portret. Ik denk dat het nog een aanwijzing is over het schilderij dat hierna aan de beurt is.' Kate zag iets in een flits; niet van het schilderij, maar van haar vriend, Nicholas Starrett, die dood onder het schilderij lag. Ze hoefde geen foto van de plaats delict te zien om zich dat te kunnen voorstellen. *Afstand houden*, hield ze zich voor. *Concentreer je.*

'Dan moet dit...' Murphy tikte met zijn geschoei-

de wijsvinger op de afbeelding rechts van het portret van Kline, '... dus een aankondiging zijn van de volgende die aan de beurt is?'

'Juist,' zei Kate. 'En ik zou er geen eed op durven doen, maar ik denk dat het van Hans Hofmann is.'

'De volgende aanslag.' Murphy fluisterde het bijna. 'Op een schilderij van Hans Hofmann.'

En misschien op de eigenaar, dacht Kate, maar dat wilde ze niet hardop zeggen. 'Laten we

hiermee naar Mert Sharfstein gaan. Die weet vast wel of het van Hof-mann is – en misschien kan hij ons helpen erachter te komen welke het is.'

Het viel Gabrielle Hofmann-Lifschultz op dat Bonnie, haar speelse, vaak ongehoorzame dobermann (hij at altijd het eten van de kat op, beet het kleed kapot of pikte een van de donzen dekbedden en ver-scheurde die vervolgens) zich al dagenlang futloos gedroeg – geen ge-hap naar de postbode, geen geblaf en gejank als iemand van UPS een pakje kwam bezorgen, en nu had hij ook al geen zin in zijn eten.

Gabrielle, 'Gaby' voor haar vrienden, knielde naast het dier neer, pakte zijn snuit en knuffelde hem. De dobermann haalde traag zijn tong over Gaby's wang.

'Voel je je niet zo lekker, schatje?'

De hond krulde zich op aan haar voeten. Geen goed teken. Gaby knuffelde hem nog eens, belde toen de dierenarts, en daarna haar man.

Henry Lifschultz luisterde maar met een half oor naar het verhaal over de hond die ziek was of zoiets. *Gaby en haar kinderen*, dacht hij, blij dat zijn vrouw zijn geringschattende glimlach niet kon zien. Hij had de pest aan dat rotbeest. 'Ach... wat vervelend,' zei hij, en toen: 'Ik moet overwerken. Waarschijnlijk ben ik niet voor middernacht thuis. Weet je... het lijkt me het beste als ik gewoon in de stad blijf overnachten.'

'Alweer? Je bent al dagen niet thuis geweest.'

'Je weet toch dat ik met het ontwerp van een nieuw gebouw bezig ben? Dat vraagt heel veel tijd.'

Meer hoefde hij niet te zeggen. Gaby bond onmiddellijk in en ver-ontschuldigde zich. Hij had bijna nog liever gehad dat ze hem aan een vragenvuur onderwierp. Iets wat een normale echtgenote zou doen. Dit was deerniswekkend. Maar toen zei ze dat ze de hond bij de dierenarts zou achterlaten, zodat zij naar hem kon komen om sa-men met hem de nacht door te brengen.

Nou, vergeet het maar.

'Dat lijkt me niet zo'n goed idee,' zei hij. 'Ik heb het echt heel druk.' Hij zag het kingsize bed voor zich in de charmante pied-à-terre aan Park Avenue, waar hij de laatste tijd veel tijd had doorgebracht. *Had ze iets in de gaten?* Hij dacht het niet. 'Misschien volgende week. En eh, wat is er aan de hand met onze keffer?' vroeg hij om van onderwerp te veranderen, in gedachten al bij het volgende telefoontje dat hij ging plegen, terwijl Gaby doorbabbelde over de hond die zo lusteloos was en misschien iets vreemds had gegeten; ze zou hem naar de dierenarts brengen waar hij hoogstwaarschijnlijk een nachtje zou blijven. 'Nou,' zei hij, 'ik weet zeker dat het weer helemaal goed komt met hem.' Hij hing op toen zijn vrouw 'Ik hou van je' zei, en belde onmiddellijk een ander nummer.

'Vanavond hebben we een afspraakje.'

Gaby Hofmann-Lifschultz tuurde naar de hoorn, ze kon wel huilen. 'Ik ook van jou,' zei ze in zichzelf.

In tegenstelling tot de meeste vrouwen van haar leeftijd die constant bezig waren hun kinderen naar voetbal of dansles of muziekles te brengen, verveelde Gaby, die geen kinderen had, zich mateloos; en nu Henry de helft van de week in de stad bleef – zonder haar – dacht ze dat ze gek werd als ze niet snel weg kon uit de deprimerende omgeving van Greenwich, Connecticut. Ze miste de kunstgaleries en musea die Henry en zij vaak bezochten voordat ze naar deze buitenwijk verhuisden.

Natuurlijk, je zou kunnen zeggen dat zij en Henry zelf in een soort museum woonden.

Gaby keek om zich heen naar haar geërfde kunstcollectie, allemaal abstracte werken van rond 1950, die haar grootvader – de grote schilder en leraar Hans Hofmann – had ontvangen in ruil voor zijn lessen, en een aantal kunstwerken van de overleden meester zelf.

Gaby dacht terug aan de man die ze als kind had gekend, een oude man met een zwaar Duits accent, een man die veel kunstenaars van de New York School had beïnvloed met zijn ideeën over het onderbewuste en wat hij het 'trekken en duwen' van afbeeldingen op het platte vlak van het doek noemde.

Gaby bleef even staan om haar favoriete kunstwerk te bewonderen: een groot olieverfschilderij dat bestond uit kleurige rechthoeken, met elkaar verbonden door een z-vorm die als een lus over het doek liep – een vrolijk schilderij dat haar altijd een goed gevoel gaf, met de toepasselijke titel *Bliss*. Door de jaren heen hadden Gaby en haar broers en zussen verschillende kunstwerken gedoneerd of verkocht, maar dit doek zou ze mee haar graf in nemen.

Ze aaide Bonnie nog eens en keek in de droevige, donkere ogen van de dobermann. 'Je wordt weer beter, hè, meisje?'

Bonnie ontblootte haar tanden, iets wat anderen angst aanjoeg, maar wat Gaby als een glimlach beschouwde. Ze drukte een kus op zijn kop, en bedacht dat het beslist een goed idee was om de hond dit weekend bij de dierenarts te laten om hem grondig te laten onderzoeken.

In de keuken strooide Gaby wat brokjes in het bakje van de kat. Als Bonnie niet thuis was, kon de kat misschien een keer zijn eigen voer opeten.

Ze liep via de woonkamer en de keuken door de hobbykamer en kwam uiteindelijk in de bijkeuken, waar ze Bonnies riem pakte, tegen haar dijbeen tikte en floot. 'Kom, meisje. We gaan een stukje rijden.' De dobermann sjokte met tegenzin naar haar toe.

13

Mert Sharfstein tuurde naar het schilderij en bracht zijn loep vervolgens tot vlak boven het bewuste stukje.

'Ja, dat is een Hans Hofmann,' zei Sharfstein. 'Geen twijfel aan.'

Hij draaide zich om naar een van zijn assistenten en vroeg de jongeman om de afbeelding van Hofmann te scannen in de computer, om te bekijken of die overeenkwam met een bestaand schilderij van

Hofmann – op dezelfde wijze als de politie naar vingerafdrukken zocht.

Het kostte de assistent een halfuur om eenzelfde schilderij te vinden, en tegen die tijd ontploften Kate en Murphy bijna.

'Ze zijn niet exact hetzelfde,' zei de assistent, 'maar ze hebben veel gemeen, ziet u?' Hij draaide de monitor naar hen toe.

'Het ziet eruit als een klassieke Hofmann,' zei Kate.

'Ja. Die dikke verfklodders op een gewassen achtergrond, die lus...' zei Sharfstein, die kennelijk nog lang niet klaar was.

'Mert, alsjeblieft, we hoeven nu even geen les in kunsthistorie.' Kate keek mee over de schouder van de jongeman achter de computer. 'Staat erbij waar dat schilderij zich bevindt... in welk museum, of...'

'Er staat alleen "privécollectie",' zei de jongen.

'Ik kan proberen de beheermaatschappij te bellen,' zei Sharfstein. 'Die moeten ons kunnen helpen. Geef me een paar minuten om te zien of ik ze kan vinden.'

Kate en Murphy lieten Mert alleen met de telefoon. In de bezichtigingsruimte van de galerie deden ze alsof ze geboeid keken naar een verzameling kleine meesterwerken van Nederlandse schilders, maar geen van beiden kon zich concentreren.

Eindelijk kwam Sharfstein binnen. 'Ik heb de beheermaatschappij nog net voor sluitingstijd kunnen bereiken. Volgens hen is het doek eigendom van de familie.'

'Waar wonen die?' Kate stond bijna op haar benen te trillen.

'Aan de West Coast wonen een kleinzoon en een nichtje, en hier aan de oostkant een kleindochter. Zij zijn samen de eigenaars van het schilderij.'

'Telefoonnummers?' vroeg Kate.

'Die wilden ze me niet geven,' zei Sharfstein.

Murphy keek hem ongelovig aan. 'Geef eens,' zei hij terwijl hij het briefje met het nummer van de beheermaatschappij weggriste en op zijn mobieltje begon in te toetsen.

'Alle drie de erfgenamen moeten gebeld worden,' zei Kate.

'Als jullie me eerst eens vertellen waar dit over gaat, kan ik misschien helpen.' Sharfstein sloeg zijn armen over elkaar.

Murphy kreeg contact met de beheermaatschappij, maar kennelijk te laat, want een antwoordapparaat liet weten dat het bedrijf gesloten was. Hij sloeg zijn mobieltje met een klap dicht. 'Verdomme.'

Kate keek even naar het kleine schilderij dat de Starretts hadden ontvangen en dat nog steeds op het bureau van de assistent lag. *Daarin staat ergens de oplossing.* Ze keek er nog een keer naar en besefte dat ze zo bezig waren geweest met het achterhalen van het schilderij dat ze iets over het hoofd hadden gezien. 'Wat is dit?' Ze wees op de vorm die het schilderij van Hofmann omgaf.

'Dat zou een landkaart kunnen zijn,' zei Murphy.

'Ja.' Kate keek nog eens. 'Het is een staat, denk je niet?'

'Inderdaad,' zei Sharfstein. 'Connecticut. Het thuisland van veel van mijn verzamelaars.'

De avond is gevallen, de kamer is schemerig, het duister een vriend; het biedt een schuilplaats, vermomming, troost.

Ze kan elk moment terugkomen – zonder de hond. Dat beest is doodziek. Zijn maag zal leeggepompt moeten worden of zoiets, hij moet vannacht bij de dierenarts blijven – *arme schat.*

Wat was dat? Wind in de bomen? Een uil misschien?

Niets om je druk over te maken. Alles is rustig.

Maar in dit lichaam is niets rustig; elke spier, elke zenuw is gespannen, alle zintuigen staan op scherp.

Daar klinkt het geluid van een voordeur die opengaat.

Aha, daar is ze.

Voetstappen in de hal.

Kalm blijven.

Gaby Hofmann gooide haar sleutels op het tafeltje naast de deur, keek de hal in en vroeg zich af waarom de lamp in de woonkamer, die was aangesloten op een tijdschakelaar, het enige wat inbrekers af zou schrikken – ze dacht er nooit aan het alarm aan te zetten – niet brandde, geen licht verspreidde in de schemerige hal. Was de lamp kapot, had de timer niet gewerkt?

Lily miauwde, ze was amper zichtbaar in het donker, en Gaby riep: 'Mammie is thuis.'

De kat wreef langs haar benen, en Gaby bukte zich om het dier te aaien. 'Bonnie wordt weer helemaal beter,' zei ze. 'Hij heeft alleen buikpijn, maar wat zal jou dat kunnen schelen.' Terwijl ze afwezig de kat aaide, dacht ze eraan dat ze tegen de tuinlieden moest zeggen dat de dobermann gif had binnengekregen waar zij mee werkten. Ze mochten voortaan alleen maar organische producten gebruiken; ze kon niet riskeren dat haar schatten ziek werden.

Lily miauwde weer terwijl ze naar de keuken rende, en Gaby volgde haar, totdat ze op iets stapte wat knerpte onder haar voet. Zelfs zonder lamplicht zag ze de tekening en het kapotte glas op de grond liggen.

'Wat is dit in godsnaam?'

Gaby ging de donkere woonkamer in en knielde neer bij het kunstwerk – een van haar grootvaders tekeningen; ze wel kon huilen.

Ze pakte voorzichtig de scherven op toen ze iets achter zich voelde, en toen ze zich omdraaide zag ze tot haar opluchting dat het de kat was. 'O, ben jij het,' zei ze. 'Voorzichtig hoor. Hier ligt glas.' Ze duwde de kat weg en toen ze opkeek, zag ze het vernielde schilderij aan de muur.

Even bleef ze doodstil zitten, toen stond ze op; doodsbang riep ze om Bonnie voordat ze eraan dacht dat ze de hond zojuist had achtergelaten bij de dierenarts.

O god, nee.

De telefoon in de hal ging en Gaby rende ernaartoe toen het gebeurde – een arm om haar keel, een handschoen over haar mond. Ze begon te gillen, haar mond stond half open, vingers drongen zich naar binnen; ze probeerde tot zich door te laten dringen wat er gebeurde – ik word aangerand! – en stootte haar elleboog naar achteren, tegen een lichaam. Ze hoorde iemand snakken naar adem toen de handen haar loslieten, geen tijd om te kijken en de schade op te nemen, hoewel ze vanuit haar ooghoeken zag dat het lichaam wankelde en viel.

Het antwoordapparaat was aangegaan; er sprak een man, ze kon het nauwelijks bevatten, de politie, iets over haar schilderij – hoe konden ze dat weten? – maar er was geen tijd om het te verwerken. Ze rende door de hal naar de achterdeur, ze had een flinke voorsprong en zou het waarschijnlijk gered hebben als ze niet gestruikeld was over een stukje vloerbedekking – dat ironisch genoeg losgekrabd was door de speelse dobermann die ze in huis hadden gehaald om haar te beschermen.

Gaby Hofmann kwam hard neer op de grond. Ze probeerde net overeind te krabbelen toen ze voelde dat ze aan haar haren naar achteren werd gesleurd, en dat een gloeiend heet voorwerp haar keel doorsneed.

14

Het was veel te heet op het bureau in Greenwich en Henry Lifschultz zweette; zijn met monogram versierde overhemd plakte tegen zijn lichaam, de knoflookgeur van een pizza pepperoni maakte hem misselijk.

De rechercheur, een man genaamd Kominsky, verslond tussen zijn vragen door een stuk van de pizza. 'Ik moet een paar dingen met u doornemen.'

Lifschultz knikte amper. Hij had alles toch al doorgenomen? Al tien keer.

Kominsky greep een kopie van Henry's verklaring, waar zijn vingers vetvlekken op achterlieten. 'Dus u was in uw appartement in New York op het tijdstip dat uw vrouw stierf, is dat juist?'

'Ja, dat heb ik ook aan die andere rechercheur verteld. Het staat daar, onder uw neus.' Hoe moest hij zich opstellen? Hard of berustend? Hij wist niet welke rol meer effect zou hebben.

'Ik vind het vreselijk het u te moeten vragen, maar... kan iemand dat bevestigen?'

'Ja. Ik weet zeker dat de portier me binnen heeft zien komen. Dat was rond acht uur.'

'En daarna bent u niet meer uitgegaan?'

'Nee, ik ben daar de hele nacht gebleven.'

'Hebt u nog iemand gebeld vanuit het appartement?'

'Dat weet ik echt niet meer.'

Kominsky nam nog een hap van zijn pizza, kauwde, slikte en boerde in zijn hand terwijl hij zich inprentte om na te laten gaan of de man had gebeld. 'Nog een vraag die ik niet graag stel, maar... waren u en uw vrouw gelukkig samen?'

'Ik begrijp niet wat...' Henry Lifschultz trok aan zijn kraag. De lampen schenen in zijn ogen, en hij had het gevoel dat hij meedeed aan een derderangs versie van *Law & Order*. Zelfs de rechercheur, Kominsky, leek een beetje op die agent uit de serie, Lenny. Hij probeerde zich te herinneren hoe de acteur heette, maar het enige wat hij nog wist was dat de man onlangs was overleden. 'Natuurlijk waren we gelukkig, rechercheur. We waren heel gelukkig. Bijzonder gelukkig. Waarom zouden we niet gelukkig zijn?'

'Het was maar een vraag.' Kominsky veegde tomatensaus uit zijn mondhoek. 'Er zijn heel wat echtparen–'

'Gaby en ik waren anders dan vele andere echtparen, rechercheur.'

'Dat zal best.' De rechercheur keek even naar de dubbelzijdige spiegelwand. Aan de andere kant keken rechercheurs mee.

Lifschultz volgde zijn blik, hij wist het. Hij keek weer naar Kominsky. *Jerry Orbach, zo heette die acteur.* Hij betrapte zichzelf erop dat hij glimlachte en nam snel een wanhopige uitdrukking aan. Zijn vrouw was per slot van rekening dood. 'Ik wil nu graag naar huis, rechercheur. Ik ben moe en na alles wat er is gebeurd, zou ik...'

Kominsky mikte de rest van zijn pizza in de afvalbak. Hij wist dat hij niet te lang moest doordouwen. Deze man was – net als de meeste bewoners van de stad – rijk en had veel connecties.

Maar iets klopte er niet met deze man. Kominsky had de indruk dat hij eerder kwaad was dan van streek. Bovendien zweette hij enorm.

Henry Lifschultz stond op en schoot in zijn colbert.

'Het spijt me,' zei Kominsky.

'Het geeft niet, rechercheur. Ik weet dat u alleen maar uw werk doet.'

'Ik bedoel van uw vrouw,' zei Kominsky.

Henry Lifschultz stapte in zijn Jaguar en sloeg het portier met een klap dicht. Hij reed bewust langzaam, omdat hij geen aandacht wilde trekken. Na een paar minuten keek hij niet meer in zijn achteruitkijkspiegeltje – geen spoor te zien van Kominsky – knoopte zijn kraag open en haalde diep adem. Hij reed langs de ene oprijlaan na de andere, langs goed onderhouden heuvels en velden, landgoederen die hem niet meer imponeerden nu hij er zelf een had. Hij was bijna thuis toen zijn mobiele telefoon ging.

'Met mij. Hoe gaat het?'

'Wat denk je?'

'Ik wil je zien.'

'Onmogelijk. Je had niet eens moeten bellen. Misschien kunnen ze dit traceren, of...

'Mis je me niet?'

'Jawel, maar... ik denk niet dat dit het juiste tijdstip is om...'

'Heb je hem aan?'

Lifschultz schoof heen en weer achter het stuur, en voelde de zijdezachte stof over zijn geslachtsdelen schuiven. 'U-hu.' Godzijdank had de politie geen visitatie uitgevoerd. *Alsof ze dat zouden durven.* Lifschultz glimlachte.

'Ik durf te wedden dat hij jou niet zo goed past als mij.'

Lifschultz slikte en voelde dat hij een stijve kreeg. Maar nee, dit kon hij niet doen. Niet nu. 'Luister, we kunnen niet praten. Voorlopig even niet. En elkaar ook niet zien. Ik kan het risico niet nemen.' Hij klapte zijn mobiele telefoon dicht, liet zijn hand in zijn broek glijden, betastte zichzelf door de zijden onderbroek heen en trapte op het gaspedaal.

Kate en Murphy waren bij Floyd Brown op het bureau, waar kopieën van de zwart-witschilderijen die aan het Modernist Museum, de Star-

retts, en Brandt & Seligson waren gestuurd, naast elkaar lagen op het bureau van het hoofd van de afdeling Moordzaken.

'Op deze afbeeldingen...' Brown keek van de een naar de ander. 'Staan volgens jullie aanwijzingen?'

'Ja.' Kate tikte op het exemplaar dat aan het museum was gestuurd. 'Hierop zie je zowel het schilderij van Willem de Kooning dat in het museum is vernield als dat van Franz Kline dat daarna is aangevallen in het huis van de Starretts.'

Ze richtte zich op het schilderij dat bij de Starretts vandaan kwam.

'En hierop zie je een reproductie van het schilderij van Kline dat eigendom van de Starretts was, en een van het schilderij van Hans Hofmann dat van Gabrielle Hofmann was.'

'Een psychopaat die een vooraankondiging laat zien van de volgende bezienswaardigheden?' zei Brown.

'Daar lijkt het wel op,' zei Murphy.

'Alleen hebben ze die in deze zaak niet gevonden.' Brown pakte het dossier van Gabrielle Lifschultz dat hij van de politie van Greenwich had gekregen. 'Volgens de rechercheur die ik daar heb gesproken, ene Kominsky, reageerde de echtgenoot een beetje vreemd. Niets concreets, maar ze houden hem in de gaten.'

Lifschultz. De naam deed een bel rinkelen bij Kate, maar ze wist niet precies waardoor.

'Is het mogelijk dat de echtgenoot geprobeerd heeft het eruit te laten zien alsof het weer om dezelfde dader gaat?' zei Murphy. 'Hij zou iemand ingehuurd kunnen hebben – om zijn vrouw te vermoorden, het schilderij te vernielen – maar dan hebben ze het niet helemaal goed gedaan; ze wisten niets van die schilderijen met aanwijzingen, wat zou kunnen verklaren waarom er geen is gevonden. De sensatiepers was daar niet van op de hoogte – nog niet – zodat de moordenaar er geen rekening mee heeft gehouden.'

'Maar het schilderij van Hofmann was wel te zien,' zei Kate, 'op het schilderijtje dat aan de Starretts is gestuurd – en als het klopt dat het echt om aanwijzingen gaat op die schilderijtjes, dan moet het om dezelfde dader gaan – en dat moet iemand zijn die van plan was een schilderij van Hans Hofmann te vernielen.'

Brown wreef over zijn slapen, en Kate herinnerde zich dat de man vaak geplaagd werd door hoofdpijn. Ze zocht in haar tas en haalde er twee pijnstillers uit. Hij knikte haar dankbaar toe en spoelde ze weg met koude koffie. 'Ik begrijp wat je bedoelt, maar ik heb niet veel vrijheid van handelen. De opdacht – van commissaris Tapell en de burgemeester – luidt dat we meewerken, maar op afstand. Ze willen niet dat we in andermans stront gaan roeren. En zeker niet in een andere staat.'

'Maar beide slachtoffers – Starrett en Hofmann – hadden een huis in Manhattan.' Murphy friemelde constant met zijn elastiekje.

'Maar ze zijn niet hier overleden.'

'Dus wat doen we?' Kate sloeg haar armen over elkaar. 'Wachten tot iemand wel hier overlijdt?'

'Zo luiden de regels, McKinnon. Ik heb ze niet gemaakt, maar ik moet me er wel aan houden – en jij ook. Dus beperk je maar tot Kunstzaken, oké? Trouwens, ik neem aan dat de federale recherche er zich wel over zal ontfermen – een zaak met twee bekende slachtoffers en kostbare schilderijen, waarbij twee staten betrokken zijn – en gauw ook.'

'Lifschultz,' zei Kate, toen ze met Murphy uit Browns kantoor liep. 'Zo heet de echtgenoot van Gabrielle Hofmann, toch? En zei Cecile Edelman niet dat ene Lifschultz een van de museumvriendjes was van Colin Leader?'

'Ik heb het ergens opgeschreven,' zei Murphy. 'Maar je hebt gehoord wat Brown zei – beperk je tot de kunst.'

'Jezus,' zei Kate. 'Als ik dat nog één keer hoor...' Ze haalde diep adem. 'Een vernield schilderij van Hans Hofmann ís kunst. Het hoort bij ons onderzoek, of niet soms?'

Murphy draaide het elastiekje zo strak om zijn pols dat die rood werd. 'Ik denk dat ik even moet gaan babbelen met die vent van Greenwich, die Kominsky,' zei hij.

'Goed idee.' Ze wierp een blik op Murphy's pols. 'Weet je, als je niet uitkijkt, snijd je je bloedcirculatie nog af.'

Murphy liet het elastiekje terugspringen.

'Ik neem later contact met je op. Ik heb een interview in Tarrytown dat niet uitgesteld kan worden, daarna moet ik de volgende aflevering van mijn televisieprogramma helpen monteren.' Ze wierp een blik op zijn pols. 'Dan laat ik jullie twee – jij en je elastiekje – nu fijn alleen.'

Murphy probeerde een snedig antwoord te bedenken, maar het lukte hem niet. Hij keek haar slanke figuur na toen ze wegliep, terwijl haar haar in de zon een scala van goudkleurige tinten vertoonde.

Zijn vrouw, zijn ex-vrouw Ginny, was blond, uit een flesje. Nep, net als nog veel meer aan haar, zo bleek later. Maar hij wilde nu niet aan haar denken. Wie hij wel miste was zijn dochter Carol – Candy noemden ze haar. Bijna een maand geleden had hij haar gezien. Ze werd binnenkort elf en bereikte nu die fase waarin alles wat hij zei fout was – althans dat leek zij te vinden, en hun wekelijkse telefoontjes deden hem meer pijn dan wat ook. Hij wist niet hoe hij ermee om moest gaan – haar liefdevol bejegenen of haar negeren.

Hij ving een glimp van Kate op toen ze in een taxi stapte en haar lange benen naar binnen trok alsof ze ze was vergeten. Ze was beslist een mooie vrouw, maar op die manier wilde hij niet aan haar denken, niet als ze moesten samenwerken. Hij haalde de elastiekjes van zijn ene pols en deed ze om de andere.

Als hij er wel aan toegaf op die manier aan haar te denken, werd hij zo geil als boter. Jammer dat hij niet bij de zedenpolitie werkte, waar agenten zich voor bepaalde verdiensten gratis konden laten pijpen. Misschien, dacht hij, moest hij om overplaatsing vragen.

15

De rit naar Tarrytown verliep vlot, omdat Kate zich in gedachten bezighield met de moord op Nicholas Starrett, waarbij ze werd geplaagd door schuldgevoel dat niet wilde verdwijnen, als een bloedvlek die niet weggewassen kon worden. Had ze dat doek van Kline maar herkend. Maar het had geen zin om het zichzelf kwalijk te blijven nemen. Ze kon zich beter concentreren op die bizarre schilderijen met aanwijzingen – als het dat al waren.

Een psychopaat die aankondigingen stuurt van wat er komen gaat.
Maar waarom?
Was het een spel?

Kate wist dat sommige psychopaten bijna net zo van het spel als van het moorden genoten, dat ze er een kick van kregen een spel met de politie te spelen, van het idee iedereen te slim af te zijn – en soms waren ze dat ook. Er waren honderden, duizenden onopgeloste moordzaken, en sommige ervan waren ongetwijfeld het werk van psychopaten die slim genoeg waren om de perfecte misdaad te beramen en uit te voeren.

Maar grootheidswaanzin leidt tot risico's, dat wist ze ook, en ze hoopte dat deze psychopaat een fout zou maken, en snel ook.

Tegen de tijd dat ze arriveerde voor haar bespreking met Beatrice Larsen, stond haar crew, als je ze al zo kon noemen – een technicus en een cameraman – al op haar te wachten; de kunstenares zat onrustig op haar stoel een sigaret te roken en keek met veel vertoon op haar horloge.

'Sorry dat ik te laat ben.' Kate pakte met beide handen de hand van de vrouw. 'Ik kan niet zeggen wat een eer ik het vind om eindelijk met u kennis te mogen maken. Ik ben al jaren een fan van uw werk.'

De vrouw drukte haar sigaret uit en glimlachte bijna.

Kate haalde haar blocnote tevoorschijn, zette haar kleine bandrecorder aan en keek om zich heen in het atelier: een combinatie van abstracte werken, gecombineerd met populaire iconografie.

Beatrice Larsen behoorde tot de tweede generatie abstract expressionisten, een van de vele jonge kunstenaars die in de jaren vijftig de pelgrimstocht naar New York hadden gemaakt, alle grote meesters hadden ontmoet en met hen hadden gewerkt, en hun manier van schilderen hadden overgenomen – evenals hun levensstijl. Haar atelier was klein: een verbouwde garage onder één dak met een klein huis, in de stijl van Cape Cod. Larsen was een goede, vakkundige schilderes, maar ze had nooit de status gekregen van sommigen van haar collega's.

Kate babbelde een poosje om de vrouw wat te laten ontspannen, en liep toen het atelier door om de kunstenares over haar werk te laten praten, waarbij ze de cameraman liet inzoomen op details van bepaalde schilderijen.

'U bent een tijd geleden begonnen met toespelingen op de volkskunst, klopt dat?'

'Nadat het abstract expressionisme doodbloedde,' zei Larsen, terwijl ze een Marlboro opstak, ondanks de kortademigheid die Kate bij haar had geconstateerd. 'De abstracte schilders en de critici hebben me erover de les gelezen. Maar dat kon mij niets verdommen. De Kooning heeft een stel vrouwenmonden uit tijdschriften geknipt, opgeplakt en gebruikt als basis voor zijn schilderijen, en daar heeft nooit iemand wat van gezegd. Maar hij was natuurlijk een man.'

Kate liep naar een van Larsens schilderijen. 'Dit detail had ik nog niet gezien. Dat zijn toch Madonna en Britney?'

'Ja. Ik verstop graag foto's in dat soort schilderijen. Ik gebruik populaire plaatjes als uitgangspunt, als basis voor de abstracte vormen eromheen.'

'Dat zie ik. Boeiend, omdat het schilderij eerst abstract lijkt, maar als je eenmaal die footootjes hebt ontdekt, kijk je er anders naar, en naar hoe het is gemaakt.'

'Precies, dat bedoel ik,' zei Larsen en ze glimlachte zowaar. 'Grappig, hè? Om zoiets te gebruiken – Madonna en Britney die elkaar zoenen. Jezus, de media maakte er zo'n heisa van. Alsof het voor het eerst was dat vrouwen elkaar zoenden.'

'Misschien alleen de eerste keer dat het op televisie te zien was,' zei Kate.

'Nou, het is de tweede keer dat ik die zoen van Madonna en Britney heb gebruikt. Ik had het al eens op een ander schilderij gedaan. Dat was op die Neo-Icon-expositie, een paar maanden geleden, in het Whitney Museum.'

'Natuurlijk. Er stond een foto bij de recensie van de expositie in de *Times*. Dat weet ik nog. Gefeliciteerd.'

'Voor zover ik er iets aan gehad heb.' Larsen haalde haar schouders op. 'Ik geloof dat die recensent me een post-neo-pop-expressionist noemde, of iets dergelijks lulligs. Ik heb het nooit zo op etikettering.' Ze meesmuilde. 'Ik denk erover voor mijn volgende werk een foto te gebruiken van de blote Janet Jackson tijdens de Super Bowl. Wat vind je daarvan?'

'Ach, het was maar een borst,' zei Kate.

'Precies,' zei Larsen.

Kate las haar notities over, zag dat ze alle noodzakelijke feiten en data had genoteerd. Wat ze nog van Larsen wilde horen, waren haar opvattingen over deze periode en ook over haar leven – hoe het was om een kunstenaar te zijn die het niet altijd had meegezeten, een onthullend, persoonlijk verhaal, niet zo'n interview als je meestal te zien kreeg bij PBS of History Channel.

'Vertelt u eens, hoe was het om naar New York te komen en al die kunstenaars te ontmoeten?'

'Dat was fantastisch. Ik was toen nog een knappe meid. De jongens waren niet vies van me.'

Kate keek naar het gerimpelde gezicht, het staalgrijze haar en de dito ogen van de oude vrouw. 'U bent nog steeds knap.'

'Ach, lieverd, hou op.' Larsen snoof verachtelijk. 'Die tijd is allang voorbij. In die tijd vond ik het vanzelfsprekend dat ik er goed uitzag.' Ze bekeek Kate van top tot teen. 'Jij bent een echte schoonheid. Maar dat blijft niet zo. Vrouwen worden keihard beoordeeld. Anders dan mannen. In de kunstwereld gaat het net zo. Mannen komen altijd eerst. Niet dubbelzinnig bedoeld.' Ze lachte, hoestte, drukte haar Marlboro uit in een grote glazen asbak vol peuken en haalde diep adem.

Kate had gelezen over de affaires die Larsen had gehad met meer dan één Ab Ex-man, en ze geloofde het graag. Ze kon het niet laten te vragen: 'Is het waar dat u een relatie met Franz Kline hebt gehad?' Kate zag in een flits de vernielde Kline in het huis van de Starretts voor zich.

'O ja. Franz was een geweldige man. Een zuiplap en een minnaar. Op een keer, toen we aan het neuken waren, hield hij op, haalde mijn pessarium eruit, smeet het de kamer in en riep: 'Weet je niet dat ik de pest heb aan plastieken?'

Kates mond viel open, toen begon ze te lachen. Het was uitgesloten dat ze deze anekdote in haar film gebruikte, al had ze het nog zo graag gewild.

Larsen lachte kakelend, toen versomberde haar blik. 'Maar Franz had ook een tragedie in zijn leven, want zijn vrouw, een balletdanseres, werd stapelgek. Hij moest haar laten opnemen. Maar tussen Franz en mij is het nooit echt iets geworden, al dachten anderen misschien van wel.' Ze zuchtte glimlachend. 'Ik herinner me een keer dat we in de Cedar Bar waren, Franz en ik, en Franz kon geen minuut van me afblijven, weet je wel.' Toen ze grinnikte, zag Kate iets terug van het knappe jonge meisje dat ze moest zijn geweest. 'Ik weet niet meer wie het was, maar een of andere kunstenaar,' vervolgde Larsen, 'maakte een opmerking tegen Franz, iets van... "Was jij niet getrouwd, kerel?"' Larsen sloeg haar blik ten hemel. 'Nou, dat kwam aan, dat kan ik je wel vertellen. Bill was er ook, Bill de Kooning, en hij vloerde die vent bijna. Bill en Franz waren toen dikke vrienden, weet je, als broers... vooral als ze samen dronken.'

'En wat gebeurde er toen?' vroeg Kate.

'Boze woorden, en er vielen een paar klappen, als ik het me goed herinner. Ik was aan mijn vierde of vijfde biertje, ik weet het niet precies meer.' Larsen haalde haar schouders op. 'Maar ik heb die kerel nooit meer gezien. Waarschijnlijk durfde hij zijn gezicht niet meer te laten zien. Het was niet verstandig om ruzie te zoeken met Bill of Franz. Dat waren toen de grote jongens; zij deelden de lakens uit, zeg maar. En een moreel oordeel vellen – in die tijd, toen iedereen het met iedereen deed? Nou, dat was sociale zelfmoord. Waarschijnlijk is hij dronken geweest.' Ze wuifde met een hand en lachte. 'Wij allemaal, natuurlijk.'

'En de andere schilders?'

'Hoe bedoel je?'

'Je was toch met hen allemaal bevriend?'

'Bevríénd?' Larsen kneep haar grijze ogen samen. 'De New York School was een mánnenclub, schat. Vrouwen dienden alleen als decoratie. Iemand om tegenáán te praten – of mee te neuken.'

'En de vrouw van De Kooning, Elaine, of die van Pollock, Lee Krasner dan? Die hebben toch een geweldige carrière gehad.'

'Ach, schat, doe me een lol. De carrière van Lee kwam láng nadat Jackson was overleden. En Elaine, tja, die heeft Bill geholpen een ster te worden – misschien ging dat ten koste van haar eigen carrière, hoewel er mensen zat zijn die je zullen vertellen dat haar eigen werk helemaal niet zo goed was.' Larsen stak nog een sigaret op, nam een diepe haal en tuurde ernaar. 'Een vrouw die de ene na de andere sigaret rookt, zuipt en met iedereen neukt, dat is een slettenbak, ja toch? Maar een man... dat is een godheid.' Kate probeerde erachter te komen hoe ze die zin moest ombouwen om hem te kunnen gebruiken, terwijl de oude vrouw een grijze rookwolk naar het plafond van het atelier blies.

'Nadat De Kooning en Elaine uit elkaar waren gegaan, begon hij iets met een jonge vrouw, Ruth-nog-wat. Het zijn altijd jonge vrouwen, ja toch?' Ze schonk Kate een alwetende, verbitterde glimlach. 'Maar Ruth was een schoonheid, dat moet ik haar nageven. Een jongere versie van Liz Taylor. Een diamant. Ze was een tijdje met Jackson Pollock geweest, zijn laatste vriendin, die in de auto naast hem zat toen hij omkwam bij dat ongeluk.' Ze fronste. 'En toen verscheen ze aan de arm van De Kooning, zijn rivaal. Ze hadden over alles ruzie gemaakt: over vrouwen, kunst, noem maar op. Het blijven jongens, nietwaar? En ze krijgen meestal wat ze hebben willen.' Ze zuchtte. 'En ik? Ik had genoeg dat tégen me sprak. Ik was van de tweede generatie... en een vrouw.'

'En Joan Mitchell dan? Die was ook van de tweede generatie en...'

'Dat loeder!' Larsen hoestte en lachte. 'Heb je haar wel eens ontmoet? Ze dronk alle mannen onder tafel. Joan is hem gesmeerd. Naar Frankrijk. Ze hulde zich in een wolk van geheimzinnigheid. Dat had ik misschien ook moeten doen. Maar ik ben hier gebleven, als een van de vele middelmatige Amerikaanse schilders. Niets exotisch aan. Niet echt leuk voor conservatoren om een oud wijf te bezoeken in Tarrytown. Je kunt beter op bezoek gaan bij iemand in Frankrijk, waar of niet?' Larsen loenste door een rookwolk naar Kate. 'Ben jij getrouwd?'

Kate zweeg even. 'Nee, ik... ben mijn man verloren.' Ze was zich ineens zeer bewust van de videocamera. Het was duidelijk dat ze dit ook zou moeten wegmonteren.

'O, wat erg.' Larsen raakte even Kates hand aan, een onkarakteristiek, grootmoederachtig klopje. 'Ik ben nooit getrouwd. Te veel gedoe.' Larsens lippen tuitten zich rond de sigaret. 'Ik zag het zo: een vrouw moest over haar volledige onafhankelijkheid beschikken, vooral in die tijd.'

Daar kon Kate wel inkomen; voordat ze met Richard trouwde, had ze er ook zo over gedacht, en daarna weer, hoewel het huwelijk ook zijn goede kanten had gehad.

'Een tijdlang hoorde ik bij de mannen, maakte ik deel uit van het kleine kringetje.' Larsens glimlach maakte snel plaats voor een grimmige blik. 'Laten we zeggen dat ze beloften deden... die ze niet waarmaakten.' De blik van de oude kunstenares werd donker en dreigend. 'Ach, wat kan mij het ook verdommen – het is een heel oud verhaal.' Larsen keek naar de manier waarop de rook van haar sigaret naar het plafond kringelde, vervaagde en oploste, als een oude herinnering. 'Na de hoogtijdagen van het abstract expressionisme, bleven alleen de allergrootsten over: De Kooning, Rothko, Motherwell en nog een paar anderen. Kline en Pollock waren al dood. De rest van ons had dat ook net zo goed kunnen zijn – het kon niemand wat schelen. Stel je voor, in 1959 had ik een expositie waarbij alles werd verkocht, en pas in 1986 had ik de volgende.' Kate rekende het uit: zevenentwintig jaar. Een verrekt lange tijd tussen twee exposities.

'En die expositie was alleen mogelijk omdat een van de nieuwe lichting, een van die *neo-expressionisten* zoals ze zichzelf noemden, in een prehistorisch nummer van *ArtNews* mijn werk had zien staan en me *herontdekte*. Een verslaggever vroeg me hoe het voelde om weer terug te zijn. Ik zei: "Schat, ik voel me net een lid van de Grateful Dead!" Het kan er wreed aan toe gaan in de kunstwereld. Ze aanbidden je als je jong en knap bent, en daarna soms, als je het geluk hebt dat nog mee te mogen maken, als je stokoud bent. Maar iets daartussen is niet mogelijk. Je moet gewoon volhouden – het is een lange weg, en niet bepaald een gemakkelijke.'

Kate dacht aan de vele kunstenaars die het niet hadden volgehouden, die het hadden opgegeven en ergens een vaste baan hadden genomen, of die in de anonimiteit waren blijven schilderen tot hun dood, in tegenstelling tot degenen die succes hadden. Ze keek even naar de schilderijen aan de wanden in het atelier. 'Sommige mensen laten niets achter,' zei ze. 'Maar u hebt tenminste uw hele leven lang schilderijen gemaakt die voor de toekomst bewaard blijven.'

'Ja ja,' zei Larsen. 'Alsof iemand daar een bal om geeft.'

'Dat zullen er genoeg zijn,' zei Kate. Ze begon weer over de schilderijen en daarna spraken ze nog enige tijd over expressionisme versus realisme en over verschillende technieken, totdat Kate van onderwerp veranderde. 'Ik sprak onlangs met Phillip Zander.'

'O, die... die heeft het eeuwige leven. Een van de uitverkorenen, iemand van de incrowd. Hij had de juiste vrienden: Bill en Franz, Robert Motherwell.' Ze schraapte haar keel. 'Je moest bij die incrowd horen, als je wilde overleven.' Ze zweeg en gaf met haar doorrookte, hese stemgeluid een versie ten beste van een Motown-nummer uit de jaren zestig – 'I'm in with the in crowd'– en snoof minachtend. 'Ik heb er deel van uitgemaakt – een poosje. Althans, dat dácht ik.' Ze drukte haar peuk uit in de asbak.

'Maar zelfs die incrowd viel uiteen, nietwaar?'

'Tja, de helft van hen ging dood – als je dat bedoelt.' Larsens blik versomberde een beetje, alsof ze diep in gedachten was. Het duurde even voordat ze weer begon te praten. 'Wie weet wat er in werkelijkheid met een groep gebeurt. De geschiedenis? Het gaat erom hoe je het interpreteert, toch?'

'Dat probeer ik te doen,' zei Kate. 'Interpreteren. Achteraf interpreteren.'

'Veel geluk ermee,' zei Larsen.

Toen Kate weer in New York was, in de kleine technische studio van PBS, bekeek ze beide bandopnamen die ze nu tegelijk op twee aparte computerschermen liet afspelen. Ze wist niet precies hoe ze ze wilde gebruiken, afzonderlijk of gecombineerd, of misschien om en om: een stukje van Zander, en daarna als tegenstelling een stukje van Larsen.

Ze spoelde de opname van Beatrice Larsen vooruit tot het moment waarop de vrouw zong: 'I'm in with the in crowd'. Dat zou ze ongetwijfeld gebruiken.

De incrowd. Was het werkelijk zo moeilijk geweest om daarin opgenomen te worden?

Kate keek weer naar het scherm, waar Beatrice Larsen haar sigaret uitdrukte in de asbak en zei: 'Ik heb er deel van uitgemaakt – een poosje.'

Kate zette het beeld stil op de minachtende uitdrukking van de vrouw.

De incrowd. De hippe jongens. Hierdoor moest Kate denken aan haar eigen middelbareschooltijd: een verlegen bonenstaak, zonder moeder, die geen idee had van wat de toekomst voor haar in petto had.

Larsens interview liep ten einde. 'Veel geluk ermee,' luidde haar reactie toen Kate iets zei over het achteraf interpreteren van die periode. Vanuit Larsen gezien was het natuurlijk geen gouden tijd geweest. Kate had steeds het idee gehad dat ook Zander had geprobeerd haar ervan af te brengen dat tijdperk te romantiseren.

Ze keek naar Zander op het andere scherm

'Sommigen werden beroemd, anderen niet,' zei hij.

Dat kan hij gemakkelijk zeggen, dacht Kate, hoewel ze onmogelijk een hekel aan de man kon hebben, omdat hij arrogant noch verwaand leek. Misschien had het succes hem milder gemaakt. Ze had vaak gezien dat mensen door mislukkingen hard en verbitterd werden.

Laat op de avond. Duisternis. Het beste tijdstip, als een winter op de noordpool, eeuwigdurende duisternis. O, wat zou dat volmaakt zijn.

Het is er rustig, een raam dat openstaat maakt de toegang tot het kleine huis gemakkelijk.

Schoenen in kaplaarzen maken een heel licht zoevend geluid, een gefluisterde ademtocht over houten vloeren, geen enkel geluid op de tapijten, op rooftocht door donkere kamers – een voorkeur die pas verworven is.

Hoe snel past men zich aan. En waarom niet?

Plannen kunnen veranderd worden, ter vervolmaking. Mensen moeten flexibel zijn. Improviseren. Was dat niet onderdeel van hún credo? En de derde handeling blijft gehandhaafd; het beste tot het laatst bewaard. Maar het is niet nodig daar nu aan te denken. Nog niet. Concentreer je op het nu. De taak die voor je ligt. Alles op zijn tijd.

Al die gedachten doen zich voor tijdens het sluipen van de ene kamer naar de andere, op zoek naar de volgende – een blik hier, een blik daar, maar zelfs de slaapkamer is leeg, het bed nog opgemaakt, niets wat erop wijst dat er iemand in het huis is. Een misrekening?

Weer buiten, in de sterreloze hemel, nergens iets van de maan te zien, maar de zachte gloed van een raam in het kleinere gebouw naast het huis wenkt.

Natuurlijk.

Een snelle blik door het raam bevestigt het.

De deur is niet op slot. Hij kraakt een beetje als hij opengaat.

Een kleine lamp verlicht het gezicht. Er klinkt een hees gesnurk.

Hmmm... Het is niet goed als ze slaapt. Niet meer.

'Hallo.' Hard, dichtbij.

Het snurken gaat over in gesnuif, het hoofd gaat met een ruk omhoog, ogen vliegen open. 'Wie is daar?'

Ik ben het maar. De dood.

Een vinger op de lippen. 'Sst. Ik moet je iets laten zien.'

'Wa-wat wil je?'

'Geduld.'

'Rot op!' Probeert op te staan, provocerend.

'Wat een taal. Heb je je tekst niet geleerd?'

Het gezicht, een en al verwarring en angst; woede ook.

Tijd om daar iets aan te doen.

Terugduwen in de stoel; kussen op het gezicht.

Een paar zinnen – een passage uit geschreven teksten, uit het hoofd geleerd – schemeren ergens in gedachten. Ze helpen de daad te rechtvaardigen.

Het lichaam kronkelt, de adem heeft weer bijna dat hijgerige snurkgeluid, maar wordt gesmoord. Niet lang, dan houdt het op.

Kussen weghalen, daarna zorgvuldig terug op de plek waar het lag.

Naar achteren, alles bekijken, rustig nu, de gebruikelijke pijn is verdwenen. Vreemd dat dit nieuwe element, deze daad, zo'n onverwachte rust brengt.

Vingers in handschoenen sluiten de mond, brengen de lippen weer in normale positie, trekken dan de oogleden omhoog om de ogen open te laten, maar dat lukt niet.

Maar ik wil publiek. Dat is deze keer het plan.

Een idee: *houd ze open met plakband.*

Dat werkt.

Starende ogen die de voorstelling zien.

En nu de schilderijen.

Mes erin. Mes eruit.

Eén schilderij klaar, het doek hangt omlaag in stukken.

Dode ogen staren zonder uitdrukking.

'Wat vind jij ervan?'

Handen in handschoenen tillen dode handen op, slaan ze tegen elkaar aan.

'Dank je. Dank je.' Glimlachen. Buigen. 'Wat? Wil je nog meer zien? Een encore? Natuurlijk. Waarom niet?'

Mes erin. Mes eruit. Nog een schilderij aan flarden.

Nog meer geklap met dode handen.

'U bent te vriendelijk.'

Nog één schilderij vernielen, dan een diepe buiging. 'Het genoegen is geheel aan mij.'

Plakband van dode ogen trekken, oogleden dichtdrukken.

Tijd om te gaan.

Een laatste blik op het kunstwerk, de repen doek die naar beneden hangen – *weer een kapot* – dan snel van het toneel verdwijnen.

16

Het was rustig in huis, Nola was naar haar cursus en de baby was buiten met de kinderjuf. Kate had – verrassend genoeg – nog geslapen toen ze weggingen, en ze had niets gehoord. Ze stond lang onder de douche, voelde zich een beetje schuldig omdat ze het fijn vond om het hele huis voor zichzelf te hebben, en pleegde een aantal noodzakelijke telefoontjes: naar Marci Starrett, daarna naar Richards moeder Edie, in Florida. Vervolgens zette ze een pot koffie, legde een Engelse muffin in het broodrooster, opende de *New York Times* en keek een paar minuten naar de koppen op de voorpagina voordat ze de overlijdensberichten opsloeg, een oude gewoonte, weliswaar macaber, maar soms ook leuk – als ze las dat de scheikundige die de haarspray had uitgevonden op zijn negentigste was overleden of de filmster uit stomme films die allang vergeten was, tijdens haar laatste close-up was bezweken.

Maar deze ochtend was er niets leuks bij. Bij het zien van het eerste overlijdensbericht kreeg Kate een schok.

BEATRICE LARSEN, 80
ABSTRACT EXPRESSIONISTISCH KUNSTSCHILDER

Nee. Dat was onmogelijk. Ze had haar pas nog gezien. Een dag geleden. Kate las het stukje vol ongeloof.

Beatrice Larsen, abstract expressionist van de tweede generatie kunstschilders van de New York School, is thuis in haar woonplaats Tarrytown, NY, overleden. Ze is tachtig jaar geworden.

Nadat ze in de jaren vijftig van de vorige eeuw roem verwierf, verdween mevrouw Larsen geleidelijk uit de kunstwereld totdat ze in de jaren tachtig opnieuw werd ontdekt. Haar werk, onderdeel van vele grote collecties...

Kate las het bericht snel door, het idee dat de vrouw die ze pas nog had geïnterviewd plotseling was overleden was bijna onvoorstelbaar. Het bericht moest binnen een dag nadat ze haar gezien had al geplaatst zijn, hoewel Kate wist dat ze de overlijdensberichten bij de *Times* opspaarden; één telefoontje om het overlijden aan te geven was genoeg om het in de pers vermeld te krijgen.

Mevrouw Larsen, die nooit gehuwd is geweest, laat een aantal neven en nichten achter, onder wie de kunstschilderes Darby Herrick, dochter van haar zus die ook niet meer leeft.

Een dienst ter nagedachtenis, georganiseerd door mevrouw Herrick, wordt gehouden in het stadhuis van Tarrytown. De datum wordt nog bekendgemaakt.

Kate keek of er een doodsoorzaak werd vermeld, maar nee. Natuurlijk, de vrouw was tachtig jaar en rookte als een schoorsteen, en hoewel ze redelijk fit leek, had ze tijdens het hele interview zitten piepen en hoesten. Was het een hartaanval geweest? Een beroerte?

Een telefoontje naar de politie van Tarrytown bracht aan het licht dat Beatrice Larsen een natuurlijke dood was gestorven. Maar Kate kon zich niet onttrekken aan het gevoel dat het heel onnatuurlijk was dat de vrouw een paar uur na het interview was overleden. Ze herlas het overlijdensbericht, kreeg een huiveringwekkend idee en belde weer met de politie van Tarrytown, deze keer met een specifieke vraag. Was er een schilderij van de kunstenaar vernield? De agent aan de balie zei dat hij er geen idee van had.

Nog een telefoontje, dit keer met de nicht, Darby Herrick.

'Het spijt me dat ik u lastig moet vallen,' zei Kate. Ze betuigde haar deelneming en legde uit wie ze was.

'Ik weet wie u bent.' Herrick had een besliste, directe manier van praten, net als haar tante.

'Ik kan er niet over uit,' zei Kate. 'Ik heb uw tante pas nog geïnterviewd voor een aflevering van mijn programma op tv en –'

'Ja. Daar was ze erg mee in haar sas en...' Herrick zweeg even, waarschijnlijk overmand door emoties, dacht Kate. 'Ik zal haar verschrikkelijk missen.'

'Ja, dat begrijp ik. Ze leek me een fantastische vrouw,' zei Kate, en stelde toen haar vraag. 'Dit klinkt misschien raar, maar was een van de schilderijen van uw tante misschien beschadigd, of...'

'Ja.' Een lange stilte. 'Hoe wist u...' Weer een stilte. 'Een aantal ervan was vernield – met een paletmes. Denk ik.'

Kate probeerde zich er een voorstelling van te maken. 'Een aantal, zei u?'

'Eh, ja, drie.'

'En u zei dat er een paletmes is gebruikt?'

'Nou ja... er lag er een op de grond, een scherp mes.'

'Had ze al eens eerder een schilderij van haarzelf vernield?'

'Ja. Mijn tante kon heel kritisch zijn ten opzichte van haar werk.'

'Maar ook met een mes?'

Weer stilte. Kate had het gevoel dat ze de vrouw bijna kon horen denken voordat ze weer iets zei.

'Beatrice schraapte wel vaak verf van het doek af, en daarna schilderde ze er overheen. Ze heeft me vaak uitgelegd dat het idee dat er nog een oude afbeelding onder zat – ook al was die slecht geschilderd – haar aansprak.'

Dat werd wel vaker gedaan bij die generatie, dacht Kate. Maar een schilderij aan flarden snijden was het bewust kapotmaken – het tegenovergestelde van wat Beatrice Larsens nicht zojuist had beschreven. 'Zei u dat er een aantal schilderijen is beschadigd?'

'Drie.' Herrick haalde diep adem. 'Het was heel... schokkend.'

'Dus u was degene...'

'Die haar heeft gevonden? Ja.'

'Zijn de vernielde schilderijen nog in het atelier?'

'Ik heb ze weggegooid.'

'O ja?' *Wat merkwaardig.* 'Waarom?'

'Ik dacht... als Beatrice zo vastbesloten was om ze te vernielen, zou ze niet hebben gewild dat iemand anders ze te zien kreeg. Misschien wist ze dat ze... dat ze binnenkort zou overlijden en probeerde ze haar werk, haar nalatenschap te corrigeren. Ik heb ze ingepakt en onmiddellijk naar de vuilstort gebracht.' Weer hoorde ze haar inademen. 'Was dat verkeerd?'

'Ik weet zeker dat u hebt gedaan wat u het beste achtte voor uw tante.' Nog een vraag brandde Kate op de tong. *Hebt u ook een vreemd zwart-witschilderijtje gevonden?* Maar die stelde ze niet. Ze wilde zelf gaan kijken. 'Ik vroeg me af of ik nog een keer naar het atelier mag komen. Ik zou graag nog eens kijken naar de schilderijen van uw tante, zodat ik haar werk recht kan doen als ik het voor tv bespreek.' Kate vond het vreselijk dat ze dit leugentje moest verzinnen – ze had materiaal genoeg, en ook opnamen van het hele oeuvre van Beatrice Larsen – maar ze had een excuus nodig om in dat atelier te komen.

'Ik weet het niet.'

'U wilt toch dat het programma over uw tante zo goed mogelijk wordt?' Als de vrouw hier 'nee' op zei, zou Kate met grof geschut moeten komen en haar vertellen dat ze bij de politie werkte – ook al viel dit niet onder jurisdictie van de NYPD. Het verbaasde haar dat de vrouw ermee akkoord ging.

'Wanneer wilt u komen?'

'Vandaag, als het kan.'

Kate ging meteen op weg naar Tarrytown voordat de nicht van Beatrice Larsen nog van gedachten kon veranderen. Natuurlijk was het de vraag of ze dit wel mocht doen – Kate overschreed duidelijk de jurisdictie – maar haar intuïtie gaf haar in dat ze snel moest handelen en de details later uit moest zoeken.

Darby Herrick kwam haar buiten tegemoet. Ze was lang en mager, en ze had een warrige bos zwart haar.

Kate condoleerde haar nogmaals terwijl ze naar binnen gingen – ze was echt bedroefd om de dood van deze vrouw – maar het was duidelijk dat Herrick er niet over wilde praten en dat ze alleen wilde dat Kate zo snel mogelijk weer zou vertrekken.

De ontbrekende schilderijen vielen onmiddellijk op: drie verkleurde rechthoeken, afgebakend door verfspatten op de witte muren waar de doeken geschilderd waren.

Geesten, dacht Kate. Ze liep het hele atelier door en deed net alsof ze aantekeningen maakte over de schilderijen, maar dat was een list

– ze keek of ze ergens dat zwart-witte schilderijtje zag, of iets wat er-op kon wijzen dat er een worsteling had plaatsgevonden. Er waren geen aanwijzingen dat de technische recherche het atelier had door-zocht, alles lag op zijn plaats, geen contouren op de plek waar het li-chaam had gelegen, geen restjes poeder. Natuurlijk was dat ook niet nodig geweest – de vrouw leek een natuurlijke dood gestorven te zijn. Evengoed kon Kate het gevoel niet van zich afschudden dat haar dood, direct na het interview, meer dan puur toeval was.

Darby Herrick volgde haar op de voet. 'Kan ik iets voor u doen?'

'Ik vroeg me af of uw tante ook assistenten in dienst had die ik misschien zou kunnen interviewen over haar werkgewoontes?'

'Beatrice kon niemand naast zich velen – alleen mij.' Herrick graai-de een pakje sigaretten uit de zak van haar blouse. 'Hebt u bezwaar?' Ze wachtte niet op antwoord, stak op en inhaleerde diep, en toen ze weer begon te praten kwam de rook met stootjes naar buiten. 'Zoals u hebt kunnen zien, had Beatrice niet veel hulp nodig – althans, dat zou ze nooit hebben toegegeven. Ze was redelijk fit.'

Waarom is ze dan gestorven? 'Ja, in mijn ogen leek ze sterk, daarom kwam haar dood voor mij als een schok.'

'Ja.' Herrick ging met haar hand over haar ogen, alsof ze tranen wegveegde, al kon Kate die niet bespeuren.

'Dus jullie konden het goed met elkaar vinden?'

'Ja.'

'Hebt u haar gisteravond nog gezien?'

'Nee, ik was thuis. De hele avond. Aan het schilderen. Ik heb een pizza besteld, rond negen uur, en ben verder de deur niet uit geweest.'

Kate had niet naar een alibi gevraagd, maar Herrick gaf het uit zichzelf. Ze noteerde dat ze bij pizzeria's bij haar in de buurt moest informeren.

Herrick pafte erop los en Kate zag een overeenkomst met de tan-te, ze had in elk geval ook dat ongeciviliseerde. Misschien camou-fleerde de jongere vrouw haar verdriet door zich stoer voor te doen, maar Kate wist het niet zeker. Ze leek eerder geagiteerd dan van streek.

'Beatrice was heel onafhankelijk,' zei Herrick. 'Eén keer per week kwam er een werkster om te stofzuigen en voor de zware huishoude-lijke klussen. En mijn atelier is hier vlakbij. Ik ging een paar keer per week bij haar langs om haar wat materiaal en wat te eten te brengen – hoewel Beatrice meer belangstelling had voor haar whisky en tabak dan voor eten. Ik heb jaren geleden geprobeerd haar van het roken af te brengen, maar het had geen zin. Ze had beginnend longemfyseem, weet u. Ik neem aan dat haar hart het gewoon heeft begeven.' Herrick wierp een blik op haar sigaret, gooide de peuk op de ateliervloer en vermorzelde hem onder de hak van haar stevige schoen.

Na Herricks nuchtere uitspraken over haar tante voelde Kate zich iets minder schuldig over het feit dat ze zo snel na Larsens dood hiernaartoe was gekomen. Het leek haar een vreemde manier om met verdriet om te gaan, tenzij de realiteit nog niet tot de vrouw was doorgedrongen, maar het riep wel vragen bij Kate op.

'Beatrice heeft geen gemakkelijk leven gehad,' zei Herrick. 'Ze kreeg roem en aandacht toen ze jong was, en daarna is ze jarenlang genegeerd.'

'Maar ze had in de jaren tachtig een comeback. Dat moet haar toch goed hebben gedaan.'

'Ik denk het wel. Hoewel ze er nooit van uit durfde te gaan dat het zo zou blijven.'

Kate keek even naar de grote rieten stoel waar de kunstenares tijdens het interview in had gezeten, en ze werd getroffen door ongeloof, gecombineerd met droefheid.

'Haar favoriete stoel,' zei Herrick, die haar blikken volgde. 'Daar is ze zelfs in gestorven.'

'Werkte ze vaak zo lang door?'

'Soms de hele nacht.'

'Ik weet dat dit moeilijk voor u moet zijn,' zei Kate. 'Ik blijf niet lang.'

'Ja, het is... nogal confronterend,' zei Herrick, alsof ze ineens besefte dat ze best wat emotie mocht tonen. 'Maar neem de tijd. Ik wil graag dat het interview iets wordt waar Beatrice trots op zou zijn geweest.'

'Is het goed als ik even alleen ben met de schilderijen?'

Darby Herrick aarzelde even. 'Ik denk het wel,' zei ze toen. 'Als u me nodig hebt, ik ben in het huis, hier pal naast.'

Kate wachtte tot de deur dicht was en onderwierp toen het atelier aan een nauwkeurig onderzoek.

Behalve de drie vernielde schilderijen, die al de deur uit waren, leek alles nog precies hetzelfde als tijdens het interview: de schildertafel, het glazen palet met hoopjes opgedroogde verf, verftubes in een rij ernaast. Er lagen verscheidene paletmessen, allemaal rond van boven, niets wat scherp genoeg was om canvas mee kapot te steken. Kate vroeg zich af met wat voor paletmes de doeken vernield waren. Had Darby Herrick dat ook weggegooid?

Kate trok een paar rubberhandschoenen aan en bekeek zorgvuldig de boekenkast, daarna een tafel naast de deur die vol brieven en rekeningen lag; niets belangwekkends, op een grote manilla envelop na die van boven opengescheurd was, en leeg. Kate pakte hem op. Hij was geadresseerd aan Beatrice Larsen en had geen afzender, en op het poststempel stond Tarrytown. Ze richtte haar aandacht weer op de brieven en rekeningen, vond niets, trok een la open met pennen en potloden, paperclips en punaises, systeemkaartjes en Post-its, en doorzocht de rommelige inhoud – ook niets.

Ze liep naar de favoriete stoel van de kunstenares, waarvan de rieten armleuningen vol verfspatten en schroeiplekken van sigaretten zaten, met daarop een hobbelig kussen dat op een paar plaatsen gescheurd was en ook vol verfvlekken zat. Kate pakte het op. Er lag niets onder.

Was het mogelijk dat ze spoken zag, dat ze een mysterie maakte van iets wat er niet was? Het was heel goed mogelijk, aannemelijk zelfs, dat de kunstenares haar eigen werk had vernield en in haar slaap was overleden. Maar waarom was er bij de politievrouw in haar dan een belletje gaan rinkelen?

Achter een halve muur bevond zich een opslagruimte met houten rekken vol schilderijen in plastic, waar veel stof op lag. Kate duwde de schilderijen opzij, gluurde ertussen, maar vond niets.

Ze liep terug naar het atelier en wilde net haar handschoenen uittrekken om naar huis te gaan toen haar oog op een metalen prullenbak viel, waarvan het deksel niet helemaal dicht was. Er stond een schilderij tegenaan, dat haar tijdens de eerste ronde niet was opgevallen.

Deksel eraf. Een hoop lappen met verf, leeggeknepen verftubes – alsof ze wachtten op spontane zelfontbranding.

Kate stak haar hand erin, woelde tussen de lappen en haalde een kartonnen palet tevoorschijn dat aan een stuk canvas geplakt zat. Ze scheurde het palet eraf en hield haar adem in.

Ze schrok op toen de mobiele telefoon in haar tas begon te zoemen.

'Ik heb het,' zei Murphy aan de andere kant van de lijn.

'Wat heb je?'

'Het schilderij met aanwijzingen dat we verwachtten, maar dat er niet was,' zei Murphy. 'Weet je nog, bij Gabrielle Hofmann? De politie van Greenwich heeft het zojuist bezorgd. Het is er al die tijd geweest.'

'En lijkt het op die andere?'

'Exact.'

'Ik ook,' zei Kate.

'Ik ook – wat?' vroeg Murphy.

'Ik heb ook zo'n schilderijtje,' zei Kate. 'Ik zal het je laten zien.'

17

Kate was nog buiten adem van haar vondst en de halsbrekende snelheid waarmee ze uit Tarrytown was teruggereden. Ze had niets tegen Darby Herrick gezegd. Dat liet ze over aan de politie van Tarrytown. Ook niet over de autopsie op het lichaam van Beatrice Larsen, die – zoveel was duidelijk – onvermijdelijk was. Ze zou commissaris Tapell contact laten opnemen met de politie van Tarrytown om ervoor te zorgen dat alles werd uitgevoerd.

Murphy had het schilderij van de plaats delict van

Hofmann al klaargelegd. Het zat vol vegen en vlekken. 'De technische recherche heeft het niet eens meegenomen,' zei hij. 'Ik denk dat ze dachten dat het toch al verontreinigd was. Die vlekken,' zei hij. 'Kattenpoep. Het schilderij is aangetroffen in de kattenbak.'

'Dus Gabrielle Hofmann had er geen hoge pet van op,' zei Kate.

'Ik denk het niet. Je kunt beter bij de huishoudster aankloppen voor bewijsmateriaal dan bij de technische recherche.' Murphy schudde zijn hoofd. 'Er lagen ook kranten in de kattenbak, aan de hand daarvan kunnen we misschien de datum bepalen waarop Hofmann dat schilderwerk heeft ontvangen.'

'Nog een envelop gevonden waar het in gezeten kan hebben?'

'Als die er al was, is hij niet gevonden.' Murphy ging met zijn in een handschoen gestoken hand langs zijn stoppelbaard. 'De politie van Greenwich heeft al kopieën gestuurd naar ons lab. Ze zijn bezig de stukken glas van een ingelijste tekening te onderzoeken.'

'Bloed, misschien?'

'Als we echt geluk hebben. Volgens de eerste bevindingen van de patholoog heeft er misschien een worsteling plaatsgevonden, dus ze zoeken onder Hofmanns vingernagels naar vezels en dat soort dingen. Je weet wat ze zeggen: waar één iets doet met een ander...'

'Laat de een iets achter, en de ander neemt iets mee.'

'Juist,' zei Murphy. 'Laten we hopen dat er een vorm van interactie heeft plaatsgevonden voordat hij haar heeft vermoord.'

Een afschuwelijk idee, vond Kate, om erop te hopen dat de moordenaar lichamelijk contact had gehad met het slachtoffer, maar voor het forensisch onderzoek was het juist gunstig. Als ze ook maar iets konden vinden van sporen of DNA wat deze moorden met elkaar in verband kon brengen, zou dat een begin zijn.

Kate had de envelop die ze bij Beatrice Larsen had gevonden in een plastic zak gestopt en afgegeven voor het lab. 'Ik heb een envelop gevonden in het atelier. Ik weet niet zeker of dat schilderijtje erin heeft gezeten, maar het was wel het juiste formaat. Hij was geadresseerd aan Larsen en verstuurd uit Tarrytown.'

'Als het de envelop is waar het schilderijtje in heeft gezeten, dan is onze onbekende dader daar al eerder geweest, in Tarrytown; heel waarschijnlijk dat hij de boel bij Larsen heeft bekeken. En slim dat schilderij daar op de post te doen, want dan zit er een poststempel van Tarrytown op.'

Kate had het schilderijtje uit Larsens atelier meegenomen en legde het nu op de tafel. 'Dit is ook een smeerboel. Maar afkomstig van verf, geen kattenpoep. Het lag in Larsens vuilnisbak, aan een kartonnen palet vol verf geplakt,' zei Kate.

'Kennelijk gaf Larsen niets om dat schilderij, als het in haar vuilnisbak lag. Misschien dacht ze dat het van een collega was die haar werk wilde nabootsen.' Kate wees op de afbeelding van Madonna en Britney die elkaar zoenden. 'Ik had die foto net gezien in Larsens atelier.' Verdomme, dacht ze, alweer een sterfgeval dat ze had kunnen voorkomen als ze het op tijd hadden gevonden. Maar het was totaal niet bij

haar opgekomen Larsen ernaar te vragen. Waarom zou ze? Ze zweeg even terwijl ze weer aan de moord dacht die zo snel na het interview was gepleegd. Was er een verband? Kate dacht erover na en probeerde het te begrijpen – waarom? – totdat haar bloeddruk ervan steeg.

'Alles goed met je?' vroeg Murphy.

'Prima,' zei Kate en ze zag Larsen voor zich zoals ze haar had achtergelaten: de veerkrachtige oude vrouw die tijdens haar carrière als kunstenares genoeg strijd had geleverd, nu plotseling overleden.

'Dus die nicht zegt dat ze de vernielde schilderijen heeft weggegooid, hm?' Murphy trok een wenkbrauw op. 'Jammer. Nu Larsen dood is, zouden ze heel wat hebben opgebracht.'

'Jezus, Murphy, die vrouw is nog niet eens begraven.'

'Ja, maar het ís toch gewoon een feit? Als een kunstenaar het lood-je legt, schieten de prijzen omhoog.'

Geen betere kunstenaar dan een dode kunstenaar. Hoe vaak had Kate dat niet *bij wijze van grapje* horen zeggen door kunsthandelaars en conservatoren? Soms had ze erom gelachen, maar nu niet – niet nu ze Beatrice nog zo levendig voor zich zag. 'Het komt door-dat ik haar pas nog heb gesproken, en ik mocht haar. Maar als Dar-by Herrick de waarheid spreekt, waren de schilderijen die ze heeft weggegooid vernield, dus niets meer waard.' Ze zuchtte. 'Natuurlijk heb je gelijk – haar schilderijen zullen aanzienlijk in prijs stijgen. Op dit moment zal een inhalige conservator die haar overlijdensbe-richt heeft gelezen wel een overzichtstentoonstelling van haar werk aan het plannen zijn, geloof mij maar,' zei Kate. 'Toen Larsen nog leefde, stonden ze misschien niet voor haar in de rij, maar nu wel.' Er kwam een gedachte bij haar op. 'Ik vraag me af wie haar werk erft.'

'Daar kunnen we heel gemakkelijk achter komen.'

'En dat gaan we doen ook,' zei Kate, terwijl ze nog eens naar het zwart-witte schilderij keek dat ze tussen het vuilnis had gevonden. Bepaalde delen waren niet meer te zien door klodders verf, vooral op de onderkant. 'Er staat een foto van Madonna en Britney op, en op beide schilderijen – dat van Hofmann en van Larsen – is het-zelfde huis te zien, wat dat ook is, maar van de onderkant is niet veel meer te maken.' Ze bekeek het nauwkeuriger. 'Het volgende schilderij dat vernield gaat worden, zou hier al ergens aan af te le-zen moeten zijn, ja toch? Misschien verscholen onder die verfvlek-ken?'

'Wat is dat daar?' vroeg Murphy. Hij wees op het andere schilde-rij, dat in de kattenbak bij Gaby Hofmann was gevonden.

'Ik weet het niet,' zei Kate. 'Een wapenschild en een spreuk. Wacht even.' Ze ging naar Murphy's computer, trok haar handschoenen uit en begon iets in te typen. 'Google,' zei ze, terwijl haar vingers ratel-den.

'Wat zoek je dan?'

'Symbolen van plaatsen.' Ze sloeg nog een paar toetsen aan.

'Wat staat eronder geschreven?'

'Qui... transtulit... sustinet, geloof ik.'

'Aha,' zei Kate, toen er een beeld op het scherm verscheen. 'Dat is Latijn voor... *Hij die overgeplant is, gedijt toch.* Dat is het motto op de vlag van Connecticut.' Ze leunde naar achteren. 'Dus dat slaat op de plaats waar het schilderij van Hofmann zich bevond, in Connecticut. En op de plaats waar de eigenaar ervan, Gabrielle Hofmann, woonde.'

'En wat is dat, daarboven?'

'Weet ik niet,' zei Kate. Ze keek van het ene schilderij naar het andere. 'Een soort... kasteel?'

'Het staat op beide schilderijen, dus volgens mij is het een aanwijzing die is overgeheveld.' Ze trok de handschoenen weer aan en krabde voorzichtig aan een verfkloddertje op het schilderij uit Larsens vuilnisbak.

Het viel er meteen af. 'Dit is al droog. Dus het moet acrylverf zijn. Als het olieverf was, zou het nog plakkerig zijn. We zouden de vlekken er met een doekje met wat terpentine af kunnen halen als het olieverf was, maar met acrylverf kan dat niet.'

'En schrapen of schuren?'

'Dat zou kunnen, maar misschien halen we dan ook weg wat eronder zit. Het lijkt me een klusje voor een restaurateur.'

'Het lab moet het wel kunnen,' zei Murphy.

'De laboranten zitten meestal tot over hun oren in de urine, bloed

en haren,' zei Murphy, toen hij en Kate langs de ene stalen deur na de andere liepen. 'Verf afschrapen moet voor hen een soort vakantie zijn.'

Kates mobieltje ging terwijl ze samen met Murphy door een laboratorium liep dat eruitzag als een moderne versie van het decor voor een film over Frankenstein – laboranten in witte jassen stonden gebogen over bunsenbranders, petrischaaltjes en microscopen.

Kate nam het telefoontje aan in de gang, en voegde zich toen weer bij Murphy.

'Dat was Tapell. Ze heeft met de politie van Tarrytown gesproken. Beatrice Larsens lichaam wordt morgenochtend naar het lijkenhuis in Manhattan gebracht. Tarrytown krijgt kopieën van alles wat de NYPD vindt, en het lichaam wordt teruggebracht zodra de pathologen ermee klaar zijn.'

'Goed gedaan,' zei Murphy. Hij wist dat het hem een paar dagen – misschien wel weken – zou hebben gekost voor hij dat voor elkaar had gekregen. Iemand naast zich die de commissaris van politie persoonlijk kende, maakte wel een heel verschil.

'We liggen eigenlijk achter met het werk,' zei de assistent die gespecialiseerd was in verf: een bleke man met dikke brillenglazen en trillende handen die een overdosis koffie verrieden. 'Hebt u de papieren?'

'Die komen eraan,' zei Murphy. Dat was gelogen. Hij had er niet eens aan gedacht, in de veronderstelling dat hij daarmee op een muur van verzet zou stuiten, omdat het bewijsmateriaal van een andere locatie afkomstig was, al wist hij nu dat Kate zo'n muur wel zou kunnen slechten, of er op z'n minst een flinke deuk in zou kunnen maken..

'Nou, het duurt wel even voordat de verf eraf is zonder de afbeelding daaronder te beschadigen,' zei hij, terwijl hij het schilderij bekeek.

Hij zette zijn bril af en wreef in zijn ogen. 'Ik denk dat het acrylverf is, en acryl is een polymeer, een plastic. Het droogt onmiddellijk en hecht zich aan de verf eronder. Het is anders dan olieverf, waarvan de lagen verf over elkaar heen komen en waar je met röntgen de onderliggende verflaag kunt bekijken.'

Kate overwoog met het schilderwerk naar een conservator te gaan. Die mensen waren, zoals de museumdirecteur van het Modernist had opgemerkt, tovenaars, maar ook berucht om hun trage manier van werken. 'Hoe lang gaat dit duren?'

'Ik kan er de eerstvolgende paar dagen nog niet aan beginnen. Er ligt nog werk te wachten dat prioriteit heeft.'

'Dít heeft prioriteit. Opdracht van Brown, uit naam van Tapell,' zei Murphy, zijn scala van leugens uitbreidend, en hij trok aan zijn elastiekje om zijn woorden kracht bij te zetten.

De man slaakte een zucht. 'Ik zal morgen kijken wat ik kan doen. Als u de gebruikelijke afdrukken en vezels wilt, stuur ik die wel door als ik ermee klaar ben, maar het meeste daarvan zal verloren gaan als ik die verfvlekken weghaal.'

'Kunt u er anders niet door de afdeling Latent naar laten kijken voor u ermee aan het werk gaat?' wilde Murphy weten.

'Dat kost extra tijd.'

Murphy zag dat ze geen andere keus hadden. 'Oké. Eerst naar Latent. Dan naar u. Daarna vezels.'

Kate kon niet stil blijven staan. 'Wat doen we in de tussentijd?'

'Naar Hofmanns notaris,' zei Murphy. 'Kom mee. Ik heb hem al gebeld.'

'Ik dacht dat hun huis in Provincetown, Massachusetts stond, waar Hans Hofmann zijn laatste werk maakte.'

'Klopt. Maar de notaris die daarover gaat woont hier, in de Big Apple.'

Eric Lapinsky was een nogal kleine, parmantige man met kortgeknipt zilvergrijs haar en een haakneus. Zelfs met zijn cowboylaarzen, die enigszins uit de toon vielen bij het Brooks Brothers-pak, was hij bijna een kop kleiner dan zowel Kate als Murphy.

'Ik ben nog bezig de schok te verwerken,' zei de notaris terwijl hij de deur van zijn kantoor dichtdeed. Hij bood Kate en Murphy een stoel aan en nam toen zelf plaats achter zijn bureau. 'Ik ken Gaby al vanaf haar prille jeugd. Een lieve, aardige vrouw. Ze zou geen vlieg kwaad hebben gedaan.'

'Mevrouw Hofmann was samen met haar broer en nicht eigenares van de schilderijen, klopt dat?' vroeg Murphy.

'Ja. En nee. Ziet u, de twee kleinkinderen en de nicht hebben het grootste deel van de nalatenschap van Hofmann geërfd, maar er was op dat moment al een stichting in het leven geroepen door de directe erfgenamen van de kunstenaar – die nu allemaal zijn overleden. De stichting betaalde de forse successierechten op het werk en blijft toezicht houden op zowel de donatie van schilderijen aan musea als op het schenken van geldbedragen in de vorm van toelagen. Gaby en haar broer, en ook hun nicht, kregen ieder een paar schilderijen voor hen zelf onder de voorwaarde dat ze die niet mochten verkopen zonder toestemming van de anderen, en de winst die zo'n verkoop opleverde zou onder hen verdeeld worden. Maar Gaby mocht geen van de schilderijen van haar grootvader verkopen die deel uitmaakten van de nalatenschap.' Lapinsky keek van Kate naar Murphy om te zien of ze hem konden volgen.

'Tijdens zijn leven heeft Hans Hofmann zijn zoon, Gaby's vader, een aantal werken gegeven die hij zelf had gemaakt, en een paar die gemaakt waren door zijn studenten of vrienden en die beschouwd werden als *giften*, en daardoor niet onder de nalatenschap vielen, en die hebben Gaby, of haar broer, geërfd als hun eigendom.'

'En de schilderijen die Gaby heeft geërfd, zou ze kunnen verkopen zonder om toestemming te hoeven vragen?' vroeg Kate.

'Dat klopt. Hoewel ik betwijfel of ze dat zou hebben gedaan. Allereerst was dat niet nodig – ze was buitengewoon vermogend. En ten tweede hadden de kunstwerken die van haar ouders waren geweest, een persoonlijke betekenis voor haar die belangrijker was dan hun waarde in geld.'

'Hebt u een lijst van de kunstwerken die mevrouw Hofmann in haar privécollectie had?' vroeg Murphy.

'Die kan ik wel voor u laten opstellen.'

'Mooi. Ik wil graag zeker weten of er niets ontbreekt,' zei Murphy. 'Is er iets wat daarop wijst?'

'Ik weet het niet. Nog niet.'

'Wat gaat er nu gebeuren met de schilderijen die mevrouw Hofmann deelde met haar familieleden?'

'Die komen weer in de nalatenschap.'

'En de andere, die ze van haar vader heeft geërfd?'

'Daarvoor zou ik Gaby's testament moeten zien, maar ik vermoed dat ze aan haar man ten deel vallen, aan Henry.'

'Henry Lifschultz,' zei Kate.

'Dat klopt.' Lapinsky fronste zijn wenkbrauwen.

'Is er iets wat we zouden moeten weten over de heer Lifschultz?' Murphy schoof het elastiekje van zijn pols en weer terug.

'Ik kan niet zeggen dat ik hem goed ken, we hebben elkaar slechts een paar keer ontmoet. Lange, knappe kerel, houdt van mooie auto's en handgemaakte kostuums.' Lapinsky's lippen krulden zich tot een spottend lachje. 'De waarheid? Henry Lifschultz lijkt me een man die even doortrapt is als knap om te zien. En met doortrapt bedoel ik niet dat hij intelligent is.' Hij dacht even over deze bewering na. 'Ik geloof dat ik dat eigenlijk niet had mogen zeggen.'

'We noteren het niet,' zei Murphy. 'Is er nog iets wat u over hem kunt vertellen?'

'Nou, Lifschultz heeft een klein architectenbureau in Manhattan. Hij doet het niet bijzonder goed, volgens zijn belastingaangifte – nooit gedaan ook. Natuurlijk maakt deze bedrijfstak een moeilijke tijd door – dat voerde Gaby altijd tot zijn verdediging aan.' Lapinsky zuchtte. 'Maar ik denk dat hij beter is dan haar eerste echtgenoot. Dat was namelijk echt een ploert.' Hij vouwde zijn vingers in elkaar en zuchtte. 'Gaby is – was – een kwetsbaar, goedgelovig meisje. Als kind is ze overbeschermd. Haar eerste echtgenoot heeft genoeg van haar geprofiteerd voordat ze uiteindelijk de kracht had om hem een schop te geven. Ik heb daarbij geholpen...' Hij glimlachte. 'Met de scheiding.'

'En Henry Lifschultz? Denkt u dat hij ook van haar heeft willen profiteren?' vroeg Murphy.

'Dat zou ik niet kunnen zeggen, maar... ik hoopte dat Gaby haar lesje had geleerd.'

'Ik kreeg niet echt de indruk dat Gabrielle Hofmann haar lesje had geleerd,' zei Murphy toen de lift hen naar beneden bracht.

'Lapinsky zei dat Henry Lifschultz' architectenbureau wel wat meer klanten zou kunnen gebruiken,' zei Kate. 'Ik geloof dat dit het juiste tijdstip is om mijn droomhuis te laten bouwen.'

Henry Lifschultz deed Kate denken aan Michael Douglas in de film *Wall Street* – een krijtstreeppak, zijden bretels, zijn haar met gel plat op zijn schedel geplakt, een bruin kleurtje in december dat wees op een verblijf in Aspen of Saint Barths, of misschien gewoon op een après-shave bronzer.

Kates plan om incognito te blijven werd onmiddellijk getorpedeerd – Lifschultz herkende haar van haar tv-programma. 'Mijn vrouw – wijlen mijn vrouw...' Hij keek omlaag en slaakte een theatrale zucht. 'Was een fan van u. Ze keek elke week naar uw programma. Tot voor kort, dan. Haar dood kwam zo... plotseling.' Hij haalde diep adem en Kate kreeg het idee dat alles wat hij zei gerepeteerd was. Natuurlijk speelde zij ook een rol, door net te doen alsof ze niets wist van de dood van zijn vrouw. Maar het was zonneklaar dat ze, als Lifschultz acteerde, niet in hetzelfde toneelstuk zaten.

Kate probeerde een meelevende glimlach te produceren terwijl ze eraan dacht dat de vrouw van deze man nog maar twee dagen geleden was overleden, en dat hij nu alweer aan het werk was, hoewel ze hem dat moeilijk kwalijk kon nemen – zij had ook haar redding gezocht in werk. Maar twéé dagen?

Misschien las hij het in Kates ogen. 'Ik besef dat het vreemd overkomt,' zei hij. 'Ik bedoel, dat ik hier nu aan het werk ben, maar ik kon gewoon niet thuis zitten.'

Kate knikte. 'Dus uw vrouw hield van kunst?'

'O, jazeker. Ze kwam uit een geslacht van kunstenaars, kun je wel zeggen – een lange, roemrijke achtergrond. Haar grootvader was Hans Hofmann. Maar als u het niet erg vindt, praat ik er liever niet over.'

Hij haalde een zakdoek tevoorschijn, snoot zijn neus en schakelde toen weer in een andere versnelling over. 'Maar goed, het huis waar u het over had – iets landelijks?' Hij keek van Kate naar Murphy, die glimlachend naar Kate keek. Murphy had precies één woord gezegd sinds ze het kantoor van Henry Lifschultz binnen waren gekomen: 'Hallo', en meer was hij niet van plan te zeggen. Hij had geen idee wat Lifschultz dacht, maar hoopte dat hij hem aanzag voor de minnaar van Kate.

'Eh, ja,' zei Kate. 'Ik heb een stuk land, in eh, Rhinebeck, zo'n vijfentwintig hectare. Ik denk aan een huis en misschien een paar kleine gastenverblijven.'

'Niet gek.' Lifschultz glimlachte gehaaid. 'Trouwens, hoe kwam u ook weer aan mijn naam?'

'O.' Kate zag een spread uit een tijdschrift aan de muur hangen, vlak boven Lifschultz' bureau. 'Van dat ene huis dat u hebt gebouwd. In *Architectural Digest*.'

Lifschultz draaide zich om in zijn stoel. 'U hebt een goed geheugen. Dat is eh... een paar jaar geleden.'

'Ik onthoud veel,' zei ze.

'Mooi,' zei Lifschultz. 'Laten we uw wensen eens doornemen.' Hij ging nog even met de zakdoek langs zijn neus.

'Mijn wensen, juist. Nou, ik moet mijn kunstverzameling ergens kwijt,' zei ze, in de hoop hem weer op het onderwerp te brengen dat ze wilde aankaarten.

'O, kunst, daar weet ik alles van. Natuurlijk. Ik heb zelf ook een en ander. Zoals ik al zei, mijn echtgenote...' Zijn stem liet het afweten.

'Dus ze was een kleindochter van Hans Hofmann?' vroeg Kate. 'Weet u, ik zag laatst zo'n prachtig schilderij van Hofmann in het Modernist Museum. Ik ben dol op dat museum. Het is dan misschien niet het Met of het MOMA – nog niet, in elk geval – maar het is eigenlijk een echt juweeltje.'

'Wat leuk om te horen.' Lifschultz' gebronsde huid leek nog meer te stralen. 'Ik zit daar in het bestuur.'

'Werkelijk? De directeur, Colin Leader, is zo'n aardige man. Die kent u natuurlijk.'

'Nou, ja, ik ken hem natuurlijk wel, maar ik ben nog niet zo lang geleden toegetreden en we gaan verder niet met elkaar om. Niet buiten het museum.' Hij reikte naar achteren en pakte een vel ruitjespapier waar hij zorgvuldig met blokletters op schreef: MCKINNON, RHINEBECK, NY; toen vroeg hij naar haar huidige adres, telefoon, e-mailadres, die Kate allemaal opnoemde. Hij tikte tegen zijn neus, keek op en schonk haar een verleidelijke glimlach. 'Goed, laten we weer teruggaan naar uw wénsen.'

Kate wist zich de daaropvolgende twintig minuten door zijn vragen heen te kletsen. Ja, ze wilde beslist een zwembad, geen tennisbaan, natuurlijk hoge plafonds, veel wanden om haar schilderijen op te hangen. Tegen de tijd dat ze al die ongein achter de rug had, was ze er zo van overtuigd dat ze een huis ging laten bouwen dat ze, toen ze weer buiten stond met Murphy, teleurgesteld was dat het niet zo was.

'Lifschultz zei dat hij persoonlijk niet met Colin Leader omging,' zei ze. 'Maar Cecile Edelman, ex-lid van het bestuur van het Modernist, zei dat hij met Leader had gegolft, weet je nog? Waarom zou ze daarover liegen? En dan nog iets: hij herkende me – ja toch? – hij kende mijn naam, maar hij zei geen woord over mijn schilderij dat vernield is in het Modernist, zijn museum, dat is toch raar...'

'Nou ja, Lapinsky, de jurist, zei al dat hij dom was.'

'En doortrapt,' zei Kate.

'En dat gesnuf lijkt me eerder het gevolg van cocaïne dan van verdriet. Hij was volgens mij helemaal niet zo kapot van de dood van zijn vrouw.' Murphy begon het elastiekje rond zijn vingers te wikkelen. 'Ik ga weer met de politie van Greenwich praten, om te kijken of ze nog iets te vertellen hebben.'

'Denk je dat we iemand achter hem aan kunnen sturen?'

'Neem je me in de maling?'

'Nee, ik denk het niet,' zei Kate.

'Bedoel je iemand van Greenwich of van de NYPD?'

'Ik geloof niet dat we de politie van Greenwich kunnen vertellen wat ze moeten doen.'

'Nou, dat kun je ook wel vergeten bij de NYPD. Er is geen enkel redelijk argument voor. We hadden niet eens met die kerel mogen praten, weet je nog? Brown wil niet dat we ons bemoeien met zaken buiten de staat.'

'Maar als Lifschultz in Connecticut en Colin Leader in New York iets met elkaar te maken hebben, heeft Brown misschien wel een probleem binnen de staat.'

'Ga jij hem dat dan maar vertellen,' zei Murphy. 'Ik doe het niet.'

Henry Lifschultz drukte de hoorn tegen zijn oor. 'Ken je die vrouw van PBS met dat kunstprogramma?' Hij luisterde even. 'Dat klopt. Ze was net hier. Een paar minuten geleden, met een of andere vent – misschien iemand van de politie.' Hij snoof. 'Zogenaamd om haar droomhuis te laten bouwen. Ik weet het niet, het zou waar kunnen zijn. Misschien ben ik alleen maar paranoïde, maar het bevalt me niet.' De telefoon gloeide in zijn hand. Hij bedacht ineens dat hij dit telefoongesprek niet vanaf zijn kantoor zou moeten houden. 'Luister, ik bel je straks.' Hij depte zijn neus, die de laatste tijd constant liep. Hij zou moeten stoppen met de coke. 'Vanuit een telefooncel,' zei hij.

18

Kate zou nooit wennen aan de geur van het lijkenhuis, de scherpe lucht van formaldehyde, die door haar maskertje heen drong.

De lijkzak van Beatrice Larsen was net opengeritst, en de assistent van de patholoog, een magere jongen die niet sterk genoeg leek voor dit werk, hevelde haar lichaam ruw over van de tafel op de stalen plaat, alsof hij een enorme lap vlees versleepte, een onhandig geklungel dat, zo wist Kate, niets met ongevoeligheid te maken had – een lijk waarbij rigor mortis was ingetreden was niet gemakkelijk te verplaatsen.

De lijkschouwer, een doorgewinterde patholoog van rond de veertig met wallen onder haar ogen, was al vanaf vier uur 's nachts bezig en zag eruit alsof ze rijp was voor een rol in *Night of the Living Dead*.

Kate had onmiddellijk spijt van haar komst – de laatste keer dat ze hier was geweest kwam bij haar boven. Ze probeerde diep adem te halen achter het maskertje, maar er was heel wat meer voor nodig om het beeld van haar man op die stalen plaat te verdrijven. Ze staarde naar het dode lichaam en deed haar best om bij de les te blijven, waarbij ze zich concentreerde op de ouderdomsvlekken en de gerimpelde huid. Daarna wierp ze een blik op Murphy, die erin slaagde ondanks de rubberhandschoenen aan zijn elastiekje te plukken.

De assistent trok Larsen de met verf bevlekte broek uit, daarna de trui, wat niet gemakkelijk was, over de stijve armen. Hij sneed een thermisch T-shirt met lange mouwen weg waarna hangborsten tevoorschijn kwamen, vervolgens een wit katoenen onderbroek, en stopte alle kleren in een plastic zak voor nader onderzoek. Toen mat hij met een liniaal verschillende delen van het naakte vrouwenlichaam op, maakte een paar röntgenfoto's en legde de film weg.

In Kates ogen was het oneerlijk dat Larsen, die een belangrijk deel van haar leven was genegeerd, nu werd blootgesteld aan een openbare, intieme inspectie. Ze had het idee dat de vrouw elk moment overeind kon gaan zitten om te protesteren.

Ze legde haar hand op de arm van de oude vrouw, ze wilde haar zeggen dat alles goed zou komen. Zelfs door haar handschoenen heen voelde het lichaam koud en wasachtig aan.

De patholoog zette de dictafoon aan en noemde op vlakke toon het tijdstip en de datum, de plek waar de autopsie plaatsvond en de bijzonderheden van het slachtoffer: ras, leeftijd, lengte, gewicht, mate van verstijving, temperatuur van het lichaam; vervolgens trok ze speciale handschoenen aan en maakte de standaard incisie in de vorm van een Y.

Kate zag weer voor zich hoe Beatrice Larsen haar peuk uitdrukte en haar onafhankelijkheid uitriep – de trotse, onafhankelijke vrouw was nu gereduceerd tot een biologisch project.

Het was een afschuwelijk werk waar geen einde aan leek te komen: organen die verwijderd, gewogen en geselecteerd werden, uitstrijkjes die op glaasjes werden aangebracht om microscopisch onderzocht, gecatalogiseerd en vastgelegd te worden.

'Het hart vertoont wel enige zwakte,' zei de patholoog. 'Het kan een bloedprop geweest zijn, maar zeker kan ik het niet zeggen. Eerst moet ik wat testjes doen. Het kan een combinatie van factoren zijn geweest.' Ze verwijderde een long en haalde er een scalpel overheen. 'Hier zie ik iets. Ik weet niet precies wat het is, een vergroeiing of... misschien iets wat ze heeft ingeademd. Moeilijk te zeggen, het orgaan is door emfyseem aangetast.' Ze sneed een stukje uit de long en gaf het aan haar assistent. 'Ruim dit maar op,' zei ze, en ze ging weer verder met snijden van plakjes en dobbelsteentjes.

Na een poosje trok ze haar handschoenen uit, strooide poeder op haar handen, trok de handschoenen weer aan en inspecteerde nu de binnenkant van Larsens mond en neus, waar ze materiaal uit haalde dat ze op een schaal legde. Toen deed ze de oogleden van de vrouw open en scheen met een lampje in de irissen. 'Heel veel gesprongen aderen, en de pupillen...'

Murphy kwam dichterbij staan. 'Wat ziet u?'

'Het is mogelijk dat ze gestikt is. En nog iets.' Ze ging met een wattenstaafje over Larsens oogleden en stopte het daarna in een luchtdicht plastic zakje.

'Wat bedoelt u?' vroeg Murphy.

'Ik ben er niet zeker van. Het lijkt me een residu. Ik stuur het naar het lab. Neem maar contact op met hen.'

De assistent had de monsters uit de long gespoeld, door een zeef gedaan en weer teruggegeven aan de patholoog op een metalen blaadje, alsof hij foie gras opdiende.

De patholoog inspecteerde de minuscule deeltjes. 'Dit lijkt me afkomstig uit een schuimrubber kussen.' Ze keek naar de piepkleine, met bloed en speeksel omhulde deeltjes die ze uit Larsens neus en mond had gehaald. 'Dit zou hetzelfde kunnen zijn, maar ik wil ze nog niet laten spoelen tot ik ze op iets anders heb nagekeken.'

'Wat bijvoorbeeld?' vroeg Kate.

'Kan van alles zijn.' De patholoog gaapte achter haar mondmasker.

Kate zag het kussen in het atelier van de kunstenares voor zich dat op de rieten stoel had gelegen. 'Denkt u dat iemand een kussen op haar gezicht kan hebben gedrukt?'

'Moeilijk te zeggen. Als we alle resultaten van het lab binnen hebben, weten we meer.'

'Hoe snel kan dat?' wilde Kate weten.

'Dit is geen aflevering van *csi*,' zei de patholoog. 'Die tests kosten echt wel even tijd. Uren, of dagen. Geen zes minuten tot de volgende reclamespot.' Ze nam haar mondmasker af. 'Maar even tussen ons gezegd en gezwegen: het lijkt me niet waarschijnlijk dat ze in haar slaap op schuimrubber heeft liggen kauwen.'

Darby Herrick stak een sigaret op met de vorige, en haar met verf bevlekte vingers trilden enigszins toen ze de rekken met de kunstwerken van haar tante bekeek, waarvan de helft in plastic was verpakt, en de rest schuilging onder een laag stof van een halve centimeter.

Het gesprekje met Kate McKinnon gonsde nog na in haar hoofd.

Verdómme. Ze had die vrouw nooit in het atelier moeten laten. Waarom had ze dat gedaan? Ze inhaleerde diep terwijl ze hierover nadacht, maar het antwoord was voor haar even ondoorzichtig als de rook die om haar gezicht kronkelde.

Maar ze had toch geen andere keuze gehad? Ze had moeilijk kunnen weigeren. Wat voor indruk zou dat gemaakt hebben? Ze zuchtte diep en de as van haar sigaret viel vonkend op de stoffige rand van een schilderij. Herrick sloeg er nijdig naar en joeg wolken stof op. Verdomme. Haar erfenis in vlammen op laten gaan voordat ze haar binnen had – geen goed idee, zeker niet na al dat gedoe dat ze zoveel jaar had moeten verduren – koken, schoonmaken, boodschappen doen – en nu zou ze haar moeten delen met haar broer Larry, die verdomme nooit een poot had uitgestoken voor Beatrice; haar broer, die getrouwd was en drie kinderen had, woonde in Boca Raton in een huis in Mexicaanse stijl, met zo'n stom zwembad in die stomme achtertuin van hem. Nou Larry, krijg de tering maar!

Herrick trok een schilderij uit het rek en veegde het stof ervan af. Het was een van de eerste kunstwerken, geheel abstract en goed van kwaliteit. Ze draaide het om en zag haar tantes unieke handtekening, plus het jaartal, 1959, een mijlpaal: een grote tentoonstelling, prachtige recensies en een persoonsbeschrijving in *ArtNews* waarin ze 'de belangrijkste vrouwelijke schilder van haar generatie' was genoemd. Een van de schilderijen die de musea beslist zouden willen hebben – maar dat ze nooit zouden krijgen.

Ze had het telefoontje niet verwacht, een verrassing en een zegen – *iedereen doet het... wie komt dat nou te weten... alleen jij en ik... opschieten... de belasting te slim af zijn* – een manier om geld te verdienen vóórdat de belasting toesloeg, en Larry de pest te laten krijgen. Waarom niet? Het eerste schilderij, het proefstuk, was al bezorgd, en het leek erop dat het een succes was – wat betekende dat er meer zouden volgen. Misschien zou dit werk uit 1959 een goede optie zijn.

Herrick legde het weg, haalde een ander klein schilderij uit het rek en veegde het stof eraf om te lezen wat haar tante op de achterkant had geschreven: *Zelfportret*. 1948. Een werk uit de beginperiode, voordat haar tante was doorgebroken. Ze vroeg zich af of er een markt voor zou zijn. Ze draaide het om, haalde haar hand over de voorkant van het doek en veegde jarenlang opgehoopt stof van het portret. Haar tantes ogen staarden haar aan toen het telefoontje kwam met de vraag om meer schilderijen, snel.

19

Miranda Wilcox bracht een productieve ochtend door aan de telefoon – Europa, Azië, Latijns-Amerika – met een aantal van haar nieuwe verkopers, daarna met haar waardevolste kunstverzamelaars, een discrete groep, niet het soort mensen dat op veilingen met bordjes zwaaide, mensen die met genoegen jacht maakten op werken die niet gemakkelijk op de vrije markt te krijgen waren en die, dankzij Wilcox, kunstwerken in bezit kregen waar de regering van de vs, vooral de irs (om maar te zwijgen van Interpol) graag van op de hoogte zou zijn – een paar stukken die op raadselachtige wijze verdwenen vlak voordat een nalatenschap van een overleden schilder vrijkwam, hoewel de erfgenamen geen idee hadden wat ermee was gebeurd, of dat althans beweerden.

Op dit moment had ze een van haar favoriete cliënten aan de lijn – een man die nooit zijn naam zei, maar Wilcox kende zijn stem – een Amerikaanse ex-zakenman die kapitalen had verdiend in de handel en op de beurs, niet altijd even bonafide (de irs wachtte nog steeds op zijn afdracht), die nu in een klein stadje, een paar uur ten noordwesten van Buenos Aires, woonde. 'Vertel,' zei hij. 'Wat heb je deze keer voor me?'

'Een Hans Hofmann. Een absolute klassieker.'

'Achtergrond?' wilde hij weten.

'Nooit verkocht,' zei Wilcox. 'Het is van de kunstenaar direct in handen van de familie gekomen.'

'En die willen het nu verkopen.'

'Laten we zeggen dat het... voorhanden is. Bekijk je e-mail maar. Ik heb je een foto gestuurd.' Ze zweeg even. 'En eh, delete hem meteen daarna. Ik zou niet willen dat een andere verzamelaar er iets van te zien zou krijgen.'

'Wanneer moet je het weten?'

'Op z'n laatst morgen,' zei Wilcox, die wist dat de verzamelaar probeerde wat extra tijd te krijgen om veilingprijzen te bekijken. 'Dit stuk moet snel weg. Dat begrijp je.'

Wilcox leunde achterover en blies haar adem uit. Dit was een onderdeel van haar werk dat ze het liefst deed. Met het andere werk, het legalere deel, als je het zo wilde noemen – kunst aankopen voor bedrijven – kon ze haar huur betalen, maar veel meer niet. Natuurlijk rekende ze de bedrijven te veel; ze vond ietwat inferieure, hooggeprijsde kunstwerken voor hen, en werd meestal betaald door beide partijen: de koper en de verkoper. Wat kan mij het verdommen, ze krijgen allemaal wat ze willen – of althans, dat dachten ze.

Maar dit was Wilcox' specialiteit: het handelen in kunstwerken van onlangs overleden kunstenaars, die ze snel en stilletjes verkocht voordat de nalatenschap werd geïnventariseerd, een sommetje dat de erfgenamen in hun zak konden steken voordat de belasting haar deel opeiste.

Legaal? Illegaal? Een dunne grens, vond Miranda Wilcox. Als het werk aan de radar van de belasting ontsnapte, wat dan nog? Waarom zou de staat al dat geld moeten krijgen? Zij verleende erfgenamen simpelweg een dienst door hen in staat te stellen een deel te houden van de winst waar ze recht op hadden voordat de aasgieren van de belasting eropaf vlogen.

Wilcox krabbelde een paar getallen op papier, maakte een berekening en bekeek haar percentage. Ze voelde de opwinding al. Dit soort dingen veroorzaakte altijd een warm gevoel in haar lichaam, een tinteling tussen haar benen.

Zou ze hem bellen? Ze wilde het heel graag. *Nee, beter van niet. Te riskant. Misschien. Misschien niet.* Met haar prachtig verzorgde nagels trommelde ze peinzend op de telefoon, toen hij begon te rinkelen.

Een andere klant, dit keer een heer uit Rome die vage connecties had bij het Vaticaan.

'Ik ben reuze blij dat u me terugbelt,' zei ze poeslief. 'Er is iets heel bijzonders binnengekomen, en ik moest onmiddellijk aan u denken.' *Omdat je zo'n eikel bent.* Ze keek even naar het schilderij van Gorky dat ze had geregeld voor een cliënt in Azië die het lef had gehad zich op het laatste ogenblik terug te trekken. Nou, dat was de laatste keer geweest dat ze zaken met hem had gedaan – tenzij ze hem iets van inferieure kwaliteit kon aansmeren voor extra veel geld, zodat ze quitte stonden.

Ze wierp een blik op het schilderij van Gorky. Het was goed, niet een van de beste werken van de kunstenaar, maar beter dan het meeste waar ze doorgaans mee leurde.

'Vertel er eens wat over,' zei de verzamelaar uit Rome, duidelijk happig – Wilcox had de boodschap slechts een paar uur eerder achtergelaten.

'Het is een zeldzaam stuk,' zei ze. 'Een van de latere werken van de schilder, vol symboliek, heel stemmig. Een klassieker.' *Zijn ze dat niet allemaal?* 'Dit soort doeken komt zelden op de markt. Ik heb u zoals gebruikelijk een JPEG gestuurd.'

Ze namen de gebruikelijke details door: achtergrond, hoe snel ze het moest weten – alsof dit een volkomen legale handeling was, waarbij geen van beide partijen de ander voor de gek hield.

Wilcox keek op naar het handjevol kunstwerken dat tegen de muur aan stond; schilderijen die hier niet lang zouden blijven, van nieuwe erfgenamen of kunstwerken die via de achterdeur van musea waren verdwenen – minder goede werken die niet onmiddellijk gemist zouden worden. Haar ogen rustten op het schilderij van Gorky, hoofdzakelijk grijs met wit, met hier en daar wat elementen – non-specifieke symbolen werden ze genoemd – die de schilder graag maakte. Ze herinnerde zich dat ze hem tijdens haar studie in Vassar had bestudeerd; als student kunstgeschiedenis toen ze ervan droomde les te gaan geven of in een museum te werken, een droom die ze allang had opgegeven; dromen die haar nu aan het lachen konden maken – of aan het huilen – dat wist ze niet precies. Ze zuchtte en hoopte dat de man uit Rome het schilderij zou kopen. Ze moest niet aan een inventaris denken – een schilderij zonder bestemming was domweg te riskant.

Na het telefoontje probeerde Wilcox de adrenalinestroom die altijd door haar lichaam joeg tijdens een mogelijke verkoop, te laten afnemen door een vlucht te boeken naar de Caymaneilanden, waar ze haar winst op een bankrekening zette (ze zou alles alleen contant afhandelen, niets telegrafisch overmaken, dank u, niets op papier; en eerlijk gezegd vond ze dit soort dingen heerlijk) – het maakte haar alleen nog maar hitsiger.

Een paar meter naar de badkamer om haar nieuwe vibrator te halen, die ze in gedachten bij hém naar binnen had gestoten terwijl ze neukten. Ja, die man had kinky behoeften, die zijn vrouw – zijn exvrouw – nooit wilde bevredigen. Dat klonk haar aangenaam in de oren, 'ex-vrouw', en ze zei het een paar keer terwijl ze haar schoenen uitschopte, haar broekje naar beneden schoof, op het kingsize bed ging liggen en de vibrator aanzette.

De twee kleine aquarellen waren ingepakt, gereed voor vertrek. Geen belangrijke schilderijen, niets wat gemist zou worden, niet onmiddellijk – de nalatenschap was nog niet geïnventariseerd, en de politie had ook nog niets ondernomen. Hij had zich op de vlakte gehouden toen ze hem vroegen of er verder niets werd vermist, en de vraag ontweken. Nu stopte hij de aquarellen in zijn aktetas. Later zou hij er gewoon mee weglopen. Het grootste schilderij zou achter in de Hummer moeten. Hij zou moeten wachten tot het donker was. Over een dag of twee zou hij ze, met de nodige somberheid, als vermist opgeven.

De afgelopen twee jaar had hij af en toe kunstwerken verkocht door simpelweg minder kostbare stukken uit het magazijn weg te nemen, eerst met toestemming van zijn vrouw, later zonder – wat niet langer een probleem was.

Maar nu zouden er agenten meekijken over zijn schouder en als de nalatenschap er eenmaal bij betrokken werd, zou dat het einde zijn.

Hij keek om zich heen. *Wat nog meer?*

Het stuk met inkt op krantenpapier van Franz Kline? Klein, maar begerenswaardig; het zou ongetwijfeld een hoop centen opleveren.

Tien minuten om de afbeelding uit de lijst te halen, waarbij hij zich in zijn vinger sneed – het bloed kwam bijna op het werk zelf terecht. Dat was op het nippertje. Hoe zou hij – of wie dan ook – kunnen verklaren dat er op een beroemd zwart-witschilderij van Franz Kline ineens kleur was verschenen?

De telefoon ging op het moment dat Miranda Wilcox klaarkwam.

Ze legde de vibrator weg en pakte de hoorn.

Alweer een cliënt, ditmaal uit Zuid-Amerika, die op een enorme plantage in Colombia woonde, waar ze een jaar geleden een kijkje had genomen toen ze in eigen persoon een kleine Monet, de *Hooimijt*, had afgeleverd; het minste van de zes exemplaren die eigendom waren van het museum, de andere vijf werden constant geëxposeerd. Dit exemplaar had het daglicht niet meer gezien sinds het museum het had aangekocht om een reden die niemand zich scheen te herinneren.

Ze wist dat alle musea tweederangsschatten in huis hadden – een overbodige Egyptische sarcofaag of een slordig werk van Picasso uit zijn laatste dagen – die verbannen waren naar de kelder waar de temperatuur kunstmatig constant werd gehouden.

Volgens Miranda Wilcox had zij de *Hooimijt* van Monet bevrijd en aan iemand overgedaan die het voor altijd zou koesteren. Zeker, de Colombiaan kocht klasse en cultuur – iets dat al eeuwen gebeurde – maar wie deed dat niet? En waarom zou een drugslord geen fraaie kunstwerken in huis hebben? Miranda Wilcox zag daar niets verkeerds in.

Ze zag de man aan de andere kant van de lijn voor zich: zijn donkere, knappe uiterlijk, het sexy litteken dat over zijn wang liep; de paar nachten die ze samen hadden doorgebracht toen ze de Monet had afgeleverd. De waarheid: hij had haar teleurgesteld. *Voorspel? Vergeet het maar.* Die vent kroop boven op je, en dat was het dan – zelfs geen dankjewel kon er af. Bovendien – en dat maakte het nog erger – had hij een kleine pik. Tijdens hun 'liefdesspel' dat tien minuten had geduurd, had ze zin gehad om te vragen: 'Zit hij er al in?' Maar ze had het niet gedurfd, bang voor de woedeaanvallen waarin hij elk moment kon uitbarsten.

'Een van de groten der aarde,' zei ze, 'maar een, eh, minder bekende abstract expressionist. Het zou echt iets toevoegen aan je collectie en je zou ermee laten zien dat je niet alleen interesse hebt voor middelmatige, populaire kunst, weet je wel, grote namen – hoewel ik ervan overtuigd ben dat dit, nu de maker is overleden, daar binnenkort ook toe gerekend mag worden. Ik zou je aanraden het te kopen voordat de markt erop gaat azen, en zeker voordat het naar de veiling gaat.'

De Colombiaan gromde wat, kennelijk niet gecharmeerd van het idee iets van een schilder te kopen die 'minder bekend' was.

'Weet je, ik heb ook iets van een van de meesters – een schitterend doek van Arshile Gorky.' Ze nam de gelegenheid te baat om een kleine prijzenoorlog te beginnen.

'Gorky,' zei de Colombiaan. 'Een Rus?'

'Nee, schat. Een Armeen. En een van de belangrijkste mensen van de New York School.'

Weer wat gebrom.

'Nee, geen schóól. Het is een groep. Een groep schilders. Amerikaanse schilders die echt belangrijk zijn.'

De Colombiaan bromde nog wat.

'Ja, ik weet dat ik heb gezegd dat hij een Arméén was, maar hij is naar de States gekomen toen hij... vijftien of zo was, dus hij wordt beschouwd als een Amerikaan.' Ze probeerde niet te zuchten. Deze les kunstgeschiedenis werd echt strontvervelend. 'Iedereen die iets van kunst weet, herkent onmiddellijk een werk van Gorky. En geloof mij, het heeft een enorme verkoopwaarde. Het blijft altijd gewild.'

Dat werkte. De Colombiaan bromde nu wat tevredener, en Wilcox stelde voor dat hij beide schilderijen kocht, dat ze elkaar aanvulden, en dat idee leek hem ook wel aan te staan. 'Ik zou ze je graag komen brengen, maar ik kan niet weg. Niet op dit moment.' *Helemaal naar Colombia voor die kleine pik? Vergeet het maar, schatje.*

O, had hij dat niet uitgelegd? Hij was ter plekke, in New York; hij kon later langskomen om de schilderijen te bekijken. Als ze aan haar beschrijvingen voldeden, zou hij haar contant betalen en ze naar huis meenemen in zijn privévliegtuig.

Wilcox klapte haar mobieltje dicht. Twee deals op één dag, misschien drie. Het kon bijna niet beter.

20

Kate en Murphy tuurden naar de schoongemaakte schilderijen. Eerst naar het exemplaar dat in de kattenbak bij Gabrielle Hofmann thuis had gelegen.

'Nou, het staat er allemaal op,' zei Kate. 'Madonna en Britney, dat wees op Larsen, en het schilderij van Hofmann, dat erop wees dat Gabrielle het doelwit zou worden.'

'Wat is dat schilderij daarnaast?'

'Dat weet ik toevallig,' zei Kate. 'Dat is een portret van Washington Irving.' Ze keek naar wat eronder stond afgebeeld.

'Nu zie ik dit ook,' zei ze. 'Het is Sleepy Hollow.'

'Als in het verhaal van?'

'Precies,' zei Kate. 'Sleepy Hollow, het huis van Washington Ir-

ving. Dat is in Tarrytown, New York. Ik ben er geweest.'

'Tarrytown,' zei Murphy. 'Waar Beatrice Larsen woonde.'

Kate knikte, en bedacht dat ook deze informatie te laat kwam. 'Het staat ook op het ande-

re schilderij.' Ook te laat, dacht ze.

Ze liepen naar het schilderij dat uit Beatrice Larsens vuilnisbak kwam. Het lab had goed werk geleverd, de verfkloddertjes en vegen waren helemaal van het oppervlak verdwenen en onthulden wat eronder zat.

Het laboratoriumrapport, enkele pagina's lang, bevatte onder meer details van allerlei vezels en haren die van beide schilderijen afkomstig waren, een scheikundige analyse van de acrylverf – een hoog percentage pigment in het polymeer, en Kate en Murphy wisten allebei dat dat duidde op een goede kwaliteit verf – en het soort canvas: Belgisch linnen, met zelfs het aantal draden per vierkante centimeter.

'Dus tot dusver zien we hetzelfde soort linnen op al die schilderijen,' zei Murphy.

'En goed van kwaliteit. Een stuk beter dan geprepareerd katoen. Onze jongen wil dat ze behouden blijven.'

Ze keken naar de afbeeldingen, toen weer naar het fragment dat was overgenomen van Larsens eigen schilderij – Madonna en Britney – en het huis dat ernaast geschilderd was, Sleepy Hollow, en vervolgens naar de onderkant van het schilderij, dat tot voor kort aan het zicht onttrokken was geweest.

'Een appel?' vroeg Murphy, in zijn stoppelbaard krabbend. 'Wat denk jij? Iets wat te maken heeft met het volgende schilderij dat onze psychopaat op het oog heeft?'

De adrenaline stroomde al door Kates lichaam. 'Een appel? Een stilleven? Wat dacht je van dat schilderij van Magritte? Je weet wel, dat beroemde doek van die man met die appel voor zijn gezicht?'

'Moeten we achterhalen wiens eigendom dat is?' vroeg Murphy.

'Wacht even.' Kate ging met haar loep over het schilderij. 'Kijk hier eens.'

'Dat is een soort insect,' zei Murphy. 'Magritte schildert toch geen insecten op appels?'

'Nee. Maar er zijn wel beestjes, mieren en andere insecten te zien op andere surrealistische werken.' Kate

sloot haar ogen en probeerde zich een scène voor de geest te halen uit de beroemde film *Un Chien Andalou* uit 1929 van Salvador Dali, waar een man naar een snee in zijn hand staart waar mieren uit tevoorschijn kruipen. Ze bewoog de loep over het spinachtige diertje. Het zag er niet uit als een mier, maar het had beslist iets bekends. 'Ik heb het gevoel dat ik dit eerder heb gezien.'

'Zullen we ermee naar Mert Sharfstein gaan?'

'Misschien. Geef me één minuut.' Het was verschrikkelijk irritant dat ze er niet op kon komen. 'Ze zouden me mijn academische graad moeten afnemen.'

'Misschien schiet het je weer te binnen als je er niet meer aan denkt.' Murphy legde het schilderijtje uit het zicht. 'Ik zal je gedachten afleiden met nieuws. Ik heb met de politie in Tarrytown gesproken. De nicht van Beatrice Larsen, Darby Herrick, erft de helft van het hele bezit.'

'En wie krijgt de andere helft?'

'Een broer in Florida. Herrick en haar broer zijn de kinderen van Larsens enige zus. Ouders zijn allebei overleden. Herrick woont in hun huis.'

'En nu heeft ze nog een huis,' zei Kate, 'dat ze met haar broer moet delen – om nog maar te zwijgen over alle schilderijen van de tante. Zodra de kunstwereld Larsen in ere herstelt, worden die doeken heel wat waard. Die vrouw heeft mede de geschiedenis bepaald.'

'Hoe komt het dat jíj wel mag zeggen dat de werken van die oude dame meer waard worden nu ze dood is, en dat ik voor klootzak word uitgemaakt als ik dat beweer?'

'Sommigen van ons zijn gewoon geboren met klasse. Moet ik je nog meer vertellen?'

'Voor zover ik weet ben jij van nederige komaf.' Murphy trok aan zijn elastiekje. 'Oké, als Herrick erfgename is, heeft ze dus zowel een motief als de gelegenheid gehad.'

'Klopt,' zei Kate. 'Maar waarom zou ze drie schilderijen vernielen die ze erft?'

'Vergeet de successierechten niet. De belasting slaat je aan per schilderij. Dat scheelt drie schilderijen.'

'Als dat zo is, waarom vernielde ze er dan maar drie? Als ik Darby Herrick was en ik wilde niet zoveel belasting betalen, zou ik de twintig of dertig beste schilderijen ergens veilig opbergen, en vervolgens het huis in de fik steken om van de minder goede schilderijen af te zijn – met mijn tante erbij. Dat is dan toch logischer?'

'Alleen als het van tevoren beraamd was,' zei Murphy.

'Nu ik eraan denk,' zei Kate, 'we weten niet echt zeker dat die drie schilderijen zijn vernield. We kunnen alleen afgaan op wat Darby Herrick ons heeft verteld. Misschien heeft ze ze wel verstopt.'

'Of...' Murphy liet zijn elastiekje een vals wijsje spelen. 'Stel dat Herrick het zat was om te wachten tot haar oude tante het loodje leg-

de en op een bepaald moment haar verstand verliest, haar tante om-
brengt, in paniek raakt en besluit een paar schilderijen te vernielen,
zodat het lijkt alsof die maniak waarover de boulevardpers vol staat
weer heeft toegeslagen.'

'Misschien,' zei Kate. 'Maar zou het niet een stuk gemakkelijker
zijn geweest om het eruit te laten zien alsof het om een ongeluk ging?
Larsen rookte als een schoorsteen. Ze valt in slaap en de boel brandt
af. Einde verhaal.'

'Misschien wilde Herrick ook het huis,' zei Murphy. 'En misschien
wist ze niets af van die successierechten.'

'Darby Herrick lijkt me bepaald geen onwetend type, of iemand
die iets in een impuls doet. Ik denk dat ze haar huiswerk wel zou
doen.' Kate dacht aan de ontmoeting met de vrouw, en probeerde zich
voor te stellen dat ze een kussen op het gezicht van de oude vrouw
zou drukken, waarbij ze het haveloze kussen voor zich zag dat op de
stoel in het atelier lag, waar de vulling uitstak.

Ze hadden direct na de autopsie van Larsen contact opgenomen
met de politie van Tarrytown, en gevraagd om alle kussens in het hele huis te verzamelen en naar het lab van One Police Plaza te sturen
om ze te vergelijken met de stofjes die in Larsens longen en neus waren aangetroffen. 'Ik wil zien wat ons lab zegt over die kussenvulling,
of het hetzelfde is als wat de patholoog uit de neus en longen van
Larsen heeft gehaald.'

'Juist,' zei Murphy. 'En we kunnen ook elk moment nieuws ver-
wachten over de bloedsporen. Ze zouden kijken of de bloedvlekken
op de verschillende plaatsen delict aan iemand anders dan de slachtoffers toebehoren, en of er overeenkomsten te vinden zijn. Dat zou
mooi zijn.'

'Mooi is het juiste woord niet,' zei Kate. Ze bracht de loep weer
boven het insectachtige wezentje op het schilderij. Verdómme. Ze
wist het bijna, het wilde haar nét niet te binnen schieten.

Wat was het?

Namaak?

De beller maakte zeker een grap – een grap die Gregory Sarkisian
niet kon waarderen. Hij had geprobeerd zich ervan af te maken, maar
toen had die vent een aantal cijfers genoemd waarvan Sarkisian er enkele als waar moest erkennen. En toen hij daarna zei dat Gorky pas

met zijn serie schilderijen van tuinen was begonnen in het jaar nadat hij het schilderij had gemaakt dat Sarkisian bezat, klonk het alsof hij wist waar hij het over had. Maar dat kon toch niet. Het kon gewoonweg niet waar zijn. Nee toch? Hij probeerde zich te herinneren welke kunstorganisatie de man had genoemd, maar hij wist het niet meer.

Sarkisian tuurde naar het schilderij. Het was echt, daar was hij van overtuigd. Toch had het telefoontje hem verontrust. Hij zou in elk geval luisteren naar wat die man te vertellen had – als hij echt kwam opdagen.

Vandaag was het drie maanden geleden dat hij het doek had gekocht, een tikje te openbaar naar Sarkisians smaak, bij Christie's, het interview in de *Times* de volgende dag, zoveel geld uitgegeven voor één schilderij: 57,3 miljoen dollar, een nieuw record, de hoogste prijs ooit betaald voor een Arshile Gorky.

Maar voor Sarkisian – afstammeling van Armeense immigranten die naar de States waren gekomen om aan de Turkse invasie te ontkomen – was het uitgeven van zo'n kapitaal aan een schilderij van een landgenoot, die net als zijn grootouders een immigrant was, de moeite zeker waard. Zijn grootvader had hem overstelpt met verhalen over ontbering en onderdrukking, had hem hard en met toewijding leren werken, wat allemaal de moeite waard was gebleken; Sarkisian was op zijn eenenvijftigste een belangrijk persoon bij een grote investeringsmaatschappij, en in vele opzichten had hij het schilderij evenzeer voor zijn grootvader gekocht als voor zichzelf.

Hij keek nog even naar zijn kostbare schat. Nep? Ondenkbaar.

Als de man het lef had hier te verschijnen, zou hij hem eens flink de waarheid zeggen en elk vermoeden dat het schilderij namaak was de kop indrukken.

Hij bekeek het schilderij dat voornamelijk uit grijstinten bestond en dat sommigen misschien somber vonden, maar dat volgens Sarkisian een prachtige, melancholische sfeer had, iets waar zijn volk eeuwenlang aan had geleden, en Gorky kennelijk ook, want de man had op vierenveertigjarige leeftijd een einde aan zijn leven gemaakt. Maar het had meer: speelse, golvende lijnen en vreemdsoortige figuurtjes die over het waterige grijze oppervlak dansten en hem bleven intrigeren. De dag moest nog komen dat Sarkisian niet met een glimlach naar zijn schilderij keek. Op dit moment was hij van plan het nog een paar jaar te houden en het daarna te schenken aan zijn favoriete museum in New York, ter nagedachtenis aan zijn grootvader, waardoor hij tegelijkertijd voor een fikse belastingvermindering in aanmerking kwam – een transactie die zijn grootvader zeker zou hebben gewaardeerd.

Welk woord had die vent door de telefoon ook weer gebruikt? Nu Sarkisian erover nadacht, had die man niet gezegd dat het schilderij vervalst was, hij had gezegd dat het schilderij niet echt was, of had hij dat over Gorky zelf gezegd?

Nou ja, dat zou hij straks wel te weten komen. Het was absurd. Om razend van te worden. Hij dacht aan de achterkant van het doek, dat volgeplakt was met kwitanties van musea en galeries, alle vorige eigenaars, een getuigenis van de echtheid van het schilderij. Er was nooit enige twijfel geweest.

Sarkisian boog zich dichter naar het schilderij toe. Hij bekeek net de onmiskenbare handtekening van Gorky toen zijn secretaresse belde.

'Ik heb het!!'

Kate had het afgelopen uur regelmatig naar het vreemde insectachtige wezentje op het schilderij zitten turen.

'Het is wat de surrealisten een non-specifiek symbool noemden. Een vreemd dingetje, iets om de kijker te boeien die het probeerde te duiden; was het een spin, een voorn, een kruipende oogbal? Ik denk dat het van Joan Miró is, of van Arshile Gorky.' Ze ging achter Murphy's computer zitten. 'Jij hebt zeker toegang tot alle kunstsites?'

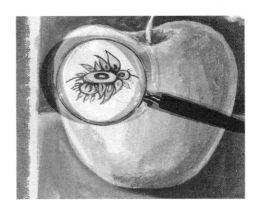

'Mis. Denk je dat de NYPD dat gaat betalen?'

'Zelfs niet voor de afdeling Kunstzaken?'

Murphy schudde zijn hoofd en krabde in zijn stoppelbaard. 'Triest, ik weet het.'

'We moeten ervoor zorgen dat jij een toelage krijgt,' zei Kate. 'En een scheerbeurt.'

Murphy ging met zijn hand langs zijn kin, trok een wenkbrauw op  draaide zich weer om naar zijn boekenkast, haalde er twee grote boeken uit en gooide ze op zijn bureau; het ene over Gorky, het andere over Miró. 'Dit zijn de complete werken over beide kunstenaars,' zei hij. 'Misschien ouderwets, maar we zullen het ermee moeten doen.'

Kate en Murphy bladerden ze snel door, voorzichtig om de bladzijden niet te scheuren, ieder met een loep in de hand.

Het duurde bijna een halfuur voordat Kate vond waar ze naar op zoek waren. 'Hier heb ik het. Arshile Gorky.'

Ze las het onderschrift bij het schilderij voor. 'Het hangt in het Museum of Modern Art in Houston, Texas.'

Murphy belde onmiddellijk de archivaris van het museum, vroeg hem naar het schilderij en kreeg binnen een paar minuten antwoord. 'Het museum heeft het schilderij een paar maanden geleden op een veiling verkocht.'

'Hebben ze ook gezegd welk veilinghuis het was?'

'Christie's.'

'Uw afspraak van vijf uur is hier,' zei Sarkisians secretaresse door de intercom.

'Dank je, Iris. Je mag wel naar huis gaan, als je wilt.'

Maar zodra de man zijn kantoor binnenkwam, had Gregory Sarkisian spijt. Waarom had hij zich hiermee ingelaten? Hij wist dat de Gorky echt was. Wie was deze vent eigenlijk? Zijn gezicht ging half schuil onder een hoed met een brede rand, de kraag van zijn lange zwarte jas stond rechtop, en zijn borstelige snor was zijn enige opvallende kenmerk. Hij zag er belachelijk uit, als in een oude film met Humphrey Bogard of Peter Lorre. Sarkisian zou bijna in de lach geschoten, maar iets weerhield hem. 'Hoor eens...' Sarkisian hield zijn hoofd schuin en knikte naar het schilderij boven zijn bureau. 'Mijn schilderij is níét vals, wat voor informatie u hier ook over dénkt te hebben.' Hij wierp een blik op zijn horloge, wat de ander opmerkte.

'Maakt u zich geen zorgen, ik blijf niet lang.'

Mooi. 'Bij welke kunstorganisatie werkt u ook weer?'

'U hebt toch mijn waarschuwing ontvangen?' Een hees gefluister.

'Waar hebt u het over?' Sarkisian verloor zijn geduld. 'Ik heb onomstotelijk bewijs dat dit doek echt is. De handtekening. De papieren. Alles is authentiek. En ik heb al gecontroleerd – Gorky heeft zowel in zijn beginperiode als later een serie met tuinen gemaakt, dus wat u zei...' Hij snoof. 'Laat maar. Het spijt me dat ik heb ingestemd met deze ontmoeting. Het is voor ons allebei duidelijk tijdsverspilling. We zijn uitgepraat.'

Maar de man beende langs hem heen en bleef een paar centimeter voor het schilderij van Gorky staan. Hij bracht zijn arm ernaartoe.

'Wacht eens...'

Het ging zo vlot dat Sarkisian niet wist wat er gebeurde toen het mes met een snelle beweging in zijn lichaam gestoken werd. In shock drukte hij zijn handen tegen de wonden aan en zag dat een van zijn bretels van Hermès doorgesneden was en omlaag hing; een geschenk van zijn laatste vriendin, een Braziliaans fotomodel, half zo oud als hij.

Hij probeerde te bedenken wat hij moest doen of zeggen – om hulp schreeuwen, de telefoon grijpen, zijn gedachten en daden raakten in de war – angst, pijn en shock streden om voorrang. Maar toen hij weer opkeek en zag wat er gebeurde – de gek had het gore lef zijn Gorky aan flarden te snijden – werd hij zo kwaad dat hij zijn verwondingen vergat. Hij greep de brievenopener van zijn bureau en stak de man tussen zijn schouders, maar niet diep, het mes raakte slechts het bot.

De man draaide zich met een ruk om, bijna even geschokt als Sarkisian, trok de brievenopener eruit en hield hem vast, staarde naar het bloed en liet hem toen op de grond vallen.

Sarkisian deed opnieuw een uitval, het lukte hem om de gleufhoed van de man te pakken te krijgen en van zijn hoofd te trekken terwijl hij achterover viel. Tijdens zijn val ving hij een glimp op van zijn kostbare schat, aan flarden, en van het gezicht van de man, voornamelijk die borstelige snor die hem, vreemd genoeg, deed denken aan Arshile Gorky.

Rustig nu. Heel rustig. Je kunt het. De ene voet voor de andere.

Snel de jas controleren. Behalve die ene scheur is hij in orde, bloedvlekken zie je niet in die donkere stof.

Hoed weer opzetten, kraag omhoog. Als een spion, of zo iemand als Austin Powers. Dat is een mooie rol, klunzig en grappig. Het leven als een parodie.

Met zijn handen diep in de zakken, vingers om de zilveren briefopener van Sarkisian geklemd en een grijns à la Mike Myers om de lippen.

In het voorkantoor is het rustig, geen secretaresse. Een lichte teleurstelling. Het was opwindend geweest om tijdens de daad te denken dat er iemand een paar meter verderop zat. *Waar was ze naartoe? Hulp halen? Nee, er was niet gegild of geschreeuwd.*

De lange gang door, met kantoren aan weerszijden, waarvan bij sommige de deur openstaat.

Niet kijken, gewoon doorlopen. Zo, ja.

Niemand lijkt iets te zien, niemand komt zijn kantoor uit gevlogen en roept: *Jij daar, blijf staan!*

Aan het einde van de gang zit de receptioniste achter een groot, houten eiland.

Doorlopen, hoofd omlaag, beleefd knikken.

De receptioniste kijkt niet eens op en mompelt automatisch: 'Tot ziens.'

De deur uit, op de liftknop drukken. Kom op. Kom op.

De deuren gaan open, de lift is, opvallend genoeg, leeg.

De deuren gaan dicht.

Diep ademhalen, hoorbaar, bijna een snik. Handen die nu trillen in de zak, het lichaam overdekt met zweet, nu voor het eerst opgemerkt, tegelijk met een voelbare opwinding.

Ik heb het gedaan!

De liftdeuren gaan open. Een man in een donker pak en een vrouw in een jurk zo rood als bloed stappen in, al keuvelend: 'Wil je geloven dat Harry heeft gezegd...'

Ze hebben geen erg in de vreemdeling die de hoed diep over de oren heeft getrokken en de kraag omhoog heeft gezet. Geen grijns meer à la Austin Powers. Het is nu een serieuze verschijning, uit een spionageverhaal of een oude zwart-witfilm.

De deuren gaan open. Nog meer mensen drommen naar binnen. Nu is het gemakkelijker om wat achteraf te blijven, onzichtbaar te zijn.

Dat ben ik. Een geest.

De deuren gaan open.

Blijf achter. Zo, ja. Nu volgen, achter de menigte aan, niet helemaal als een van hen, maar misschien, misschien als een van deze elitaire, goedgeklede zakenlieden. Waarom niet?

Een nieuwe rol: succesvol ondernemer.

Door de voordeur. De straat op.

Weer diep ademhalen; de lucht ruikt naar vrijheid.

Avond. Stadslantaarns verlichten de donkere straat en maken van het script een soort film, maar wel een met humor, met een held als Spiderman of de Hulk; het idee een gebouw te beklimmen of er gewoon recht doorheen te lopen leek heel even bijna echt.

Gewoon door blijven lopen. Beter je in de massa te begeven, die door de drukke stad heen stroomt als een zwerm bijen.

De wond in de rug bonst intussen, maar het is niets vergeleken bij de pijn van alledag. Een pleister en een pijnstiller, meer is hier niet voor nodig.

De trap af naar de metro, hoed nog op het hoofd, maar die dikke snor is er met één simpele handbeweging af – *zo zit hij erop, zo is hij eraf; en nu mijn volgende truc, dames en heren* – en in een vuilnisbak gegooid, samen met de rol van de spion.

Het is koud op het perron en de rol krijgt nu iets droevigs, meer als in het echte leven, onvoorbereid en pijnlijk.

De trein jakkert door de tunnel, komt krijsend tot stilstand, de deuren gaan open.

Het doek valt.

21

DOODSTEEK VOOR FINANCIEEL MANAGER
De moord op Gregory Sarkisian, 51, directeur van Financial Services Worldwide, is waarschijnlijk de meest recente van een serie bizarre misdaden in de kunstwereld. Hoewel de politie de dodelijke aanslag op de manager niet direct wil koppelen aan andere onlangs gepleegde moorden, hebben de steekpartijen op de vermogende kunstverzamelaars Nicholas Starrett op Long Island en Gabrielle Hofmann-Lifschultz uit Greenwich, Connecticut, griezelig veel van elkaar weg – de slachtoffers werden alle drie dood aangetroffen onder een vernield schilderij dat vele miljoenen waard was.

Bronnen in de omgeving speculeren dat er een verband bestaat, maar...

Wát voor bronnen? Floyd Brown las het artikel niet eens af. Hij gooide de *Post* op zijn bureau. Het was al erg genoeg dat die maniak nu ook onder zijn jurisdictie viel, maar deden de kranten soms een wedstrijdje meest smakeloze koppen verzinnen? Niet verbazingwekkend. Goede smaak verkocht geen kranten. Maar dachten die mensen er nooit bij na dat het slachtoffer ook iemands broer of vader of echtgenoot kon zijn? Kon ze dat niets schelen?

Brown wist het antwoord op die vraag.

Hij wierp weer een blik op de krant. Natuurlijk hadden ze gelijk. De gelijkenis tussen de zaken leek niet gewoon op toeval te berusten, de modus operandi zei genoeg. En hij wist dat de media dit niet zouden laten gaan. Een kostbaar schilderij vernielen was nieuws, maar mensen met geld doodsteken was pas nog écht nieuws. De kranten en de nieuwsberichten op tv zouden het vuurtje wel brandend houden zolang er vonken waren. Intussen gingen ze allemaal op zoek naar details over het persoonlijke leven van de drie slachtoffers, in de hoop pikante informatie te vinden; verslaggevers wilden feiten en geruchten, zonder na te gaan of die klopten, alleen op zoek naar het beste verhaal. Brown had de *Times* en de *News* niet gezien, maar hij had wel iets meegekregen van de sobere verslaggeving van CNN, godzijdank. Maar hij waagde zich niet aan *Fox News*, dat ongetwijfeld met sensatieverhalen zou komen.

Hij liet zich in zijn stoel zakken en keek naar de map met gegevens over de moord op Sarkisian, die hem door Midtown North was gestuurd. Op de een of andere manier had hij hierop gewacht, hij had aangevoeld dat het nog slechts een kwestie van tijd was geweest.

Verdomme. Waarom moest zijn intuïtie het altijd bij het rechte eind hebben?

De gemakkelijke zaken waren meestal snel op te lossen. Deze zaak kostte verdomme al te veel tijd voordat hij er nog maar goed en wel aan begonnen was. Dat betekende niet dat hij hem niet zou oplossen, alleen dat het niet een van de makkelijkste zaken zou worden.

Brown stond op, veegde een stapel papier en mappen van zijn bureau en ging op weg naar de vergaderruimte.

FBI psychiater en profiler Mitch Freeman was lang opgebleven om het materiaal door te lezen; de vernielde schilderijen van De Kooning en Pollock, de moord op Nicholas Starrett, het incomplete rapport over Beatrice Larsen, en de laatste moord in de kunstwereld op Gregory Sarkisian. De FBI had belangstelling opgevat voor de zaak, en er was niet veel voor nodig om Freeman eraan te zetten. Hij had het zelfs vrijwillig aangeboden. Hij had met de NYPD aan verschillende zaken gewerkt, twee keer samen met Kate McKinnon: bij de zaak van de Doodskunstenaar en een jaar later met de Kleurenblinde moordenaar – en hij had al naar een excuus gezocht om haar terug te kunnen zien. Hij had gedacht dat hij meer met haar had dan alleen een werkrelatie, maar na een stuk of vijf onbeantwoorde telefoontjes besloot hij dat hij het mis had. Hij zette zijn leesbril af en keek op toen Floyd Brown binnenkwam.

'Hallo, Mitch.' Brown legde de mappen met een klap op de tafel. 'Je ziet er moe uit.'

'Nou, bedankt, Floyd. Jij ook.' Freeman glimlachte naar Brown. De twee mannen mochten elkaar. Niet dat het altijd zo boterde tussen de FBI en de lokale politie.

'Ben je op de hoogte gebracht door commissaris Tapell?'

Freeman knikte. 'Ik heb gisteren een bespreking met haar gehad, samen met mijn chef. Ik heb alle gegevens over de verdachte door het Violent Criminal Apprehension Program, VICAP, gehaald, maar er kwam geen soortgelijke zaak naar voren. Het is een vreemd geval.' Hij schudde zijn hoofd. 'Trouwens, de FBI wil dat alles via hen gaat. Je moet rapporten kopiëren voor de afdelingen Manhattan en Quantico. Mijn collega's bij Gedragswetenschap willen alles zien wat we over deze kerel vinden.'

'Waarom? Willen jullie alweer onderzoek doen naar psychopaten?'

'Dat vinden we nu eenmaal een leuk tijdverdrijf.' Freeman lachte. 'Voorlopig houdt de FBI zich bij onderzoek en veldwerk, maar er kunnen eerdaags agenten bij jullie op de stoep staan.'

Daar zitten we net op te wachten, dacht Brown, dat de FBI ons gaat vertellen wat we moeten doen. 'Zoiets dacht ik al,' zei hij. Hij ging zitten en keek op de klok aan de wand. 'Murphy kan elk moment hier zijn.'

'Van Kunstzaken?' Hij aarzelde even voordat hij vroeg: 'En eh, McKinnon?'

Brown probeerde niet te glimlachen. Hij vermoedde dat de psychiater een oogje op haar had. 'Zij komt ook hierheen.'

'Alles goed met haar?' Freeman probeerde nonchalant te doen. 'Ik bedoel, sinds haar man, je weet wel...'

'Moeilijk te zeggen,' zei Brown. 'McKinnon laat niet veel los over haar privéleven.'

Freeman knikte. 'Het verbaast me dat ze hieraan wilde meewerken.'

'Nicholas Starrett, het eerste slachtoffer – althans, voor zover wij weten – was een vriend van haar. Je kent McKinnon.'

Freeman kende haar. Of meende haar althans te kennen. Een vrouw met een missie, zo zag hij haar altijd, iemand die niet rustte voordat ze resultaat zag. De laatste keer was Speciaal Agent Grange, een keiharde kerel, er helemaal niet blij mee geweest dat McKinnon op de zaak was gezet, maar hij was bijgetrokken en op het laatst had hij respect voor haar gekregen, misschien was hij zelfs wel verkikkerd op haar geworden. Freeman dacht aan Kate zoals hij haar de laatste keer had gezien: lang haar met highlights, elegant gekleed, een vrouw met klasse, hoewel hij onder die koele verschijning een warmere, sexy persoonlijkheid vermoedde. Hij hoopte dat hij daar achter kon komen. Ze hadden samen koffie gedronken, en daarna waren ze een keer uit eten geweest. Maar er was niets gebeurd. Het was te kort dag geweest. Freeman wist hoe een rouwproces verliep. Hij wilde haar niet onder druk zetten. Maar nu, na een jaar misschien...

Zijn dagdroom werd verstoord door Nicky Perlmutter, die hem een vriendelijk klopje op zijn rug gaf. 'Het moet om een maffe zaak gaan, als ze jóú op ons af sturen.'

'Een psychopaat die op schilderijen én mensen in hakt? Dat lijkt me maf genoeg.' Freeman gaf de een meter negentig lange rechercheur een hand, en keek naar het peentjesrode haar, de sproeten en het Huck Finn-gezicht op dat grote mannenlichaam. 'Trouwens, ik kan in mijn praktijk altijd een uurtje voor je vrijmaken voor therapie – ik wéét dat je dat nodig hebt.'

'Bedankt, dokter. Maar volgens mijn astroloog moet ik oppassen voor zielknijpers die gratis adviezen willen geven.'

'Wie zegt dat het gratis is?'

De mannen zaten te lachen toen Kate binnenkwam, met Murphy in haar kielzog.

Ze keek van Brown naar Freeman, en toen naar Perlmutter, die uit zijn stoel overeind schoot om haar te omhelzen. 'Nog steeds de *fucking* mooiste vrouw van New York!'

'Wie zei dat ik iets aan fucking doe?' Kate lachte, stapte naar achteren en nam Perlmutter op. 'Hoe zit dat – heb jij een kast vol met alleen maar kakikleurige en blauwe overhemden? Ik durf er een eed op te doen dat je de laatste keer dat ik je zag precies hetzelfde aanhad.' De gedachte aan die laatste keer deed haar huiveren, maar ze bleef glimlachen.

'Ik kan van jou niet hetzelfde zeggen.' Perlmutter nam haar ook even op. 'Je lijkt wel die fucking Patti Smith!'

'Alweer dat fucking? Wat een vunzige gedachten heb jij toch, jongeman.' Kate ging met een hand over haar nieuwe korte kapsel, ineens een beetje verlegen. Ze voelde drie paar ogen op zich gericht.

'Zeg, zijn jullie klaar met dat gekibbel?' zei Brown.

Freeman haalde een hand door zijn rossig grijze haar en speelde het klaar rustig 'hallo' te zeggen, waarop Kate de zielknijper ook begroette terwijl ze hem heel even aankeek.

'Ik heb volledige rapporten van Suffolk, Greenwich en Tarrytown,' zei Brown. 'Maar ik geloof dat iedereen wel aardig op de hoogte is.' Hij keek naar Murphy. 'Ik zal je het rapport van Moordzaken over Sarkisian geven – als je wilt.'

'Waarom zou ik het niet willen?'

Kate keek even van Brown naar Murphy en vroeg zich af waarom er wrijving tussen de twee mannen leek te bestaan.

Brown deelde fotokopieën uit. 'Van de schilderijen die op de plaatsen delict zijn aangetroffen.' Hij knikte naar Murphy en leek een poging te doen tot vriendelijkheid. 'Monty, waarom neem jij het niet over?'

Murphy schraapte zijn keel. 'Deze schilderijen doken op elke plaats delict op. Niet dat ze daar waren achtergelaten; ze waren er al naartoe gestuurd of door iemand bezorgd – althans, dat denken we. We beschikken niet over de exacte data, maar het lijkt erop dat alle slachtoffers ze een paar dagen voor ze werden vermoord hebben ontvangen.'

'En jullie vermoeden dat er een soort code in schuilt,' zei Freeman.

'Juist,' zei Murphy. 'Wil jij het uitleggen, Kate, of zal ik het doen?'

Freeman hoorde dat Murphy haar bij de voornaam noemde, maar hij verbond daar geen conclusies aan.

Kate legde uit dat in de schilderijen werd aangegeven welk kunstwerk er vernield werd, maar ook het volgende schilderij dat aan de beurt was. Daarna wees ze op de kunstschilders en symbolen die op elk schilderij te zien waren.

'Maar waarom zou hij daarvoor waarschuwen?' vroeg Perlmutter toen ze uitgesproken was.

'Dit soort kerels is dol op spelletjes,' deelde Freeman mee. 'En sommigen opereren graag op het scherp van de snede. Hij daagt de politie uit. Met die aanwijzingen over de volgende aanslag is het alsof hij zegt: "Toe maar, ik daag jullie uit. Probeer me maar te pakken."'

Hij keek beurtelings naar Murphy, Kate en Brown. 'Ik heb de dossiers gelezen. Het lijkt erop dat in alle gevallen dezelfde modus operandi is toegepast.'

'Behalve bij het vernielde schilderij in het Modernist Museum,' zei Murphy. 'Daar is geen moord gepleegd. Alleen een schilderij aan flarden gesneden.'

'Misschien was daar niemand in de buurt om neer te steken,' zei Brown.

'Of te veel mensen,' zei Kate. 'Als het schilderij tijdens de opening is vernield, waren er in de zaal daarnaast honderden mensen.' Ze wendde zich tot Murphy. 'Trouwens, een van die Guerrilla Girls met wie we hebben gesproken heeft me gebeld. Ze hebben hun leden ondervraagd en geen van hen zegt die avond in het Modernist Museum te zijn geweest of stickers op ruggen te hebben geplakt.'

'*Gorilla girls?*' zei Perlmutter. 'Als in King Kong gorilla's?'

'Een feministische beweging,' zei Murphy. Hij spelde de naam en legde uit waar de Guerrilla Girls van waren beschuldigd op de avond dat het schilderij van De Kooning was vernield. 'Maar als zij het niet zijn geweest, wie heeft dan die stickers opgeplakt?'

'Mag ik raden? Degene die het schilderij heeft vernield,' zei Kate. 'Een effectieve manier om de aandacht van de bewakers af te leiden.'

'Dus het was waarschijnlijk de man die wij zoeken,' zei Perlmutter.

'Dat betekent dat hij vooruitdenkt,' zei Freeman. 'Iemand die zijn zaakjes goed uitzoekt.' Hij keek naar de dossiers. 'Ik zou zeggen, iemand die heel goed kan organiseren. Hij moet de gewoontes van zijn slachtoffer van tevoren bestudeerd hebben.'

Murphy knikte en kwam vervolgens terug op het feit dat er bij de eerste paar zaken geen moord was gepleegd. 'Met de Jackson Pollock in het advocatenkantoor gebeurde hetzelfde als met het schilderij in het Modernist. Daar vielen ook geen slachtoffers.'

Freeman keek zijn papieren in. 'Maar nu hebben jullie drie plaatsen delict mét menselijke slachtoffers.'

'Precies,' zei Brown. 'Ik denk dat we ons moeten afvragen: gaat het de dader om de schilderijen of de mensen?'

'Het zou kunnen dat de slachtoffers net op het verkeerde tijdstip kwamen opdagen,' zei Murphy.

'Oké.' Brown ging met een hand over zijn schedel. 'Laten we ervan uitgaan dat de dader, de onbekende verdachte, de bedoeling heeft alleen de schilderijen te vernielen. Als hij bij Starrett is en de heer des huizes wakker wordt en hem betrapt, vermoordt hij hem. Maar als dat zo is gegaan, zou je toch denken dat die vent zich daarna koest hield. Of dat hij betere voorzorgsmaatregelen zou nemen, nietwaar, Mitch?'

'Niet per se,' zei Freeman. 'We hebben hier om te beginnen duidelijk te maken met een bijzonder labiele persoonlijkheid, iemand die risico's neemt en denkt dat hij alles kan, die ergens binnenglipt en schilderijen vernielt, die er een kick van krijgt om kostbare dingen te vernielen. Maar laten we zeggen dat jouw scenario klopt, dat Starrett hem tijdens zijn misdaad betrapte en dat die kerel hem toen heeft vermoord. En dan ontdekt hij dat hij het fijn vindt, dat moorden, fijner nog dan het vernielen van die schilderijen. Misschien wel logisch. Denk je eens in. Kan een schilderij schreeuwen of smeken? Het is niet half zo aantrekkelijk om in canvas te snijden als in vlees. Veel psychopaten gaan uiteindelijk over tot moord.' Freeman bekeek de zwart-witkopieën van de schilderijen. 'Ik zou er alleen achter willen komen waarom hij nu eigenlijk die schilderijen wil vernielen.'

'Ja, daar gaat het om, toch?' zei Kate.

Freeman knikte. 'Ik zou het een rituele daad noemen.'

'Juist,' zei Kate. 'En wat al die gevallen met elkaar te maken hebben. Geen van de slachtoffers kende elkaar. Het enige wat ze met elkaar gemeen hadden waren de schilderijen.'

'En wat weten we over die schilderijen die zijn vernield?' vroeg Perlmutter. 'Hebben die iets gemeenschappelijks?'

'Het zijn allemaal kunstwerken die als belegging gekocht worden,' zei Murphy. 'Behalve dat van Beatrice Larsen zijn ze allemaal een paar miljoen waard – en de makers daarvan zijn allang dood, behalve ook weer Larsen, die werd vermoord op hetzelfde tijdstip dat haar schilderijen vernield werden. Tenzij de moord op Larsen zo is gepleegd om hem op die andere zaken te laten lijken.'

'Een na-aper?' vroeg Brown.

'Dat is mogelijk,' zei Murphy. 'De vernielde schilderijen hebben allemaal het nieuws gehaald.'

De *Post* was de enige krant die een verband legde tussen de moorden op Gregory Sarkisian, Nicholas Starrett en Gabrielle Hofmann – het idee dat het om een seriemoordenaar ging was te aantrekkelijk, hoewel de politie dat niet had bevestigd.

'Maar Larsen maakte deel uit van dezelfde groep schilders als Pollock, De Kooning, Kline, Hofmann en Gorky,' zei Kate. 'Allemaal van de New York School.'

'Hebben ze bij elkaar op school gezeten?' vroeg Brown.

'Nee. Dat is maar een naam, een overkoepelend begrip. Ze schilderden allemaal in dezelfde periode, ze hoorden allemaal bij de beweging die abstract expressionistische kunst maakte.' Kate voelde een rilling door haar lichaam gaan. *Alle vernielde schilderijen waren van leden van de New York School. De groep waarover ik schrijf. Was dat het verband?* Hetzelfde gevoel had ze gehad toen ze over de dood van Beatrice Larsen hoorde – alsof er iets was wat haar in verband bracht met deze misdaden. Hoewel ze zich niet kon voorstellen wat dat was.

Maar ze had geen tijd om erover na te denken, want Freeman vroeg: 'Was er iets bijzonders aan die periode, aan die groep?'

'Het waren voornamelijk emigranten uit Europa,' zei Kate. 'Ze vestigden zich in de jaren dertig in New York en vormden uiteindelijk de eerste groep belangrijke Amerikaanse kunstenaars. Zij maakten New York het centrum van de kunstwereld. Dat ontnamen ze Europa.'

'Misschien moeten we het daar zoeken,' zei Freeman. 'Een gestoorde Europeaanse kunstenaar die dat niet kon verkroppen?'

'Niet waarschijnlijk,' zei Kate. 'Die zou inmiddels rond de tachtig of negentig moeten zijn.'

'En het is ook geen erg aannemelijk motief,' vond Brown.

'Voor dat soort mannen,' zei Freeman. 'Is er niet veel nodig om buiten zichzelf te raken. Ze kunnen hele scenario's bedenken die niets met de werkelijkheid te maken hebben. Een motief is gemakkelijk te vinden voor een paranoïde schizofreen.'

'Is er nog iets wat hen bindt?'

'Ze zijn allemaal rijk en beroemd geworden,' zei Murphy.

'Dat geldt voor De Kooning, Kline, Hofmann en Pollock,' zei Kate. 'Maar Gorky is gestorven vóórdat hij erkenning kreeg, en Beatrice Larsen is heel even beroemd geweest in haar jonge jaren, en daarna niet meer.'

'Ik weet niet precies waar dit ons brengt,' zei Brown.

Iedereen zweeg even, toen vroeg Kate: 'En waar is het schilderij met aanwijzingen dat bij Sarkisian had moeten liggen?'

'De technische recherche heeft geen zwart-witschilderij gevonden,' zei Brown. 'Niet bij de man op kantoor. Niet bij hem thuis.'

'Is het mogelijk dat dit slachtoffer het niet heeft gekregen?' vroeg Perlmutter.

'Als het dezelfde dader is, zou het ritueel ook hetzelfde moeten zijn,' zei Freeman.

'Ik wed dat er toch een schilderij is,' zei Kate. 'En daar kunnen we maar beter naar op zoek gaan. Als we gelijk hebben, wijst het ons de weg naar de volgende aanslag – het volgende slachtoffer.' Kate dacht even na. 'Had Sarkisian een vrouw?'

'Een ex-vrouw. En die woont in het buitenland,' zei Brown. 'Maar er is wel een vriendin. Haar verklaring zit in het dossier. We kunnen het vragen aan vrienden van Sarkisian – of hij het ooit over zo'n schilderij heeft gehad of het misschien zelfs aan een van hen heeft gegeven. Ik zal nog wat mensen naar Sarkisians huis en kantoor sturen om ervoor te zorgen dat niets ons ontgaat.'

'Ik zou er graag zelf gaan kijken,' zei Kate.

'Oké,' zei Brown. 'Maar ik stuur wel een paar agenten met je mee.'

Kate en Perlmutter liepen samen naar buiten, hij met zijn arm om haar schouder. 'En, gaat alles goed?'

'Ja, hoor.' Ze schonk hem een brede glimlach. 'Fantastisch.'

Hij keek haar even aan. 'Je hoeft niet zo je best te doen.'

'Wie zegt dat ik dat doe? En jij? Ben je nog met... sorry, ik wilde Piekhaar zeggen.'

'Dat lijkt meer op de pot die de ketel verwijt dat hij zwart is, vind je niet?' Perlmutter bekeek haar nieuwe haarstijl. 'En hij heet Bobby – en hij heeft een stekeltjeskop. Of misschien zou ik moeten zeggen: *zie* heeft een stekeltjeskop.'

'Pardon?'

'Een neutraal persoonlijk voornaamwoord. *Zie* in plaats van zij of hij.'

'Weet Bobby dan niet wat hij is?' vroeg Kate. 'Of weet jíj het niet?'

'Leuk hoor,' zei Perlmutter zonder een spier te vertrekken. 'Bobby maakt zich sterk voor een nieuw taalbeleid. Hij werkt voor de BTH.' Hij hield een hand omhoog. 'Ik zal het vertalen voor je ernaar vraagt: biseksuele en transseksuele homo's – en ook transgenderisme, denk ik. Niet dat Bobby er een is, een transseksueel of... nou ja, je weet wel.'

'Sinds wanneer ben jij in hemelsnaam zo politiek correct?'

'Ik? Nooit. Maar ik doe mijn best, weet je wel – alles omwille van de liefde.' Hij grinnikte. 'Dat wordt tolerant taalgebruik genoemd, en Bobby zit me er voortdurend over op mijn nek – genderneutrale, niet-geslachtsgebonden voornaamwoorden – hij zegt dat de oude voor-naamwoorden eraan bijdragen dat mensen het rolpatroon in stand houden. Ik probeer de taal ook aan te leren: *zie* voor hij of zij en *zir* voor zijn of haar, *per* voor persoon, en *em*.'

'*Em?*'

'Ja, zoals in: zeg *em* dat ik *em* later zie.'

'O, *brother*.'

'Nee, dat mag niet. En ook niet: o, *sister*.' Hij lachte. 'Bobby zegt dat niet iedereen mannelijk of vrouwelijk is, maar dat sommigen in-terseksueel zijn, dat ze zeg maar zowel vrouwelijke als mannelijke ei-genschappen hebben.'

'Kijk maar niet zo naar mij,' zei Kate. 'Of naar zie. Of... wat de fuck.' Ze haalde haar schouders op. 'God, ik ben er helemaal uit – en te oud om nog te leren.'

'Je bent intussen wel gewend aan Ms., toch?' Perlmutter trok een wenkbrauw op. 'Maar maak je geen zorgen, je zult mij het woord zie hier op het bureau niet horen gebruiken. Ik word liever niet ontmand, want dan zou ik me aan moeten sluiten bij de *neutrum*-seksuelen.'

'Is dat geen oxymoron?' vroeg Kate, en ze schoten allebei in de lach.

'Wat is er zo grappig, jongens?' vroeg Freeman.

'Jóngens?' zei Kate. 'Pardon?'

'Sorry. Jongens en meisjes, bedoel ik.'

'Dat is nog erger,' zei Kate, en ze begon weer te lachen. 'Sorry, Mitch. Nicky gaf me net een lesje in niet-specifieke voornaamwoor-den.'

'*Zie* je later,' zei Perlmutter, en hij liet Kate en Freeman achter. Er viel een gespannen stilte. Uiteindelijk begon Kate als eerste. 'Ik had je willen bellen, Mitch, maar...'

'Geeft niet. Ik maakte me alleen zorgen om je.' Hij raakte haar hand aan.

Kate keek in zijn grijze ogen, maar draaide toen snel haar blik weg. 'Je dacht zeker dat ik wel wat therapie kon gebruiken?' Ze forceerde een glimlach.

'Meer een schouder om op uit te huilen.'

Kates glimlach verdween. 'Luister, Mitch, ik ben er gewoon niet...'
Niet wát? Ze wist het niet precies, maar ten slotte bedacht ze een redelijk antwoord. 'Nog niet klaar voor.'

'O, maar ik wil je niet onder druk zetten, echt niet.' Mitch' geforceerde glimlach deed niet onder voor die van Kate.

Zijn blik, waarin ze medeleven zag, bevestigde zijn uitspraak. 'Dat weet ik,' zei ze, en ze ging snel op iets anders over. 'Dus jij denkt dat we te maken hebben met een moordenaar die alles heel georganiseerd aanpakt?'

'Het is allemaal goed gepland. Heel weinig sporen op de plaatsen delict. Hij draagt handschoenen, dus hij is voorzichtig. Dus ja, dat zou ik wel zeggen.'

'Die laten zich het moeilijkst pakken. Omdat ze zo verdomd oppassend en methodisch te werk gaan.'

'Klopt,' zei Freeman. 'Maar die georganiseerde types zijn ook dwangmatig en bijzonder gespannen, vaak helemaal geobsedeerd door status en macht, wat tot razernij leidt en dus, om het in lekenbewoordingen te zeggen, snel over de rooie.'

'Laten we het hopen.' Ze schonk Freeman nog een glimlach en keek toen naar de map met gegevens over Gregory Sarkisian. 'Ik moet hiermee aan de slag,' zei ze. 'Tot later, oké?'

'Ja, natuurlijk,' zei Freeman. 'Tot later.'

22

In het kantoor van Gregory Sarkisian, dat vanaf de moord verzegeld was, was het zoals altijd tijdens de wintermaanden in New York droog en veel te warm en er hing een muffe, weeïge, metalige geur van opgedroogd bloed. Kate deed haar jas open, trok een paar rubberhandschoenen aan en keek om zich heen: chic, gestroomlijnd meubilair, een opgeruimd bureau waar nog sporen van poeder op te zien waren, een spectaculair uitzicht op de borden en neonverlichting van Times Square, daken en torenhoge flats van glas en staal.

De vloerbedekking was bordeauxrood, met daarop een donkere vlek binnen de getekende omtreklijnen van Sarkisians lichaam, maar op sommige plaatsen ging de vlek daaroverheen en gaf daardoor aan de omtrek een ander voorkomen, bijna iets levends.

Kate liep eromheen naar het schilderij van Gorky, dat zo was toegetakeld dat een paar stukken ervan op de vloer lagen. Dit schilderij was veel erger vernield dan de andere, en Kate vroeg zich af of Sarkisian iets had gezegd dat de dader kwaad had gemaakt.

Ze probeerde zich voor te stellen hoe de man was binnengekomen en de man en zijn schilderij had aangevallen. *Had Sarkisian geprobeerd hem tegen te houden? Hadden ze gevochten?* En wat voor smoes had de man gebruikt om binnen te komen? *Had hij eerst opgebeld?* Kate kon zich niet herinneren of dit in het rapport had gestaan en nam zich voor het aan de secretaresse te vragen.

Ze liep nog eens langzaam de kamer rond. Allemaal vragen: het motief voor de misdaad, waarom dit schilderij, deze man. Toen Brown de vraag had gesteld: 'Gaat het hem om de schilderijen of om de mensen?' – had Kate vrijwel zeker geweten dat het antwoord was: om de schilderijen.

Maar waarom?

Ze deed haar ogen dicht en probeerde het zich voor te stellen: de deur die openging, de dader die binnenkwam.

Wat was het eerst aangevallen, de man of zijn schilderij?

Ze dacht de man. Het was niet waarschijnlijk dat Sarkisian zou hebben staan toekijken terwijl het schilderij werd vernield.

Ze kon het nu bijna voor zich zien: de worsteling, het steken, de schok op het gezicht van de man toen hij besefte dat hij doodging.

Kate voelde het lichte gegons dat ze altijd ervoer als ze met een zaak bezig was; ze kreeg er de rillingen van.

Ze opende haar ogen en tuurde naar de vernielde Gorky, die niet meer gerestaureerd zou kunnen worden. Met haar geschoeide handen tilde ze voorzichtig de stukken doek omhoog tot ze vond wat ze zocht: dat vreemde, insectachtige teken dat op de appel stond op het schilderijtje dat bij Beatrice Larsen was gevonden – en dat een aankondiging was geweest van deze aanslag.

Maar waar was het zwart-witte schilderij dat Sarkisian moest hebben ontvangen?

Twintig minuten zoeken in laden en boekenkasten leverde niets op.

Maar het moest er zijn; daarvan was Kate overtuigd.

In het voorkantoor zat een van de agenten op de rand van het bureau de secretaresse vragen te stellen.

'Dat heb ik al gezegd,' zei de vrouw, 'en ik heb geen idee. Echt niet.'

Er klonk geen agressie in haar stem. Eerder schuldgevoel, dacht Kate. Maar waarom – omdat ze de dader bij haar baas binnen had gelaten? Ze nam snel de verklaring van de vrouw door, vroeg de agent of ze het even van hem over mocht nemen en schoof een stoel bij.

'Ik moet echt in het kantoor van meneer Sarkisian naar binnen.' De secretaresse haalde een zakdoek uit de mouw van haar met kant afgezette blouse en depte haar ogen.

'Dat begrijp ik.' Kate tikte de vrouw geruststellend op haar arm. 'En dat mag ook snel.' Nog een tikje. 'Iris heet je, toch?'

De secretaresse knikte.

'Werk je al lang voor meneer Sarkisian, Iris?' Een vraag waar Kate het antwoord op wist.

'Volgende week vier jaar.'

'En was hij een goede werkgever?'

'De allerbeste.' Een traan, vermengd met mascara, liep over de wang van de secretaresse. 'Hij behandelde me altijd als' – ze slikte haar tranen weg – 'als een mens, weet u wel. Ik heb wel vaker voor een baas gewerkt, en... laat maar.'

'Ik heb ook heel wat vervelende bazen versleten,' zei Kate. 'En ik weet hoe het is als je het goed treft. Dat maakt heel wat uit.'

'Zeg dat wel.' De secretaresse knikte en glimlachte.

'Goed, een paar vragen maar, Iris. Ik weet dat dit niet makkelijk voor je is.'

'Tot dusver leek niemand dat te begrijpen.'

'Nou, ík wel.' Ze schonk de vrouw een meelevende glimlach. 'En, heb jij die kerel gezien?'

'Heel even maar. Hij kwam aan het eind van de middag, ik had een afspraak met de chiropodist en meneer S. zei dat ik weg mocht, dus... ik heb niet zo op hem gelet. Ik...'

'Vertel maar gewoon wat je je nog herinnert.'

'Ik geloof niet dat ik me nog iets herinner. Ik ben – ik ben zo... in de war.' Ze knipperde met haar ogen en haar onderlip begon te trillen.

'Geeft niets, Iris.' Kate legde haar hand over die van de secretaresse. 'Doe je ogen maar dicht. Haal diep adem en ontspan je. Laat het allemaal maar los. Zo, ja. En nu ga je in gedachten terug. Die man kwam hier binnen. Had hij eerst opgebeld?'

De ogen van de secretaresse knipperden achter haar met blauwe oogschaduw opgemaakte oogleden. 'Ja.'

'Wat zei hij?'

'Eh... Dat hij meneer S. iets belangrijks te zeggen had over zijn schilderij, het schilderij van Gorky. Meneer S. was dol op dat schilderij, weet u. Het betekende veel voor hem.'

Op het laatst zelfs te veel, dacht Kate. 'Heb je zijn naam onthouden?'

'Hij heeft geen naam genoemd – of misschien wel, maar die ben ik... het spijt me – die ben ik dan vergeten.'

'Dat geeft niet. En wat gebeurde er toen?'

'Meneer S. nam het telefoontje aan. Ze hebben niet lang met elkaar gepraat, want een minuut later vertelde meneer S. me dat de man aan het eind van de middag naar het schilderij zou komen kijken en dat ik weg mocht zodra hij er was.'

'En meneer Sarkisian heeft de naam van die man ook niet genoemd?'

De ogen van de secretaresse vlogen open. 'Ik weet het niet meer. Ik geloof het niet.'

'Dat geeft niet. Je doet het heel goed.' Ze tikte op de hand van de vrouw. 'Doe je ogen maar weer dicht. Het wordt later. De man verschijnt. Wat zegt hij?'

'Eh, dat hij voor het schilderij kwam. Meer zei hij niet.'

'En toen heb je hem binnengelaten?'

'Ja.'

'Kun je je herinneren hoe hij eruitzag? Probeer maar of je hem voor de geest kunt halen, maar forceer het niet.'

De secretaresse haalde diep adem en blies uit. 'Hij droeg een hoed, zo'n ouderwetse, weet u wel, van vilt geloof ik, met een rand, zoals mannen in films vaak dragen, en die had hij heel diep over zijn oren getrokken; o ja, en zijn kraag stond omhoog, dat zie je ook vaak in films. Ik weet nu weer dat ik dacht dat het erop leek dat hij zo uit *Casablanca* stapte, weet u wel, die oude film met Humphrey Bogart en Ingrid Bergman? Ik ben dol op die film.'

'Ik ook,' zei Kate. 'En, was het een lange man?'

'Dat weet ik niet, want ik zat.'

'En was hij blank?'

'Ja, maar ik kon niet veel van zijn gezicht zien, met die kraag en die hoed en zo. O, wacht eens. Hij had een snor. Zo'n grote hangsnor die zijn mond bedekte.'

'Heel goed. Zie je wel, je weet het nog. Was er verder nog iets?'

'Niet dat ik weet.'

'Hoorde je iets toen hij binnen was?'

'Nee, ik was er toen nog maar heel even, en de deur van het kantoor van meneer S. is heel dik. Daar hoor je niets doorheen.'

'En was je al weg toen de man het kantoor weer verliet?'

Ze knikte, nu met haar ogen open. 'Ik voel me zo rot, want... ik had iets kunnen doen als ik hier was gebleven.'

'Het is niet jouw schuld. Jij kon het niet weten.' Kate klopte de secretaresse geruststellend op de arm en wilde weglopen, maar ze bedacht zich. 'Weet je ook of meneer Sarkisian een schilderij heeft ontvangen per post of koerier?'

'Een schilderij? Wat voor schilderij?'

Kate vouwde een kopie open van een van de schilderijtjes met aanwijzingen en legde die op het bureau. 'Zoiets.'

De secretaresse wikkelde haar natte zoekdoek rond haar vinger. 'Eh, nee.'

'Dit is heel belangrijk, Iris.' Kate gedroeg zich als een lerares die een leerling toespreekt. 'Als je ooit zo'n schilderij hebt gezien...'

'Ik ben geen dief.'

'Dat zeg ik ook niet. Ik ben ervan overtuigd dat je goudeerlijk bent.'

'Dat klopt.'

'Maar je moet wel de waarheid vertellen, Iris.'

De secretaresse keek even naar Kate als een kind dat betrapt wordt op het stelen van een koekje. 'Meneer S. had het weggegooid. Ik zweer dat ik het niet heb gestolen. Het lag in de prullenmand en ik vond het wel aardig, dus ik heb het meegenomen. Maar ik heb het niet gestolen! Dat zweer ik.'

'Ik geloof je.' Kates hart klopte in haar keel. 'Maar we moeten het wel hebben – zo snel mogelijk.'

Martin Dressler legde de papieren op zijn bureau voor de honderdste keer goed: de strokenproef voor de catalogus van zijn volgende expositie – 'Schilderen vanuit het onbewuste, abstracte kunst volgens Freud'.

De expositie zou al binnen zes maanden worden gehouden, maar verscheidene musca en verzamelaars weigerden nu – na al die berichten over vernielde schilderijen – hun doeken uit te lenen.

Die verdomde media ook, dacht Dressler.

Al was er ook een positieve kant aan; het Modernist Museum had sinds de berichten over de vernielde De Kooning veel meer bezoekers gehad, en Dressler vroeg zich af of het instituut misschien moest overwegen maandelijks een van de mindere werken te vernielen.

Normaal gesproken zou zo'n perverse gedachte de conservator opgevrolijkt hebben, maar niet nu de expositie na jarenlang werk niet door kon gaan. De helft van de kunstwerken was bijeengebracht – stukken van de surrealisten Dali, Magritte en Masson, en een paar

van de eerste expressionistische schilderijen van De Kooning, Gott-
lieb, Reinhardt en Motherwell.

Maar die zouden slechts een fractie uitmaken van het geheel.

Dressler liet zich in een stoel achter zijn bureau zakken. Zijn baas,
Colin Leader, de museumdirecteur, had te kennen gegeven dat de tentoonstelling afgeblazen zou worden als niet alle schilderijen geleverd
werden, en hij vermoedde dat Leader naar een excuus had gezocht
om ook hém de laan uit te sturen. De twee mannen hadden het nooit
met elkaar kunnen vinden, en het feit dat Dressler langer bij het museum werkte dan de directeur leek nauwelijks iets uit te maken.

Dressler slaakte een zucht, deze keer van bezorgdheid, toen hij terugdacht aan de ontmoeting met Kate McKinnon en die politieman,
Murphy, die hem had gevraagd naar dat verdomde zwart-witschilderij. *Waarom hebt u het bewaard?*

Die vraag weerklonk al dagen in zijn kop.

Hij stelde zich de politieman voor: zwart warrig haar, doordringende blauwe ogen, een haakneus die de man iets dreigends gaf. Precies het soort man dat hem beviel, en waar hij meestal voor moest betalen. Had de man dat ook doorgehad?

Waarom hebt u het bewaard?

Gewoon een stommiteit, dacht hij.

Colin Leader had zin om die verdomde draadloze telefoon het raam
uit te keilen. De pers wist gewoon niet van ophouden. Al dagen belden verslaggevers over de De Kooning, en nu wilden ze over allerlei
zaken zijn mening weten: van de vernielde Kline bij de Starretts tot
de Gorky van Sarkisian tot de vraag of hij bang was dat deze gek –
of bende gekken – in zijn of elk ander museum in zou breken en alle kunstwerken zou vernielen, bewakers doden, de magazijnen plun-
deren en de boel in de fik steken – alsof de Spaanse inquisitie hier
was gekomen, en alleen hij wist wat ze er aan moesten doen.

Verscheidene bestuursleden die kunstwerken aan het museum hadden uitgeleend, drongen erop aan dat deze in het magazijn werden
opgeslagen of aan hen werden teruggestuurd – ook al had Leader hun
erop gewezen dat de doeken in het museum veiliger waren, en dat de
verzamelaars veiliger af waren zonder.

Leader liep de kamer door en opende de deuren van een prachtig
bewerkte zeventiende-eeuwse kast – onlangs omgebouwd om zijn

drankvoorraad in te bewaren – en schonk zich een tumbler single malt in. Eigenlijk had hij meer zin in een beetje van die fantastische Mexicaanse wiet of wat crack, maar zo vlak voor een belangrijke bespreking durfde hij dat niet.

Hij dronk de whisky in één teug op, en schonk zich nog eens in terwijl hij heen en weer geslingerd werd tussen schuldgevoel en paranoia.

Werd hij verdacht? Waarom en hoe had hij dit zover kunnen laten komen?

Hij herkauwde deze vragen, maar de voor de hand liggende antwoorden stonden hem niet aan en hij schudde het moment van introspectie van zich af als een slang zijn huid. Het belangrijkste was de vraag: *hoe redde hij zich hieruit?*

Hij dronk zijn tweede glas leeg, in de hoop dat de drank zijn hoofd helderder zou maken.

Hij moest nu voorzichtig te werk gaan. Het was gewoon te riskant om door te gaan, nu zoveel ogen op het museum en op hem gericht waren.

Leader deed de drankkast dicht, trok zijn das recht, streek zijn haar glad en gooide een handje Tic Tacs in zijn mond.

Nu moest hij de vergadering uit gaan zitten.

Later zou hij bellen om te zeggen dat hij ermee ophield.

23

Kate tuurde in de kleine woonkamer van de eenkamerflat van de secretaresse naar het schilderijtje dat in een kant-en-klaar lijstje gestoken was. Het was half zo groot als de andere schilderijen die op de plaatsen delict gevonden waren. 'Vertel me alstublieft dat de rest van het schilderij onder de lijst schuilgaat,' zei ze, hoewel ze wist dat dat niet mogelijk was.

De secretaresse beet op haar lip. 'Nee, ik – ik heb het kleiner gemaakt, zodat het in de lijst paste. Ik... ik eh, ik vond alleen de bovenkant mooi, weet u, die appel, al vond ik dat beest erop minder geslaagd. Eh... was het verkeerd, om het kleiner te maken?'

Ja, verdomme! Kate haalde diep adem. *Rustig blijven.* 'Heb je de rest nog?'

'Nee, die heb ik weggegooid.'

Nog eens diep ademhalen, anders zou ze de vrouw aanvliegen. 'Kunt u zich herinneren wat er op de onderkant stond?'

'Nee, ik –'

'Dit is belangrijk. *Probeer het.*'

De onderlip van de vrouw trilde. Ze kon elk moment in tranen uitbarsten. Kate aaide over haar arm. 'Het geeft niet. Maar we proberen het, goed? Sluit je ogen, net als de vorige keer, en stel je het voor, het hele schilderij. Ja, lukt dat?'

'Ja, maar... ik weet het niet meer.' Ze sloeg haar blik op. 'Weet u, het lag in de prullenbak, zoals ik al vertelde. Meneer S. had het weggegooid, en de onderkant was nogal verkreukeld en toen het thuis niet in die lijst paste, heb ik er gewoon een stuk afgeknipt en...'

'En je weet zeker dat je niet meer weet wat er op de onderkant stond?'

'Nee, ik –'

'Wat heb je ermee gedaan, met die onderkant?'

'Die heb ik weggegooid, zoals ik al zei. Ik dacht dat het niet belangrijk was. Ik bedoel, meneer S. had het toch weggegooid? Dus ik dacht, hoe belangrijk kan het dan zijn?'

Je hebt geen idee. 'Hoe lang is dat geleden? Kan het nog ergens in de buurt zijn?'

'Ik heb het buiten in de afvalbak gegooid, dagen geleden. Het vuilnis zal intussen wel opgehaald zijn.'

Kate tuurde naar het restant van het schilderij – het 'beestje' van Gorky op de appel, nu groot en duidelijk, daarover was geen misverstand mogelijk – een schilderij van Gorky in de Big Apple, New York City. Maar wat was die zwarte vorm achter de appel? Een ander schilderij? Wat is het? Een landschap? Nog een werk van Kline? Ze wist zelfs niet of dit iets zou zeggen over het volgende schilderij dat zou worden vernield.

'Het spijt me. Ik wist niet dat het zo belangrijk was,' zei de secretaresse, die duidelijk moeite had haar tranen binnen te houden.

Kate klopte haar op haar schouder en probeerde niet met haar mee te huilen – of te schreeuwen –, ze pakte een visitekaartje uit haar portefeuille en gaf het aan de vrouw. 'Voor het geval u zich nog iets herinnert.'

Kate had een uur met Mert Sharfstein nodig gehad om alle mogelijkheden door te nemen: een landschap? Een werk van Kline? Van Motherwell? Uiteindelijk waren ze het erover eens geworden dat de vorm achter de appel hoogstwaarschijnlijk een werk van Robert Motherwell was, hoewel geen van beiden precies kon zeggen wélk stuk het was – het leek meer op een versie van Motherwell, mogelijk een imitatie van een werk uit de serie *Elegy.* Maar zonder aanwijzingen over de plaats waar zich dat schilderij bevond konden ze niets doen. Sharfsteins personeel zocht op internet welke musea de schilderijen van Motherwell in huis hadden, en Murphy controleerde bij veilinghuizen of er onlangs doeken van hem waren verkocht terwijl

Kate verslag uitbracht aan Brown en Perlmutter.

'Wat een stomme vrouw,' zei Perlmutter.

'Ze heeft geen idee van wat ze heeft gedaan,' zei Kate. 'We kunnen het haar niet kwalijk nemen.'

'Misschien jij niet.' Perlmutter sloeg met zijn vuist op de tafel.

'Rustig aan,' zei Brown. 'Ik heb al zo'n hoofdpijn. Ik had net Tapell aan de telefoon, en mijn oor tuit er nog van.'

'De burgemeester zal het haar ook niet makkelijk maken,' zei Kate.

Brown wist dat ze gelijk had. Straathoeren en daklozen konden met bosjes tegelijk omkomen zonder dat iemand ernaar omkeek, maar een vermogend slachtoffer kreeg altijd alle aandacht. De rijken wilden zich in hun huis veilig voelen, en wie kon hun dat kwalijk nemen?

Brown vond het vreselijk als hij zijn hachje moest redden – hoewel het een spel was dat elke agent meteen leerde zodra hij de academie had verlaten – en op dit moment was hij behoorlijk kwetsbaar.

De kranten bleven de misdaden breed uitmeten, precies zoals hij had gedacht, en *News* ging zelfs zover dat ze het nummer van de tiplijn van de NYPD vermeldden, en sindsdien hadden er achter elkaar mensen gebeld die de verantwoordelijkheid van de misdaden op zich namen. Tot dusver had niemand de schilderijtjes met aanwijzingen beschreven. Dat was informatie die de politie had achtergehouden om te kunnen vaststellen of het om de ware dader ging. Dit zouden ze zo lang mogelijk uit de pers moeten zien te houden, hoewel het niet lang zou duren voordat een hardnekkige verslaggever erachter zou komen. Maar niet alleen mensen die zogenaamd de moorden bekenden belden op, ook iedereen die iets in huis had dat als kunstwerk werd beschouwd – een schilderij op fluweel of een antiek voorwerp dat miljoenen waard zou zijn.

In Midtown North, het stadsdeel waar Sarkisian in zijn kantoor was vermoord, was er een tekort aan mankracht en raakte het geduld op. Sinds Browns Speciaal Onderzoeksteam hiernaartoe was gekomen, was Midtown North opgescheept met zinloze bezigheden, en daar waren ze niet blij mee. Niemand was blij.

Perlmutter zei: 'De receptioniste bevestigt de beschrijving die de secretaresse heeft gegeven van de verdachte die Sarkisian heeft vermoord – hoed, trenchcoat, snor. En het lab heeft bloed aangetroffen dat niet overeenkomt met dat van het slachtoffer. Het ziet ernaar uit dat onze man zijn eigen bloed heeft laten vloeien.'

Dus Sarkisian heeft zich inderdaad verweerd, dacht Kate. Ze had gelijk gehad.

'Maar we hebben niets om het mee te vergelijken,' zei Brown. 'Nog niet. Volgens de technische recherche is er op de plaatsen delict nergens bloed aangetroffen dat niet van het slachtoffer afkomstig was.'

Murphy viel hem in de rede. 'De veilinghuizen Sotheby's en Christie's hebben me in contact gebracht met de twee grootste galeries die schilderijen van Motherwell verkopen. Zij gaan ons lijsten faxen van iedereen die in de afgelopen twee jaar ergens in de stad een werk van Motherwell heeft gekocht, ook in Westchester en Connecticut. Maar ze zeiden allebei dat het wel eens lange lijsten konden worden.'

Even later begon het faxapparaat het ene vel na het andere uit te spugen met namen van verzamelaars die een schilderij van Robert Motherwell hadden gekocht.

'Die laat ik uitzoeken door Midtown North,' zei Brown. 'Maar onder jouw leiding, Perlmutter.' Hij knikte naar Kate en Murphy. 'En jullie twee gaan mee om hun te laten weten waar we naar op zoek zijn.'

Kate en Murphy zaten samen in de auto, terwijl Murphy met de telefoon in zijn ene hand met het lab sprak, en met de andere stuurde. Kate zei maar niet dat dat verboden was.

'Resultaten van het kussen uit het atelier van Beatrice Larsen,' zei hij, terwijl hij zijn mobieltje dichtklapte. 'Volgens het lab was het kussen er een van ouderwets schuimrubber. Dat vind je overal. Het zegt dat het overeenkomt met de vezels die zijn aangetroffen in de neus en longen van de vrouw, maar ze hebben alle kussens in huis bekeken, en die zijn allemaal zo'n beetje van hetzelfde materiaal. De kussens waar Larsen op sliep waren precies zo, oud en gescheurd, misschien kwam het spul daar uit zetten. Het is volgens het lab mogelijk dat ze daar stofdeeltjes van heeft ingeademd. Bovendien had ze emfyseem en een zwak hart.'

'Met andere woorden, het zal moeilijk worden om te bewijzen dat het moord is geweest,' zei Kate.

'Klopt. Maar er is nog iets. Volgens het lab zijn er op de oogleden van de vrouw restanten van afplaktape gevonden. En ook sporen van talkpoeder.'

'Heeft iemand haar ogen dichtgeplakt?'

'Of open,' zei Murphy.

'Er zat toch geen tape op haar ogen toen ze haar vonden?'

'Voor zover wij weten niet.'

'Talkpoeder?' zei ze. 'Misschien van rubberhandschoenen.'

'Zou kunnen.'

'Dus de dader droeg handschoenen en heeft Larsens ogen met tape opengehouden, of dichtgeplakt. Waarom?'

Murphy schudde zijn hoofd. 'Wat de reden ook is, wat hebben we eraan? Niets. Als de dader geen handschoenen had gedragen misschien wel; als hij eerst zijn eigen huid heeft aangeraakt en daarna haar ogen, misschien ook; of als hij zweetsporen heeft achtergelaten, maar die heeft het lab niet gevonden, dus er is geen materiaal voor een DNA-onderzoek.'

Kate probeerde zich er een voorstelling van te maken. 'Misschien heeft hij haar ogen open geplakt zodat ze moest toekijken toen hij haar schilderijen vernielde.' Ze kreeg koude rillingen bij het idee. *Had de moordenaar Beatrice Larsen moedwillig laten lijden?*

'De politie van Tarrytown gaat langs bij de nicht, om haar een beetje nerveus te maken en te horen wat ze te zeggen heeft.'

Kate probeerde zich voor te stellen dat Darby Herrick de ogen van haar tante met tape openhield, een kussen op haar gezicht drukte en de geluiden van verstikking aanhoorde. Was ze daartoe in staat?

Murphy wierp Kate een zijdelingse blik toe. 'Denk jij dat Herrick zoiets zou kunnen doen?'

'Ik weet het niet. Ik denk dat ze zou kiezen voor een snelle, eenvoudige manier; ze is per slot van rekening haar nicht.' Ze dacht weer aan het gebruik op een plaats delict: je neemt iets mee en je laat iets achter. Maar dat ging in dit geval niet op, aangezien Herrick zo vaak bij haar tante in het atelier was geweest dat er natuurlijk overal haren en vezels van haar aanwezig waren. 'Wat denk jij?'

'Doet het er echt iets toe wat ik denk? Ik ben maar die vent van Kunstzaken, weet je nog?'

'Wat krijgen we nou?' Kate keek hem met samengeknepen ogen aan. 'Wringt het tussen jou en Brown?'

'Waaruit maak je dat op?'

'Als je er niet over wilt praten, vind ik dat ook goed,' zei Kate.

Murphy zweeg een paar minuten, en zei uiteindelijk: 'Ik werkte een paar jaar geleden met Brown op Moordzaken. We waren geen samenwerkende partners, maar we werkten in dezelfde unit. Er gebeurde een ongeluk waarbij... ik een kind heb doodgeschoten.' Murphy's uitdrukking was gesloten, zijn stem klonk als die van een robot. 'Ik had een knaap opgepakt, stoned tuig, die een vijfenzeventigjarige winkelbediende had neergeschoten. Mijn kogel ketste af tegen de vrieskast en drong in het hoofd van een jongetje. Op slag dood. Nog geen vier jaar was hij.' Hij staarde voor zich uit op de weg.

'Een onderzoekscommissie heeft me vrijgesproken van schuld. Er werd vastgesteld dat het een ongeluk was geweest. Maar daarna kon ik niet meer slapen. Ik kon nauwelijks meer naar mijn dochter kijken...' Murphy slikte en haalde diep adem. 'Ik werd belaagd door zoveel rotgevoelens. Je kent het wel: schuld, wroeging, depressies.' Hij noemde het rijtje zonder emotie, maar zijn gezicht was verwrongen van pijn. 'Ik denk dat dat de reden was waarom mijn vrouw is weggegaan – plus die miljonair met zijn Jaguar, uit Southampton.' Hij lachte vreugdeloos. 'Ik heb een jaar verlof genomen om mezelf weer terug te vinden. Ik ben ook bij een psychiater in behandeling geweest. Ik dacht dat ik nooit meer bij de politie zou kunnen werken, begrijp je.'

Kate begreep het. Om die reden was ze zelf ook weggegaan bij de politie– de eerste keer. Niet dat zij iemand had gedood. Niet direct. Maar een verkeerde beoordeling van haar had het leven gekost van een tienermeisje, Ruby Pringle. Kate zag de beelden terug: hoe ze het meisje had gevonden in een container, een dag te laat. Als ze maar beter had opgelet... Het schilderij van Kline kwam weer in haar gedachten boven. Ook weer iets wat ze aan haar lijstje met TE LAAT kon toevoegen.

'Ik vermoed dat Brown vindt dat ik het verkloot heb.'

'Brown staat niet snel klaar met een oordeel.'

'Dat doet iedereen bij de politie. Dat hoort bij het werk.'

'Het lijkt erop dat je nu praat vanuit je eigen schuldgevoel.'

'Ik dacht dat jij kunstgeschiedenis had gestudeerd, geen psychologie.'

'Laat maar,' zei Kate.

Ze zwegen allebei even, terwijl Murphy door de voorruit tuurde alsof hij naar iets op zoek was. 'Toen die vacature bij Kunstzaken zich voordeed, heb ik toegehapt. Een tweede kans, weet je wel.'

'Ik heb kunstenaars vaak horen zeggen dat kunst je leven kan redden.'

'Tot nu toe is dat niet gelukt. En ik heb zelfs geprobeerd te schilderen.' Murphy stootte een lachje uit.

'Probeer eens een groot stuk klei waar je flink je handen in kunt zetten.'

'Daar gaan we weer. Wat stelt dit voor, creatieve therapie?'

'Beter dan een sessie op de divan, toch?'

Kates mobiele telefoon ging. Het was de secretaresse van Sarkisian.

'Er is me iets te binnen geschoten,' zei ze. 'Over de onderkant van het schilderij. Dat was een tunnel – er stond een tunnel op afgebeeld. Die heb ik eraf geknipt omdat ik bang ben voor tunnels. Ik denk dat ik het had verdrongen of zoiets.'

'Een tunnel,' herhaalde Kate, om het idee tot zich te laten doordringen. 'Herinner je je of er nog iets bij stond – een afbeelding van een stuk kaas misschien?'

'Ja! Precies. Alleen dacht ik toen dat het een stuk taart was. Bizar, hè?'

De vergadering met het museumbestuur was een kwelling geweest. Colin Leader had het gevoel dat hij elk moment uit zijn stoel op zou kunnen springen om te vertellen wat hij had gedaan.

Waarom in hemelsnaam opeens die drang om te bekennen? Kwam het door die verslaggevers die aldoor belden, of die politieagenten die steeds bij hem langs kwamen?

Verdomme. Hij moest zichzelf weer in de hand zien te krijgen. Hij raakte de controle kwijt, hij was zichzelf kwijt en de eerbiedwaardige rol van museumdirecteur die hij tot in de finesses had leren beheersen.

Leader zag zijn beeltenis in de spiegel van de kast, zijn elegante maar niet te opzichtige pak, zijn perfect geknipte haar. Hij keek met bewondering naar zijn Italiaanse schoenen en genoot van het feit dat ze zo idioot duur waren.

Jezus, ga ik het allemaal verpesten? Nu?

Niet dat hij dat wilde, maar hij moest hiermee ophouden, toch?

Maar het is allemaal bedrog, man, dat weet je.

Zijn innerlijke stem. Een Cockney-jongen, iemand die hij had gekend, iemand met een geweten en een hart die hij lang geleden had achtergelaten.

Hij moest hiermee afrekenen, er een eind aan maken. Nu, meteen.

Nog een borrel, die had hij nodig om zijn zenuwen te kalmeren.

Hij deed de kast open, greep de fles whisky, en ving een blik op van zijn trillende hand.

Een dronkenlap. Dat ben ik geworden.

Veel erger nog, maat.

'Ach, hou je kop,' zei hij, en staarde naar zijn spiegelbeeld terwijl hij de whisky inschonk.

De druk was te groot. Hij kon het niet meer aan. Hij kon zo niet leven. Het moest afgelopen zijn, nu meteen.

Hij slikte de whisky door en sloot de deuren van de kast. Hij was er klaar voor.

'Ik moet het museum bellen,' zei Kate. 'Nu meteen.' Ze pakte haar mobieltje en wachtte tot ze werd doorverbonden. 'Kom op.' Het leek eeuwen te duren.

Murphy keerde de auto midden in de straat, zette de sirene en het zwaailicht aan en reed in zuidelijke richting. 'Denk je dat onze man het lef zal hebben twee keer op dezelfde plaats toe te slaan?'

'Het museum heeft zich al een gemakkelijk doelwit getoond. En als die kerel achter een schilderij van Motherwell aan zit – ik weet dat het museum er ten minste één in huis heeft, misschien nog meer.' Kate hoopte dat de maniak niet het lef had om nog eens toe te slaan in het Modernist Museum, maar alles op het schilderij – de tunnel, de kaas – wees erop. 'Je hebt gehoord wat Mitch Freeman zei: die vent daagt het gezag uit met zijn "Kom maar op, probeer me maar te pakken". Hoe kan hij dat beter doen dan door twee keer op dezelfde plek toe te slaan?' Kate haalde diep adem en luisterde naar de zoemtoon tot een stem op een bandje haar meedeelde dat ze met het Modernist Museum sprak en een lijst opsomde met nummers voor elke afdeling.

'Shit! Kun je tegenwoordig nergens meer ménsen aan de lijn krijgen?'

24

Murphy zette de sirene en het zwaailicht uit toen hij de Crown Victoria tot stilstand bracht naast een tiental andere politiewagens en ambulances die voor het Modernist Museum geparkeerd stonden. Hij en Kate wisselden geen woord terwijl ze zich een weg baanden door de blokkade van uniforms.

Binnen ondervroegen een stuk of tien agenten museummedewerkers en Kate herkende een jonge vrouw, een stagiaire, die onlangs bij het museum in dienst was gekomen. Ze stond te huilen.

Vlak voor het kantoor van de conservator stelde Nicky Perlmutter vragen aan museumdirecteur Colin Leader, die bebloede handen had.

Terwijl Kate naar Perlmutter luisterde, tuurde ze in het kantoor en nam in zich op wat ze daar zag: het kleine schilderij van Robert Motherwell aan flarden, een man op de grond in een niervormige plas bloed. Ze slikte moeizaam en haalde diep adem.

'Dus toen u hier binnenkwam, lag hij daar al dood op de grond,' zei Perlmutter.

'Ja,' zei Leader. 'Dat zeg ik net.'

'En u hebt het lichaam niet aangeraakt, niet geprobeerd hem te reanimeren?'

'Nee, zoals ik al zei, ik zag meteen dat hij dood was.'

'O? Hoe wist u dat?'

'Nou, dat was duidelijk te zien. Dat bloed, en... hij ademde niet.'

Kate moest het wel met hem eens zijn. De conservator, Martin

Dressler, zag er heel erg dood uit.

De technische recherche kroop rond over de grond van het kantoor. Floyd Brown overlegde met een arts die zojuist een thermometer uit Dresslers lichaam had gehaald.

Perlmutter rook de sterke drank in de adem van de museumdirecteur. 'En daarvoor was u in een bespreking?'

'Dat klopt.' Leader likte over zijn lippen. Hij kon nog wel een borrel gebruiken. 'Is het echt noodzakelijk om dit allemaal nog eens door te nemen, agent?'

'Inspectéur.' Perlmutter schonk hem een van zijn Huck Finn-achtige grijnslachjes. 'Ja, het is belangrijk dat we dat doen. U wilt toch dat alles correct wordt afgehandeld?'

Leader voelde het zweet langs zijn armen druipen. Hij keek even naar Kate met een blik waaruit sprak: wat doe jíj hier?

De arts kwam het kantoor uit, vergezeld door Floyd Brown. Ze trokken hun handschoenen en overschoenen uit. 'Het lichaam is nog warm,' zei de arts. 'Het slachtoffer is niet veel langer dan een paar uur geleden overleden.'

Brown richtte zich tot Leader. 'Heeft Dressler een secretaresse?'

'Een assistente, ja, maar die was er vandaag niet. Ze heeft griep. Dat heerst.'

Brown merkte iets op aan de man, was het een geur? Niet alleen sterke drank; hij rook ook schuld. De Neus, zo noemden ze hem altijd. Niet zijn favoriete bijnaam, maar het was wel waar. Volgens Brown kon je schuld ruiken. Hij keek de museumdirecteur doordringend aan; de man had duidelijk de gelegenheid gehad, hoewel hij niet wist of hij een motief had. Maar daar zou hij nog wel achter komen. Hij keek Leader recht aan. 'Beantwoord u gewoon de vragen die de inspecteur u stelt, dan kunt u daarna naar huis, meneer Leader. Ik begrijp heel goed dat u door een hel gaat.' Hij wilde niet dat de man zo bang gemaakt werd dat hij een advocaat zou laten komen voordat Perlmutter met hem klaar was. Hij nam Kate bij de arm, deed een paar stappen en fluisterde: 'Blijf hier staan en doe net of we een praatje maken.'

Vlak achter hen vroeg Perlmutter aan Leader: 'Dus u weet zeker dat u niet naar meneer Dressler toe gelopen bent om te kijken of hij nog ademde?'

'Dat heb ik al uitgelegd.' Hij zuchtte diep. 'Nee, ik heb niet gecontroleerd of meneer Dressler nog ademde. Ik kon zien dat hij dood was. Het was overbodig om te controleren of hij nog een hartslag had.'

Perlmutter hield zijn pen boven zijn blocnote in de aanslag. 'Hartslag of ademhaling?'

'Hartslag. Wat maakt het uit? Dat zei ik bij wijze van spreken. Maar ik hoefde noch zijn hartslag, noch zijn ademhaling te controleren. Ik... ik zag daar niet de noodzaak van in. Ik...'

'Rustig maar, meneer.' Perlmutter legde een hand op de schouder van de directeur.

'Ik ben in orde,' zei Leader.

'Mooi.' Perlmutter nam even de tijd om iets te noteren – of hij deed alsof. 'Geen hartslag of ademhaling gecontroleerd,' zei hij. 'Genoteerd. Goed.' Nog een Huck Finn-achtige glimlach. 'Maar eh, ik vraag me toch wel af hoe u aan dat bloed op uw handen komt.'

Leader staarde naar zijn handen alsof hij ze voor het eerst zag. 'O. Nou...' Hij slikte moeizaam. Zijn tong voelde dik aan. Hij moest echt een borrel hebben. 'Ik dacht dat ik dat al had uitgelegd, toch?'

Perlmutter bladerde met veel vertoon zijn blocnote door. 'Waarschijnlijk staat het hier wel ergens, maar vertelt u het toch nog maar eens.'

Leader lachte geforceerd. 'Moet ik een advocaat bellen?'

'Alleen als u denkt dat u die nodig hebt, meneer.'

'Nee, ik... waarom zou ik? Ik bedoel...'

'Juist,' zei Perlmutter. 'Waarom zou u?' Hij glimlachte.

'Nou,' Leader haalde diep adem, 'er zat bloed op de muur. En toen ik binnenkwam en Martin zag liggen... nou, ja, toen voelde ik me niet goed en ik denk dat ik toen mijn hand tegen de muur heb gezet om steun te zoeken.'

'Dus die handafdrukken op de muur zouden van ú moeten zijn.'

Leader haalde nog eens diep adem. 'Wat ik wil zeggen...' *Jezus, wat zeg ik eigenlijk?* Zijn hoofd tolde. '... is dat ik mijn hand tegen de muur heb gezet – in het bloed dat er al op zat. Ik weet niet hoe dat daarop is gekomen. Ik nam aan... dat het van Martin was.'

Perlmutter krabbelde wat op zijn blocnote. 'Hand op de muur. Check.' Hij keek naar Leaders handen. 'Maar die andere dan?'

'Die andere – wat?'

'Uw andere hand. Ik vraag me af hoe daar dan bloed op komt, meneer.'

'Tja, ik denk dat ik ze in elkaar heb geslagen,' zei Leader. 'Ik weet het niet meer. Het was, nou ja, ik was zo van de kaart toen ik dat lichaam daar aantrof.'

'Natuurlijk. En vertelt u nog eens: u kwam naar het kantoor van meneer Dressler om met hem te praten over...?'

'Een expositie.'

'En belde u hem gewoonlijk niet, of deed u dat niet per e-mail?'

'Ja, soms wel, maar ik wilde hem, Martin, zelf spreken.'

'Omdat...'

'Omdat ik slecht nieuws had. Ik wilde een tentoonstelling afblazen waar hij mee bezig was.'

'En daardoor zou meneer Dressler misschien van streek zijn geraakt.'

'Ik denk het wel.'

'Maar u hebt het hem niet kunnen vertellen.'

'Nee. Zoals ik al zei, was hij... dood.'

'Juist. Dus u kwam bij meneer Dressler op zijn kantoor om hem slecht nieuws te melden en toen trof u hem dood op de vloer. Daarna zocht u steun tegen de muur, waarbij een van uw handen bedekt werd met het bloed van het slachtoffer. Daarna hebt u uw handen in elkaar geslagen. Klopt dit?'

'Weet u,' zei Leader, die plotseling het gevoel had helemaal nuchter te zijn, 'ik geloof dat ik eerst met mijn advocaat wil praten.'

Ze waren allemaal weer terug op het bureau, waar ze om de vergadertafel zaten: Perlmutter en Brown, Kate en Murphy, samen met Mitch Freeman en twee mannen van de FBI die door Manhattan waren gestuurd. Het verbaasde Brown dat ze daar nog zo lang mee hadden gewacht.

De twee mannen van de FBI hadden papieren rondgedeeld die iedereen nu zat te lezen.

'Voordat we ons richten op de details van de laatste aanslag, moeten we eerst maar even kijken naar de gegevens van de slachtoffers, om te zien of daar nog iets aan toe te voegen is.' Dit was afkomstig van een jonge vent met een borstelkop in het standaard grijs pak, John Bobbitt, die de vergaderruimte binnen was geparadeerd met de mededeling: 'Geen familie van John *Wayne* Bobbitt, dank u beleefd, hi-hi,' zodat Kate had gedacht: *waar is verdomme Lorena met haar schaar als je haar nodig hebt?*

'Standaard victimologisch rapport,' zei de ander, die iets ouder was, in eenzelfde soort grijs pak, zwaargebouwd, met een naamkaartje waarop Vincent Moroni stond. 'De CID heeft het voorwerk gedaan. En wij hebben al jullie rapporten door de NICS, CJIS en UCR gehaald – het gewone werk.'

Kate pijnigde haar hersenen om zich te herinneren waar al die namen voor stonden. NICS: National Instant Criminal Background Check System. CJIS: Criminal Justice nog iets. Maar UCR? Daar wist ze even geen raad mee, maar ze wilde het ook niet vragen. Toen wist ze het weer: Uniform Crime Reporting.

'Ter informatie,' zei agent Bobbitt. 'Dit is nog in volle gang, en alle details die jullie eventueel willen toevoegen worden zeer gewaardeerd.'

Brown wist dat het allemaal gelul was. Als de overheid zich ermee ging bemoeien, wilde men je mening niet horen. Ze wilden de macht hebben. En ze wilden met de eer gaan strijken.

Kate keek op het vel papier waar bovenaan stond: 'Voorlopig slacht-offerrapport. De Slachter. BSS 107-CS278. 'De Slachter?' vroeg ze.

'Inderdaad,' zei Bobbitt. 'Elk onderzoek krijgt een codenaam. We vonden "de Slachter" wel toepasselijk.' Hij glimlachte er nog net niet bij.

'Ik ben ervan overtuigd dat de media het daarmee eens zullen zijn,' zei Brown. 'Die zullen er graag mee aan de haal gaan.'

'Wie zegt dat ze die naam te horen krijgen?' zei Bobbitt.

'Je maakt zeker een geintje,' zei Brown. 'Ze komen alles te weten. Soms sneller dan wij.'

'De Slachter,' zei Perlmutter. 'Die naam bevalt me wel. Ik zie het al op een luifel staan.'

Bobbitt schonk hem een gemaakt lachje. 'Tja, ik heb het niet voor het zeggen gehad, hoor. De UCR heeft het bedacht. Maar jullie zitten ermee opgescheept.'

Kate keek nog eens naar het rapport, waar de slachtoffers en hun gegevens in stonden vermeld.

1. Starrett, Nicholas. Water Mill, NY. Vermoord.
Blanke man. Geboren: 26-04-1946
Wapen: Mes (lang heft, X-Acto)
Plaats van overlijden: thuis
Geen getuigen (echtgenote in huis; verklaring in rapport)

2. Hofmann-Lifschultz, Gabrielle. Greenwich, CT. Vermoord.
Blanke vrouw. Geboren: 11-07-1960
Wapen: Mes (lang heft, X-Acto)
Plaats van overlijden: thuis
Geen getuigen
3. Larsen, Beatrice. Tarrytown, NY. Vermoord.
Blanke vrouw. Geboren: 12-02-1924
Wapen: Mes (lang heft, X-Acto)
Plaats van overlijden: thuis (aangebouwd atelier)
Geen getuigen
4. Sarkisian, Gregory. New York, NY. Vermoord.
Blanke man. Geboren: 13-08-1954
Wapen: Mes (lang heft, X-Acto)
Plaats van overlijden: kantoor
Geen getuigen (beschrijving collega's in rapport)
5. Dressler, Martin. New York, NY. Vermoord.
Blanke man. Geboren: 18-06-1956
Wapen: Mes (lang heft, X-Acto)
Plaats van overlijden: Modernist Museum, NY, NY
Geen getuigen (verklaringen collega's in rapport)

O, wat waren die agenten en federalen toch dol op papierwerk, dacht Kate. Niets nieuws onder de zon.

'Gemeenschappelijke kenmerken?' vroeg Bobbitt, en beantwoordde vervolgens zijn eigen vraag. 'Het mes, om te beginnen.'

Dat wisten we al, dacht Brown. De overheid had die informatie gewoon overgenomen uit de casusrapporten van de NYPD, en deed nu met hun eigen jargon voorkomen alsof ze alles zelf te weten waren gekomen.

'Nou,' zei Kate. 'Ik zou zeggen dat de schilderijen, de vernielde kunstwerken, een gemeenschappelijk kenmerk zijn. Dat is het enige wat de zaken met elkaar gemeen hebben.'

'Juist,' zei Brown. 'Geen van de slachtoffers kende elkaar.'

Bobbitt schonk hun een vreugdeloos lachje. 'Bedankt. Dat weten we. Wat nog meer?'

'Drie kunstverzamelaars, één kunstschilder, één conservator,' zei Murphy.

'Juist,' zei Moroni. 'Wat ons bij het laatste slachtoffer, Dressler, brengt.' Hij knikte naar Perlmutter. 'Jij hebt het rapport in het dossier gedaan?'

Perlmutter knikte.

Moroni haalde Perlmutters rapport uit de map en keek het even door. 'En wat vinden jullie van Leader, de museumdirecteur? Nogal vreemd hè, dat dat museum twee keer doelwit is geweest.'

'Leader woonde een vergadering bij, heel wat collega's kunnen dat bevestigen,' zei Perlmutter, terwijl hij de aantekeningen doornam die hij van de assistent van de directeur had gekregen en de verklaringen van het museumpersoneel die de rechercheurs hadden verzameld. 'Maar er zat een dik halfuur tussen het einde van die vergadering en het tijdstip waarop Leader beweert Dresslers lichaam gevonden te hebben. Hij zegt dat hij na de vergadering naar zijn kantoor is gegaan en daar in zijn eentje aantekeningen heeft gemaakt. Zijn assistente ging na de vergadering een boodschap doen, dus zij heeft niet kunnen bevestigen dat haar baas is teruggekeerd naar zijn kantoor, of wat hij in dat halfuur heeft gedaan. Maar toen ze terugkwam, was Leader niet op zijn kantoor aanwezig.'

'Heeft iemand Leader naar Dresslers kantoor zien gaan?' vroeg Moroni.

'Helemaal niemand,' zei Perlmutter. 'Dresslers kantoor bevindt zich aan het eind van een lange gang en daar precies tegenover is een deur naar buiten. Er heeft gemakkelijk iemand ongezien naar binnen of naar buiten kunnen glippen, met de trap in plaats van de lift, zonder de hal door te hoeven gaan.'

'En Leader nam de trap?' vroeg Borstelkop Bobbitt.

'Dat beweert hij.'

Kate kon zich nauwelijks voorstellen dat de museumdirecteur zijn conservator zou hebben vermoord. Hoewel zij en Dressler geen vrienden waren geweest, had ze hem jarenlang meegemaakt in de kunstwereld, en ze kon het beeld van de man die dood op de grond lag niet uit haar hoofd krijgen.

'En Leader was toch degene die ons heeft gebeld?' Murphy had een elastiekje van zijn pols gehaald en trok er figuurtjes mee over zijn vingers.

'Juist,' zei Perlmutter.

'Dat zegt geen bal.' Brown had zijn handen plat op de tafel gelegd.

'Hoeveel daders bellen niet zelf de politie om een goede indruk te maken? En er is duidelijk iets aan de hand met die vent.'

'Dat zou ik ook zeggen,' zei Bobbitt, terwijl hij Perlmutters rapport in keek. 'Die man had bloed van het slachtoffer op zijn handen en zijn vingerafdrukken stonden op de muur. Of hij is bijzonder onzorgvuldig of bijzonder stom, of allebei.'

'Stom is hij niet,' zei Kate.

Bobbitt keek haar even aan met een van zijn vreugdeloze glimlachjes. 'Bedankt voor uw inzicht, mevrouw McKinnon.'

Probeerde hij haar opzettelijk af te zeiken? Maar goed, het had nog erger gekund, als hij bijvoorbeeld 'juffrouw' tegen haar had gezegd.

Brown mengde zich erin. 'Het lab zal ons wel vertellen of er vezels of andere sporen van hem op het lichaam zijn aangetroffen,' zei hij. 'Maar de vraag is wat het motief zou zijn geweest.' Hij boog zich naar Kate toe. 'Jij hebt het slachtoffer gekend. Heb jij enig idee?'

Kate dacht even na. Ze had geen flauw benul. 'Nee.'

'De FBI is bezig met een gedegen onderzoek naar Leader,' zei Moroni.

'Laat ik je dit vertellen,' zei Perlmutter. 'Die kerel stonk ontzettend naar drank.'

'Stonk naar drank, had bloed op zijn handen. Ik vind dat we hem moeten arresteren,' zei Bobbitt.

'Misschien.' Brown leunde naar achteren, vouwde zijn handen in elkaar achter zijn hoofd en wachtte tot alle blikken op hem gevestigd waren. 'Ik ben het met inspecteur Perlmutter eens. Er was beslist iets aan de hand met die man. Maar ik denk dat we hem niets kunnen maken.'

De twee federale agenten wilden tegelijk reageren, maar Brown ging door. 'Natuurlijk, we kunnen hem oppakken, en misschien een zaak tegen hem beginnen. Maar op grond waarvan? Indirect bewijs genoeg – maar geen motief.' Hij keek van de een naar de ander. 'Ik zou willen voorstellen hem het idee te geven dat we hem niet verdenken, zodat hij zich veilig waant. Maar we laten hem intussen wel schaduwen. Dag en nacht. Kijken waar hij naartoe gaat. Wie hij ontmoet.'

'Stel dat hij ervandoor gaat,' zei agent Moroni.

'Als hij richting vliegveld gaat, grijpen we hem onmiddellijk.'

Moroni keek naar Bobbitt. 'Ik voel er wel iets voor. Het is mogelijk dat er anderen bij betrokken zijn. Dan kunnen we beter de hele club tegelijk oppakken.'

Perlmutter zei: 'Misschien waren Dressler en Leader samen ergens bij betrokken, en heeft Leader hem vermoord om hem het zwijgen op te leggen.'

'Wat bedoel je met "ergens bij betrokken"?' Bobbitt wendde zich tot Perlmutter. 'Heb je iets gehoord over de eh, seksuele geaardheid van die vent, bedoel je dat soms?'

'Helemaal niet,' zei Perlmutter. 'Hoezo?'

'Ach, je weet wel, het kunstwereldje en zo.' Hij wapperde even slapjes met zijn hand. 'Misschien dat jij dacht dat hij en zijn conservator een stelletje waren die een kibbelpartijtje hebben gehad.'

Kate boog zich langs Perlmutter heen. 'Nou, agent Bobbitt, in één ding heb je gelijk: Martin Dressler was homoseksueel, en daar was hij volstrekt open over. Maar van Colin Leader weet ik niets. Als je suggereert dat mannen in de kunstwereld verwijfd zijn, nou, dan kan ik wel tien namen bedenken van macho-kunstenaars die het tegen jou op zouden kunnen nemen – en zouden winnen.' Ze probeerde zijn arrogante lachje na te bootsen. 'Maar onder ons gesproken, Dressler en Leader mochten elkaar niet eens.'

'En dat weet je omdat...'

'Omdat het die keer dat we Dressler ondervroegen,' zei Murphy in haar plaats, 'zonneklaar was dat hij niet met zijn baas overweg kon.'

'Ik wilde alleen geen enkele mogelijkheid uitsluiten,' zei Bobbitt. 'Zeg, ik weet nog een mop. Hoe kom je erachter dat je vriend een nicht is?' Hij keek naar Perlmutter, daarna naar de anderen. 'Als hij bloemen voor je meebrengt en ze ook nog in een vaas zet.'

Niemand lachte.

Bobbitt keek de tafel langs. 'Snappen jullie hem?'

'Ik weet het niet,' zei Kate. 'Wil je daarmee zeggen dat jouw vriend bloemen voor je meebrengt, of ze alleen in een vaas zet?' Ze trok haar wenkbrauwen op. 'Hoe dan ook, ik vind het allebei lief.' Voordat hij kon reageren ging ze door met een serieuze vraag. 'Heeft de technische recherche in Dresslers kantoor iets gevonden wat lijkt op die zwart-witschilderijen met aanwijzingen?' Ze zweeg even. 'Hoewel hij er al een had ontvangen – waarop de aanslag op het schilderij van De Kooning werd aangekondigd – dus ik denk dat hij ons zou hebben gebeld als hij iets had ontvangen, tenzij dat slechts een paar minuten voordat hij werd vermoord was gebeurd...'

'Er is niets van dien aard op zijn kantoor aangetroffen,' zei Perlmutter.

'Dan moeten we zijn huis doorzoeken. Het kan ook daarnaartoe gestuurd zijn, en misschien is het nog ongeopend,' zei Kate. 'Het laatste schilderijtje toonde een verwijzing naar een werk van Motherwell, en dat is in Dresslers kantoor vernield. Er moet ergens nog zo'n schilderij met aanwijzingen zijn. En we moeten weten waar hij de volgende keer toe zal slaan.'

'Willen jullie dat uitzoeken?' vroeg Bobbitt aan Brown. 'Of moeten wij dat doen?'

'Ik denk dat wij dat wel kunnen,' zei Brown.

'Wacht even.' Kate wreef in haar ogen, die vermoeid en branderig aanvoelden. 'Er is nog iets wat ik niet begrijp. Op het ogenblik is Leader onze hoofdverdachte van de moord op Dressler, toch? Maar waarom zou Leader dan een schilderijtje met aanwijzingen sturen om te laten weten dat hij een collega ging vermoorden?'

'Goede vraag,' zei Freeman. 'Maar als Leader de Slachter is, heeft hij een psychose. Het is mogelijk dat de gedachte iemand in zijn omgeving te vermoorden hem bijzonder opwond. Bovendien daagt hij ons daarmee weer uit door te laten zien hoe geslepen hij is.' Hij keek van Kate naar Perlmutter. 'Wat was jullie indruk van Leader? Intelligent? Zelfzuchtig? Arrogant?'

'Alle drie, zou ik zeggen,' zei Perlmutter.

'Past in het profiel,' zei Freeman.

'Voer je zijn profiel wel in alle programma's in?' wilde Bobbitt weten.

'Maak je geen zorgen, dat ga ik doen,' zei Freeman.

'Ik ben het met McKinnon eens,' zei Murphy. 'Het allerbelangrijkste is dat we dat ontbrekende schilderij vinden.'

'Het zou kunnen dat Leader bang is geworden. Dat hij het schilderij weer heeft meegenomen toen hij Dressler vermoordde,' zei Perlmutter.

'En als Leader de man is die we zoeken, hebben we dat schilderij misschien niet eens nodig, omdat we hem laten schaduwen,' zei Brown.

'Oké, dus we gaan hem schaduwen,' zei Bobbitt. 'Dag en nacht. Vanaf dit moment.'

'Om de zaken nog wat ingewikkelder te maken,' zei Kate. 'Ik denk dat we beter een oogje kunnen houden op Darby Herrick, de nicht van Beatrice Larsen. Zij had een motief en de gelegenheid om haar tante om te brengen. Ik zou haar niet uitsluiten. Ik zeg niet dat zij de moordenaar is, maar het is mogelijk dat ze de dood van haar tante zo heeft geënsceneerd dat hij op die andere moorden lijkt.'

'Ik zal tegen de FBI zeggen dat ze de politie van Tarrytown opdracht moeten geven iemand achter haar aan te sturen,' zei agent Moroni. 'Intussen zal ik kijken wat er aan het licht is gekomen over Leaders achtergrond. Hij is een Brit, dus we vragen ook Interpol om gegevens.'

Er schoot Kate iets te binnen. 'Colin Leader was aanwezig op het feestje bij de Starretts, op de avond van de nacht dat Nicholas is vermoord. Tenminste, dat geloof ik wel. Hij was in elk geval uitgenodigd.'

'Dan gaan we na of hij daar is geweest,' zei Brown. 'En of iemand hem heeft zien weggaan.'

Bobbitt stond al rechtop en fluisterde in zijn mobieltje. Zijn kameraad Moroni liep met hem mee.

Brown keek hen na, slaakte een zucht en keek de andere kant op.

Paulina Zolcinski, zevenenveertig jaar oud, een weduwe die overdag woningen van rijke mensen en 's avonds de kantoren van het Modernist Museum schoonmaakte, lag doodmoe met gezwollen voeten op twee kussens naar David Letterman te kijken die over een of andere New Yorkse top tien zat te bazelen, waar ze niets van begreep en wat ze ook niet grappig vond, hoewel het publiek schaterlachte. Ze bedacht dat het waarschijnlijk kwam doordat haar Engels niet zo goed was, of doordat ze in Queens woonde, en de grappen gingen over Manhattan. Ze begreep de charme van de stad niet, hoewel ze er beslist niets op tegen zou hebben om in een van de appartementen te wonen die ze schoonmaakte en die in haar ogen net paleisjes waren tussen alle smerigheid en het verkeer.

Zolcinski masseerde haar pijnlijke voeten toen haar blik naast de televisie en David Lettermans blikkerende lach op het schilderwerkje viel dat ze aan de muur had gehangen.

Na die toestand leed het geen twijfel dat ze het zou moeten weggooien.

Zolcinski, die in Kraków als lerares nog minder had verdiend met haar pogingen tieners de beginselen bij te brengen van algebra en meetkunde dan hier met het schoonmaken bij rijke Amerikanen, had nog nooit van haar leven een cent gestolen. De envelop, die tussen een grote stapel ongeopende post had gelegen op het bureau van de conservator, was uit haar handen op de grond gevallen en opengegaan, waarna het schilderij er voor de helft uit was gegleden.

Op het eerste oog meende ze in de initialen een ontwerp te zien, en daarna een zwerm bijen, maar als het een van die dingen was geweest, had ze het nooit meegenomen. Pas toen ze het nader bekeek

en besefte dat het initialen waren – haar initialen – was ze bezweken voor de verleiding. Háár initialen. Op een schilderij.

Maar nu was hij dood, zeiden ze op het nieuws. Vlak nadat zij zijn kantoor had schoongemaakt en het schilderij had meegenomen. De envelop was ongeopend geweest tot ze hem had laten gevallen; de conservator had het nog niet eens gezien. Maar evengoed zou de politie haar misschien ondervragen, ze zouden zijn inventaris opmaken, en misschien was iemand anders wel op de hoogte van die envelop en daarna zou ongetwijfeld de immigratiedienst eraan te pas komen, en dan kon ze wel dag met haar handje zeggen tegen de Verenigde Staten. Geen Amerikaanse dollars meer om naar haar moeder in Kraków te sturen. Ze zou in het eerstvolgende vliegtuig terug naar Polen gezet worden.

Zolcinski hees zich van de bank, liep op haar kousenvoeten de kamer door en bleef even voor het schilderij staan kijken.

Het was niet zo dat ze het heel erg mooi vond. Het ging haar alleen om die beginletters. Nu ze ernaar keek besloot ze dat het niet veel voorstelde en beslist het risico niet waard was.

Ze tuurde naar de eindeloos herhaalde initialen en vroeg zich af waar ze voor stonden, rukte toen het schilderijtje van de muur, sjokte ermee naar de keuken terwijl ze het oprolde, stopte het in een plastic tas, knoopte die dicht en zette die buiten bij het vuilnis.

25

Het ijs in het drankje van Miranda Wilcox smolt en ze wachtte vol ongeduld tot de Colombiaan zou opstappen – ze hadden de deal bijna een uur geleden gesloten. De Colombiaan had een bod gedaan – vijftien procent korting als hij zowel de Gorky als het minder bekende expressionistische werk kocht – en daar was Wilcox mee akkoord gegaan. In feite had ze zijn verzoek aan zien komen en van tevoren twintig procent bij de vraagprijs opgeteld, dus maakte ze toch nog vijf procent winst.

Maar de Colombiaan was bezig aan zijn tweede rum-cola en maakte niet de indruk dat hij haast had om weg te komen. Hij schoof dichter naar haar toe op de bank en legde zijn hand op haar dijbeen. Ze had de neiging hem weg te slaan, maar ze wilde de deal niet verpesten. Ze dwong zichzelf tot een glimlach toen de vingers van de Colombiaan onder haar minirokje kropen en met het randje van haar kanten string speelden, maar haar glimlach verdween toen hij zo hard trok dat het kant losliet en de string tussen haar billen klem kwam te zitten.

'Ik had hem wel uitgetrokken – als je erom had gevraagd.'

'Ik hou niet van vragen,' gromde hij. Zijn verminkte Engels klonk in haar oren als: *I don lick assing* in plaats van I don't like asking.

Wilcox slaakte een zucht. Het zag ernaar uit dat ze met hem zou moeten neuken.

De Colombiaan stond nu vlak voor haar en keek haar door zijn oogharen aan. 'Wat dacht je van een tip?' Hij sprak het uit als 'tiep'. 'Je weet wel, schatje, omzetbelasting?' Hij grijnsde.

'Ik ben geen hoer,' zei Wilcox.

Hij trok een dikke, zwarte wenkbrauw op alsof hij wilde zeggen: o nee?

Ze wilde het liefst zeggen dat hij de pest kon krijgen met dat kleine pikkie van hem, maar ze durfde het niet. De Colombiaan joeg haar angst aan. Bovendien maakte hij zijn rits al open, haalde zijn weinig indrukwekkende instrument tevoorschijn dat half stijf was en nog minder indruk maakte dan anders.

Hij greep haar bij haar achterhoofd en duwde haar gezicht in zijn kruis, terwijl hij zei: 'Zuig.'

Wilcox was niet vies van het wat ruigere werk, maar alleen als zij de touwtjes in handen had. Bovendien was de Colombiaan niet bepaald hygiënisch en ze ademde door haar mond, waardoor ze onmogelijk kon doen wat hij verlangde.

'Zuig!' Hij oefende nog meer druk uit op haar achterhoofd, maar Wilcox rukte zich los.

'Ik ben niet... niet zo in de stemming.'

'In de stemming?' Hij lachte, trok haar aan haar haren overeind, duwde haar de slaapkamer in, gooide haar op het bed, scheurde haar blouse open en schoof haar rokje omhoog. Een minuut later lag hij boven op haar, terwijl hij zich grommend bij haar naar binnen werkte alsof hij met een miniatuur drilboor bezig was.

Miranda Wilcox staarde naar het plafond en rekende uit hoeveel ze overhield aan die twee schilderijen.

Tegen de tijd dat de Colombiaan klaar was, van haar afrolde en naast haar lag te hijgen als een hond op een warme dag, had ze het bedrag tot twee cijfers achter de komma uitgerekend.

Na de bespreking liep Mitch Freeman met Kate mee, die had besloten naar huis te wandelen, al had ze hem daar niet om gevraagd.

Het was een van die heldere decemberavonden, de echte kou moest nog komen, en op Eighth Avenue wemelde het van de gearmde stelletjes die met elkaar praatten en lachten.

In nog geen twintig jaar tijd was deze wijk omgetoverd van een somber samenraapsel van *brownstone* huizen, huurflats, afhaalrestaurants en pakhuizen tot een van de populairste buurten van Manhattan.

'Gezellig,' zei Freeman.

'Ik vind het hier heerlijk,' zei Kate. 'Ik kom altijd kunstenaars en schrijvers tegen die ik ken, en de Chelsea-kunstgaleries zijn hier vlakbij, om nog maar te zwijgen van Whole Foods, die maar vier blokken van mijn huis af is, zodat ik nooit meer hoef te koken – als ik daar geen zin in heb.'

'Klinkt goed,' zei hij.

Ze kwamen langs het ene restaurant na het andere, een hippe cadeauwinkel en een gourmetzaak, en probeerden zich een weg te banen door een groep mannen die voor een koffietentje met de naam Big Cup stonden te lachen en te schreeuwen, terwijl twee van hen elkaar innig zoenden.

'En het is ook nog de grootste homostad van de wereld,' fluisterde Kate. Ze bekeek Freemans vierkante kaak en zijn grijzende zandkleurige haar dat in zijn ogen hing. 'Jij zou het vast goed doen,' zei ze lachend.

'Vind je het erg als ik het bij meisjes houd?'

'Misschien lukt het beter als je het vróúwen noemt.'

Freeman glimlachte.

Kate had de baby nog even willen zien voordat hij naar bed moest, maar ze voelde zich met Freeman op haar gemak, wat haar verbaasde. Toen hij voorstelde iets te gaan drinken, loodste ze hem mee naar een hippe bar in de buurt, waar ze aan een klein tafeltje gingen zitten. Kate wilde een martini in plaats van haar gebruikelijke Scotch, en Freeman bestelde bier.

'Het spijt me echt dat ik je nooit heb teruggebeld,' zei ze na een ogenbik. 'Het was... een moeilijk jaar, en nu heb ik Nola en de baby bij me in huis, bovendien ben ik bezig met een boek en met mijn tv-programma, en nu weer die zaak...'

'Som je nu een hele rij excuses op waarom je niet met me uit kunt?' Freeman glimlachte erbij. Hij moest zich bedwingen zich niet over het tafeltje heen te buigen en haar op haar mond te kussen.

Kate zag de welving van zijn lippen, het kuiltje in zijn kin. Het was lang geleden dat ze op die manier naar een man had gekeken, en het bracht een scala van onverwachte emoties bij haar teweeg. Ineens zat ze te huilen. 'Jezus.' Ze maakte een prop van het servetje en depte haar tranen. 'Ik weet niet wat er met me aan de hand is. Sorry.'

Freeman raakte met zijn vingertoppen haar hand aan. 'Je hoeft je niet te verontschuldigen.'

'Hoezo niet? Hou je wel van huilende vrouwen?' Ze slaagde erin te glimlachen.

'Het is goed om je gevoelens de vrije loop te laten.'

'Nu klink je als een therapeut.'

'Beroepsdeformatie.' Hij stak een hand uit en veegde een traan van haar wang. 'Eén vraag: als je het zo druk hebt, waarom wilde je dan aan deze zaak werken?'

'Omdat mijn vriendin me dat heeft gevraagd,' zei ze, al besefte ze dat dat niet helemaal waar was.

'Weet je zeker dat je het voor haar doet?'

'Goed dan. Als je er beslist een therapeutische sessie van wilt maken...' Kate zuchtte. 'Ik droom steeds dat ik die steeg door loop en dan komt het moment dat ik Richard zie... hij leeft nog, en ik heb de kans hem te redden en dan steek ik mijn handen uit, maar... dan is het te laat.'

'Je had hem absoluut niet kunnen redden, Kate.'

'Dat weet ik. Maar misschien helpt het als ik erachter kom wie Nicholas Starrett heeft vermoord.'

'Misschien,' zei Freeman.

'Jij denkt van niet, hè?' Ze keek hem recht aan en vervolgde voordat hij kon antwoorden: 'Toen ik achter de moordenaar van Richard aan ging, had ik een duidelijk idee in mijn achterhoofd – hem vermoorden. Ik deed het niet om hem uit te leveren aan justitie. Ik wilde alleen wraak.'

'Een natuurlijke emotie.'

'Ja.' Kate zuchtte. 'Hoewel ik me er niet bepaald beter door voelde.'

'Verlies, wraak – ingewikkelde materie.' Freeman raakte haar hand aan. 'Dus nu wil je een tweede kans?'

'Misschien. Hoewel ik deze keer niemand wil vermoorden. Althans, nog niet.'

'Een stap in de goede richting.'

Kate vond dat ze genoeg van zichzelf had laten zien en ging op een ander onderwerp over. 'Ik heb tijdens die bespreking nagedacht over de Slachter.' Ze wierp haar hoofd in haar nek. 'Niet te geloven dat ik zelfs die codenaam heb gebruikt.'

'Het is een rake benaming, dat moet je toegeven.'

Kate knikte. 'Maar wat zou zijn motief kunnen zijn? Ik denk echt dat het iets te maken moet hebben met kunst.'

'Ja. Tenzij die kunst alleen dient als een symbool voor iets anders: macht, prestige, succes?'

Kate wist het niet.

'Wat vind je van Leader, de museumdirecteur?' vroeg Freeman.

'We hebben elkaar wel ontmoet bij exposities en zo, maar ik kan niet zeggen dat ik hem ken. En ik kan me niet voorstellen dat hij in zijn eigen museum een moord zou plegen.'

'Jeffrey Dahmer heeft in zijn eigen huis mensen vermoord en de slachtoffers onder de vloer begraven,' zei Freeman. 'Helaas moet ik je vertellen dat veel psychopaten op hun eigen grondgebied moorden – en geen van hen denkt ooit gepakt te worden. Ze beschikken niet over normale gevoelens, om maar te zwijgen over realiteitsbesef, en ze denken bijna allemaal dat ze iedereen te slim af zijn.'

'Maar waarom die schilderijen?' zei Kate. 'Waarom vernielt hij die?'

Daar wist Freeman geen antwoord op.

Ik heb het al eerder gedaan. Er is geen reden voor paniek. Geen reden voor paniek... Geen reden voor paniek...

Een mantra, terwijl Leader de vier kunstwerken die hij uit de kelder van het museum had 'bevrijd' inpakte. Zijn handen transpireerden nog steeds en het tape bleef overal aan plakken, hij zag die roodharige agent steeds voor zich en hoorde steeds diens woorden: *hoe kwam dat bloed op uw handen, meneer?*

Maar ze hadden hem laten gaan – en dat zouden ze niet hebben gedaan als ze iets hadden vermoed. Hij was paranoïde, meer niet.

Hij wikkelde nog wat tape rond het gestolen kunstwerk en dacht: *dat je paranoïde bent, betekent nog niet dat ze er niet opuit zijn je te pakken.*

Leader haalde diep adem en blies langzaam uit. Hij zou ervoor zorgen dat hij hier vannacht vanaf kwam, dan was dat achter de rug. Morgen zou hij hebben afgerekend met dit leven, de rol van waardige museumdirecteur, die hem behoorlijk de keel uit was gaan hangen.

Hij keek vluchtig om zich heen naar de meubels en de snuisterijen, zijn persoonlijke kunstverzameling – of wat daarvan over was. Hij had de vorige week zijn favoriete exemplaren uitgekozen en alvast vooruit gestuurd. De rest zou achter moeten blijven. Het was beter als het eruitzag alsof hij gewoon op vakantie was. Tegen de tijd dat ze beseften dat hij niet meer terugkwam, had hij al een nieuw huis en een nieuwe identiteit.

Hij had altijd geweten dat deze dag zou komen, en hij had er alles voor in het werk gesteld. Er wachtte genoeg geld.

Zijn handkoffertje lag geopend op het bed, zijn ticket dat hij via internet had besteld ernaast, en zijn uitrusting voor de vlucht morgenavond. Hij had alleen iets nodig om de nacht door te komen en vond het in het medicijnkastje: twee aspirines met codeïne, die hij doorslikte met een slok whisky.

Even dacht hij eraan te bellen, alleen om te controleren of alles volgens plan verliep. Maar hij wist dat alles in orde was, zoals altijd. En die verdomde telefoon werkte tegenwoordig via de computer. *Waarom zou hij problemen zoeken?* Maar goed, deze laatste vier kunstwerken waren zijn afscheidsgeschenk, alles was geregeld, de gebruikelijke procedure.

Hij keek op zijn horloge. Het was tijd. Nu nog de kunstwerken naar de parkeergarage brengen waar hij zijn auto had gezet, daarna een korte rit naar het park en terug, dan was het achter de rug.

Morgen wachtte hem een nieuw leven. Dit keer geen baan. *Landjonker*, dacht hij, een rol waarvoor hij in de wieg was gelegd.

26

Maurice Jones werkte voor Jamal Youngblood, een man die hij nooit in levenden lijve had ontmoet en die weer in opdracht van een blanke kerel – of was het een blanke vrouw? – werkte. Het was Maurice nooit verteld en dat zou ook nooit gebeuren, en omdat hij al op jonge leeftijd had geleerd dat je door vragen in de problemen kon komen, had hij daar geen moeite mee. Maurice, die over een maand negentien werd, leefde op straat en scharrelde zijn kostje al bij elkaar vanaf zijn tiende. De laatste paar jaar werkte hij als freelancekoerier – hij leverde drugs af of reed gestolen goederen de grens over zonder te vragen waar het om ging. Deze avond reed hij in een grijze SUV richting New York, volgens de instructies die hij die ochtend van Jamal had ontvangen.

De SUV zou voor hem klaarstaan in een openbare parkeergarage op 102nd Street en First Avenue. Sleuteltjes onder de stoel voorin. Ticket om eruit te komen achter de zonneklep. Hij zou de auto om acht uur 's ochtends ophalen. Dan de stad uit via de Willis Avenue Bridge. De 1-87 North naar afslag 9. Daarvandaan moest hij 2 kilometer over de White Plains Road rijden, tot hij bij de Starlight Diner kwam. Daar zou een auto naar hem toerijden. Hij mocht tijdens het overhevelen van de goederen niet uitstappen en niet met de andere chauffeur praten. Op de terugweg moest hij weer ergens stoppen, deze keer in Central Park. Daarna weer naar de parkeergarage waar hij de auto moest achterlaten. Vervolgens naar huis.

Maurice vermoedde dat het om drugs ging, maar hij had geen vragen gesteld. Dat deed hij nooit. Zoals Jamal altijd zei: 'Je kunt maar beter van niets weten.'

Terwijl hij invoegde op de 1-87 stak Maurice een joint op, zette de radio aan en tikte mee op het ritme van Kanye West, de producer die rapper was geworden en die, zoals hij pas had gelezen in *Spin*, de zoon was van een Black Panther, een coole beweging van zwarte activisten uit vroeger tijden. Hij wist niet precies wat die Black Panthers deden, maar de naam beviel hem en bracht hem op het idee een tatoeage te laten zetten van een zwarte panter. Maurice voelde zich goed. Hij had het gebruikelijke bedrag gekregen: vijfhonderd in contanten, vooraf betaald. Kanye West had net zijn opzwepende nummer *Jesus Walks* beëindigd en Maurice nam juist de laatste trek van zijn joint toen hij het bord zag: AFSLAG 9 – TARRYTOWN.

Darby Herrick was bijna klaar met het inpakken van de schilderijen in noppenfolie. Tot haar verbazing was het eerste schilderij dat ze had geleverd onmiddellijk verkocht – en ze wilden er meer. Het ging bijna te gemakkelijk. Maar nadat ze door de politie van Tarrytown was ondervraagd over de dood van haar tante, was ze nerveus. Maar ze wisten nergens van. Die McKinnon had op haar zenuwen gewerkt, met dat zogenaamd vriendelijke toontje waarop ze al die vragen stelde. Maar wat kon ze nu helemaal weten?

Herrick wikkelde nog een stuk tape om het schilderij en zette het bij de andere. Het waren geen grote kunstwerken, maar wel goede – allemaal uit de periode dat haar tante het meeste succes had gehad, eind jaren vijftig, toen ze nog als knappe, jonge vrouw onder de beroemde mannelijke kunstschilders verkeerde. Ze had de verhalen van haar tante aangehoord. Wel duizend keer.

Herrick had geprobeerd het kringetje van New Yorkse kunstenaars binnen te dringen – die allemaal schreeuwden om een carrière – maar het had haar alleen maar nerveus gemaakt. Binnen een jaar al had ze zich teruggetrokken in het kleine huis met atelier vlak bij haar tante, en sindsdien had ze in afzondering geschilderd, waarbij ze leefde van het kleine beetje geld dat haar ouders haar hadden nagelaten en waar ze nu bijna doorheen was.

Maar dat ging nu allemaal veranderen.

Het telefoontje was onverwachts gekomen; een overtuigend gesprek – een paar van tantes schilderijen verkopen voordat er successierecht over zou worden berekend – en Herrick was akkoord gegaan. Een manier om zich iets toe te eigenen voordat Larry zijn aandeel kreeg. Waarom zou ze de winst delen met een broer die er niets voor had gedaan?

Darby Herrick wierp een blik op de schilderijen die uit de rekken waren gehaald en nu rondom opgestapeld in het atelier van haar tante lagen. Het waren er genoeg. Wie zou er drie of vier missen?

Hebt u haar gisteravond gezien? had Kate McKinnon gevraagd met betrekking tot haar tante, en die vraag bleef maar in haar hoofd spoken.

Vermoedde de vrouw iets – of viste ze alleen maar?

Maar hoe zou McKinnon iets kunnen weten?

En het ging maar om een paar schilderijen. Verdiende ze dat niet, na alle ellende die ze had moeten doormaken?

Herrick trok het gordijn open en tuurde door het raam de donkere straat in, pakte vervolgens de schilderijen op en legde ze achter in haar Ford stationwagen.

Een minuut later ging ze met kloppend hart achter het stuur zitten, stak een sigaret op, draaide het sleuteltje om en reed weg.

De onopvallende auto die haar volgde merkte ze niet op.

De politie van Tarrytown die de uitwisseling bij de Starlight Diner had gezien, belde onmiddellijk de NYPD met een beschrijving van de grijze SUV, en toen Maurice Jones terugreed over de Willis Avenue Bridge naar Manhattan, zat er een auto achter hem aan. De politie van Tarrytown volgde op dat moment de Ford van Darby Herrick.

Binnen enkele minuten hadden de NYPD en de FBI verordonneerd: 'Volg ze, maar doe verder niets.'

Het surveillanceteam dat Colin Leader in de gaten moest houden, had gebeld op het moment dat hij zijn appartement had verlaten, was hem gevolgd naar de parkeerplaats en zag nu zijn zilverkleurige BMW Central Park in rijden.

Vijftien minuten later, toen de SUV en de BMW het park uit reden, elk uit een andere uitgang, stonden er meer dan tien personenauto's met agenten te wachten. Leader werd op de terugweg naar zijn appartement gevolgd; Maurice Jones naar de openbare parkeerplaats, en daarna toen hij te voet richting centrum ging.

De politie van Central Park bleef de suv een paar uur in de gaten houden, maar er kwam niemand opdagen.

Waren de agenten gesignaleerd? Ze wisten het niet.

's Ochtends arresteerde de politie van Tarrytown Darby Herrick, de NYPD pakte Maurice Jones op en FBI Manhattan nam de suv in beslag met de inhoud: drie schilderijen uit het atelier van Beatrice Larsen en een stel kleine kunstwerken die afkomstig waren uit het magazijn van het Modernist Museum – maar Colin Leader was nog niet gearresteerd.

'Ik vind dat we Leader hierbuiten moeten houden,' zei Brown, terwijl hij zijn handen op de tafel legde. 'De man heeft duidelijk met iemand samengewerkt en we moeten weten wie dat is – aan wie hij verkoopt.'

'Die knaap, die Maurice, laat niets los,' zei agent Bobbitt. 'Alleen dat hij koerier is. Dat hij niet wist wat hij vervoerde. Hij beweert dat hij altijd wordt gebeld en dan zijn vrachtje gaat halen. Dat is alles.'

'Waarschijnlijk is dat waar,' zei Brown.

'Maar jullie moeten hem wel vasthouden,' zei Bobbitt. 'We kunnen niet het risico nemen dat hij gaat praten als hij straks vrijkomt.'

'Hij zal nog vermist blijven,' zei Brown. 'Net als de kunstwerken. Daarom vind ik dat we Leader hierbuiten moeten laten. Laat hem maar denken dat het allemaal goed verlopen is.'

'Hij zal van de andere kant wel te horen krijgen dat dat niet waar is.' Murphy wilde met zijn elastiekje gaan spelen, ving Bobbitts blik en hield ermee op.

'Dat is waar,' zei Brown. 'En dan horen wíj wie hem belt, waar hij naartoe gaat – of wie er bij hem komt. Zijn telefoon wordt afgetapt en hij wordt weer geschaduwd.'

'Denk jij dat Leader achter die moorden zit?' vroeg Perlmutter. 'Zodat die kunstroof niet wordt ontdekt?'

'Zou kunnen,' zei Brown.

'Misschien had de conservator, Dressler, er lucht van gekregen,' zei Perlmutter. 'Heeft hij Leader ermee geconfronteerd, en heeft Leader hem toen vermoord.'

'Of misschien wilde Dressler meedoen,' zei agent Moroni. 'Misschien werd hij te happig, of wilde hij Leader chanteren.'

Kate hoorde het allemaal aan en wist niet wat ze ervan moest denken. 'En Darby Herrick dan?'

'Wat wil je over haar zeggen?' vroeg Bobbitt.

'Tarrytown houdt haar in bewaring,' zei Brown. 'Ze zegt dat ze de koper van haar tantes schilderijen nooit heeft ontmoet. Ze beweert dat ze gebeld is. We hebben gecontroleerd door wie ze is gebeld: één keer vanuit een telefooncel, en nog een keer door een mobieltje dat we nog moeten traceren. Er werd contant betaald. Herrick geeft toe dat ze al één stuk had verkocht. Zelfde verhaal. Ze zweert ook nog nooit van Colin Leader te hebben gehoord.'

Kate probeerde erover na te denken. Had Darby Herrick haar tante vermoord om de erfenis, of was dat gewoon een gelukkig toeval – een kans om wat geld op te strijken?

'De FBI heeft Tarrytown gevraagd om Herrick vast te houden,' zei Bobbitt. 'We krijgen haar niet aan het praten. Tegen niemand. Zelfs niet met een advocaat. Nog niet.'

'Tot dusver de rechten van de burger,' zei Kate. 'Laat me raden – valt dit soms onder de Patriot Act?'

'Heel leuk,' zei Bobbitt. 'Ik wist niet dat je in was voor grapjes.'

'Ik ben er dol op,' zei Kate. 'Als ze tenminste leuk zijn.'

'Oké,' zei Bobbitt. 'Dan heb ik er een voor je. Hoe noem je een vrouw met anorexia en een schimmelinfectie?'

'Dat zul jij vast wel weten,' zei Kate.

'Een lichtgewicht kaas.' Hij sloeg schaterend op de tafel.

Kate wist dat dit zijn manier was om haar te laten merken dat dit een mannenaangelegenheid was, maar dat wist ze lang geleden al, toen ze de eerste keer het slecht zittende blauwe uniform had aangetrokken, en ze wist ook dat het nooit zou veranderen. 'Weet je, agent Bobbitt, jij verspilt je talenten bij de FBI. Je zou stand-upcomedian moeten worden.'

Brown viel hen in de rede voordat ze zich in de nesten kon werken. 'Leader is waarschijnlijk al een tijdje met die zaakjes bezig.'

'Precies,' zei Murphy. 'Ik zal het museum vragen na te gaan welke stukken er eventueel ontbreken.'

'Maar we moeten eerst zien waar hij ons eventueel naartoe brengt,' zei Brown.

'Onmogelijk dat hij in zijn eentje opereert,' zei agent Moroni. 'Maar wie het ook is, ze zullen zich wel gedeisd houden als ze die kunstwerken niet ontvangen en doorkrijgen dat we hen op het spoor zijn.'

'Maar het is te laat om die werken weer in de suv te leggen,' zei Brown.

'Klopt,' zei Bobbitt. 'Maar ik heb een ander idee.' Hij knoopte zijn jasje los, boog zich naar voren en legde zijn handen gevouwen op tafel. 'Stel dat we een paar berichtjes naar de pers laten lekken, iets van... "Een paar schilderijen die zijn ontvreemd uit een paar vooraanstaande musea blijken... vervalsingen te zijn".' Hij keek met een glimlach op. 'Snappen jullie wat ik bedoel?'

'Jawel,' zei Brown. 'Jij wilt in de stront roeren.'

'Met een heel grote lepel,' zei Bobbitt.

'Dan zou Leader behoorlijk in de problemen kunnen komen,' zei Perlmutter.

'Precies,' zei Bobbitt. 'Maar jullie laten hem dag en nacht schaduwen. Dus kunnen we zien wie er bij hem zijn beklag komt doen.'

'Te riskant,' zei Brown.

'Alleen voor de criminelen,' zei Bobbitt. 'We zetten die hufters tegen elkaar op.'

'Agent Bobbitt.' Kate keek in de arrogante ogen van de man. 'Ik begrijp waar je heen wilt, en het zou zelfs resultaat kunnen hebben, maar door te zeggen dat een museum vervalsingen in huis heeft, zet je hun geloofwaardigheid op het spel.'

'Nou,' zei Bobbitt. 'Het zal niet de eerste keer zijn dat iemand de pers voorliegt. En we hoeven toch niet te zeggen wélk museum.'

Kate keek naar Perlmutter en Brown. 'Jullie kennen me, en ik ben echt niet zonder zonden, maar ben ik nu de enige hier die vindt dat dit de grenzen van het toelaatbare overschrijdt?'

Bobbitt richtte zich tot zijn collega. 'Heb jij hier problemen mee, Moroni?'

Brown antwoordde voordat de ander kon reageren. 'Misschien heeft McKinnon gelijk,' zei hij. 'En de kranten publiceren zoiets niet tenzij ze het geloven, en als ze erachter komen dat het gelogen is...'

'Nou, dan hebben we een paar kwaaie verslaggevers,' zei Bobbitt.

'Dat zou betekenen dat ze daarna heel wat rotzooi moeten ruimen,' zei Perlmutter.

'Dan kopen we toch een bezem voor ze,' zei Bobbitt. 'Luister, ik zie dat jullie er je handen niet aan willen vuilmaken. Best. Dan speel ik wel het een en ander door aan connecties van de FBI.'

27

Het gerucht gaat dat de verslaggevers van de New Yorkse sensatie-
bladen een prijs uitloven voor de beste – lees: de slechtste – kop. Een
van de finalisten voor het verzonnen verhaal over vervalste schilderij-
en was Art Fart, een riskante onderneming, zelfs voor de *Post*. Uiteindelijk besloten ze het aldus te plaatsen:

NAMAAK EN BEDROG!

Onder het kopje stond in een kleiner lettertype:

(kunst)dieven zonder eergevoel
Wie lacht er nu het laatst? Volgens betrouwbare bronnen
hebben enkele van de meest prestigieuze musea in New
York aangegeven dat er de afgelopen jaren een aantal kunstwerken uit hun magazijn is verdwenen – waarvan vele vervalsingen blijken te zijn, zoals een werk van Arshile Gorky
uit zijn late periode en *Hooimijt* van Monet.
  Natuurlijk zullen de autoriteiten zich met de zaak blijven bezighouden, hoewel uw verslaggever niet om het ironische feit heen kan dat kunstdieven werken hebben gestolen die nep blijken te zijn. Tot de genoemde musea
behoren het Modernist, Guggenheim en Whitney – maar
niemand wilde commentaar geven...

In de *News* stond een soortgelijk bericht, waarin men zich verkneukelde over iedereen die moderne kunst verzamelde, waarbij een foto van de *Hooimijt* van Monet stond met als kop: 'Dit zou een vervalsing kunnen zijn – en het kost maar een paar miljoen!'

De *Times*, die het verhaal op de voorpagina van de Metro-editie had geplaatst, sloeg een ernstiger toon aan en vroeg zich af hoe musea zo onachtzaam konden handelen bij het verzamelen van kunstwerken die ze later weer kwijtraakten – of het nu vervalsingen waren of niet.

Agent Bobbitt had het verhaal ook laten uitlekken naar CNN en Interpol, die het op hun beurt hadden doorgestuurd naar kranten in Europa, Zuid-Amerika, Azië en het internet, en naar alle televisiestations.

Colin Leader las het artikel in de *Times* twee keer, belde vervolgens de pr-afdeling van het museum om te zeggen dat ze zich moesten houden aan een reactie met 'geen commentaar' of simpelweg alles te ontkennen. Hij had één verklaring afgegeven aan de pers: voor zover hij wist, werden er geen schilderijen in het museum vermist. Een leugen.

Maar vervalsingen?

Dat kon gewoon niet waar zijn. Die kunstwerken had hij met de grootste zorg uitgekozen, werken die niet onmiddellijk gemist zouden worden – vervalsingen? Onmogelijk. Wie zou die gemene lasterpraat verspreid hebben – en waarom?

Hij greep de hoorn om de *Times* te laten weten hoe hij over hen dacht, maar legde hem weer neer. Wat moest hij zeggen: *Hoe durven jullie de stukken die ik uit het museum heb gestolen vervalsingen te noemen?*

Zodra hij had neergelegd, ging de telefoon – een verslaggever. Hij liet het antwoordapparaat opnemen. De man informeerde naar de moord op Martin Dressler.

Jezus. Wat moest hij daarover zeggen?

Weer ging de telefoon. Weer een verslaggever, over de vervalsingen.

Was dat verhaal waar of niet? Leader was er niet van overtuigd, maar hij had weinig tijd om na te denken – zijn vliegtuig vertrok vanavond en hij was vastbesloten dat te halen. Maar hadden de kunstwerken die hij bij de bestelwagen in het park had afgegeven wel hun bestemming bereikt? Zo ja, dan had hij nu ook het geld in huis moeten hebben, en dat was niet het geval.

Hij boog zich weer over de *Times*. Er stond niet in dat er gestolen kunstwerken waren onderschept. Het was alleen een verhaaltje over vervalsingen die vermist werden.

Leader greep de telefoon, en staakte opnieuw de handeling. Hij en zijn contactpersoon belden elkaar zelden met een telefoon op het werk.

Zou de politie hem willen spreken? Het zweet brak Leader uit, de gedachten tolden door zijn hoofd als een bal in een speelhalautomaat.

Maar zouden de smerissen niet al aan de deur hebben gestaan als ze hem ergens van verdachten? Natuurlijk. Hij was veilig. Hij had een borrel nodig om te kalmeren, dan zou het wel weer gaan. Hij nam een valium en spoelde hem weg met whisky. Als de politie vragen had, kon hij die beantwoorden. Was hij niet degene die altijd meer bewaking in het magazijn van het museum had willen hebben? Een briljante list had hij dat altijd gevonden – hoewel hij nooit iemand in dienst had genomen voor dat werk. En het was onmogelijk dat hij in verband werd gebracht met de gestolen kunstwerken. Daar was hij van overtuigd. Hij was voorzichtig geweest.

Na een minuut begonnen de drank en de drug te werken en voelde hij zich beter. Hij zette zijn telefoon uit en ging op de bank liggen. Hij zou nog even wachten op dat geld.

Een uur eerder had de Colombiaan de *Post* en de *News* gekocht om wat te lezen te hebben in de auto op weg naar het kleine Teterboro Airport van New Jersey, waar zijn privévliegtuig stond te wachten. Hij was nog maar halverwege het artikel in de *Post* toen hij de chauffeur vroeg rechtsomkeert te maken.

Nu stond hij in de kamer tegenover Miranda Wilcox, die naakt op het bed was vastgebonden door zijn chauffeur en zijn bodyguard, die samen een IQ hadden van in de zestig.

Wilcox lag met haar benen uit elkaar en haar armen uitgestrekt boven haar hoofd te rillen en te huilen, haar oogleden waren gezwollen, en een paar minuten nadat haar neus was gebroken verschenen er al paarsblauwe bloeduitstortinkjes. Ze slikte bloed door en werd misselijk.

'Carlos,' zei ze met alle gevoel dat ze in haar stem kon leggen, 'ik heb je nooit voorgelogen. Nóóit.' Het afgelopen halfuur had ze geprobeerd hem dit op allerlei manieren duidelijk te maken, en gezworen dat ze de Colombiaan absoluut geen vervalsing had verkocht, maar het bericht over de *Hooimijt* van Monet in de *Post* en de foto in de *News* waren overtuigender dan zij.

Wat de Colombiaan nu wilde horen, waren de namen van haar contactpersonen. Hij beloofde haar te laten gaan als ze hem die informatie gaf, en dat deed ze grif. Als hij erom had gevraagd, had ze zelfs haar moeder verraden. Snel noemde ze Colin Leader als de man die de Colombiaan vele aankopen had toegespeeld, onder meer de *Hooimijt* van Monet en het recente schilderij van Gorky, en Darby Herrick die het schilderij van Beatrice Larsen had geleverd, maar ze zwoer dat alle schilderijen – voor zover zij wist – honderd procent echt waren. Als een van de kunstwerken die zij aan de Colombiaan had verkocht wel een vervalsing was, waren de leveranciers daar verantwoordelijk voor, zei ze nadrukkelijk.

De Colombiaan – die genoot van de manier waarop mensen elkaar verrieden – was naar Wilcox teruggegaan met de twee schilderijen die ze hem kort daarvoor had verkocht – van Larsen en Gorky – en ondanks het feit dat Wilcox volhield dat ze echt waren, had hij ze aan flarden gesneden en zijn geld teruggeëist. Wilcox beweerde dat al het geld, op een klein percentage voor haar na, aan haar leveranciers, Leader en Herrick, was overgedragen, terwijl het in werkelijkheid nog in een kluisje zat. Ze hoopte dat de Colombiaan achter Leader en Herrick aan zou gaan, zodat zij het geld kon houden – waarvan ze een deel zou gebruiken voor een onvermijdelijke neuscorrectie.

De Colombiaan had geen idee of ze wel of niet loog, maar dat kon hem niet schelen. Op dit moment raakte hij opgewonden door het bordeauxrode speeksel dat, tegelijk met haar woorden, uit haar mond sijpelde. Hij ritste zijn broek los. Toen dat achter de rug was, gaf hij zijn twee beulen een eenvoudige doch specifieke beschrijving van hun volgende opdracht, boog zich over Miranda Wilcox heen en sneed haar tong af.

De inspecteurs in de onopvallende Crown Victoria stonden al vanaf zonsopgang voor het appartement van Colin Leader; ze hadden geen gevoel meer in hun billen, hun voeten sliepen en hun ogen vielen steeds dicht.

'Ik moet een kop koffie hebben,' zei Michael Carney, een doorgewinterde inspecteur die het spuugzat was om voor de zoveelste keer iemand in de gaten te moeten houden.

Zijn nieuwe collega, Jennifer Tyson, een jonge vrouw die onlangs tot rechercheur was bevorderd (te snel, vond Carney) was teleurgesteld dat ze zo'n saaie opdracht had gekregen met een al even saaie collega met roos in zijn haar en een ietwat kwalijke lichaamsgeur. Ze was blij dat ze de auto een paar minuten voor zichzelf had.

'Jij een?' vroeg hij terwijl hij uitstapte en zijn benen los schudde.

'Een soya latte,' zei ze.

'Wat?'

'Je gaat toch naar Starbucks?' Ze wees naar de overkant.

'Drie dollar voor een bakkie? Laat ze de pest krijgen. Er is verderop een deli. Wil je je koffie zwart of blank?' Hij lachte om zijn eigen slechte grap.

'Laat maar,' zei Tyson.

'Zoals je wilt.' Carney sjokte weg.

Tyson keek hem na toen hij overstak, draaide haar raampje open voor wat frisse lucht, sloot haar vermoeide ogen en dacht aan haar zes maanden oude dochtertje dat de hele dag bij haar moeder was, en ook vanavond, omdat zij die vervelende opdracht had – een gemakkelijke manier om een goede indruk te maken, mits ze niet klaagde. Haar man, een knappe, eerzuchtige acteur, zou tegen de tijd dat zij thuiskwam al vertrokken zijn naar de Queens waar hij als barman werkte, en hij zou razend zijn.

De Colombiaan, die nu zelf achter het stuur zat, was juist de New Jersey Turnpike afgeslagen richting Teterboro Airport toen zijn twee gorilla's bij de flat van Colin Leader aankwamen. Erg slim waren ze niet, maar ze hadden wel in de gaten dat er een politiewagen stond te surveilleren. De chauffeur liep duidelijk zichtbaar naar het gebouw waar Leader woonde, terwijl de bodyguard overstak.

Jennifer Tyson deed haar ogen open en zag een onheilspellend sujet op de flat af lopen waar Leader woonde. De chauffeur gedroeg zich zelfs opvallend door in een sluipgang wild om zich heen te kijken, als een schurk in een stomme film, en Tyson kon haar ogen niet van hem afhouden. Ze greep de telefoon om versterking te vragen toen de bodyguard van de Colombiaan zijn hand door het raam stak, haar bij de haren greep en haar keel doorsneed. Ze spartelde even tegen, met haar handen in haar hals in een zinloze poging om het bloed te stelpen dat uit haar nek spoot, toen de man op de achterbank kroop, zich klein maakte en afwachtte.

Een paar minuten later had Carney – die zich tijdens het instappen moest concentreren op het in balans houden van zijn koffiebroodje en een kop koffie – geen tijd om op zijn collega te letten, waarna de bodyguard zich naar voren boog en het mes in de luchtpijp van de man stak.

Naderhand legde de bodyguard beide lichamen plat op de zittingen zodat voorbijgangers ze niet onmiddellijk zouden zien, en voegde zich bij zijn collega, die in de lobby van de flat van Leader stond te wachten nadat hij op alle bellen had gedrukt van de intercom en de twee woorden had herhaald die hij van de Colombiaan uit zijn hoofd had moeten leren: 'Con Ed', totdat iemand de deur opendeed.

Voor Leaders deur zeiden ze nog eens 'Con Ed', en toen er niet werd opengedaan, gooide de bodyguard zich er met zijn volle gewicht tegenaan, waarop het slot opensprong alsof het van blik was. Daarna haalde hij uit, waardoor Leaders bril van zijn gezicht vloog en hijzelf gevloerd werd. De bodyguard ging boven op hem zitten, terwijl de chauffeur op zoek ging naar het geld dat hier volgens Miranda Wilcox in huis moest zijn. Ondanks Leaders protesten dat hij behalve wat geld in zijn portefeuille verder niets in huis had, geloofden de mannen hem niet en wilden ze hun baas niet teleurstellen.

Toen brandende peuken op zijn huid noch stompen tegen zijn nieren het gewenste effect hadden, sjorden de gorilla's Leaders broek omlaag tot op zijn enkels, ontdeden hem van zijn testikels, lieten hem op de grond liggen, waar hij een langzame dood stierf, en gingen ervandoor terwijl ze zich zorgen maakten over de straf die de Colombiaan voor hen in petto had nu ze zonder geld terugkeerden.

28

Toen Colin Leader niet op zijn werk verscheen noch afbelde, ging zijn assistente naar zijn huis. Daar trof ze zijn lichaam, in elkaar gekrompen, in een plas half geronnen bloed, waardoor het leek alsof de man in kersengelei dreef, zo vertelde ze later aan haar vriendinnen.

Op ongeveer hetzelfde tijdstip kondigde de werkster van Miranda Wilcox haar komst aan met een vrolijk 'hallo-o', nog onwetend van het feit dat de bewoonster in haar eigen bloed was gestikt.

De foto's van de plaatsen delict lagen verspreid op tafel, en het team probeerde er samen met agent Vincent Moroni uit af te leiden wat er was voorgevallen. Agent John Bobbitt schitterde door afwezigheid.

'De modus operandi is vrijwel hetzelfde – allebei gemarteld en daarna doodgebloed,' zei Floyd Brown. 'Het zal even duren voordat het DNA is onderzocht, maar het lab zal ons kunnen vertellen of het speeksel en de haren die op de plaats delict van Leader en Wilcox zijn aangetroffen, overeenkomen.'

'Als het niet zo slordig was gedaan, zou ik gedacht hebben dat de maffia erachter zat,' zei Nicky Perlmutter.

'Mee eens,' zei Brown. 'Maar een huurmoordenaar zou daar binnen de kortste keren weer vertrokken zijn. Deze beesten hebben de tijd genomen om zich te vermaken.'

Kate was nog steeds bezig het slechte nieuws tot zich te laten doordringen: Colin Leader en Miranda Wilcox, allebei dood. Plus die twee rechercheurs. Ze had het idee dat iedereen wist hoe dat had kunnen gebeuren, hoewel niemand het zei. Ze richtte zich tot Moroni en vroeg: 'Waar is Bobbitt?'

'Nog bij de FBI,' zei hij alleen.

'Juist,' zei Kate, en het scheelde maar weinig of ze had gezegd: *Natuurlijk is hij niet hier, die lafbek!* Ze staarde Moroni aan, die voor het gemak op een ander onderwerp overging.

'Die boodschappenjongen,' zei hij, 'Maurice Jones, heeft ons een naam gegeven: Jamal Youngblood. Hij liet de vrachtjes vervoeren. We hebben zijn verleden nagegaan bij de Informatiedienst Criminele Zaken. Hij heeft een strafblad: kruimeldiefstal, overvallen. Zijn advocaat probeert iets te regelen met de officier van justitie om meer informatie te krijgen. Tot dusver heeft Youngblood ons verteld dat de schilderijen in de SUV op weg waren naar een opslagplaats van een pakhuis dat, zo is gebleken, gehuurd werd op naam van Miranda Wilcox. OLEC is haar bankafschriften nagegaan, en daaruit bleek dat ze in de afgelopen tien jaar nog twee andere opslagruimtes huurde. Ze heeft kennelijk lopen sjouwen met haar inventaris.'

'Dus de schilderijen die Leader in de SUV heeft gelegd, waren op weg naar Wilcox,' zei Perlmutter. 'Dat betekent dat Leader en Wilcox duidelijk iets met elkaar te maken hadden.'

Murphy deelde een paar prints uit. 'Achtergrond van Miranda Wilcox,' zei hij. 'Zij is kennelijk onze kunstheler. Had zogenaamd een bedrijf dat kunstwerken verkocht aan bedrijven, maar verdiende daarmee lang niet genoeg om haar appartement aan Park Avenue, een Mercedes in de garage en het huis in de Hamptons te bekostigen.' Hij richtte zich tot Kate. 'Heb je haar wel eens ontmoet?'

'Nee. Nooit.'

Moroni deelde nog wat papieren rond, deze keer met informatie over Colin Leader. 'Dit heeft de recherche bij elkaar gesprokkeld. Zoals jullie zien, heeft de man een verleden. Ontslagen uit zijn eerste betrekking – een klein museum in Engeland – op verdenking van diefstal, hoewel het niet bewezen kon worden. Destijds heette de man Ledder, zo staat het ook op zijn geboorteakte. Na Engeland heeft hij korte tijd in Griekenland archeologische opgravingen gedaan – totdat er een paar zeldzame stukken aardewerk verdwenen. Na Griekenland bracht hij een paar jaar door in een klein museum in Australië, waar hij zich opwerkte van conservator tot directeur, en op die manier naam maakte. Tot hij voor een nieuwe koos: Leader.'

Kate dacht aan het gesprek dat ze met Cecile Edelman had gevoerd, en herinnerde zich dat de vrouw onder de indruk was geweest van wat Leader voor het Australische museum had gedaan. Ze nam aan dat de bestuursleden niet verder hadden gespit in zijn verleden. 'Is het bekend hoeveel kunstwerken er zijn verdwenen in de tijd dat Leader daar werkte?'

'De archivaris is dat nog aan het onderzoeken,' zei Murphy, 'maar het ziet ernaar uit dat Leader met de inventarislijst heeft geknoeid. Hij deed het voorkomen alsof er stukken werden uitgeleend aan kleine musea – maar die zijn nooit teruggekomen.'

'Denk jij dat Wilcox altijd voor hem heeft geheeld?' vroeg Kate.

'Zou kunnen,' antwoordde Moroni in Murphy's plaats. 'Maar dat deed ze niet alleen voor Leader. We hebben ook bekeken met wie Darby Herrick regelmatig belde, en het mobiele nummer van Wilcox kwam veelvuldig voor.'

'Check ook of ze met Gabrielle Hofmann of haar echtgenoot Henry Lifschultz heeft gebeld,' zei Kate. 'Volgens Cecile Edelman waren Leader en Gabrielles echtgenoot bevriend. Het lijkt me belangrijk dat we daar meer van te weten komen, vooral omdat Lifschultz als enige van de drie nog in leven is.'

'Wordt al gedaan,' zei Moroni. 'We hebben een agent van Greenwich op Lifschultz gezet.'

'Weten we nu dan wie Leader en Wilcox in feite vermoord heeft?' vroeg Murphy.

'Volgens de technische recherche zijn er minstens drie soorten vingerafdrukken gevonden bij Wilcox,' zei Brown.

'Het lab van Quantico heeft die al onderzocht,' zei Moroni. 'Twee ervan zijn onbekend, maar de derde blijken van ene Carlos Escobar te zijn.'

'Wat moest Miranda Wilcox in hemelsnaam met een drugsbaron?' vroeg Perlmutter.

'Misschien hadden ze een verhouding? Verkocht ze hem kunst? Waarschijnlijk beide,' gokte Kate.

'Escobar lijkt me geen kunstliefhebber,' zei Moroni.

'Kunst kan net zo goed een statussymbool zijn,' zei Kate, hoezeer dat idee haar ook tegenstond. 'Voor sommigen is het net zoiets als een dure wagen of een Rolex, maar dan nog beter. Bovendien is het een aardige manier om zwart geld wit te wassen.'

'En waar is Escobar nu?' vroeg Perlmutter.

'Volgens de IDCZ is hij hem ASAP weer naar Colombia gesmeerd,' zei Moroni.

'Jezus,' zei Kate. 'Praten jullie ook wel eens niet in acroniemen?'

'Ik dacht dat je wel wist wat ze betekenden,' zei Moroni, en verklaarde overdreven langzaam: 'Informatiedienst... Criminele... Zaken. En ASAP, moet ik dat ook uitleggen?'

Asociale aap, dacht ze, maar ze zei het niet.

'Escobar heeft een enorm stuk grond in Colombia. Interpol houdt hem al jaren in de gaten, maar hij is zo glad als een aal. Hij heeft ook een eigen vliegtuig.' Moroni fronste zijn wenkbrauwen. 'Die verdomde luchthavens zouden ons dit soort vluchten moeten melden, vooral tegenwoordig, maar...'

'Dus we hebben Wilcox, de onbetrouwbare kunsthandelaar. Leader, de louche museumhandelaar. En een drugshandelaar die kunst koopt.' Perlmutter telde op zijn vingers af. 'En die conservator, Dressler? Wat had die ermee te maken?'

'Misschien werkte Dressler onder één hoedje met Leader, en brak de pleuris uit,' zei Moroni. 'Misschien hebben ze wel allemaal samengewerkt. Misschien was het niet één moordenaar – maar een heel stel kunstdieven die hun sporen wilden uitwissen. Het kan op zoveel manieren gegaan zijn. Het enige wat ik wil zeggen is dat al dat addergebroed – dat het allemaal moordenaars zouden kunnen zijn.'

'Maar waarom zouden ze Nicholas Starrett dan vermoord hebben?' vroeg Kate.

'Stel dat hij lucht had gekregen van wat Leader uitspookte,' zei Murphy. 'Dat zou kunnen. Hij zat in het bestuur van het museum van Leader.' Hij trok aan zijn elastiekje terwijl hij vervolgde: 'Stel dat Nicholas Starrett erachter komt dat er schilderijen uit het museum vermist worden. Hij weet niet dat Leader erachter zit, maar hij begaat de vergissing het aan Leader te vertéllen. Nu wéét Leader dat Starrett het wéét, dus besluit Leader Starrett het zwijgen op te leggen voordat de man ontdekt dat híj de dader is.'

'Oké,' zei Kate. 'Maar Gabrielle Hofmann dan?'

'Het is mogelijk dat Leader betrokken was bij de verkoop van de schilderijen uit haar privécollectie – misschien samen met haar man Lifschultz. Vergeet niet dat Leader en Lifschultz samen gesignaleerd zijn op de golfbaan – ze kenden elkaar. Misschien geeft Lifschultz de schilderijen aan Leader, zijn vrouw komt erachter, Lifschultz vertelt dat aan Leader en Leader vermoordt haar – of Lifschultz vermoordt haar zelf.'

'Hij heeft een gedegen alibi,' zei Moroni. 'En de FBI heeft zijn verleden gecheckt en dat leverde vrijwel niets op.'

Kate wilde alle slachtoffers nalopen; ze wilde antwoorden hebben. 'En Sarkisian? Weten we of hij en Leader iets met elkaar te maken hadden?'

Brown schudde zijn hoofd.

'Ik kan ons bureau wel laten checken,' zei Moroni. 'Om te zien of er een connectie is tussen hem en de anderen: Leader, Wilcox of Lifschultz.'

'Jullie bureau kan zeker alles?' Kate wierp Moroni een nijdige blik toe, al was die niet voor hem bestemd maar voor Bobbitt, zijn afwezige collega. 'En als jullie toch bezig zijn, check dan ook meteen Darby Herrick. We weten dat zij de kunstwerken van haar tante via Wilcox heeft verkocht, maar zou ze een grotere rol in het geheel hebben gehad? Bijvoorbeeld de moord op haar tante?'

'Dat kunnen we waarschijnlijk nooit bewijzen,' zei Murphy. 'Je hebt de rapporten van het lab gezien. Het schuimrubber, de sporen van tape. Maar het is onmogelijk die aan Herrick te koppelen. Natuurlijk, haar afdrukken zijn in het atelier gevonden, maar ook die van jou, van je cameramannen en nog een stuk of tien anderen. Ze zijn allemaal onderzocht, maar het heeft niets opgeleverd.' Murphy had het elastiekje van zijn pols gehaald en wond het om een vinger.

'Nu heb ík een vraag.' Brown pakte een van de foto's van de plaats delict van Wilcox, waarop de vernielde schilderijen van Gorky en Larsen duidelijk zichtbaar waren. 'Deze twee schilderijen zijn op de plaats delict vernield. Waaróm?'

'Misschien ging Leader naar Wilcox, omdat hij vond dat ze te veel wist, en kwam het tot een worsteling; hij vernielt haar schilderijen om de indruk te wekken dat het het werk is van die maniak en vermoordt haar,' opperde Moroni.

'Willen jullie weten wat ik ervan denk en wat we allemáál denken, maar om de een of andere stomme reden weigeren te zeggen?' Kate keek Moroni doordringend aan en gaf toen een harde klap op de foto's van de plaatsen delict. 'Wilcox verkoopt de schilderijen aan Escobar, die daarna in de krant leest dat het vervalsingen zijn. Hij gaat over de rooie, vernielt de schilderijen, martelt Wilcox zodat ze Leader verraadt, en gaat vervolgens naar Leader om hem te vermoorden.'

'Dat weten we niet.' Moroni schoof heen en weer op zijn stoel. 'En bij Leader zijn geen sporen van Escobar aangetroffen. Trouwens, de agenten van de NYPD hebben de dader, wie het ook was, bij Leader binnen laten dringen – niet de FBI.'

'Nou, fijnzinnige opmerking, Moroni,' zei Kate tussen opeengeklemde kaken. 'Zeg, mensen, wil iemand hier verdomme de verantwoordelijkheid op zich nemen voor vier moorden? Vier! Onder wie een jonge moeder?'

Ze waren allemaal een ogenblik stil. Kate haalde diep adem en blies uit, maar intussen bleef ze naar Moroni kijken, en toen ze daarna verderging was de woede uit haar stem verdwenen. 'Luister, ik weet dat Bobbitt en niet jij de beslissing heeft genomen om die verhalen de wereld in te sturen, maar de FBI heeft daar kennelijk aan meegewerkt en verdomme, wij hebben het allemaal laten gebeuren; dus laten we het gewoon onder ogen zien, oké mannen?' Ze keek van de een naar de ander. 'Twee slachtoffers doodgemarteld – op dezelfde dag – allebei in verband met gestolen kunst. De vingerafdrukken van een beruchte drugsbaron zijn aangetroffen op de ene plaats delict, en zelfs al zijn ze niet op de andere plaats delict gevonden, jullie weten, en ik weet, en iedereen in deze kamer weet dat ze met elkaar te maken hebben, en vroeg of laat – en ik denk vroeg – krijgen we daar het bewijs van in handen. En als dan een of andere verslaggever erachter komt dat die nieuwsberichten doorgestoken kaart waren – en gelogen – dan breekt de pleuris pas goed uit.'

'Geloof me,' zei Moroni met een zucht. 'Bobbitt is hiervoor op het matje geroepen, en ik gok... dat jullie hem niet meer zullen zien.'

Kate reed in noordelijke richting over de New York State Thruway en dacht er intussen steeds aan hoe ze alles hadden verpest door die onzinverhalen in de kranten te laten zetten, en wat daarvan het gevolg was: al die mensen dood. Verdómme. Waarom had ze zich er niet feller tegen verzet?

Ze wist het antwoord: zij had ook gewild dat die zaak spoedig opgehelderd werd. Maar niet op deze manier.

Volgens Moroni zou Bobbitt ontslag krijgen, en dat verdiende hij ook. Maar ze waren wel allemaal met hem akkoord gegaan, weliswaar onder protest; ze waren dan misschien niet echt schuldig, maar wel medeplichtig, en niets – niet haar schuldgevoel, niet Bobbitts baan – kon de slachtoffers weer tot leven brengen.

Kate nam de afslag naar de Newburgh Beacon Bridge en volgde Route 9 totdat ze bij Beacon Correctional Facility, een vrouwengevangenis, kwam.

Ze wilde nu beslist een paar antwoorden op haar vragen hebben. Misschien, als ze geluk had, kreeg ze die.

Darby Herrick zag er verschrikkelijk uit. Een asgrauwe huid, roodomrande ogen, dor, slap haar, en een mager lichaam waar het grijze uniform omheen slobberde. Ze wachtte in voorarrest drie aanklachten van kunstroof af en kon geen borg betalen. Het geld van haar tantes erfenis was geblokkeerd, en het was onwaarschijnlijk dat ze er ooit nog iets van zou zien. Haar broer had een verzoek ingediend om alles op zijn naam te zetten. Herrick had een staatsadvocaat toegewezen gekregen, een magere knaap met een gezicht vol acne, die nog niet eens oud genoeg leek om te mogen stemmen, laat staan iemand te verdedigen. Hij ging net weg toen Kate de bezoekersruimte in liep.

'Ben je hier gekomen om je te verkneukelen?' vroeg Herrick toen Kate ging zitten.

'Nee. Ik ben hier omdat ik de waarheid wil weten.'

'De waarheid is dat die schilderijen van mij waren. Ik heb ze verdiend.'

'Omdat je al die jaren voor haar hebt gezorgd?'

'Heb je een sigaret voor me?'

Kate schoof een pakje Marlboro – haar oude merk – over de tafel heen.

'Je lijkt me niet iemand die rookt.'

'Doe ik ook niet. Niet meer. Deze zijn voor jou.' Ze wachtte totdat Herrick een sigaret had opgestoken en de rook in haar longen had gezogen.

'Mag ik je een persoonlijke vraag stellen?'

'Is zoiets dan mogelijk?'

'Waarschijnlijk niet,' zei Kate. 'Maar dit wil ik gewoon zelf weten.' Ze wachtte even. 'Heb jij je tante vermoord?'

'Nee.' Herrick keek Kate recht aan. 'Maar je had zeker ook niet gedacht dat ik ja zou zeggen?' Ze blies een lange rookpluim uit. 'Maar ik heb het níét gedaan. Misschien geloof je me niet, maar ik hiel van dat nukkige oude kreng.'

Kate zag even iets van een emotie in Herricks ogen, maar misschien was het gespeeld.

'Het is precies gegaan zoals ik zei. Ik heb haar zo aangetroffen, dood, en die schilderijen waren vernield.'

'Maar ze was nog niet dood of je verkocht al een paar van haar schilderijen. Denk je dat je tante het ermee eens was geweest dat je haar werk op de zwarte markt verkocht?'

'Beatrice?' Herricks mond vertrok zich tot een spottende glimlach. 'Dat zou ze prachtig hebben gevonden.'

Kate kon zich wel voorstellen dat Beatrice Larsen ervan zou hebben genoten als haar kunstwerken illegaal verkocht werden, om de kunstwereld een hak te zetten die haar zo onaardig had behandeld. 'Hoe heb je Miranda Wilcox leren kennen?'

'Waarom zou ik jou dat vertellen?'

'Omdat ik misschien iets voor je kan doen.'

Herrick inhaleerde diep, hield de rook even binnen en blies hem toen langzaam uit. 'Ik heb haar nooit ontmoet. Ik had zelfs nog nooit van haar gehoord. Ze belde me ineens op. Dat maakte het wel gemakkelijk. Ze zei dat iedereen het deed, dat het niet zoveel voorstelde. Zij heeft alles geregeld.'

Kate zag voor zich hoe Miranda Wilcox de overlijdensberichten van overleden kunstenaars doornam, om daarna hun erfgenamen te bellen.

'Ze zei dat ze me kon helpen een paar schilderijen te verkopen voordat ik werd aangeslagen door de belasting, en dat ik met de opbrengst de successierechten zou kunnen betalen.'

'Natuurlijk wist je dat dat verboden was.'

Herrick haalde haar schouders op.

'Heb je er enig idee van wie je tante vermoord heeft?'

'Wie zegt dat ze vermoord is?'

Kate keek Herrick afwachtend aan.

'Als ze is vermoord, is Leader volgens mij de dader, denk je niet?'

'Heeft je tante hem ooit ontmoet?'

'Dat weet ik niet.'

'En jij?'

'Nee. Waarom zou ik?' Herrick tuurde door de rook naar Kate. 'Probeer je me ergens in te luizen?'

'Helemaal niet. Ik was alleen benieuwd.'

'Ik heb die man nooit ontmoet.' Herrick drukte haar peuk uit in een metalen asbak. 'En hoe wou je me in godsnaam helpen?'

Kate dacht na over Herricks vraag toen ze terugreed naar de stad, en haar intuïtie zei haar dat Herrick alleen schuldig was aan het snel innen van wat dollars. Kate had genoeg mensen ondervraagd om te weten wanneer ze met een schuldige te maken had, en Herrick beantwoordde niet aan het profiel. Ze was kwaad en bang, en Kate mocht haar niet, maar uit niets bleek dat ze een leugenaar was; ze gedroeg zich niet onverschillig of theatraal.

Maar iemand had Beatrice Larsen vermoord. Daar was Kate van overtuigd. Ze geloofde er niets van dat haar hart de doodsoorzaak was geweest – misschien was Larsens hart wel een paar keer gebroken, maar ze was een sterke vrouw geweest. Wat betreft 'gedurende langere tijd schuimrubber ingeademd', de theorie van het lab, tja, misschien konden ze daar geen zaak op baseren, maar voor Kate stond het vast dat het om een moord ging.

De politie was op zoek naar logische oplossingen van onlogische situaties – Leader vermoordde Dressler, Escobar vermoordde Wilcox en Leader, misschien vermoordde Wilcox Larsen – allemaal heel goed mogelijk, aannemelijk zelfs. Maar wie vermoordde Gregory Sarkisian en Gabrielle Hofmann dan? En haar vriend, Nicholas Starrett?

29

De kranten weidden met genoegen uit over de dood van Colin Leader en Miranda Wilcox – met details over hun bloederige verwondingen en hun persoonlijke achtergrond – allemaal onder het motto van persvrijheid.

Een van de ranzigste boulevardbladen had zelfs een obscene foto van de plaats delict te pakken gekregen van de zwaar toegetakelde Miranda Wilcox, waarbij ze alles schreven wat ze hadden kunnen opdiepen over de malafide praktijken en het noodlottige seksleven van de kunsthandelaar.

Een dag na de moorden berichtten de kranten dat de lichamen van twee gespierde latino's op een vuilstortplaats in Staten Island waren gedumpt, ieder met een schot achter in het hoofd. Er was voldoende bewijsmateriaal – asblonde haren van Wilcox en vezels van het tapijt in de hal van Colin Leader – om ze in verband te brengen met de moordpartijen, hoewel de pers daar geen weet van had. De koppen schreeuwden: MAFFIA-AANSLAG, en de NYPD en de FBI lieten de pers in die waan. Ze waren niet van plan te onthullen dat dit handlangers van Escobar waren, weer een geheim dat naar alle waarschijnlijkheid snel genoeg ontsluierd zou worden. Wat betreft de veelbelovende agent Bobbitt, die was volgens agent Moroni niet meer zo veelbelovend bezig een andere baan te zoeken. Zijn verdiende loon, dacht Kate, hoewel ze het gevoel had dat ze allemaal hadden meegewerkt aan deze narigheid, en dat had ze ook tegen Brown gezegd.

Commissaris Clare Tapell deed haar uiterste best om het verzonnen verhaal zo lang mogelijk verborgen te houden. Ze wist dat ze, als dit eenmaal bekend was geworden, onherroepelijk verantwoording zou moeten afleggen, en ze hoopte daarmee de FBI te kunnen opzadelen in plaats van de NYPD.

Het Modernist Museum had een verklaring afgegeven waarin werd ontkend dat Colin Leader kunststukken uit de collectie zou hebben weggegraaid. Dit was duidelijk een defensieve actie – iemand met een beetje gezond verstand zou nooit meer kunstwerken schenken aan een museum dat de veiligheid van zijn inventaris niet kon garanderen – en de andere musea die ervan werden beschuldigd vervalsingen in huis te hebben, tekenden luidkeels protest aan. Kate wist dat het slechts een kwestie van tijd was voordat ze achter de waarheid kwamen.

Intussen streed het verhaal over de twee dode agenten om de aandacht van het publiek – en won zeker haar sympathie – met verslaggevers die uitweidden over details als Michael Carneys lange loopbaan en Jennifer Tysons baby van zes maanden. Foto's van de knappe agente met haar baby prijkten in de drie New Yorkse dagbladen. De *News* plaatste zelfs een interview met Tysons echtgenoot, de werkloze acteur, die kennelijk een van zijn portretfoto's had afgegeven in de hoop dat die de aandacht zou trekken van een talentscout of casting director.

Kate kon niet naar de foto's van de jonge inspecteur Tyson en haar baby kijken zonder tranen in haar ogen te krijgen of het te willen uitschreeuwen. Verslaggevers die lucht hadden gekregen van haar betrokkenheid bij de zaak, hadden haar belaagd met telefoontjes om een interview – die ze allemaal had geweigerd. Ze had ook telefoontjes genegeerd van Mitch Freeman, ondanks haar belofte dat niet te doen. De zaak had eerder een wond losgetrokken dan geheeld – misschien door het idee dat ze een afspraakje zou hebben.

Ze werd heen en weer geslingerd tussen antwoorden op een zaak waar geen eind aan kwam, of weg te duiken in haar werk, maar vanavond nam ze weer de draad op van haar leven, een concert in PS 167, van de kinderen van de stichting.

Rudy Musanti werkte al bijna twintig jaar op de afdeling Bewijsmateriaal in de Sixth Precinct, een bureaubaan die hij had gekregen nadat hij drie keer was gezakt voor het rechercheurexamen en niet meer voor een vierde keer op wilde gaan. Zijn vrouw Dottie, die minstens achttien van die twintig jaar nijdig tegen hem deed, had onlangs gedreigd bij hem weg te gaan als hij niet iets bedacht om met meer geld thuis te komen, en hoewel ze zijn leven tot een hel maakte, was Rudy liever niet alleen. Hij had erover gedacht er een baantje bij te nemen – als nachtwaker of bij een telemarketingbedrijf – maar het was er nooit van gekomen en omdat hij binnen een maand met pensioen zou gaan, had het niet veel zin meer.

Maar nu had hij een plan voor zijn oude dag.

De kranten hadden al vanaf het moment dat iemand – waarschijnlijk een andere agent die om geld verlegen zat – het bericht over het bestaan van de schilderijen met aanwijzingen van de Slachter had laten uitlekken, geschreeuwd om beelden ervan, en daar lagen ze nu, in zakken opgeslagen op nog geen twee meter van Rudy's bureau.

Rudy hees zichzelf uit zijn stoel – geen geringe prestatie voor iemand die onlangs de honderd kilo was gepasseerd, het resultaat van al die jaren zittend werk, en niet zo fraai voor iemand van een meter zeventig – en sjokte naar het dossier. Hij pakte een van de schilderijen bij een puntje vast en bekeek het. Hij had het gevoel dat iemand wel eens heel wat geld zou willen neerleggen voor deze stomme schilderijen. Er was altijd wel een gek die zoiets wilde kopen. Zoals die gruwelijke foto van de plaats delict van die kunsthandelaarster die hij had verkocht aan dat boulevardblad. Maar de verkoop van een afbeelding en van een origineel waren twee verschillende dingen. Hij kon altijd ontkennen dat hij die foto had doorgegeven, maar als hij de originele schilderijen onder zijn neus liet verdwijnen, kon hij daarmee wel eens in de problemen komen.

Het moesten maar kopieën worden. En waarom ook niet? Bij Moordzaken en Kunstzaken hadden ze kopieën. De FBI had kopieën. Waarom mocht niet iedereen het zien? Dit was per slot van rekening Amerika, het land van de vrijheid, waar voyeurisme hoogtij vierde.

Musanti liet de schilderijen uit de plastic zakken glijden, ging ermee naar het fotokopieerapparaat en maakt kopieën van alle exemplaren.

Nu hoefde hij alleen een paar van die verslaggevers te bellen die altijd op zoek waren naar ranzige details. Hij zou eerst de *Post* proberen, daarna de *Trib*. Als die niet wilden, zou hij weer contact zoeken met dat goedkope boulevardblad. Hij was van plan duizend dollar per stuk te vragen. Zes kopieën. Zesduizend dollar – tenzij iemand meer bood.

Zodra hij het voor elkaar had, zou hij Dottie het nieuws vertellen bij een dubbele portie spareribs in hun favoriete Chinese restaurant.

De moeder van José Medina had zich opgedoft: lippenstift en eyeliner, haar in een *bob*-lijn – en Kate zag van wie José zijn knappe verschijning had. Zijn zusjes waren er ook, met linten in hun donkere haar, pratend en giechelend. Anita Medina wenkte Kate.

'Eindelijk ben ik eens een keer op school zonder dat José in de problemen zit,' zei ze. Ze glimlachte terwijl Kate naast haar plaatsnam in de aula. Kate lachte terug, hoewel de zaak constant door haar hoofd bleef spoken – de vernielde schilderijen en de afgeslachte mensen, de merkwaardige connectie tussen de slachtoffers – ze snapte er niets van.

Maar die gedachten vervlogen toen de gordijnen opengingen en een blauw-zwart, met graffiti bespoten, decor zichtbaar werd, en Josés jazz-hiphopgroep begon: twee jongens op gitaar, een op de piano en een pittig meisje, die een combinatie speelden van jazz à la Ella Fitzgerald, Motown uit de jaren zestig en rap. José, met zijn haar glad tegen zijn hoofd geplakt als in een roadshow-versie van *West Side Story*, bewoog zich soepel, zelfs met één arm waarmee hij de draaitafel bediende voor het ene nummer, de drums voor het andere, en alle zes nummers meezong alsof hij zijn hele leven al niets anders deed.

Daarna was er een receptie met frisdranken en koekjes, hoewel Kate wist dat de tieners liever wat sterkers zouden hebben gehad. Het verbaasde haar te horen dat José niet alleen vijf van de zes nummers had geschreven, maar ook het achtergronddecor had ontworpen.

'Ik ben onder de indruk,' zei ze. 'Muzikaal en ook nog kunstzinnig.'

José haalde zijn schouders op, probeerde onverschillig te doen maar intussen glimlachte hij; hij straalde zelfs te midden van zijn zusjes en vrienden – hij was de grote man, de ster.

Kate stelde voor dat hij de eerstvolgende keer dat ze naar het atelier van Phillip Zander ging met haar mee zou gaan om de kunstschilder en zijn muzikale assistent te leren kennen. José wilde wel, en toen ze naar huis ging had ze een goed gevoel – maar dat duurde niet lang.

30

Cecile Edelman was geen vrouw die snel last had van schuldgevoel, maar nu ging ze eronder gebukt. Dat Colin Leader ontslagen zou zijn of zelfs zou zijn vertrokken was één ding, maar vermóórd? En daarbij had de man ook nog kunstwerken uit het museum gestolen? Het was allemaal te veel. Per slot van rekening had ze zitting gehad in het comité dat de man had aangenomen! Natuurlijk had ze de laatste tijd op zijn ontslag aangedrongen, maar had ze niet meteen de tekenen van moreel verval moeten zien?

Het museum zat ongetwijfeld in de penarie – en dit was een smet die een instituut niet zomaar weg kon wassen.

Een paar weken geleden had ze zich met genoegen teruggetrokken uit het bestuur, maar nu voelde ze zich verantwoordelijk. Ze vond dat ze iets voor hen moest doen, misschien een donatie – een belangrijk kunstwerk dat veel aandacht van de media zou krijgen en iets van de negatieve publiciteit zou doen vergeten, dat zou laten zien dat een serieuze verzamelaar nog steeds in het museum geloofde.

Misschien, dacht ze, moest ze weer zitting nemen in het bestuur om het museum uit deze narigheid te helpen. Wijlen haar echtgenoot, Morton, zou dat beslist hebben goedgekeurd – per slot van rekening hadden ze er alles aan gedaan om van het Modernist een gerespecteerd instituut te maken, en hij zou ontzet zijn geweest als het ten onder zou gaan.

Ja, ze zou haar trots opzijzetten, weer bestuurslid worden, en helpen bij het vinden van een nieuwe directeur. Een dynamische figuur met een smetteloze reputatie, iemand met hersens, een kunsthistoricus die genoeg aanzien genoot om nieuwe donaties en geld aan te trekken, iemand als... Kate McKinnon. Natuurlijk. Zij zou perféct zijn!

Maar zou Kate willen? Ze had geen flauw idee. Ze kende de vrouw nauwelijks, hoewel Kate beslist aan het profiel beantwoordde vanwege haar televisieprogramma, haar academische graad, uiterlijk en stijl – alleen dat maffe kapsel zou moeten verdwijnen. Ze zou haar bellen, haar voelsprieten uitsteken en haar ervan proberen te overtuigen er in elk geval over na te denken.

Maar even later, toen ze aan die onbeschaamde nieuwe bestuursleden dacht – mannen als Henry Lifschultz – ebde Ceciles enthousiasme weg. In het verleden waren ze het nooit met ideeën van haar eens geweest. Waarom zouden ze dan nu wel naar haar luisteren?

Edelman staarde naar het schilderij dat haar overleden echtgenoot van haar had laten maken ter gelegenheid van haar zestigste verjaardag, een door Warhol gesjabloneerd portret in goud en paars, heel glamourachtig, zij het een beetje vlak – maar het liet wel precies de vastberaden vrouw zien die ze altijd was geweest en altijd zou blijven, en het gaf haar zelfvertrouwen. Ze zou Henry Lifschultz en zijn maatjes in het bestuur ervan kunnen overtuigen wat goed was voor het museum. Het was duidelijk dat ze haar leiding, nu meer dan ooit, nodig hadden.

Ze zou Henry Lifschultz meteen bellen voordat haar zelfvertrouwen weer afnam, om hem mee te delen dat ze weer tot het bestuur wilde toetreden en over de nieuwe directeur die ze wilde voorstellen. Dan kon ze hem meteen condoleren met het verlies van zijn vrouw – dat had ze al eerder moeten doen. Ze toetste zijn nummer in en dacht eraan dat ze hem misschien ook zou moeten condoleren met Colin Leader; per slot van rekening waren die twee mannen golfmaatjes geweest, misschien zelfs wel vrienden.

Henry Lifschultz tuurde naar het antwoordapparaat en luisterde naar Cecile Edelman.

Wat bedoelde ze: wilde ze weer in het museumbestuur? En wat bedoelde ze er verdomme mee dat ze het zo erg vond van Colin Leader – dat ze wist dat ze bevriénd waren geweest? Was dit een soort drei-

gement? Wilde ze suggereren dat ze hem chanteerde? Waarom belde ze hem verdomme eigenlijk? Om hem te condoleren met zijn
vrouw? Ja, vast.

'Krijg de tering!' schreeuwde Lifschultz tegen het apparaat.

Edelman was een vervelend oud loeder dat haar zin wilde door-
drijven; hij had dat meer dan eens meegemaakt en hij was niet van
plan om mee te werken aan haar plannetjes – wat die ook inhielden.

Maar zou ze iets weten?

Wat bijvoorbeeld?

Lifschultz ijsbeerde door de woonkamer van zijn huis in Greenwich, Connecticut. Hij moest kalm blijven. Hij werd alleen maar paranoïde. Wat kon zij tenslotte weten?

Genoeg.

Eerlijk gezegd had hij geen idee wat men wist – Cecile Edelman,
of de politie.

Lifschultz plukte aan zijn overhemd. Hij zweette en het katoen
plakte tegen zijn borst en rug.

Had de politie het verband al gelegd? Het leek er niet op – althans,
nog niet. Hoewel hij voelde dat het maar een kwestie van tijd was.

Hij probeerde na te denken... Was er iets concreets waardoor men
hen met elkaar in verband kon brengen? In elk geval niets op papier.
En de telefoontjes waren gepleegd met een mobieltje dat hij had weggegooid. Maar was die informatie ergens opgeslagen? Misschien.
Ging dat tegenwoordig niet met alles zo? En háár mobieltje?

Hij hield zich voor kalm te blijven, te oefenen wat hij moest zeggen, zich voor te bereiden op antwoorden op vragen die hem onherroepelijk zouden worden gesteld. *Ja, we hebben wel eens zaken gedaan.
Nee, ik had geen idee dat er iets illegaals gaande was. Hoe had ik dat kunnen weten?*

Zelfs in zijn eigen oren klonk het zwak.

Hij keek even rond, nam in zich op wat er nog over was van de
kunst en antiek die zijn vrouw had verzameld, talismans die weer leven brachten in die frêle, vogelachtige vrouw die hij nooit echt aantrekkelijk had gevonden.

Hij moest zich aan zijn plan houden. De stad uit gaan. Zijn intrek
nemen in het huis dat hij de afgelopen vier jaar had laten bouwen in
San Miguel – dat, als die verdomde Mexicaanse werklui hun handen
uit de mouwen hadden gestoken, al een jaar geleden klaar had moe-

ten zijn. Maar hij kon er al in wonen terwijl zij het tegelwerk af-maakten en de fresco's op de muren schilderden. Misschien moest hij maar de rol gaan spelen van expat, of beter nog, van opperheer: *Jij daar, kinkel, maak eens serieus werk van dat tegelen!*

Lifschultz lachte. Het zou allemaal goed komen.

Gaby had niet veel belangstelling gehad voor Mexico; ze hield niet van de hitte en de zon, droeg altijd een strohoed en een zonnebril, maar wat haar wel of niet beviel deed er nu niet meer toe.

Lifschultz zag zichzelf al in een luie stoel met een paar señorita's uit de buurt.

Maar maakte hij geen schuldige indruk door al zo kort na Gaby's dood de stad te verlaten?

Verdomme, hij wás schuldig – en als hij hier lang genoeg bleef om anderen daar achter te laten komen, was hij ook nog een verdomde idioot.

Lifschultz liep naar de slaapkamer, verruilde zijn bezwete hemd voor een schoon exemplaar, met zijn initialen op het zakje. Hij zou moeten blijven tot na de herdenkingsdienst. Daarna kon hij ervan-door. *Hasta la vista, baby!*

Alles was geregeld. Het appartement aan Park Avenue stond te koop, zijn bedrijf kon gesloten worden. Dat was geen groot verlies, moest hij toegeven. Toen dacht hij aan Kate McKinnon en haar plan een droomhuis in Rhinebeck te laten bouwen. Eerst had hij het een opwindend idee gevonden – een nieuwe klant en een nieuw project, samenwerken met de sexy weduwe met wie hij zich al tussen de hou-ten balken had zien zitten – tot hij er eens goed over had nagedacht. Het was natuurlijk een list. Per slot van rekening maakte ze deel uit van de politie, had hij dat niet onlangs gelezen? En nu hij erover na-dacht; die kerel die haar vergezeld had was natuurlijk ook een agent geweest.

Zaten ze achter hem aan? Was ze op hem af gestuurd om pools-hoogte te nemen? Of was hij nu weer paranoïde? Misschien had ze echt wel een stuk land waar ze een huis op wilde zetten.

Verdomme. Hoe het ook zat – het zou nooit gebeuren. Hij moest ervandoor. Nu.

Hij keek even naar de dobermann die in de hoek van de kamer op-gekruld lag. Het arme beest zag er vanaf Gaby's dood verdomd triest uit. Hij vroeg zich af of honden wel verdriet konden hebben. Hij had geen idee, en het kon hem ook niet echt schelen. Hij had de pest aan de hond, en dat was wederzijds. Hij tuurde naar het beest en vroeg zich af of het mogelijk was dat de hond iets wist. Jezus. Hij werd echt knetter – als hij zich zorgen ging maken of een hond wel of niet iets wist.

Verman je.

Nog een dag, meer niet. De herdenkingsdienst, een paar dingetjes regelen en dan wegwezen.

Ik moest hier weg. Begrijpt u. Na wat er met Gaby is gebeurd kon ik hier gewoon niet blijven.

Een beeld kwam bij hem op: Miranda, vastgebonden en gemarteld, de foto in het boulevardblad dat hem tot zijn geluk en leedwezen onder ogen was gekomen. Het zag er zo echt uit, alsof hij het voor zijn ogen zag gebeuren. Had hij het ook echt gezien? In werkelijkheid? Nee, het was maar een foto. Maar het had weer dat effect op hem – hij kreeg er een stijve van. Hij kreeg een stijve en hij raakte nu beslist zijn verstand kwijt.

Als Miranda hier zou zijn, zou hij haar neuken en zij hem, en dan zou hij in elk geval al die rottigheid vergeten die hem gek maakte. Natuurlijk was Miranda een belangrijke oorzaak van zijn angst.

Had hij al hun e-mails gewist?

Hij controleerde het op zijn computer. Ja. Alles was weg. Maar had hij niet ergens gelezen dat iedere hacker die zijn gewicht waard was in megabytes elk mailtje weer tevoorschijn kon toveren? En zijn kantoorcomputer? Daarvan was hij niet zeker.

God, wat hadden ze elkaar niet allemaal geschreven. Hij probeerde er niet aan te denken, maar weer kreeg hij een stijve, en het ironische was dat Miranda hier niet was om hem op zijn kop te geven voor zijn slechte gedachten of hem klapjes te geven voor zijn kwajongensstreken.

Verdomme. Hoe kon hij nu helder denken als steeds al die rotdingen in zijn hoofd opkwamen?

Hij moest alles in het werk stellen om onopgemerkt weg te komen. Het was duidelijk dat de politie van Greenwich hem in de gaten hield. Hij had de afgelopen twee dagen steeds dezelfde personenwagen gesignaleerd. Hoewel ze het goede al hadden gemist – althans, dat hoopte hij. Ze hadden hem nog niet gearresteerd, dus waarschijnlijk wisten ze van niets. En tegen de tijd dat ze wel iets wisten, als het al zover kwam, was hij al weg.

Cecile Edelmans telefoontje kwam weer in zijn hoofd op. Wat moest hij daarmee?

Op dit moment moest hij ervoor zorgen dat hij kalmeerde, een valium nemen en iets constructiefs doen, bijvoorbeeld die verdomde toespraak schrijven die hij natuurlijk zou moeten houden tijdens de herdenkingsdienst van zijn vrouw.

Later zou hij wel nadenken over Edelman.

Lifschultz trok een stoel bij het antieke bureau van zijn vrouw en schroefde de dop van zijn Mont Blanc pen. Maar wat moest hij zeggen? *Gaby was een lieve meid die nooit een dildo om wilde gorden om me in mijn kont te neuken?* O god, hij zou linea recta naar de hel gaan. Maar die gedachte maakte hem aan het lachen omdat Miranda altijd zei dat de hel de juiste plaats voor hem was.

Hij vroeg zich af of ze daar nu was en of ze zich daar zonder hem vermaakte.

Rechercheur Eric Kominsky had de man meteen al niet gemogen, maar op dit moment verveelde hij zich, zijn maag protesteerde als gevolg van te veel lauwe thermosfleskoffie, en zijn blaas knapte bijna. Hij tuurde door zijn donker getinte voorruit naar de oprit achter het hek die naar het huis van Hofmann-Lifschultz leidde.

Hij stond geparkeerd op de oprit van de buren, de enige manier om geen verdenking te koesteren. Je kon met een Chevy Caprice niet langs de kant van de weg gaan staan in het landelijke Greenwich zonder je verdacht te maken. Tja, zolang je niet in een Mercedes, Jaguar of Jeep rondreed, was je in deze wijk al verdacht.

Kominsky had het gevoel dat hij hier al eeuwen op de uitkijk stond. Zijn baas in Greenwich was bang dat Lifschultz hun een proces zou aandoen en zou nooit met een surveillance hebben ingestemd als daar niet van hogerhand opdracht toe was gegeven. Maar volgens Kominsky was het een geval van het paard achter de wagen spannen. Vanaf de eerste keer dat hij Lifschultz had gesproken, had hij hem schuldig geacht – de man had staan zweten en was meer begaan met zichzelf dan met het feit dat zijn vrouw net was vermoord.

Kominsky wist niet hoe lang hij hier nog zou moeten zitten, maar hij was bereid te wachten, hij had er alles voor over om die rijke klootzak te kunnen pakken. Hij hoopte alleen dat de buren er geen bezwaar tegen zouden hebben als hij gebruikmaakte van hun wc.

31

Kate was aan het werk in de montagekamer van PBS, waarbij haar ogen van het ene schermpje naar het andere schoten, toen de telefoon ging. Twee verschillende banden met interviews met Phillip Zander speelden tegelijkertijd en haar ogen deden pijn van het urenlange turen. Na tien keer rinkelen zweeg de telefoon.

De televisiezender werd ongedurig en oefende druk uit om haar de serie over de New York School snel af te laten maken. De promo's werden al weken vertoond en de eerste aflevering stond gepland voor februari. Ze had zich onttrokken aan haar verantwoordelijkheid; ze had zelfs haar reisje naar Rome uitgesteld waar ze een ontmoeting zou hebben met Sandy Resnikoffs dochter om de schilderijen van haar vader te bekijken en het beloofde deel over de *kunstenaar–die–wegging* samen te stellen – allemaal voor deze zaak. Resnikoff, dacht Kate, die er vanaf het begin bij was geweest, die bevriend met De Kooning, Kline en Zander – de groten – maar ertussenuit geknepen was. Waarom?

Hoe kon ze naar Rome gaan zolang deze zaak nog speelde?

De telefoon ging weer. 'Ja?' zei ze kortaf, geïrriteerder dan haar bedoeling was geweest.

Het was Murphy.

'Een of andere idioot heeft de schilderijen van de moordenaar aan de pers doorgegeven – aan de *Trib*,' zei hij. 'Brown krijgt zowat een rolberoerte, en Tapell is buiten zinnen. Kijk er even naar en bel me dan terug.'

Kate hing op en ging naar de wachtkamer, zocht tussen alle kranten en vond een *Trib*. Ze begreep nu waarom Brown en Tapell zo van de kaart waren.

De schilderijen van de moordenaar konden door iedereen met een beetje schilderstalent nagemaakt worden en gebruikt om een misdaad 'na te apen' en de politie op het verkeerde been te zetten – om nog maar te zwijgen over het feit dat hiermee de NYPD in een ongunstig daglicht werd gezet.

MOORDDADIG KUNSTWERK
Voor de schilderijen van de moordenaar, zie pagina 3.

Kate legde de krant open op het bureau.

Alle schilderijen, zelfs het exemplaar dat door de secretaresse van Sarkisian kleiner was gemaakt, waren afgedrukt op een dubbele pagina, nog obscener dan foto's in een pornoblad, vond ze – schilderijen die dood en verderf vertegenwoordigden, gepubliceerd ter vermaak van de lezers.

Kate bekeek alle afbeeldingen stuk voor stuk. Was er iets te zien wat hun tot dusver allemaal was ontgaan? Zo ja, dan zag zij het nu ook niet.

Ze keek op naar een van de videomonitoren – Phillip Zander praatte over spontaniteit en toeval, daarna keek ze weer naar de afbeeldingen in de krant, grofkorrelig en grimmig.

Madonna en Britney, een stukje poptrivia, een beeld dat Beatrice

Larsen in een paar schilderijen had gebruikt, met een afbeelding van Sleepy Hollow ernaast, het huis van Washington Irving in Tarrytown. Aanwijzingen over de plaats waar de misdaad – de moord op Beatrice Larsen en de vernieling van haar schilderijen – zou plaatsvinden. De appel onderaan, met het bijna microscopisch kleine symbool van Gorky. Dat voorspelde de volgende aanslag: een werk van Gorky, in New York. Niets nieuws onder de zon, dacht Kate, en ging over naar het schilderij ernaast, met veel dezelfde aanwijzingen: Sleepy Hollow, het portret van Washington Irving, Madonna en Britney, en daarna het doek van Hans Hofmann, het staatssymbool van Connecticut – die de aanslag op Gabrielle Hofmann aankondigden. Daaronder het schilderij uit het advocatenbureau met de Jackson Pollock. Wederom niets nieuws.

Op de andere pagina stond ongeveer hetzelfde – het schilderij dat de aanslag aankondigde op haar De Kooning in het Modernist en op het doek van Kline van de Starretts in Long Island. Kate bleef even kijken naar het plaatje van Michael Jackson. Waarom hij? Ze hadden daar nooit iets uit afgeleid, en het had niets te maken met een van de vernielde schilderijen. Ze dacht aan de tragische popster, het kleine jongetje met dat fantastische talent, die toen hij volwassen was – was hij dat wel? – een zonderling was geworden. Had Beatrice Larsen zijn beeltenis ooit in een schilderij verwerkt? Kate kon zich niet herinneren dat ooit gezien te hebben.

Ze richtte zich op de grofkorrelige weergave van het schilderij met aanwijzingen van de Starretts, met het portret van Franz Kline, en het schilderij met de aanwijzing van Sarkisian eronder, dat was afgeknipt door zijn secretaresse.

Er was nog iets aan de hand met deze schilderijen. Iets wat haar ontging, maar wat ze gewoon niet kon achterhalen. Kate wreef in haar ogen, vouwde de krant dicht en stak hem onder haar arm.

Het gebouw in Chelsea waarin zich haar loft bevond, beschikte niet over een portier en er was ook niet echt een ontvangsthal, maar slechts een kleine entree, met muren en een vloer van dun, gestreept roze marmer, dat op een paar plaatsen gevlekt en gebarsten was, maar Kate maalde niet om het vieze marmer of het ontbreken van een portier – ze vond het prettig het gebouw anoniem in en uit te kunnen lopen.

Ze pakte haar post, deed de liftdeur open en ging omhoog naar de vijfde verdieping. De liftdeur kwam meteen uit op haar loft. Het was er deze avond ongebruikelijk stil, aangezien Nola met de baby in Mount Vernon bij Nola's lievelingstante logeerde.

Kate trok haar laarzen uit, keek op en zag het onmiddellijk: er lag een lapje stof op de grond.

Het was niets voor Nola om dingen te laten slingeren, maar misschien had ze haast gehad, had de baby haar aandacht opgeëist en had ze het toen laten vallen zonder dat ze het doorhad.

Maar het was geen luier of doek, of iets anders van Nola. Het was een blouse. En hij was van haar. Een mooie zijden blouse die ze graag droeg.

Wel verd...

Kate pakte hem zonder erbij na te denken op en terwijl ze dat deed, zag ze dat hij gescheurd was; zijden draden als fijne haarlokken stuurden een elektrische stroom door haar vingertoppen.

Maar hij was niet gescheurd. Hij was kapot gesneden met een scherp mes – dat was duidelijk te zien.

O, mijn god.

Kate bleef stokstijf staan.

Haar eerste gedachte: *is hij hier geweest?* werd snel vervangen door een tweede: *is hij nog binnen?*

Ze greep snel haar tas van het tafeltje naast de lift en pakte haar pistool.

De verwarmingsbuizen tikten, het bloed gonsde in haar oren.

Ze deed langzaam een paar stappen en toen zag ze ze liggen – beha's, broekjes, rokjes en blouses – netjes op een rij achter elkaar over de vloer van de hal.

Kates adem stokte toen de angst haar bij de keel greep.

Ze deed nog een stap, haar sokken die over de harde vloerplanken sloften maakten haar gehoor minder scherp.

Ze hoorde hakken op hout, met een lichte echo.

Voetstappen?

Kate richtte haar pistool, draaide zich langzaam om haar as, en toen ze ze weer hoorden – *ja, het waren voetstappen* – besefte ze dat ze van boven kwamen.

Ze ademde uit, pakte haar telefoon en slaagde erin met trillende vingers de juiste toetsen in te drukken van het bureau.

Langzaam deed ze weer een stap en bleef staan bij elk kledingstuk, waar ze naar staarde zonder er iets aan te veranderen. Een van haar kanten beha's, waaruit keurige cirkeltjes gesneden waren in het midden van de cups, daarna een perzikkleurig broekje, waarvan het kruis overlangs was opengesneden en daarna weer in de juiste vorm was gelegd, gevolgd door een kapot gesneden panty die zo was neergelegd dat de vorm herkenbaar was. En bij elke stap die ze deed, elk verwoest stukje lingerie dat ze zag, drong het dieper tot Kate door dat hij hier was geweest – *in mijn huis!* Haar hele lichaam trilde van angst terwijl ze het spoor volgde tot in haar slaapkamer. In de deuropening bleef ze staan en ze staarde naar binnen, erop bedacht dat ze niets aanraakte, en ze haalde nauwelijks adem terwijl ze haar ogen liet wennen aan het schemerdonker totdat alles scherp werd als een foto in de ontwikkelaar.

Een surrealistisch tableau: op haar bed lagen een blouse en broek, met daarop ondergoed, allemaal netjes geschikt, als een platte, lege pop, maar toen ze dichterbij kwam zag ze dat ook deze kleren kapot gesneden waren en weer goed gelegd, als een lijk dat na een autopsie weer dichtgenaaid is.

En vlak boven haar kussen, op de plaats waar haar hoofd altijd lag, was een zwart-witschilderij op de muur geprikt.

'Het slot op de achterdeur is helemaal ontwricht,' zei een van de agenten van de technische recherche, terwijl hij het aan Kate liet zien. 'Hij is kennelijk via de achtertrap binnengekomen, en hij heeft er ook de tijd voor genomen.'

Hoeveel tijd was verstreken sinds ze was thuisgekomen en haar kleren kapot gesneden had aangetroffen? Kate had geen idee. Ze knikte naar de agent, de adrenalinestroom begon af te nemen en nu was ze uitgeput, de enige gedachte die maar niet wilde wijken was: *mijn god, hij is hier geweest, in mijn huis.*

Er liepen rechercheurs in huis rond van Inbraak, en een tiental mannen van de technische recherche waren bezig met poeder, spuitbussen en plastic zakjes.

Brown, Perlmutter en ook Murphy waren aanwezig, en ze tuurden allemaal naar het zwart-witte schilderij boven Kates bed.

'Er is niets nieuws te zien op dit schilderij, of wel?' vroeg Murphy.

Kate haalde diep adem en probeerde zakelijk over te komen terwijl

ze beschreef wat ze zag. 'Dat daar linksboven is van Hans Hofmann, daarnaast zie je Motherwell. Dan Franz Kline, onder Hofmann, en Britney met Madonna van het schilderij van Beatrice Larsen ernaast. Daaronder rechts het werk van Jack Pollock, en links De Kooning uit het Modernist Museum.'

Mijn De Kooning, dacht ze, waardoor ik er bij betrokken ben geraakt, en nu dit – hij is hier geweest, in mijn huis, verdomme. Waarom?

'Gaat het?' vroeg Murphy.

'Nee, natuurlijk niet,' snauwde Kate. 'Die klootzak is hier in mijn huis geweest en...' Ze zweeg en haalde diep adem. Ze voelde zich aangerand, doodsbang, maar ze wilde het niet laten merken en het ook niet op Murphy afreageren. 'Het spijt me, ik ben alleen een beetje... ach, verdomme, het spijt me helemaal niet. Ik ben...' Weer diep ademhalen. Even tot zichzelf komen. Ze had het gevoel alsof ze elk moment uit haar vel kon springen, maar ze wist dat ze zich moest beheersen, moest proberen kalm te blijven. 'Verdomme. Het spijt me echt wel.' Ze haalde nog eens diep adem. 'Oké,' zei ze, en ze draaide zich weer om naar het schilderij. 'Ik zou zeggen dat rechtsonder het doek van Jackson Pollock is nagemaakt. Verder is het gewoon een samenvatting van de schilderijen die op de vorige plaatsen delict zijn aangetroffen.'

'En geen aanwijzing voor het volgende,' zei Brown.

Een van de mensen van de technische recherche kwam binnen. 'Alles is schoongeveegd. Ik kan vrijwel nergens een afdruk vinden.'

De laden van de kasten stonden open, kleren die eruit hingen waren bijna allemaal kapot gesneden of gescheurd, en een andere agent van de technische dienst stopte alles in zakken.

Kate zag hen bezig en stelde zich de dader voor, in haar slaapkamer, die aan haar spullen zat, ze aanraakte, ze bepotelde en kapot sneed. Ze kon zijn aanwezigheid bijna voelen, en ze huiverde.

Perlmutter legde zijn hand op haar schouder, maar het had weinig effect. Ze deed haar uiterste best om het masker van kalmte in stand te houden, maar haar handen beefden. Haar enige troost was dat Nola en de baby niet thuis waren geweest. *Maar als dat wel het geval was geweest?* Kate schudde deze gedachte van zich af.

'Als we geluk hebben, heeft hij zijn tanden gebruikt,' zei de man van de technische recherche terwijl hij een broekje in een zak liet glijden, 'en dan hebben we wat DNA.'

Kate betwijfelde dit. Daarvoor was hij veel te gewiekst. Ze wilde haar ondergoed uit de handen van de agent trekken, en tegen hem en alle anderen zeggen dat ze op moesten donderen – dat ze voor één avond genoeg indringers in huis had gehad. Ze meende nu eindelijk te weten hoe slachtoffers van een verkrachting zich moesten voelen – eerst de daad zelf en daarna nog eens alles moeten doormaken tegenover de politie. Nee, ze was niet verkracht, dat wist ze en ze probeerde zich daarmee gelukkig te prijzen, maar hij was hier binnen geweest, en ze kon het gevoel niet van zich afschudden dat de handen die haar kleren hadden gestreeld en verminkt, ook haar hadden betast.

De technische recherche bestoof het zwart-witte schilderij met poeder en strooide het overal op haar kussens en sprei, zodat het eruitzag als New York na één dag sneeuw.

'Deze moeten ook mee,' zei een van hen, en pakte haar beddensprei, kussens en lakens. 'Om te kijken of er vezels op te vinden zijn.'

Kate knikte gelaten en keek toe terwijl ze haar bed afhaalden.

Een andere agent strooide poeder op het mes en pakte het op met een plastic tang. 'Het mes is schoongeveegd,' zei hij terwijl hij het bekeek. 'Misschien zit er iets op het lemmet, maar ik denk het niet.' Hij liet het in een zakje vallen en legde toen een stuk plastic over het bed waar hij het zwart-witte schilderij op legde. Hij wilde het net inpakken toen Murphy hem tegenhield.

'Geef ons een paar minuten, oké?' Hij tuurde naar het schilderij. 'Het ziet ernaar uit dat het van onze man is. Maar ja, na die foto's in de krant kan iedereen het gemaakt hebben, toch?'

'Dan moet hij wel snel gehandeld hebben,' wist Kate uit te brengen.

'Die krant is gisteravond uitgekomen,' zei Perlmutter.

Brown ging met een geschoeide hand over zijn voorhoofd. 'Je naam wordt in alle kranten genoemd in verband met deze zaak, McKinnon. Elke gek die aandacht wil, kan het gedaan hebben.'

'Een gek met een schilderskwast en enig talent,' zei Kate. 'Maar met welk doel?' *En waarom ik?* Ze probeerde erover na te denken. De kunstenaars over wie zij schreef, hun vernielde schilderijen, een van hen zelfs vermoord. En nu dit. Hij probeerde haar aandacht te trekken – en met succes.

'Je kent Musanti, die bij Bewijsmateriaal werkt? We denken dat hij de klootzak is geweest die de foto's naar de pers heeft laten lekken,' zei Brown. 'De enige die eraan kon komen. Hij beweert dat ze zijn gestolen, maar daar trap ik niet in. Er wordt een onderzoek ingesteld.'

'Dus dit hebben we aan hem te danken,' zei Murphy.

'En wat er eventueel nog volgt,' zei Brown.

Kate begreep dat ze probeerden haar – en misschien ook zichzelf – wat op te beuren en haar te laten geloven dat het schilderij dat op haar bed lag het werk was van een of andere idiote na-aper. Even probeerde ze dit ook te geloven, maar het lukte haar niet. 'Dit is geen na-aper,' zei ze. 'Dat weten jullie ook.' *Waarom*, dacht ze, *krijg ik het verdomme altijd op mijn dak? Vraag ik er soms om?*

Had ze er niet alles aan gedaan om weg te gaan bij de politie, om een rustig, comfortabel leven te kunnen leiden? En daarin was ze ook geslaagd. Tot de zaak van de Doodskunstenaar en die van de Kleurenblinde moordenaar. Maar bij die twee zaken had ze geen tijd gehad om zich af te vragen: *moet ik dit wel doen?* Ze had gewoon in een reflex gehandeld. En daarna had ze weer geprobeerd een min of meer normaal leven te leiden, en hoewel ze de littekens met zich meedroeg, was het haar gelukt. En nu dit.

Manoeuvreer ik mezelf willens en wetens in dit soort levensgevaarlijke situaties? Heb ik een doodswens?

Ze dacht aan haar moeders zelfmoord, haar depressies en labiliteit. Natuurlijk had haar moeders zelfmoord een litteken achtergelaten, maar dat was verleden tijd. Maar nu had ze toch een toekomst, met Nola en de baby voor wie ze wilde leven?

Kate keek toe terwijl de technische dienst haar laatste stuk beddengoed in een zak stopte.

Verdomme, ze was een intelligente, talentvolle vrouw, een kunsthistorica, tv-presentatrice en schrijfster. Was dat niet genoeg om haar ervan te weerhouden achter criminelen aan te gaan en haar leven te wagen?

Perlmutter legde zijn hand op haar arm en ze probeerde te glimlachen om hem te laten merken dat ze het aankon. Maar ze was nog steeds bezig de inventaris op te maken van haar emoties en handelingen. Misschien, dacht ze, ben ik na al die jaren gewoon een van de agenten uit die lange reeks McKinnons. En als ze helemaal eerlijk tegenover zichzelf was, moest ze misschien wel toegeven dat ze van het werk hield waarin haar vaardigheden op de proef werden gesteld, dat haar het gevoel gaf dat ze leefde, in het hier en nu – ongeacht de gevaren die het met zich meebracht. Maar deze rationele gedachte kalmeerde haar niet.

Kate tuurde naar het schilderij en probeerde haar zenuwen in bedwang te krijgen. 'En waarom is dit slechts een samenvatting – een verzameling van de schilderijen die al zijn vernield? Ik snap het gewoon niet. Hier is toch niets nieuws op te zien?'

'Niet dat ik weet,' zei Murphy, terwijl hij een nerveus wijsje op zijn elastiekje tokkelde.

'Misschien is het een visitekaartje,' zei Brown.

'Precies,' zei Perlmutter. 'Een manier om van zich te laten horen.'

'O ja, leuk,' zei Kate.

'Je kunt hier niet blijven,' zei Brown. 'Je zult in een hotel moeten overnachten.'

Kate had hetzelfde gedacht. Maar het idee van een hotel gaf haar een eenzaam, verlaten gevoel. Ze schudde haar hoofd.

'Ga dan naar een vriendin,' zei Brown.

Dat wilde ze ook niet. Er was niemand die ze nu wilde lastigvallen. Er was slechts één iemand bij wie ze had willen zijn. Richard. Haar man. Met wie ze tien jaar lang alles had gedeeld. Die nu hij overleden was nooit meer terug zou komen. En die gedachte – dat Richard nooit meer terugkwam – gaf haar plotseling een veel eenzamer gevoel dan ooit.

'Ik ga niet naar een hotel,' zei ze. 'Of naar vrienden. Ik blijf hier.' Zelfs in haar eigen oren klonk het idioot dat ze in een huis wilde overnachten waar was ingebroken, waar ze zich misschien nooit meer veilig zou voelen. 'Ik blijf hier,' zei ze, 'omdat het mijn huis is, en ik laat me er niet door een of andere idioot uit verjagen.' Deze bewering maakte haar onverwacht rustiger – ze zou haar mannetje wel staan en zich niet laten intimideren – en zelfs helderder. 'Als hij mij persoonlijk iets had willen aandoen, zou hij wel gekomen zijn als ik thuis was geweest.'

'Misschien,' zei Brown. Hij was er niet zo zeker van. Het was mogelijk dat die gek toch de bedoeling had gehad haar te vermoorden en, toen bleek dat ze niet thuis was, had besloten haar de stuipen op het lijf te jagen. Maar hij wilde haar niet nog banger maken, en hij wist dat ze zich flink hield, maar ze meende het wel. 'Oké, zei hij. 'Dan zet ik straks een paar agenten voor het gebouw en in de hal.'

'Ik blijf hier,' zei Murphy.

'Vergeet het maar,' zei Kate.

Murphy keek haar recht aan. 'Ik zei dat ik hier blijf.'

32

Zijdezachte stof tegen de wang aan gedrukt, de geur van parfum, ogen dicht om alle gewaarwordingen een voor een te ervaren, in zich op te nemen, het personage te worden. Dit was nog eens een rol. Elegant, mooi, slim. Hoewel, misschien niet zo slim.

Dat valt nog te bezien.

Een blik op de foto van Kate – uit de krant geknipt – die op een tafeltje lag. Dan een pil voor de pijn, hoewel die niet echt groot was, deze pil was meer voor het plezier.

Het was een makkie geweest. Buiten wachten tot ze allemaal vertrokken waren – de jonge zwarte vrouw en haar baby, en die andere vrouw, de kinderjuf; kijken hoe ze elkaar voor het kleurloze gebouw gedag zeiden, nog een minuutje wachten, en dan snel, daar was de postbode, een trieste, uitgezakte figuur, die zelfs de voordeur openhield. Een gemompeld *dank u*, hoed omlaag, kraag omhoog, hoofd rechtop, alsof je daar hoort. Dan naar boven via de achtertrap, geen kip te zien, niet met een lift in het gebouw; New Yorkers, zo gemakzuchtig, waarschijnlijk zouden ze alleen de trap nemen als de stroom uitviel.

Wat een idee – overal duisternis en schaduwen. *Was het maar waar.*

Het zijden stukje lingerie, een perzikkleurig hemdje, over het hoofd, een kanten broekje aangetrokken. Ze rekken mee en voelen aan als een gladde, tweede huid.

Madonna zingt op de achtergrond. Een van haar technonummers, met iets oosters. De invloed van kabbala? *Hoe noemde ze zich tegenwoordig in godsnaam? Esther? Nou, dat moest je haar nageven, ze wist zichzelf steeds opnieuw uit te vinden. Dat hebben we gemeen.*

Een blik in de spiegel, een rilling van opwinding.

Maar een tweede blik laat de werkelijkheid zien en bezorgt een ander soort rilling.

Lichten uit! Duisternis. Zo is het beter, de zijde en parfum kunnen de illusie in stand houden – fantasie was altijd zoveel beter dan de werkelijkheid.

De scène wordt nog eens doorgemaakt...

De achtertrap, de oude stalen deur, langzaam geeft het slot zich prijs, eindelijk in de loft – geduld wordt uiteindelijk beloond.

De schilderijen waren een grote verleiding geweest – wel of niet het mes erin?

Natuurlijk waren geen van de boosdoeners erbij, geen reden de daad te voltrekken, geen reden hier te blijven.

De boodschap was luid en duidelijk geweest: *Ik weet wie je bent. Let op! Je maakt hier nu deel van uit.*

Onder het elastische zijde en kant ervaart de huid een nieuw leven, terwijl de geest zich met nieuw elan instelt op de volgende stap.

Murphy zat aan de keukentafel en probeerde ontspannen te doen. Toen Kate even niet keek liet hij de twee elastiekjes van zijn pols glijden, zodat hij er niet mee zou spelen; hij wist dat het haar ergerde. Hij vond dat Kate haar nonchalante houding goed volhield, maar hij wist dat ze van streek was. Wie zou dat niet zijn? Hij zag dat ze met veel vertoon begon op te ruimen en voor de derde of vierde keer de keukentafel afnam.

'En,' zei hij, 'bevalt het je hier in Chelsea?'

'Het beviel me,' zei Kate. 'Tot vanavond.'

'Juist,' zei Murphy.

'Sorry,' zei ze. 'Er was niets mis met die vraag.' Ze dacht even na. 'Ja, het bevalt me wel. Het is heel anders dan in het centrum. Het geeft me het gevoel dat ik – niet gaan lachen, Murphy – jong ben.'

'Wat? Denk je dat ik dat zou durven?' Hij glimlachte.

Kate lachte ook, misschien voor de eerste keer sinds ze bij haar thuiskomst haar ondergoed vernield op de grond had aangetroffen.

'Dus...' Murphy was nooit goed geweest in praten over koetjes en

kalfjes, vooral niet met vrouwen. Iets waar zijn vrouw over had ge-
klaagd. Als jij over koetjes en kalfjes wilt praten, had hij altijd gezegd,
dan moet je boerin worden.

Kate nam de tafel weer af. Ze wilde niet echt praten, maar ze was
blij dat Murphy was gebleven, hoe vreemd het misschien ook was om
een rechercheur in haar huis te hebben. 'Luister,' zei ze. 'Ik ben doodop. Ik ga proberen wat te slapen. Red jij het hier?'

'Ja hoor,' zei hij, en zijn vingers zochten naar de ontbrekende elastiekjes. 'Als ik moe word, zoek ik de bank wel op.'

Kate legde schone lakens op het bed en lag een paar uur te woe-
len, maar het had geen zin. Elke keer dat ze haar ogen dichtdeed, zag
ze haar kapot gesneden kledingstukken weer liggen, als op een lichaam. Uiteindelijk gaf ze het op.

Murphy lag zonder schoenen languit op de bank in een kunst-
tijdschrift te lezen, en keek op toen ze binnenkwam. 'Kon je niet slapen?'

Ze schudde haar hoofd en liep naar de keuken, terwijl Murphy achter haar aan kwam. 'Ik ga koffiezetten,' zei ze, en ze wijdde zich aan
haar taak alsof die van het grootste belang was; ze stopte zorgvuldig
de filter in de houder, mat de gemalen koffie en het water precies af.
Ze wilde eigenlijk niet praten, omdat ze bang was dat ze zich belachelijk zou maken als ze eenmaal begon en Murphy zou vertellen hoe
bang ze was, hoe ze al een jaar lang probeerde de moord op Richard
te verwerken, maar dat het haar niet lukte, en hoe eenzaam ze zich
voelde, iets waarvoor ze zich schaamde, en dat ze op dit moment alleen maar door iemand vastgehouden wilde worden.

Maar toen Murphy naar haar glimlachte, liep ze snel de keuken
uit.

'Gaat het?' riep hij haar na.

'Ja hoor,' riep ze terug, en ze liet zich in de woonkamer op de bank
vallen, met het gevoel dat ze het elk moment op een schreeuwen kon
zetten, overweldigd door de tragedies in haar leven: haar moeders
zelfmoord en haar vaders strijd tegen kanker, de dood van haar pleeg-
dochter en daarna de moord op Richard. Ze voelde zich alleen, verward en angstig.

Waarom is hij hier geweest?

Die verdomde vraag wilde maar niet uit haar hoofd verdwijnen –
waarom had die gek het op haar gemunt?

Kate luisterde naar de vuilniswagens die buiten bezig waren en staarde naar de donkere ruiten zonder iets te zien. Wat ze zag was hoe ze de rest van haar leven zou doorbrengen. Ze had zichzelf nooit zo gezien: als een vrijgezel, een vrouw alleen.

Ja, Nola was er natuurlijk, en de baby, en ze was dol op allebei. Maar uiteindelijk zou Nola met haar zoon weggaan, en die gedachte bezorgde haar een pijn in haar hart alsof er daadwerkelijk een klap tegen was gegeven.

Murphy kwam binnen en vroeg: 'Hoe gaat het?' en zijn woorden – niets bijzonders, maar vriendelijk – waren al genoeg om haar van haar stuk te brengen.

'Best,' zei Kate. Ze stond snel op en liep naar haar slaapkamer omdat ze niet wilde dat hij haar zo zou zien, diep vanbinnen wilde ze absoluut niet accepteren dat ze bang en kwetsbaar was, en ze slaagde erin haar kamer te bereiken voordat ze instortte, terwijl ze zich voorhield: *je kunt het, het gaat best, je bent sterk.* Maar ze voelde het aankomen en wist dat ze er nu niets meer tegen kon doen. Ze sloeg de deur met een klap achter zich dicht, zodat Murphy haar niet kon horen, en terwijl ze beurtelings beelden van haar kapot gesneden kledingstukken en foto's van het geschonden lichaam van haar man voor zich zag, viel ze neer op het bed en liet ze zich gaan, snikkend om Richard en de andere dierbaren die ze had verloren, en ja, ook om zichzelf, alleen en bang.

Een loep gaat over het schilderij en signaleert het, een fragment van... iets – maar niet langer dan een seconde. Als een insect schiet het weg en kruipt het rond in haar hoofd.

Kate werd met een schok wakker.

Had ze echt geslapen?

De wekker naast het bed bevestigde dat het zes uur in de ochtend was.

Kate wreef in haar ogen en ze wist alles weer: de kapot gesneden kledingstukken op de vloer en op haar bed, de gek die in haar huis was geweest. Ze hees zich uit bed en hoorde Murphy vanuit de andere kamer vragen hoe het met haar ging, en ze zei: 'Oké.'

Ze stond onder de douche, het warme water maakte haar schouderspieren los, daarna vond ze wat ondergoed dat nog intact was, ze glipte in haar spijkerbroek en trok een oud sweatshirt over haar hoofd toen de nachtmerrie weer terugkwam: een flits van een beeld dat meteen weer verdween.

Wat is het?

Ze probeerde het terug te halen. Was het het symbool van Gorky op die appel? Ze wist het niet zeker, maar ze dacht het niet.

In de keuken zette ze de koffie waar ze uren geleden al mee was begonnen. 'Je ziet er vreselijk uit,' zei ze, toen ze de donkere kringen onder Murphy's ogen zag.

'Je wordt bedankt.'

'Ik bedoel alleen dat je er moe uitziet, en dat ik het erg vind dat ik daar verantwoordelijk voor ben.'

'Doe niet zo mal.' Murphy wapperde met een hand.

Kate glimlachte. Ze moest toegeven dat ze blij was dat hij er nog was.

Het zonlicht viel de loft binnen en ze besefte dat ze zich iets beter voelde; sterker ook, sterk genoeg om tegen Murphy te zeggen dat hij kon gaan als hij zijn koffie op had – en om een andere oppas te bellen zodat hij een paar uur kon gaan slapen.

Murphy protesteerde, maar Kate belde toch. Toen de andere agent arriveerde, klopte ze Murphy op zijn warrige haardos en stuurde hem naar huis.

Kate bood de agent die Murphy kwam vervangen – een jonge jongen nog, die eruitzag alsof hij net van de politieopleiding kwam – een kop koffie aan, schonk zichzelf toen nog een kopje in en ging ermee naar de woonkamer, waar ze een slok nam en haar ogen sloot.

Daar was het weer. Een seconde, niet langer. Nee, het was niet dat symbool op het schilderij van Gorky. Het was nog onduidelijker, een fractie van iets, niet meer dan dat. Maar wat? Iets wat ze ooit had gezien – of niet?

Maar ze moest het hebben gesignaleerd – waarom zou ze het nu anders zien?

Weer sloot ze haar ogen. *Ontspannen. Laat het maar komen.*

Maar het mocht niet baten. Ze kon het niet forceren.

Toch was er iets gebeurd na haar huilbui, er was iets gebroken wat nu geheeld leek, hoewel ze vermoedde dat het met plakband was gedaan, zodat het weer kapot kon gaan.

Maar ze was vastberaden. Vastberaden genoeg om erachter te komen wat er aan de hand was, en wie erachter zat.

Ze liep door de gang naar haar kantoor toen ze hem zag liggen, de *Trib*, op de plek waar ze hem had achtergelaten, opengeslagen bij de foto's van de kunstwerken van de moordenaar.

Daar ergens stond hetgeen ze zich probeerde te herinneren.

Kate pakte haar loep en ging ermee over de foto's, maar de grof-korrelige krantendruk maakte niets bij haar los.

Kopieën van de originelen lagen in een envelop op haar bureau, en ze haalde ze eruit, legde ze op de grond, deed een stap naar achteren en bekeek ze allemaal.

Wat vormden ze samen? Een collectie zwart-witschilderijen, ge-maakt door een gek die ervan genoot de politie collectief bij de neus te nemen.

Maar was er nog meer aan deze verzameling op te merken?

Ja. Het waren allemaal schilderijen van de New York School, Amerika's belangrijkste abstract expressionisten – de groep kunstenaars over wie ze een boek schreef. Kate keek nog even in de krant. Weer bedacht ze dat het meer dan toeval was – dat ze over de groep schreef wiens schilderijen werden vernield. Maar nu kon ze niet meer om het toeval heen.

Hij is hier geweest. In mijn huis.

Het moest iets met haar te maken hebben.

Ze bekeek de ene afbeelding na de andere, bestudeerde dezelfde schilderijen en dezelfde aanwijzingen die ze al tientallen keren hadden besproken en geanalyseerd, kroop toen dichterbij en ging langzaam met haar loep over een van de foto's. Daar was dat insectachtige ding van Gorky, te klein om met het blote oog te kunnen zien, maar nu wist ze in elk geval zeker dat ze daar niet naar op zoek was.

Ze bekeek een andere foto – het allereerste schilderij dat zij en Murphy hadden gezien, uit het Modernist Museum, waarop haar schilderij van De Kooning stond en het gezicht van Michael Jackson. Ze bekeek het centimeter voor centimeter. Daar was het – het beeld uit haar droom.

Maar dit was geen droom. Het was hier, in zwart-wit. En ze herinnerde zich nu de eerste keer dat ze het had gezien, in de galerie van Mert Sharfstein, onder de loep waarmee hij over het schilderij was gegaan, dit minieme stukje, slechts een fragment aan de rand van het schilderij, dat ze hadden afgedaan als een slordigheidje of iets wat  niet afgemaakt was – een krabbel die de schilder vergeten was weg te halen.

Maar had het iets te betekenen?

Nu Kate ernaar keek, wist ze het niet precies.

Ze ging naar een ander schilderij, bekeek het nauwkeurig, en daar was het weer, hetzelfde fragmentje. Maar nee, toen ze het vergeleek met het eerste, besefte ze dat ze niet hetzelfde waren – al hadden ze wel iets met elkaar te maken.

Nu ging Kate met de loep snel van het ene naar het andere schilderij, over de vertrouwde beelden op zoek naar dit soort vreemde fragmenten aan de buitenste randen.

En ze vond ze. Op elk schilderij. Ze verschilden allemaal een beetje van elkaar.

Kate ging op haar hurken zitten. Net als het insect van Gorky, leken deze fragmenten voor het blote oog niet meer dan vlekjes of spatjes. Maar onder de loep kregen ze betekenis.

Maar welke?

Kate legde de afbeeldingen een voor een op haar scanapparaat, lichtte op elk ervan het ene fragment uit, vergrootte ze met driehonderd procent en printte ze. Toen ze daarmee klaar was, schoof ze met de papieren om te kijken of ze er iets van kon maken, maar de vellen waren te groot.

Ze had een schaar nodig. Even later had ze alle fragmenten uitgeknipt en op haar bureau gelegd.

Kates handen trilden terwijl ze de stukjes neerlegde alsof ze met een puzzel bezig was. Er ontbraken twee stukjes, maar Kate wist precies wat voor afbeelding het was.

263

33

'Het is een schilderij van Phillip Zander,' zei Kate. 'Ik ben ervan overtuigd.' Ze keek van Floyd Brown naar Murphy, die nog rondliep met kringen onder zijn ogen en warrig haar, daarna naar Nicky Perlmutter en Mitch Freeman, en ten slotte naar agent Moroni. Ze probeerde kalm te blijven, maar dat was ze allesbehalve. Ze had nog wel de tegenwoordigheid van geest gehad om de politie van Suffolk te bellen zodra ze erachter was gekomen, en die hadden beloofd naar Zander te gaan. Het eerste wat er bij haar was opgekomen was: *als dit om de New York School gaat en het feit dat ik daarover schrijf, is Zander de volgende!* Ze had ook Zander gebeld om te zeggen dat er elk ogenblik een agent bij hem voor de deur kon staan.

Nu wees Kate op de puzzel en legde uit hoe ze aan haar inzicht was gekomen. Er ontbraken twee stukjes. Ze dacht dat het ene misschien gevonden zou kunnen worden in het schilderij dat boven haar kussen was aangetroffen – en inderdaad, daarin vonden ze het, een piepklein stukje aan de buitenrand, dat ze scanden, vergrootten, uitknipten en bij de puzzel voegden.

'Dus nu weten we dat het niet alleen een overzicht was van alle afbeeldingen,' zei Kate. 'Hij wilde het mij laten zien, zodat ik erachter kwam – al die kleine stukjes vormen samen een aanwijzing over het volgende slachtoffer. Dit bewijst dat hij onze man is. Een ander zou die schilderijen wel hebben kunnen namaken, maar niemand zou dit hebben geweten.'

Brown knikte.

Agent Moroni richtte zijn aandacht weer op de puzzel die Kate had neergelegd. 'En dat ontbrekende stukje?'

'Ik gok erop,' zei Kate, 'dat dat op het schilderij staat dat nooit boven water is gekomen – het tweede schilderij in het Modernist Museum, dat op de plaats delict van Dressler had moeten liggen.' Ze had nog een gedachte, die haar de rillingen bezorgde. 'Tot nu toe waren de mensen die ze ontvingen het volgende slachtoffer.'

'Maar er zat altijd een aanwijzing in,' zei Murphy. 'En hierin zit niets wat op jou wijst.'

'Maar de De Kooning was wel ooit van mij.'

'Oud nieuws,' zei Perlmutter. 'Die is al vernield.'

'Maar... waarom dan?'

'Misschien wilde hij het niet aan de NYPD sturen en was jij degene die daar het dichtst bij kwam,' zei Brown.

'Ik zie het als volgt,' zei Mitch Freeman. 'Hij stuurt een boodschap om te zeggen: hallo daar, ik ben er nog – en jullie kunnen me toch niet pakken. Hij heeft al eerder met ons gesold, dus waarom niet weer?'

'Bovendien heeft hij bedacht dat jij degene bent die veel van kunst weet, en dat jij dus van die stukjes een geheel zou kunnen maken,' zei Murphy.

Iedereen was het daarover eens, en Kate vond het ook logisch, maar ze voelde zich er niet beter door. *Hij heeft mij om een bepaalde reden uitgekozen*, dacht ze.

'En wat zegt dit over Leader?' vroeg Perlmutter, die daarmee het volgende onderwerp aansneed. 'Hebben we het bij het verkeerde eind gehad?'

'Leader was er sowieso bij betrokken,' zei Kate. 'We weten dat hij schilderijen heeft gestolen.'

'Maar we hebben hem nooit echt voor de moordenaar gehouden,' zei Brown.

'Misschien heeft hij het samen met iemand gedaan,' zei Perlmutter. 'En nu Leader uit de weg geruimd is, gaat onze man solo.'

Kate keek weer naar de afbeelding. 'Maar het feit dat er op alle vorige schilderijen zo'n soort fragmentje zat, zou erop kunnen wijzen dat Zander altijd al doelwit is geweest – misschien wel het ultieme doelwit.'

'Waarom?' vroeg Brown.

Een goeie vraag, dacht Kate – en een die zij graag beantwoord zou willen zien.

Brown werd gebeld door de politie van Suffolk met de boodschap dat bij Zander alles in orde was, dat ze een auto voor de ingang van zijn huis hadden gestald, en een mannetje binnen.

'Dat is niet genoeg,' zei Kate.

'De politie van East Hampton beschikt over niet veel mankracht,' zei Brown. 'De andere steden hebben hun medewerking toegezegd, maar alleen als reserve.'

'Wat dacht je ervan een paar mensen van de FBI te sturen?' zei ze tegen Moroni. Hij knikte.

'En ik wil er ook naartoe,' zei ze. 'Nu.'

De herdenkingsdienst was probleemloos verlopen, de toespraak was een succes – hij had zelfs een paar tranen kunnen plengen – hoewel hij zorgvuldig oogcontact had vermeden met Gaby's advocaat Lapinsky. Het was duidelijk dat de man de pest aan hem had.

En nu versperde die verdomde agent uit Greenwich, Kominsky – die de hele dienst achter in de kapel had gestaan – hem de weg bij de uitgang.

'Ik wil even mijn deelneming betuigen,' zei Kominsky.

Deelneming, mijn reet, dacht Lifschultz. Zijn vermoeden dat ze hem in de gaten hielden was juist geweest. *Het gore lef van die gast om te komen opdagen op de herdenkingsdienst voor zijn vrouw.* Hij zei niets tegen de agent, maar drong gewoon langs hem heen.

Kominsky volgde Lifschultz met zijn blik.

De politie van Greenwich had van hogerhand opdracht gekregen om de man goed in de gaten te houden, en hoewel Kominsky uitgeput was en om een vervanger had kunnen vragen, wilde hij deze kerel koste wat kost zelf te pakken nemen. Hij hoopte alleen dat Lifschultz snel tot actie zou overgaan. Hij ging zelf over twee dagen naar Florida – zijn eerste vakantie in vier jaar tijd –, hij oefende al maandenlang op zijn golfswing en wilde niet dat die klootzak het voor hem zou verpesten.

Kominsky ging met een hand over zijn baardgroei van twee dagen en keek hoe Lifschultz de parkeerplaats overliep.

De man was zo glad als een aal, vond Kominsky – althans, dat vond híj.

Kominsky kroop weer in zijn onopvallende Chevrolet Caprice en wachtte tot Lifschultz in zijn Jag stapte. Toen Lifschultz wegreed, ging hij achter hem aan.

'Alle schilderijen zijn gemaakt door kunstenaars van de New York School, en nu lijkt het erop dat jij steeds al een doelwit bent geweest.'

Kate probeerde Zanders blik te vangen, maar hij keek de andere kant op. 'Als je daar een reden voor weet, moet je me die vertellen.'

Er stonden nu twee politiewagens van Suffolk aan het einde van de onverharde weg die naar Zanders huis leidde, een agent en twee mannen van de FBI bij de voordeur, en nog een paar achter het huis. Brown had met succes bij commissaris Tapell aangeklopt voor een helikopter van de NYPD die Kate, samen met Nicky Perlmutter, naar Long Island kon brengen.

Zander keek langs Kate heen en ontweek haar vragen.

Henry Lifschultz tuurde door een kier van de gordijnen in zijn woonkamer. Het werd buiten net donker, de winterzon schoof langzaam weg achter de vaag zichtbare heuvels van zijn landgoed. Hij zou zijn huis in Greenwich beslist gaan missen, maar er moesten offers gebracht worden en daarvoor had hij alles in het werk gesteld.

Hij had het geld van de Zwitserse bankrekening die hij zonder medeweten van zijn vrouw had geopend – waar hij al de eerste maand na hun huwelijk geld naar had overgemaakt – overgeheveld naar een kleine familiebank aan de Texaans-Mexicaanse grens. De eigenaar, met wie hij al eerder zaken had gedaan, was dolgelukkig met de rente over de miljoenen dollars, ook al was het maar over een paar dagen. Het geld zou op hem liggen wachten in contanten en coupons.

Hij had niets ingepakt. Hij zou het huis verlaten zonder bagage. Zijn vlucht was later op de avond geboekt, maar eerst moest hij nog ergens naartoe – een en ander regelen, zodat er niets achterbleef wat hem als schuldige kon aanwijzen.

Lifschultz liet de gordijnen weer terugvallen, deed een stap naar achteren en dacht na over zijn plan...

Het noodzakelijke tochtje naar de stad, de tamelijk omslachtige route naar East Hampton, dan met een propellervliegtuig voor twaalf personen naar JFK, en daarna de vlucht naar Texas. In Texas zou hij zijn geld en zijn huurwagen ophalen, naar de grens van Mexico rijden en dan op weg gaan naar San Miguel de Allende.

Lifschultz verheugde zich over dit ingewikkelde plan, hoewel er niets illegaals aan de reis was – het was hem niet verboden het land te verlaten. Maar hij had wel sterk het vermoeden dat de autoriteiten er niet blij mee zouden zijn.

Nou, ze konden de tering krijgen. Hij zou niet blijven wachten tot ze hadden besloten hem te beschuldigen van... iets. Het was tijd voor een nieuw leven. Het huis in San Miguel was bijna klaar, en zo niet, dan kon hij altijd nog zijn intrek nemen in een hotel om te wachten tot het zover was.

Hij vermoedde wel dat Kominsky hem zou volgen, maar dat baarde hem geen zorgen. Hij was ervan overtuigd dat zijn Jaguar XK een Chevy Caprice van twee jaar oud met gemak voor kon blijven.

Inspecteur Kominsky zat te dromen over een vakantie met veel zon en hole-in-one-slaan toen hij grind hoorde knerpen en de motor van Henry Lifschultz' Jaguar van het erf hoorde rijden. Hij wreef in zijn ogen, draaide het sleuteltje om en reed zijn auto langzaam van de oprit van de buren, waarna hij het bureau belde om te zeggen dat Lifschultz vertrok – iets wat hij de afgelopen twee dagen al minstens tien keer had gedaan.

De balieagent belde de NYPD en de FBI.

Zanders handen trilden en Kate kon hem zijn nervositeit niet kwalijk nemen met al die agenten om zijn huis, plus een psychopaat die hem naar het leven stond, maar ze wilde antwoorden hebben en het hem niet te gemakkelijk maken. Ze had hem alles verteld over de schilderijen met aanwijzingen en de stukjes van de puzzel die samen dit ene schilderij hadden gevormd. Toen vroeg ze of hij iemand kende die hem iets zou willen aandoen – zo simpel was het.

'Mij? Natuurlijk niet! Belachelijk.' Zander schudde zijn hoofd.

'En van de groep van vroeger? Is er iets wat je voor me verzwijgt?'

'Er is niets te vertellen,' zei Zander. 'We waren vrienden, we waren vijanden. We lachten en werden dronken en schreeuwden elkaar toe. Het is zo lang geleden en... ze zijn allemaal dood.'

'Allemaal, behalve jij. En ik zou het graag zo willen houden – jij niet?'

Zander zuchtte. 'Je zei dat die persoon – die psychopaat – de kunstenaars van de New York School als doelwit heeft. Misschien zit hij achter me aan omdat ik de enige ben die nog over is?'

'Misschien,' zei Kate, maar ze vond het niet echt een sterk argument. 'Vertel eens over Sandy Resnikoff; waarom hij de groep verliet.'

'Wie zal het zeggen? Hij is weggegaan. Misschien omdat we allemaal graag als zakenlieden gekleed gingen, en Sandy niet. We wilden niet als bohemiens worden beschouwd.' Zander forceerde een grijns.

Kate beantwoordde hem niet. 'Dat zei je al. Waarom verander je elke keer dat ik over Sandy Resnikoff begin van onderwerp?'

'Wat kan iemand Resnikoff nou schelen?' Hij liet zijn vuist met een dreun op de verftafel neerkomen, zodat de blikken met olie en terpentine rammelden.

Kate wachtte totdat Zander zich weer in bedwang had. Toen hij verderging, was hij rustiger. 'Misschien was Resnikoff niet opgewassen tegen alle aandacht die de groep kreeg. Misschien wilde hij gewoon een rustig bestaan.'

'Er moet meer aan de hand zijn geweest.'

'Denk je dat we hem hebben vastgebonden en op een vliegtuig naar Rome hebben gezet?'

Kate wist niet wat ze ervan moest denken. 'Ik hoopte dat je me een paar antwoorden zou kunnen geven – en ik geloof dat je dat maar beter kunt doen ook, want je leven staat op het spel.'

Zander keek op, er flikkerde iets op in zijn ogen en Kate wachtte.

'Er was een bijeenkomst,' zei hij. 'Een aantal van ons kwam bijeen in het atelier van Robert Motherwell... er was ruzie...' Hij keek op zijn handen, de gezwollen knokkels, de gescheurde nagels, de verf van jaren in de plooien van zijn eeltige huid. 'Maar het is zo lang geleden, ik weet niet meer waar het over ging.'

'Waarom begin je er dan over?'

'Omdat Resnikoff er na die bijeenkomst vandoor is gegaan.' Zander wreef in zijn ogen alsof hij probeerde een herinnering uit te wissen.

'Dus Resnikoff was kwaad?'

'Dat denk ik.'

'Dénk je dat of wéét je het?'

'Ik weet niet meer wat er is gezegd. Het is ruim vijftig jaar geleden. Maar... ja, Resnikoff was kwaad, er was iets waardoor hij van streek raakte.'

'Zoals wat?'

'Ik zou het niet meer weten – al die ruzies en onenigheden die er waren... Ik weet alleen dat voor Resnikoff toen de maat vol was. Na die bijeenkomst heeft hij het land verlaten en ik heb hem nooit meer teruggezien. Ik kan je niet zeggen wat er is gebeurd... ik weet het niet meer.'

Kate geloofde hem niet. De man had te vaak blijk gegeven van zijn goede geheugen.

Maar Zander sloot zijn ogen en Kate constateerde dat hij niets meer zou prijsgeven.

Nu moest ze, meer dan ooit, te weten komen waarom Resnikoff de groep had verlaten. Ze bedacht net dat het tijd werd dat ze naar Rome ging om daar achter te komen, toen Perlmutters telefoon begon te zoemen.

34

Het kantoor van Clare Tapell leek wel een bijenkorf: een en al ge-
roezemoes van rechercheurs en agenten die in hun mobiele telefoon
liepen te praten.

Floyd Brown had telefonisch te horen gekregen dat Henry Lifschultz op pad was gegaan en had die informatie doorgegeven.

Nu pleegde Tapell overleg met de politie van Suffolk, die extra mankracht leverde, en de FBI had contact met agenten die onderweg konden ingrijpen.

Niemand wist precies waar Lifschultz naartoe ging of welke rol hij
in dit drama speelde, maar ze waren vastbesloten daar achter te komen. Zijn vrouw was vermoord; Leader, waarschijnlijk zijn zakenpartner, en Miranda Wilcox, mogelijk zijn minnares, waren ook dood.
Hij was de enige verdachte die nog in leven was, en die wilden ze niet
kwijtraken.

Kate was nog een halfuur doorgegaan met haar vragen aan Zander,
tot haar frustratie overging in kwaadheid.

'Waarom,' vroeg ze voor wat wel de honderdste keer leek, 'zou jouw
schilderij op al die voorgaande schilderijen met aanwijzingen staan?'

'Wie zal het zeggen? Een of andere gek die de pest heeft aan mijn
werk? Zoals die idioten die filmsterren en politici stalken.' Zander
ging over op een andere tactiek, waarna haar kwaadheid plaatsmaakte voor ongeloof.

Kate trapte er niet in. Het was mogelijk, maar niet waarschijnlijk. Als rechercheur had ze genoeg misdaden gezien die nergens op sloegen, maar dat waren uitzonderingen. Meestal was het de echtgenoot die zijn vrouw vermoordde, de echtgenote die haar man vergiftigde omdat hij voortdurend vreemdging, de ex-vriend die zijn vriendin en haar nieuwe verloofde doodschoot. Wraak, dacht Kate, was een sterk motief – en ze had het gevoel dat degene die achter Phillip Zander aan zat dat niet zonder reden deed.

'Weet je,' zei ze, 'als je niet meer informatie prijsgeeft, zal de politie je uiteindelijk niet langer willen beschermen, wat betekent... dat je bijvoorbeeld over een week alleen staat tegenover die gek.'

'Ik ben een oude man,' zei Zander.

'En wat betekent dat? Dat je klaar bent om te sterven?' Kate zei dit niet graag, maar ze wilde dat hij wist wat de gevolgen waren als hij de waarheid achterhield. 'Want dat gaat er gebeuren. Hij heeft al een aantal keren toegeslagen, steeds nadat hij het had aangegeven – en nu heeft hij jou op het oog. En ik denk niet dat hij zich zomaar ineens terug zal trekken.'

'Denk je dat je me bang kunt maken? Ik heb je alles verteld wat ik weet. Ik heb geen vijanden. Ik heb zelfs geen vrienden.' Hij schudde zijn hoofd. 'Die zijn allemaal dood. Er is niemand, dat zeg ik je toch.'

'Misschien niet iemand die je kent.' Kate keek hem recht aan. Misschien vertelde hij de waarheid. Ze wist het niet. 'Maar iemand uit het verleden?'

Zander slaakte een diepe zucht. 'Er was een tijd dat we allemaal vrienden waren, allemaal kameraden die samen een andere opvatting over kunst voorstonden, en toen... kwam er een eind aan. Meer is er niet te vertellen.' Zander keek Kate even aan en ze meende iets in zijn ogen te bespeuren – geen angst of woede, maar schaamte.

'Maar je moet toch weten waarom er een einde aan kwam – je was er zelf bij.'

'Aan alles komt een eind. Goede dingen. Slechte dingen. Alles heeft zijn tijd, en aan alles komt een eind. Onze tijd was geweldig, fantastisch, maar er kwam een eind aan. We gingen uit elkaar, zoals dat met zoveel dingen gebeurt. Vriendschappen hielden op te bestaan, en sommige mensen werden daarbij gekwetst.' Hij ging met een hand over zijn ogen. 'Resnikoff was niet de enige die door de groep in de steek werd gelaten. Er waren er nog meer.'

'Hoe bedoel je – in de steek gelaten dóór de groep?'

'O, zei ik dat? Ik bedoelde dat hij, Resnikoff, de groep in de steek heeft gelaten. Hij is weggegaan.'

'Maar dat zei je niet.'

Zander haalde diep adem. 'Is dit een interview of een verhoor?'

Kate antwoordde met een wedervraag. 'En die anderen over wie je het had – die in de steek werden gelaten door de groep, zoals je net zei?'

'Zo bedoelde ik het niet. Dat heb ik al gezegd. Zíj gingen weg. Meer is er niet over te zeggen.' Hij greep de armleuningen van zijn stoel stevig vast en begon zich overeind te werken. Kate stak hem een hand toe, maar die negeerde hij. Ze keek hoe hij langzaam door het atelier liep en ze besefte dat het waar was. Hij zou – althans op dit moment – niets meer zeggen.

Lifschultz hield zich keurig aan de voorgeschreven snelheid van vijf-tig kilometer op de buitenwegen van Greenwich, en het kostte Ko-minsky geen moeite hem bij te houden zonder al te opvallend achter hem te blijven rijden, hoewel hij ervan overtuigd was dat Lifschultz wist dat hij hem volgde. Toen Lifschultz de afslag nam naar de Hut-chinson Parkway, deed Kominsky hetzelfde. Het was niet al te druk op de weg en hij liet twee auto's tussen hen rijden. De Jaguar ver-hoogde het tempo, wisselde van baan, en Kominsky deed hetzelfde. Zo bleven ze rijden, terwijl de Jaguar tien minuten lang steeds van baan wisselde.

Ruim een kilometer verderop kwam er een splitsing, de ene weg leidde naar de Whitestone Bridge, de andere naar de George Wash-ington Bridge, en op dat moment voerde Henry Lifschultz de snel-heid op tot honderdtien terwijl hij over de weg zigzagde, maar Ko-minsky slaagde erin hem bij te houden en het spel mee te spelen.

Toen de Jaguar gas terugnam en naar de George Washington Bridge reed, besloot Kominsky dat het een goed moment was om zijn locatie en Lifschultz' kennelijke bestemming door te bellen.

Kominsky wilde net de telefoon pakken toen Lifschultz zes banen opschoof – met veel getoeter en gierende banden van auto's die plot-seling moesten remmen – en toen hij opkeek had hij ongeveer drie seconden om te beslissen of hij zou remmen en zich van achteren te laten aanrijden door de Jeep Cherokee die hij in zijn spiegeltje op zich af zag stormen, of boven op de auto vóór hem te knallen. Hij koos voor de Jeep, in de hoop dat die goede remmen had en de chauffeur over snelle reflexen beschikte.

Maar precies op dat moment zat de vrouw achter het stuur van de Cherokee haar nagels te bestuderen terwijl ze een klaagzang in haar mobieltje aanhief over de afschuwelijke manicure van het Koreaanse meisje, en het laatste wat Kominsky zag waren de koplampen van de Jeep, waarna het misselijkmakende geluid van verfrommelend metaal volgde.

Enkele seconden later vloog hij door zijn voorruit.

Henry Lifschultz hoorde de klap en ving in zijn zijspiegel een glimp op van het gebeuren, terwijl hij weer van baan wisselde en richting George Washington Bridge reed. Hij probeerde zijn lachen in te houden, maar het lukte hem niet. Hij vermoedde dat Kominsky al had doorgegeven dat hij zijn huis had verlaten, en veronderstelde dat er verderop een andere auto op hem wachtte. Bij de volgende afslag verliet hij de snelweg, reed een paar wijken door tot hij bij een pomp met een garage kwam en parkeerde daar de auto. Er stond een oude MG op een brug, en twee monteurs stonden eronder.

'Baas in de buurt?' vroeg hij.

Een van de monteurs wees met zijn hoofd in de richting van een deur achter in de garage, en Lifschultz duwde hem open.

De baas, een dikke man die naar een klein tv-toestel op zijn bureau zat te turen, keek niet op.

Lifschultz legde uit dat zijn auto – de vrijwel splinternieuwe XK Jag die voor de garage stond – iets mankeerde; de motor was op de snelweg afgeslagen en hij durfde er niet mee de stad in te rijden. Toen trok hij zijn portefeuille, legde drie briefjes van honderd voor de man neer en zei dat hij geen haast hoefde te maken met de reparatie van de auto, omdat hij nu voor een belangrijke vergadering naar Manhattan moest, en dat hij er nog eens honderd dollar voor overhad als een van de monteurs hem daarheen kon brengen. Hij gaf niet zijn naam en adres op, en hoewel die gemakkelijk na te gaan waren met de gegevens van de auto, had hij het gevoel dat de dikke man niet echt zijn best zou doen de auto aan hem terug te bezorgen als hij nooit meer kwam opdagen.

Natuurlijk, hij zou zijn mooie auto missen, maar een motorfiets zou beter voldoen op de stoffige kasseien van San Miguel, en de Jag kon sowieso niet mee als hij naar Texas vloog.

De monteur, Hector, wist precies hoe hij de snelweg moest omzeilen. Hij had ook een behoorlijke hoeveelheid marihuana, en tegen de tijd dat hij Henry Lifschultz in Manhattan afleverde – in nog geen halfuur – waren ze allebei stoned. Lifschultz gaf hem nog eens vijftig dollar voor een paar joints. Hij vond zichzelf een ruimhartige, grootmoedige geluksvogel. Toen hij uitstapte, keek hij op zijn horloge. Hij had nog voldoende tijd om te doen wat hij moest doen.

Cecile Edelman greep haar mobieltje en legde het weer terug. Ze kon maar niet beslissen of ze Henry Lifschultz nog eens zou bellen. Ze was zeker niet van plan hem te smeken haar te steunen. Maar Morton zou wel hebben gewild dat ze een poging deed. Als ze over een dag nog niets van Lifschultz had gehoord, zou ze het nog eens proberen.

Ze liep de kamer door, pakte een catalogus van Sotheby van een antieke tafel en bladerde hem door tot ze vond waarnaar ze zocht: een schilderij van De Kooning – een uit de serie *Vrouwen*, in een kartonnen passe-partout op hout; niet echt de kwaliteit van het exemplaar dat het museum was kwijtgeraakt, maar de inzetprijs was goed. Ze bedacht dat ze misschien een bod kon doen en het, als ze het kreeg, aan het Modernist Museum kon schenken om de aandacht af te leiden van alle negatieve publiciteit – bovendien zou het haar dit jaar belastingverlaging opleveren.

Ze dacht hierover na toen ze iemand tegen de keukendeur hoorde tikken – de personeelsingang. De werkster natuurlijk, die altijd haar sleutels vergat.

Ze liep naar de keuken, haalde de deur van het nachtslot en deed open.

35

Tegen de tijd dat de ambulance ter plekke was, was inspecteur Kominsky overleden.

Het bericht bereikte Floyd Brown, die nog in One Police Plaza was. De FBI ging nu alle gegevens na die ze over Lifschultz hadden verzameld: belastingteruggaven, verkeersboetes, zelfs diploma's van de high school en de universiteit. Plus de laatste overzichtsrekening van zijn mobiele telefoon, waaruit niet alleen bleek dat hij met Colin Leader had getelefoneerd, maar ook dat hij de dag na de moord op zijn vrouw door Miranda Wilcox was gebeld.

Ze waren er vrijwel zeker van dat Lifschultz de kunstwerken van zijn vrouw had gestolen en doorverkocht via Wilcox, maar ze konden onmogelijk zeggen of Gaby Hofmann dat had ontdekt. Hoewel Lifschultz een alibi had voor de nacht waarin zijn vrouw was vermoord, had hij de klus gemakkelijk kunnen laten opknappen door Leader of Wilcox, of door een huurmoordenaar – en nu waren ze op zoek naar iets om dat te bewijzen.

De NYPD liet een opsporingsbericht uitgaan. De FBI riep het crisisteam op. Alle manschappen waren op de been. Helikopters stonden startklaar.

Maar op dat moment was het Henry Lifschultz gelukt aan de radar te ontsnappen.

Kate had vanuit Zanders atelier om het halfuur naar het bureau gebeld. Toen ze Floyd Brown eindelijk te pakken had, bracht hij haar op de hoogte van het nieuws over Henry Lifschultz, en zei haar rustig te blijven.

Rustig blijven? Hoe moest dat, dacht Kate, nu de moordenaar nog vrij rondliep en de NYPD en de FBI Henry Lifschultz op de hielen zaten?

Ze tuurde naar een van Zanders schilderijen, een van die typisch verwrongen figuren, en dacht hoe goed dit verbeeldde wat zij nu voelde – het ontbreken van emotionele samenhang en het gevoel dat ze al had vanaf het moment dat ze aan deze zaak was begonnen – verward en chaotisch. Ze hoopte dat ze Lifschultz snel zouden aanhouden zodat er een paar vragen beantwoord zouden worden.

Het was gemakkelijker geweest dan hij had gedacht om de stad in en uit te gaan en te doen wat hij moest doen – allemaal volgens plan. Hij had alle mogelijke bewijzen uitgewist die hem in verband konden brengen met de schilderijen van zijn vrouw die hij had verkocht. Wat ze verder ook zouden vinden – op z'n hoogst telefoontjes – het zou niets bewijzen. En tegen de tijd dat ze die hadden ontdekt, zat hij in Mexico.

Henry Lifschultz inhaleerde de rook van de joint en staarde naar het ruitje tussen hem en de taxichauffeur terwijl hij zich afvroeg of hij zich helemaal naar Long Island zou laten rijden. Hij wist het niet zeker. Zou de man zich hem later nog herinneren? Hij sloot zijn ogen en stelde zich voor dat hij de Poolse regisseur Roman Polanski was die naar de States was gevlucht om te ontkomen aan een beschuldiging van verkrachting. Hij dacht eraan of hij zijn haar, glad naar achteren gekamd, niet wat onopvallender moest dragen, en dat hij, als hij in Mexico was, een paar onfortuinlijke en heel jonge, Mexicaanse meisjes zou zoeken wier ouders hij een luttel bedrag zou betalen om ze bij hem in te laten trekken.

Hij werd ineens overspoeld door paranoïde gevoelens (mogelijk het gevolg van de derde of vierde joint!), toen hij een bord zag hangen van West Side Budget Car Rental, waarop hij de chauffeur liet stoppen en er binnenging.

Hij liet twee legitimatiebewijzen zien op naam van Adam Weinstein, zijn parttimezakenpartner: een creditcard en een rijbewijs, die hij allebei nog geen uur geleden uit de portefeuille van de man had gestolen. Hij hield zijn adem in toen het meisje het kaartje door het apparaat haalde, en blies die weer uit toen het afgehandeld was. Hij sloeg het aanbod voor een verzekering af op basis van de gedachte: *Durf risico te nemen* en lachte bijna hardop.

Minuten later trok hij zijn zwarte racehandschoenen aan – absurd, besefte hij, in dat speelgoedautootje, een beige Ford Taurus nota bene – en reed in oostelijke richting naar de Midtown Tunnel met het uitzinnige gevoel dat hij vrij was, en zo slim als de duivel.

Agent Moroni bedankte Sharnise Vine – Werkneemster van de Maand bij West Side Budget Rental Car – en hing op. Hij draaide zich om naar de groep mensen die nog liepen te roezemoezen in Tapells kantoor en vroeg om stilte.

'Ik geloof dat we hem hebben gevonden,' zei hij. 'Er is zojuist een auto gehuurd op naam van Lifschultz' zakenpartner Adam Weinstein. Een beige Ford Taurus. Kentekennummer X67901.' Moroni's collega's bij de FBI Manhattan hadden Lifschultz' naam, én de namen van al zijn familieleden, vrienden en collega's die ze maar konden vinden, doorgegeven aan alle mogelijke creditcardmaatschappijen, en dat had vrucht afgeworpen. 'Vrouw bij Budget Rental beschrijft de man als in de veertig, knap om te zien, met glad achterovergekamd haar.'

'Dat zou heel goed Lifschultz kunnen zijn,' zei Brown.

Een telefoontje naar Weinstein bevestigde dat de man geen auto had gehuurd en zelfs net het verlies van zijn creditcard wilde aangeven.

Binnen enkele seconden had de FBI de verkeersleiders van de brug en de tunnel gewaarschuwd en waren er onopvallende auto's met politie op pad gestuurd. De opdracht luidde hem niet aan te houden – ze wilden zien waar hij naartoe ging.

Tapell en Brown stuurden er nog een paar onopvallende auto's van de NYPD achteraan, daarna nam Brown contact op met Kate en Perlmutter.

Bij Zander bleef het rustig. Brown vertelde hun tot nader order te blijven waar ze waren. Hij was van plan geweest naar hen toe te gaan, maar op dit moment moest hij de ontwikkelingen rond Lifschultz blijven volgen.

Henry Lifschultz voelde zich nog steeds goed toen hij achter de rij auto's de Midtown Tunnel in reed, terwijl hij de gebeurtenissen van de afgelopen paar uur nog eens aan zich voorbij liet trekken: de botsing, waarna de agent uit Greenwich was uitgeschakeld, de manier waarop hij zijn auto was kwijtgeraakt, alle dingetjes die hij nog had moeten regelen in Manhattan. Nu wachtte hem nog één taak, dan kon zijn nieuwe leven beginnen.

Hij had geen idee van het konvooi onopvallende auto's dat hem volgde.

'Waar denk jij dat hij naartoe gaat?' vroeg Moroni aan Brown.

Wat iedereen dacht: naar het vliegveld.

Maar die veronderstelling bleek niet te kloppen.

Toen Lifschultz langs de afslagen van LaGuardia reed, en daarna van JFK, werd overwogen of ze hem nu moesten arresteren, maar zowel de NYPD als de FBI wilde graag weten of er nog meer boven water zou komen. Een stapel schilderijen misschien, verstopt in een of andere afgelegen opslagplaats? Was Lifschultz het brein achter de hele operatie? Allemaal vragen die ze beantwoord wilden zien.

De helikopterpiloot zat op de veranda voor Zanders huis met een stel agenten van Suffolk, en hun sigaretten gloeiden af en toe rood op als vuurvliegjes in de donkere nacht.

Zander deed een tukje op zijn bank in het atelier – of hij deed alsof, dacht Kate. Alles om maar geen vragen te hoeven beantwoorden.

Er was urenlang niets gebeurd, het was verdomme veel te rustig. Zij en Perlmutter hadden veel te veel koffie gedronken, om beurten moesten ze naar de wc, allebei bloednerveus.

Kate had om de vijftien minuten contact gehad met Brown, en hij had gezegd dat ze Lifschultz binnenkort zouden arresteren – maar niet snel genoeg voor Kate, die hoopte dat de man met antwoorden zou komen op de vragen wie wat had gestolen en aan wie er was doorverkocht – en waarom.

Nicky Perlmutter kwam van de wc, nu was het zijn beurt om Brown te bellen. 'Niet veel meer nieuws,' zei hij, terwijl hij zijn mobieltje dichtklapte. 'Ze zitten nog achter hem aan.'

'Waarom arresteren ze hem verdomme niet?' Kate haalde diep adem, maar ze werd er niet rustiger van.

'Ze willen zien waar Lifschultz naartoe gaat,' zei Perlmutter. 'Om ervoor te zorgen dat hun niets ontgaat.'

Dat leek logisch, maar het stelde haar niet gerust. Ze dacht er weer over na – Lifschultz die het schilderij van zijn vrouw verkocht via Wilcox; Leader en Lifschultz, vrienden. Ja, al die mensen hadden iets met elkaar te maken, dat zou niet moeilijk te bewijzen zijn. Maar wie was de spil om wie alles draaide, en wie was de moordenaar?

Ze wierp een blik op Zander, dacht weer aan de puzzel die ze had gemaakt van zijn schilderij, en stelde zichzelf aldoor dezelfde vraag: *Waarom Phillip Zander?*

Lifschultz' Taurus passeerde de grens van Suffolk, en toen hij bij Manorville van de Long Island Expressway af reed, werd duidelijk dat hij op weg was naar de oostkant van het eiland.

'Heeft Lifschultz een zomerhuis in de Hamptons?' vroeg Tapell.

Het antwoord: nee.

De vraag was: waar ging hij dan naartoe?

Was hij op weg naar het atelier van Phillip Zander?

Niemand had het nog gezegd, maar ze dachten het allemaal: *Dit zou wel eens onze man kunnen zijn. De Slachter.* Was hij misschien van plan om Zander – de laatste nog levende legende van de New York School – tot zijn allerlaatste slachtoffer te maken?

Ondanks hun schijnbare samenwerking aasde zowel de FBI als de NYPD op de arrestatie. De eerste wilde daarmee de gênante gevolgen van Bobbitts handelwijze compenseren; Tapell, die de hete adem van de burgemeester in haar nek voelde, kon het ook best gebruiken. Alle auto's die Lifschultz volgden hadden hem duidelijk in beeld en konden hem elk moment arresteren, maar geen van beide instanties was van plan om tot actie over te gaan zolang ze er niet zeker van waren dat het hun eigen mensen waren die Lifschultz de boeien om zouden doen.

De lucht in Tapells kantoor was droog en leek statisch geladen.

De twee teams hadden zich opgesplitst, de FBI stond aan de ene, de NYPD aan de andere kant. Allemaal stonden ze te wachten.

Toen Lifschultz' auto de tweebaansweg naderde die hem door de verschillende stadjes van Hampton zou voeren, bracht Tapell alle lokale politiebureaus op de hoogte, en stuk voor stuk sloten zich nog meer auto's aan bij de karavaan.

Agent Moroni, niet van plan zich te laten verslaan, gaf opdracht de helikopter te starten – maar Floyd Brown eiste dat hij mee zou vliegen.

Henry Lifschultz had een muziekzender opgezet en zong apestoned mee met hits van vroeger. Hij gaf een vrij aardige imitatie ten beste van Abba's 'Dancing Queen' terwijl hij de allerlaatste joint die hij van Hector had gekocht oprookte, en was perfect op schema voor de vlucht naar East Hampton waarvoor hij een plaats had gereserveerd op naam van Adam Weinstein en die hem naar JFK zou brengen. Als hij niet stoned was geweest, zou hij de lange rij auto's hebben opgemerkt die hem al volgden vanaf het moment dat hij de Long Island Expressway had verlaten.

Tijdens de rit had hij twee keer overwogen de L.I.E. af te snijden en linea recta naar het vliegveld te rijden, maar aangezien hij tijd genoeg had en zijn verdwijning zo verwarrend mogelijk wilde laten lijken, had hij dat toch maar niet gedaan. Als je wilt verdwijnen, dacht hij, verdwijn dan ook.

Hij drukte de peuk van zijn joint uit in de asbak van de huurauto. Hij had honger gekregen van de marihuana. Hij proefde de burrito's en de margarita's al bijna.

'Henry Lifschultz? De Slachter?' Kate staarde Perlmutter aan en schudde haar hoofd.

Zander verroerde zich en deed zijn ogen open. 'Wat is er aan de hand?'

Kate zette een stoel naast hem. 'Ken jij ene Henry Lifschultz?'

Zander schudde zijn hoofd.

'En zijn vrouw, Gabrielle? Zij was de kleindochter van Hans Hofmann.'

'Hans heb ik natuurlijk wel gekend, maar nee, ik heb geen idee wie zijn kleindochter is, noch die man – hoe heet hij ook weer?'

'Lifschultz. Henry Lifschultz.' Ze keek Zander recht aan. *Loog hij?* 'Waarom zou een man die jij niet kent het op jou voorzien hebben?'

'Ik heb geen idee.'

Perlmutters mobieltje ging en toen hij ophing keek hij van Zander naar Kate. 'Lifschultz is hier een paar minuten vandaan,' zei hij.

Lifschultz had een radiostation met zwoele rock gevonden en zong mee met Rod Stewart, die een schorre versie liet horen van het aloude 'You Go to My Head'. Hij zong luidkeels mee over belletjes in een glas champagne toen de helikopter waarin agent Moroni en Floyd Brown zaten hem inhaalde en vlak boven zijn hoofd bleef hangen. Hij deed geen moeite om richting aan te geven toen hij abrupt de afslag naar het vliegveld nam – tevens een bekende sluiproute naar East Hampton en Springs.

De agent achter hem – een nerveuze jongen die pas een paar weken bij de politie van Westhampton werkte – stond boven op de rem om te voorkomen dat hij achter op de Taurus knalde, waardoor zijn remmen hard genoeg krijsten om Rod Stewart te overstemmen, zodat Lifschultz een blik in zijn achteruitkijkspiegeltje wierp en toen pas in de gaten kreeg dat een stuk of twaalf Crown Victoria's dezelfde afslag namen als hij. Dit kon geen toeval zijn, besefte hij.

Even vergat hij dat dit niet zijn Jag was en drukte hij het gaspedaal diep in, terwijl hij het stuur met zijn handen in de racehandschoenen vastgreep; de Taurus schoot met een ruk naar voren en joeg daarbij een wolk van stenen en stof op.

Toen de agenten van Suffolk dit zagen – niemand wist later wie de eerste was of wie het bevel gaf – zetten ze hun sirenes en hun zwaailichten aan.

Brown en Moroni keken van boven machteloos toe toen de lichten aangingen.

Terwijl de sirenes in zijn oren blèrden en de lichten in zijn spiegeltjes weerkaatst werden, spoorde een innerlijke stem, beïnvloed door valium en marihuana, Henry Lifschultz aan snelheid te maken. Hij gaf vol gas en zwenkte een hobbelige zandweg op die uitkwam in de bossen.

Hij lag misschien een halve kilometer voor, toen hij de band met een knal voelde leeglopen, en terwijl de auto nog reed, gooide hij zijn portier open en viel hij, opgerold als een bal, naar buiten. Even bleef hij daar verbijsterd liggen; toen, verbaasd dat hij ongedeerd was, krabbelde hij overeind en rende weg.

De sirenes waren ergens achter hem, de lichten wierpen rode schijnsels op de bomen. Kon hij hen afschudden? Hij dacht niet bewust na over waar hij naartoe zou gaan of wat hij zou gaan doen, maar met zijn gedrogeerde geest zag hij hallucinerend verlaten hutten voor zich waar hij kon schuilen en kon leven van wilde dieren die hij met zijn blote handen zou doodmaken.

Boven hem geselden de rotorbladen de winterse bomen, en ergens achter hem galmden waarschuwingen via megafoons, hoewel hij de woorden niet kon verstaan door het lawaai van de helikopter en het bloed dat in zijn oren gonsde.

Hij kwam uit bij een kaal veld en vloog eroverheen als een hert dat door jagers wordt achtervolgd.

De agenten hadden hun auto laten staan en waren te voet verdergegaan met hun wapen in de aanslag, terwijl de adrenaline door hun lichaam joeg.

Lifschultz waagde een blik achterom en zag hen over het veld aankomen. Hij probeerde deze informatie te verwerken – maar was te stoned en te bang om helder te kunnen denken, en toen hij ineens midden in het zoeklicht van de helikopter stond, besefte hij dat het voorbij was, bleef staan, draaide zich naar hen toe en stak zijn geschoeide handen in de lucht. Maar ten minste één van de agenten zag zijn zwarte handschoenen aan voor pistolen.

De agent hief zijn wapen en schoot. Onmiddellijk volgden een stuk of twintig collega's van Long Island – die, als ze al ooit een wapen gebruikten, dat alleen deden om een konijn dood te schieten.

Brown schreeuwde vanboven: 'Nee!' Maar het was te laat. Hij en Moroni waren getuigen van het tafereel waarbij het lichaam van Henry Lifschultz schokkend in het staccatolicht van de helikopter neerviel toen de kogels hem doorzeefden.

Toen het vuren ophield, hing er rook in de lucht en de geur van verbrande lucifers. Later, toen de patholoog probeerde het aantal schotwonden te tellen waarmee Lifschultz was omgebracht, gaf hij het op bij tachtig.

'Het is voorbij,' zei Perlmutter, toen hij het nieuws had gehoord. 'Lifschultz probeerde te ontsnappen en toen hebben ze hem gedood.'

'Verdomme,' zei Kate. 'Nu zullen we het nooit te weten komen.' Ze keek van Perlmutter naar Zander, die er moe en heel, heel oud uitzag. Ze haalde diep adem. 'Denk je dat de politie van Suffolk vannacht nog kan blijven?'

'Waarom?' vroeg Perlmutter.

'Omdat...' Kate kon niet uitleggen waarom ze dat vroeg. 'Ik wil gewoon dat ze blijven, meer niet.'

Zander protesteerde, maar Perlmutter was al buiten om het te regelen.

Toen Kate de oude man goedenacht wenste, werd ze overspoeld
door een golf van emoties. Ze tikte hem op zijn hand en haastte zich
het huis uit naar de gereedstaande helikopter.

36

Iedereen was nog uitgeput; Kate en Perlmutter van hun doorwaakte nacht bij Zander, de rest van het team van de achtervolging.

Maar intussen was er geen einde aan de verschrikkingen gekomen.

Nu zaten ze weer op het bureau waar ze de laatste ontwikkelingen te horen kregen: Cecile Edelman dood, haar kunstwerken aan flarden – Motherwell, Rothko, Zander – alle schilderijen nagemaakt op grijswit acryl dat naast haar lichaam was aangetroffen.

Dat schilderij hing nu, in een plastic zak en genummerd, op het prikbord in de vergaderruimte. Het onderzoeksteam zat weer om de tafel, samen met agent Moroni en psycholoog Mitch Freeman.

'Het zijn alle belangrijke schilderijen uit haar collectie.' Kate stond op en liep ernaartoe om ze beter te bekijken. 'Ook met het schilderij van Phillip Zander.'

'Net als wat jij hebt gemaakt van die fragmentjes,' zei Brown.

'Ja.' Kate pakte haar loep. 'Kijk hier. Een straatnaambordje,' zei ze. 'Park. Zoals in Park Avenue. Maar hier staat *Park Z.*' Kate dacht even na. 'Park Z. P.Z. Phillip Zander. Het volgende slachtoffer.'

'Juist,' zei Moroni. 'Kennelijk was Zander bedoeld als het volgende slachtoffer.' Hij trommelde met zijn nagels op de tafel. 'Maar waar is het schilderij dat Edelman als volgende slachtoffer aanwees? Ik bedoel, nog vóór Zander?'

'Ons ontbrekende schilderij,' zei Kate. 'Dat op de plaats delict had moeten zijn waar de conservator, Dressler, is vermoord – en dat we nooit hebben gevonden.'

Moroni knikte. 'Het ziet ernaar uit dat Edelmans telefoontje naar Lifschultz haar laatste was. De forensische dienst heeft beide nummers gecheckt, en dit...' Hij liet een transcriptie zien van de boodschap die Cecile Edelman had achtergelaten op het apparaat van Lifschultz. 'Het is moeilijk om precies te begrijpen wat ze bedoelt – ze wil terug in het museumbestuur, condoleert hem met het verlies van zijn vríénd Leader – maar het klinkt alsof ze het wist van Leader en de kunstroof, en vermoedde dat Lifschultz daar achter zat. Het klinkt alsof ze hem onder druk wilde zetten.'

'Hoe zou ze het geweten kunnen hebben?' vroeg Perlmutter.

'Edelman is vanaf het begin bij het Modernist Museum betrokken geweest,' zei Murphy. 'Ze had erachter kunnen komen.'

'Misschien was dat de werkelijke reden waarom ze uit het bestuur is gestapt,' zei Kate. 'Maar ze wilde ons niets zeggen toen we met haar praatten, omdat ze de reputatie van het museum niet wilde schaden. Ik weet dat het museum veel voor haar betekende, en ook voor wijlen haar man.'

'Dus besloot ze het heft in eigen hand te nemen,' zei Brown. 'Duidelijk een vergissing.'

'Dat is dus onze visie.' Moroni legde zijn handen gevouwen op tafel. 'Lifschultz vermoordt Edelman en rijdt dan naar Long Island om af te rekenen met Zander. Twee achter elkaar – Edelman, daarna Zander.' Hij keek een vel papier met aantekeningen door. 'Er blijven nog bijna drie uur over waarvan we niet weten wat daarin is gebeurd, na het ongeluk op de Hutchinson Parkway waarbij inspecteur Kominsky om het leven is gekomen. Daarin kan Lifschultz het allemaal hebben gedaan: zijn auto van de hand gedaan, een taxi naar Manhattan genomen, Edelman hebben vermoord, een auto gehuurd en naar Long Island gereden. We weten van zijn partner dat hij naar zijn kantoor is gegaan en daar papieren heeft vernietigd en e-mails gewist – die de WHO boven water heeft gehaald.'

'De WHO?' vroeg Kate, en ze probeerde een zucht van ergernis te onderdrukken.

'Wetshandhaving Online,' zei Moroni. 'De e-mails maken duidelijk dat hij Wilcox kende. Uit de toon kun je opmaken dat Lifschultz en Wilcox meer dan alleen professioneel met elkaar te maken hadden. Jullie hebben de transcripties in je map. Leuk leesvoer voor het slapengaan.' Moroni grinnikte, maar zijn grijns ging snel over in een frons. 'De zakenpartner, Weinstein, schat dat Lifschultz ongeveer een uur op kantoor is geweest. Hij zegt dat Lifschultz daar kwam voor een praatje, niets belangrijks; toen moet hij de creditcard en het rijbewijs hebben gepikt. Weinstein is er ondersteboven van, hij zegt dat Lifschultz echt een aardige vent was, type Cary Grant.'

'De laatste keer dat ik die vergelijking heb gehoord,' zei Mitch Freeman, 'was toen iemand het over Ted Bundy had.'

'Maar Lifschultz leidde een normaal leven,' zei Perlmutter. 'Hij had een vrouw, een baan.'

'Ja, en Bundy werkte in Washington,' zei Freeman. 'Zijn collega's waren dol op hem. Hij was knap, charmant, en hij had een vriendin met wie hij samenwoonde die er niets van wist dat hij meisjes verkrachtte en vermoordde, soms een paar per dag. Het monster komt alleen naar voren als hij gewelddadig wordt. Voor de rest kan hij heus wel de supercharmante man zijn die Lifschultz' partner beschreef. Die kerels kunnen zich heel goed een andere gedaante aanmeten. Een psychopaat kan zich voordoen als een volkomen normaal persoon – bijna te perfect, omdat alles zo tot in de puntjes is uitgevoerd. Iemand zei over Bundy "hij was altijd zo oprecht".'

'Wat mij zo dwarszit,' zei Kate, 'is waarom hij Zander op het oog had. Als Cecile Edelman wist wat Lifschultz deed, oké, dan snap ik waarom hij haar uit de weg zou willen ruimen. Maar waarom is hij na haar te hebben vermoord niet gewoon weggegaan? Zander wist toch niets van hem?'

'Ik denk dat dat het moment is waarop de psychopaat naar boven komt.' Brown wierp snel een blik op Freeman. 'Vraag: wilde Lifschultz gepakt worden?'

'Als ik naar de gedetailleerde plannen kijk die hij heeft gemaakt, zou ik zeggen van niet. Ik denk dat het voor hem meer een spel was, een spel waarmee hij dacht weg te komen. Grootheidswaanzin – iets waar wel meer psychopaten last van hebben. Ze denken dat ze iedereen te slim af zijn, boven de wet staan. Ik gok dat Lifschultz niet is begonnen met de bedoeling te moorden. Maar dan gebeurt er icts, hij wordt door iemand gestoord en die vermoordt hij, en dan...'

'Hij krijgt de smaak te pakken,' zei Brown. 'Dat heb ik eerder zien gebeuren.'

'Juist,' zei Freeman. 'Een seriemoordenaar is iemand die verslaafd raakt aan het plegen van moorden. Natuurlijk raakt niet iedereen die een moord pleegt eraan verslaafd. Moorden worden gepleegd uit passie of omdat de gelegenheid zich voordoet. Maar een seriemoordenaar is een verslááfde – iemand die geobsedeerd raakt door het moorden. Hoe meer moorden ze plegen, des te vaker ze het willen. Het is een dwanghandeling, een noodzaak. Als ze eenmaal hebben gemoord, kunnen ze nergens anders meer aan denken. Om Bundy nogmaals te citeren: hij zei dat hij vierentwintig uur per dag aan moorden dacht.'

'Jezus,' zei Kate.

'Natuurlijk moet je er wel een bepaalde achtergrond voor hebben.

Een ongelukkige, gewelddadige jeugd. Een zwaar verlies. Seksueel misbruik. Zoiets. Het ontwikkelen van een meervoudige persoonlijkheid begint op vroege leeftijd – het is een manier om een ondraaglijke situatie te ontvluchten.' Freeman zette zijn leesbril af en zuchtte. 'Op een dag zal men kunnen aantonen wat er in het brein gebeurt dat ervoor zorgt dat iemand een seriemoordenaar wordt. Ze hebben al afbeeldingen van het brein van criminelen tegenover dat van normale mensen.'

'Dat klinkt als dokter Frankenstein,' zei Kate.

'Dus Lifschultz is op zijn kantoor om bewijsmateriaal te vernietigen,' zei Brown. 'Dan gaat hij naar Edelman en rekent met haar af omdat ze te veel van hem wist, of dat dacht hij.'

'Haar appartement is maar een paar straten van zijn kantoor,' zei Murphy.

'Heeft iemand hem daar herkend?' vroeg Moroni.

'Geen kip,' zei Perlmutter. 'Inspecteurs hebben zijn foto daar overal laten zien. De portier zegt dat hij tegelijk met iemand naar binnen moet zijn geglipt door de dienstingang. En bij Edelman kwam hij inderdaad binnen door de achterdeur, dat is heel goed mogelijk.' Hij wierp een blik op Kate. 'Net zoals hij bij jou heeft gedaan.'

'Ik snap het niet helemaal,' zei Kate. 'Hoe zit het dan met die schilderijen met aanwijzingen? Is er bewezen dat Lifschultz die heeft gemaakt?'

'Die vent was architect,' zei Murphy. 'Hij heeft de kunstacademie gedaan. Hij had ze best kunnen maken.'

'Kunnen maken is iets anders dan ze ook echt maken,' zei Kate.

'Misschien niet,' zei Moroni. 'Het is wel waar dat dergelijk werk niet bij hem thuis of op zijn kantoor is aangetroffen, maar hij had wel op beide plaatsen acrylverf en kwasten.'

'Een vraag,' zei Perlmutter. 'Volgens het rapport had Lifschultz een ticket gereserveerd op naam van zijn partner voor een vlucht vanaf East Hampton. Dus het is mogelijk dat hij op weg was naar het vliegveld.'

'Juist,' zei Moroni. 'Hij wilde volgens plan Zander ombrengen – en daarna op het vliegtuig stappen. Anders slaat het nergens op.'

Brown wreef met zijn hand over zijn voorhoofd. 'Niets wat die kerel heeft gedaan slaat ergens op.'

'Oké,' zei Kate. 'Maar waarom zou hij vanaf East Hampton terúg naar JFK vliegen als hij gewoon de afslag vanaf de L.I.E. had kunnen nemen naar JFK?'

'Daarom denken we dat hij eerst met Zander heeft willen afrekenen,' zei Moroni.

'Is dat wel logisch?' vroeg Kate.

'Alleen een logisch denkend mens vraagt zich dat af,' zei Freeman. 'Maar die kerels denken niet volgens de wetten der logica. Hoeveel we ook allemaal van hen te weten komen, ze veranderen steeds weer de regels, verzinnen steeds nieuwe dingen. Soms is hun motivatie niet duidelijk. Daardoor is dit werk zo verdomd frustrerend.'

'En interessant?' Kate wist een glimlach tevoorschijn te toveren.

'Volgens de afdeling Toxicologie,' zei Brown, de aandacht van de groep weer op het rapport vestigend, 'was die man stoned van de tranquillizers en de wiet.'

'Maar genoeg bij de pinken om alles te regelen,' zei Moroni. 'Zijn e-mails wissen en Edelman vermoorden – voordat hij 'm via Texas zou smeren naar Mexico.' Hij richtte zich op het rapport van de forensische recherche. 'Je kunt zien dat hij al een smak geld had laten overschrijven naar de First National Bank of Texas. Geloof mij, die kerel was niet van plan ooit nog terug te komen.'

Kate schoof naar voren. 'Dus die vent was óf stoned en deed dingen die nergens op sloegen, óf hij moordde met voorbedachten rade en deed alles volgens plan. Wat is hij nou?'

'Sorry,' zei Freeman. 'Maar die twee dingen sluiten elkaar niet helemaal uit. Er zijn zat psychopaten die een moord plegen terwijl ze drugs hebben genomen. Het kan zelfs stimulerend werken – een manier om het moorden gemakkelijker te maken. Zouden de leden van de Manson-familie zo bereidwillig zijn geweest om een zwanger sterretje neer te steken als ze geen drugs hadden genomen? Zouden die jongens Matthew Shepard hebben doodgeslagen als ze niet aan de methamfetamine waren geweest?'

Kate begreep wat hij bedoelde. Henry Lifschultz was in haar ogen meer een arrogante playboy geweest dan een psychopaat, maar alles wees erop dat hij degene was die Edelman had vermoord en dat hij op weg was geweest naar Zander. Hadden ze hem maar levend te pakken gekregen.

Ze keek nog eens naar het schilderij met aanwijzingen van Edelman – ze wilde er zeker van zijn dat ze niets over het hoofd had ge-

zien. Ze herkende weer de verschillende schilderijen erin: Motherwell, Rothko, Warhol, Zander en Resnikoff. Ze had ze allemaal gezien in het appartement van Edelman. Ze hield haar loep erboven.
Er waren geen fragmentjes te zien die onderdeel konden zijn van een
ander schilderij, maar er was wel iets anders wat haar aandacht trok.
    'Wat is dit?'

    'Zouden de initialen op een reproductie van een schilderij van Phil-
lip Zander niet PZ moeten zijn?' vroeg ze. 'En niet... DH?'
    'Misschien speelde hij een spelletje met ons,' zei Perlmutter. 'Om
ons op een dwaalspoor te zetten.'
    'Maar waarom?' Kate tikte tegen haar lip. 'DH. Ik kan zo uit mijn
hoofd geen enkele kunstenaar bedenken met die initialen.'
    'We kunnen op internet zoeken,' zei Murphy. 'Om te zien of daar
iets uitkomt.'
    'En als we er een vinden die daaraan voldoet?' vroeg Moroni. 'Wat
dan?'
    'Ik weet het niet,' zei Kate. 'Maar misschien is het weer een voor-
spelling – een kunstenaar die ook op de lijst van te vermoorden mensen staat.'
    'Stónd, zul je bedoelen,' zei Moroni. 'Lifschultz is dood, weet je
nog? Ze zijn allemaal dood.' Moroni bekeek het van dichtbij. 'Het
lijkt mij gewoon een onderdeel van het ontwerp. Het hoeven toch

geen initialen te zijn? Hij heeft de letters PZ al duidelijk gemaakt met dat bordje van Park Avenue, toch?'

Dat was waar, dacht Kate. Ze keek weer even naar het totaalbeeld en richtte zich nu op een andere afbeelding, het schilderij van Sandy Resnikoff. De kunstenaar die de New York School de rug had toegekeerd. Waarom? Dat wilde ze nog steeds weten.

Resnikoff was niet de enige die in de steek gelaten werd door de groep. Er waren anderen. Dat had Zander gezegd, en daarna had hij geprobeerd dat te herroepen.

Welke anderen? En waarom waren ze in de steek gelaten? En hoe kon ze daar achter komen? Het leek niet langer belangrijk voor deze zaak, maar wel voor haar, en voor haar boek. Ze keek naar de mannen om haar heen. Ze hadden waarschijnlijk gelijk. Maar ze was nog steeds op zoek naar antwoorden – en misschien kon Resnikoffs dochter haar die geven.

'Dat was het voor dit moment,' zei Moroni, en hij stond op. 'Laten we allemaal naar huis gaan.'

Ga jij maar naar huis, ome, dacht Kate. *Ik ga naar Rome.*

37

Het hotel stond in een heel andere wijk dan het viersterrengeval waar Kate vroeger altijd logeerde met Richard, maar die tijd was voorbij. Op dit moment was ze blij dat ze weg was uit New York, hoewel de zaak steeds als brandend maagzuur bij haar bovenkwam. Laat het gaan, hield ze zich voor. Je hebt te hard gewerkt.

Maar het bleef haar nog achtervolgen terwijl ze een douche nam, en het verdween niet toen ze zich opmaakte en een spijkerbroek en coltrui aantrok, en het was er nog steeds toen ze haar laarzen aantrok, in een zwartleren jasje schoot en naar buiten ging in het prachtige Romeinse licht, waar het eerder september leek dan december. En het bleef als een kwalijke geur om haar heen hangen toen ze de straat overstak op weg naar het fraaie Piazza Navona waar het vol stond met kramen waar ze later op de dag speelgoed en miniaturen zouden verkopen voor de naderende kerstperiode.

Ze deed haar best om niet aan de zaak te denken en haar gedachten te vullen met details die ze zich van haar studie herinnerde over Romeinse kunst en architectuur – dat de plaza oorspronkelijk het enorme Stadion van Domitianus was geweest voor festivals, toernooien en sporten, en daarna in de vijftiende eeuw een markt, en dat het later, van de zeventiende tot de negentiende eeuw, elk weekend in augustus onder water werd gezet zodat het een kunstmatig meertje werd – wat ze graag eens zou hebben gezien.

Kate kon bijna niet wachten tot ze Daniella Resnikoff kon spreken, maar ze had pas 's middags met haar afgesproken. Ze had afleiding nodig en vond die in de kerk van San Luigi dei Francesi, waarin een van haar favoriete schilderijen hing, *De roeping van de heilige Mattheüs* van Caravaggio.

Binnen was het kil en donker en toen Kate een paar muntjes in een gleuf liet vallen, werd het schilderij beschenen: een tafereel in een Romeinse herberg, een stel mannen rond een tafel in de klederdracht van die tijd, een van hen was Mattheüs de tollenaar, met een blik van *wie, ik?* als Christus een lome maar duidelijk wenkende arm naar hem uitsteekt, alles tot leven gebracht door een schitterend geschilderde lichtval die van het platvloerse tafereel een spiritueel schouwspel maakte.

Caravaggio: een kunstenaar met een verbazingwekkend talent en... een monster.

Kate herinnerde zich zijn korte leven.

De schilder had vaak in de gevangenis gezeten wegens vechtpartijen en mishandeling, daarna had hij een man gedood tijdens een meningsverschil over de score van een tenniswedstrijd. Toen was hij gevlucht; hij had zich in de ene na de andere stad schuilgehouden en een poosje in Napels gezeten waar hij een paar van zijn meest indrukwekkende schilderijen maakte. Maar omdat hij werd gezocht, was hij er weer vandoor gegaan, deze keer naar Malta, waar hij in ballingschap had geschilderd tot hij uiteindelijk werd gepakt. Na slechts een paar dagen in de gevangenis kreeg de inmiddels beruchte kunstenaar gratie van de paus. Maar de jaren van vluchten en schuilen hadden hun tol geëist. Toen de boot die hem terug zou brengen naar Rome zonder hem vertrok, zakte hij op het strand in elkaar en stierf. Hij was toen negenendertig.

De lichten gingen weer uit, het schilderij verdween in de schaduw en Kate verlangde plotseling heftig naar de zon, naar cafeïne, en vond beide in een klein café waar ze in het zonnetje een espresso dronk. Daarna zette ze zich ertoe wat rond te slenteren om haar blik en gedachten te laten afleiden door de schoonheid van Rome. Toen de jetlag uiteindelijk toesloeg, liep ze weer terug naar het hotel waar ze in een diepe slaap viel tot ze wakker schrok van de wekker.

Daniella Resnikoff was een combinatie van een New Yorkse joodse vader en een Napolitaanse moeder: donkere ogen en een olijfkleurige huid met een haakneus die iets markants gaf aan een gezicht dat anders gewoon aardig geweest zou zijn. Kate en zij, die ongeveer even oud waren, hadden het onmiddellijk goed met elkaar kunnen vinden toen ze een jaar geleden hadden kennisgemaakt. Toen Daniella van Richards dood had gehoord, had ze Kate geschreven, en nu praatten ze daar nog wat over totdat Kate het onderwerp op Daniella's vader bracht. Ze waren op weg naar zijn vroegere atelier, waarbij ze de Tiber overstaken naar Trastevere, de oude wijk van Rome, een buurt die al vanaf de middeleeuwen erg in trek was bij kunstenaars en handwerkslieden en waar Kate intussen de bezienswaardigheden bekeek. Maar toen ze langs de kerk van Santa Cecilia kwamen, kwam haar katholieke opvoeding weer naar boven en herinnerde ze zich het verhaal over de heilige: de edelvrouw die levend werd gekookt in haar bad en dagen later ongedeerd weer opdook, om daarna onthoofd te worden. Kate probeerde de beelden van zich af te schudden en dwong zich te kijken naar de kasseien en het zachte licht dat de gebouwen bescheen.

Daniella kocht panini en een fles Chianti, daarna liepen ze naar de bovenste verdieping van het oude gebouw van vier etages waarin zich het atelier van haar vader bevond.

Binnen viel de late middagzon door de ramen op de vloeren en Resnikoffs schilderijen die tegen de vlekkerige gestuukte muren stonden. Kate bekeek ze. De hand van de schilder en zijn stijl waren nog herkenbaar, maar de figuren hadden plaatsgemaakt voor landschappen. Kate dacht aan het schilderij van rond 1950 dat Cecile Edelman in bezit had gehad, en aan een paar andere uit die tijd die ze zich nog herinnerde van haar studie: allemaal schilderijen met wilde figuren, ongeveer zoals die van De Kooning en Zander.

'Wanneer is je vader opgehouden met figuren schilderen?' vroeg ze.

'Voor zover ik dat nog weet, kan ik me niet herinneren dat ik hem ooit figuren heb zien schilderen.'

'Heeft hij je ooit verteld waarom hij daarmee opgehouden is?'

'Eén keer heb ik afbeeldingen gezien van zijn eerste schilderijen. Hij zei dat hij geen figuren meer schilderde omdat... er geen plaats voor was.'

Geen plaats. Kate dacht hier even over na. 'Zou hij daarmee hebben bedoeld dat er al te veel andere schilders figuren schilderden?'

'Misschien.' Daniella haalde haar schouders op. 'Ik weet het niet precies.'

'Nou, je had De Kooning en Zander. En met je vader erbij zouden dat er drie zijn geweest.'

'Ja, maar... er was nog iemand... een vriend van mijn vader.' Daniella keek even naar boven en maakte een typisch Italiaans gebaar met haar handen, waarmee ze blijk gaf van ergernis. 'Ik kan me zijn naam niet herinneren.'

Kates nieuwsgierigheid was geprikkeld. Ze kon zich geen vierde figuurschilder van de New York School voor de geest halen, zeker niet iemand die meegeteld had.

'Vanaf zijn dood ben ik al van plan om de boel hier op te ruimen, maar ik ben er nog niet toe in staat geweest.' Daniella keek naar de schilderijen. 'Denk je dat er een markt voor zou zijn in de States?'

'Beslist,' zei Kate. 'De kunstwereld is altijd op zoek naar schilders die weer ontdekt worden, en je vader heeft een achtergrond die iedere kunsthandelaar met een beetje verstand te gelde zou kunnen maken.' Ze glimlachte. 'Het was niet mijn bedoeling om grof te zijn. Ik zou met alle plezier met een paar mensen contact voor je willen opnemen.' Sandy Resnikoff was nog steeds een grote naam in die wereld, en na Kates boek en televisieprogramma zou hij nog groter zijn.

'Dat zou ik nog voor mijn vader kunnen doen,' zei Daniella. 'Dat zou mooi zijn. Hij heeft nooit veel succes gehad.'

'In het begin wel.'

'Ja, maar dat is al lang geleden.'

Kate bestudeerde de werken en merkte op dat Resnikoff er, zoals de meeste schilders, afbeeldingen van andere kunstwerken tussen had gehangen – van Tintoretto, Raphael, een vervaagde reproductie van Leonardo's *Het laatste avondmaal.*

Daniella volgde Kates blik. 'Dat was altijd een van de favoriete schilderijen van mijn vader.'

'Ik hoop dat ze het kunnen redden,' zei Kate. Ze wist dat Leonardo's meesterwerk er al slecht aan toe was geweest op het moment dat de grote renaissanceschilder het had voltooid. Velen gaven de schuld aan de muur, maar kunsthistorici en restaurateurs wisten dat Leonardo het al fresco, direct op de muur, had geschilderd, en niet op de standaard frescomanier waarbij verf wordt aangebracht op een laag verse kalk.

Ongeduldige man, dacht Kate.

'Heeft je vader ooit verteld waarom hij uit New York is weggegaan?'

'Hij had het over ruzie, waar hij niet tegen kon. Hij was een zachtaardig mens. Een kunstenaar.'

'Maar niet alle kunstenaars zijn per se zachtaardig.' Kate dacht weer even aan Caravaggio.

'Dat is waar,' zei Daniella. 'Hij heeft Jackson Pollock weleens een bruut genoemd, en hoe oneerlijk hij het vond dat zo'n man de beroemdste van allemaal was geworden.' Daniella stak een sigaret op en blies grijze wolkjes rook naar het afnemende zonlicht dat door het bovenraam viel. 'Mijn vader was nooit uit op roem.'

'En toch kreeg hij die. Je zult een van de eerste stukjes die over hem geschreven zijn wel hebben gelezen, zoals in *ArtNews*: "Sandy Resnikoff maakt een schilderij."'

'Natuurlijk. Dat heb ik wel honderd keer gelezen.'

'Het was een zeldzame eer die slechts de beste schilders van die tijd ten deel viel – en daar was hij er een van – hoewel hij het allemaal achter zich liet.'

'Hij heeft me ooit verteld dat hij niet tegen die sfeer van jaloezie en competitie kon.'

Een sfeer die je vaak genoeg tegenkwam in de kunstwereld, dacht Kate.

'Hij had het een keer over een bijeenkomst – en een ruzie. Ik geloof dat dat de laatste keer is geweest dat hij met kunstenaars in New York samen is geweest.'

'Heeft hij verteld waar die ruzie over ging?'

'Nee, maar... Ik geloof dat het iets te maken had met een schilderij dat in het tijdschrift *Life* had gestaan.'

'Dat beroemde doek *The Irascibles*, bedoel je?'

'Ja, dat schilderij van alle schilders samen.'

'Waarom heeft je vader daar niet aan meegewerkt? Hij was in die tijd net zo beroemd als die anderen.'

'Ik heb geen idee. Ik heb het schilderij pas veel later gezien. Ik zag het in een kunstgeschiedenisboek staan, en toen vroeg ik hem ernaar. Hij werd razend, hij zei dat het een idioot schilderij was. Een stel verwaande kwasten noemde hij hen, die iets pretendeerden te zijn wat ze niet waren.'

Kate dacht aan de beroemde foto, keek toen op en zag de verschoten reproductie van Leonardo aan de muur, en herinnerde zich de keer dat Zander de bijnamen van de kunstenaars had genoemd: Rothko de Rabbi, Reinhardt de Monnik – hij had over zichzelf gesproken als Judas. Had hij Resnikoff op een bepaalde manier verraden?

'Heeft je vader het ooit over Phillip Zander gehad?'

'Eén keer... dat was toen ik na mijn eerste schooljaar in de Verenigde Staten thuiskwam... ik vertelde mijn vader toen over een prachtig schilderij dat ik in een museum had gezien, van Phillip Zander. Ik had mijn vader nooit over hem horen praten. Nooit. Maar toen vertelde hij me dat ze samen in Greenwich Village een atelier hadden gehad toen ze jong waren, en dat ze hun kleingeld bij elkaar legden om een pakje sigaretten te kunnen kopen, en dat ze feestjes gaven met andere schilders. Het leek me een geweldige tijd. Toen ik hem vroeg waarom hij geen contact meer had met Phillip Zander, vertelde hij dat die dood was. En later, toen ik hoorde dat dat niet waar was, vroeg ik mijn vader waarom hij me dat had verteld en toen zei hij: 'Omdat hij voor mij dood is.'

Kate vroeg zich af of ze dit aan Zander kon vertellen. Natuurlijk hadden die kunstenaars in die tijd altijd ruzie, en ze nam aan dat Zander haar zijn versie van het verhaal zou geven, weer zo'n anekdote die haar niets zei. Maar deze ruzie was kennelijk heel heftig geweest – *Omdat hij voor mij dood is* – en zou men niet gemakkelijk vergeten.

De zon was weg en lichte regendruppels speelden een wijsje op het dakraam. Daniella wist nog een paar verhalen van haar vader, dingen die hij over vroeger had verteld, en Kate maakte aantekeningen. Ze vroeg of Daniella bepaalde dingen morgen zou willen herhalen voor de camera, waarbij ze afsprak wanneer ze met haar crew zou komen om het atelier en de schilderijen te filmen. Ze aten de panini en dronken de fles wijn, en het was al over twaalven toen Kate opstapte.

Daniella bood aan met haar mee te lopen naar haar hotel, maar Kate wilde er niet van horen.

Buiten was de regen opgehouden en had een lichte nevel achtergelaten die van de straatlantaarns schemerige kaarsen maakte en van Trastevere een impressionistisch schilderij. Het was nog ongewoon warm en Kate dacht dat een wandeling haar misschien goed zou doen.

Ze liep langs een kerk die ze niet herkende – een kerk met een vreemde gevel: een tiara met kruisjes die in de mist op een doornenkroon leek, en ze moest denken aan Jezus aan het kruis, daarna aan *Het laatste avondmaal* dat bij Resnikoff aan de muur hing, en toen weer aan Phillip Zander. *Judas.* Waarom had hij zichzelf zo genoemd? En waarover hadden ze ruzie gehad? *Voor mij is hij dood.* Harde, bittere woorden.

Kate was in gedachten verzonken toen er een schaduw over haar pad viel. Ze hield haar adem in toen een monnik in een lange, donkere pij, zijn profiel beschenen door het licht van de straatlantaarn, naar haar glimlachte.

Ze versnelde haar pas en liep langs de kerk van Santa Cecilia, en voelde zich net zo als dat dwaze meisje in het uniform van een katholieke school toen het beeld van de heilige, levend, het hoofd bijna afgehouwen, haar geest binnensloop. Ze sloeg af naar een kleine piazza met oude huizen en restaurants die gesloten waren.

Het deed haar denken aan die andere keer, nog niet zo lang geleden, in Venetië, een nacht die wel wat weg had van deze, toen ze achter de Doodskunstenaar aan had gezeten – of hij achter haar. Ze trok haar leren jasje strakker om zich heen en huiverde. Ze voelde zich licht in haar hoofd, en moe. Tijd voor een taxi, dacht ze. Maar de straten waren zo goed als verlaten.

Ze liep de piazza af en stond toen in een donkere straat – met het gevoel dat ze niet alleen was. Ze bleef staan luisteren. Ergens, niet ver weg, hoorde ze het zachte geruis van verkeer, maar dat was het niet. Ze tuurde de straat af. Had ze het zich verbeeld? Hoe het ook zat, haar zenuwen knapten bijna. Ze begon weer te lopen, de hakken van haar laarzen echoden – *Misschien was dat het geluid wat ik net hoorde?* – onder een kleine poort die ook weer op een plein uitkwam.

Op dat moment zag ze hen: twee silhouetten, die van de andere kant van de piazza snel haar kant op kwamen.

Kate dook naar de ene kant, toen naar de andere, en tastte naar het pistool dat ze niet bij zich had; ze zag beelden van Colin Leader en Henry Lifschultz en een tiental foto's van plaatsen delict voor zich terwijl de twee figuren dichterbij kwamen. Even leken haar ogen in de mist haar te bedriegen en dacht ze dat zíj het waren: Leader en Lifschultz – toen ineens zag ze duidelijk twee jongemannen in zwartleren jasjes, met hun pet tot vlak boven hun ogen getrokken. Degene die rechts liep deed een uitval naar haar, en Kate struikelde zijn kant op toen de ander achter haar opdook. Ze kreeg een duw en viel.

Ze stak haar arm uit, maar te laat. Toen ze op de grond lag, kwam een jong stel de piazza op lopen, waarna de twee mannen er als hazen vandoor gingen en in het donker verdwenen.

'Shit!'

Het jonge stel hielp haar overeind en vroeg haar in het Italiaans of ze in orde was. Kate controleerde of ze niet gewond was en ontdekte toen dat ze haar tas hadden gestolen.

Smerige tassendieven!

Ze ademde diep uit, sloeg het straatvuil van haar broek en volkomen ontnuchterd bedankte ze het stel dat de mannen had verjaagd.

Ze liep snel verder en vond de rivier en daarna de brug die naar het hotel leidde.

Zonder identiteitsbewijs sloot ze zich op in haar kamer, en het bibberen hield niet op.

Was het gewoon een bizar toeval, dat die mannen me aanvielen?

Twee tieners hadden haar tas gestolen. Dat was alles. Maar zelfs hier, aan de andere kant van de oceaan, verdween haar paranoia niet. Waren die twee op haar af gestuurd om haar bang te maken? Als dat zo was, waren ze daarin geslaagd.

Kate keek hoe laat het was. Ze wilde het bureau bellen, met Brown praten, horen dat er niets aan de hand was en dat met Zander alles goed was. Ze rekende uit dat het in New York acht uur in de avond moest zijn, maar ze belde toch en kreeg een chagrijnige baliemedewerker aan de lijn die haar niets kon vertellen.

Nog erger gefrustreerd en paranoïde dan ze al was hing ze op, en toen ze in bed stapte zag ze telkens weer die twee mannen uit de mist opduiken, en degenen voor wie ze hen had aangezien – Leader en Lifschultz – en toen dat eindelijk ophield, hoorde ze telkens weer wat Daniella Resnikoff haar had verteld over haar vader die de kunstwereld in New York had verlaten omdat hij niet tegen de jaloezie en de competitie kon, dat er geen plaats was voor nog een figuurschilder, en de woorden die hij over Zander had gezegd: *Voor mij is hij dood.*

Vlak voordat ze in slaap viel, vroeg ze zich weer af wat er tussen die twee mannen was gebeurd waardoor ze zulke vijanden waren geworden.

De volgende ochtend voelde Kate zich katerig en afgepeigerd, en de drie uur die ze bij het Amerikaanse consulaat moest wachten op een tijdelijke pas en een kaart met foto deden daar niet veel goed aan.

Ze had eindelijk Floyd Brown kunnen bereiken, die haar had verteld dat er niets was gebeurd. Zander was veilig en ze wachtten nog op de resultaten van het lab van de verschillende plaatsen delict, en er was geen reden om overhaast naar huis terug te keren.

Ja, natuurlijk, dacht ze om luchtig te doen over haar aangeboren paranoia, *ze hebben liever dat ik in het buitenland zit zodat ik hen niet kan ergeren door te zeggen dat ze het misschien mis hebben.*

Tegen de tijd dat ze bij Resnikoffs atelier was, had haar cameraploeg al opnamen gemaakt van het interieur en de schilderijen.

Kate speldde Daniella een microfoontje op terwijl ze herinneringen ophaalde aan haar vader, en begon daarna het interview met vragen over het werk van de man, en hoewel ze dacht dat het een interessante aflevering voor haar serie zou worden, voelde ze zich na afloop nog steeds gefrustreerd.

Ze wilde net weggaan toen Daniella plotseling zei: 'Hopson, zo heette hij. Die vierde figuurschilder. Ik weet nog dat mijn vader over hem en zijn werk sprak, en dat ze allebei figuren hadden geschilderd.'

De naam kwam Kate vaag bekend voor, en ze maakte er een aantekening van, maar ze kon de man of zijn werk niet plaatsen. Alweer een vergeten kunstenaar, dacht ze.

'Ik weet dat mijn vader op een bepaald moment heeft geprobeerd hem over te halen om naar Rome te komen.'

'Wanneer was dat?'

'Heel lang geleden. Ik was toen nog klein. Ik weet nog dat mijn ouders bespraken of ze een ticket voor hem konden betalen. Misschien was hij wel heel arm. Maar het is niet doorgegaan. Tenminste, ik kan me niet herinneren hem ooit te hebben ontmoet.'

38

Kate was nog maar één dag terug in New York toen ze al het gevoel had dat haar driedaagse tripje naar Rome een droom was geweest. Toeristen verdrongen elkaar voor bezienswaardigheden in Manhattan, het verkeer in de straten zat vast en de winkels waren bomvol.

Kerstinkopen. En die wilde Kate op één ochtend doen.

Om gek van te worden, maar het leidde wel af – een goede manier om niet over de zaak na te hoeven denken.

Er had zich zeer onlangs een ontwikkeling voorgedaan, maar volgens Brown niets van belang. Toch wilde Kate weten wat het was. Ze was razend benieuwd naar de bijzonderheden en belde het bureau om het halfuur, een lesje in nutteloosheid: Brown zat in een vergadering met commissaris Tapell; Murphy deed onderzoek naar een beroving in een kunstgalerie; Perlmutter was gewoon nergens te vinden. Nog meer tijd die ze moest doorkomen, nog meer inkopen: bij de Strand Bookstore, Virgin Megastore, Macy's, Bloomingdale, Baby Gap.

Een lichtgewicht trui voor Richards moeder – wat ze daarmee in Florida moest was haar een raadsel, maar Edie beweerde stellig dat ze een nieuwe nodig had; twee blouses en wat sieraden voor Nola; kleertjes en speelgoed voor de baby, en ook wat boekjes; een paar dvd's om bij mee te zingen; een iPod voor José, en een paar oorhangers die volgens Kate mooi zouden staan bij zijn moeder.

Met nog een halfuur te gaan voor haar afspraak met het team stak ze snel over naar boekwinkel Black Orchid, kletste met de eigenaars

Joe en Bonnie, kocht de vijf boeken die ze haar aanraadden, rende toen naar de herenafdeling van Barneys en kocht iets voor alle teamleden: leren handschoenen voor Brown, een kasjmieren sjaal voor Perlmutter, een paar sokken en een armband van geruwd zilver voor Murphy, hoewel ze niet zeker wist of hij die zou dragen.

Op Madison Avenue brandde de kerstverlichting en waren alle etalages versierd, en gebukt onder een lading pakjes die de winkels niet thuis bezorgden, probeerde Kate een taxi aan te houden. Na twintig minuten gaf ze het op en liep ze met de pakjes naar de metro.

Ze belde thuis snel Phillip Zander om te horen of alles goed met hem was en om hun afspraak voor de volgende dag te bevestigen, en daarna José, om te vragen of hij nog meeging. Ze had hem verteld over Zander, de beroemde schilder, en zijn muzikale assistent Jules, maar het idee van een ritje naar een plek die Long Island heette leek José nog het aantrekkelijkst. 'Kunnen we dan al dat water eromheen zien?' vroeg hij, en Kate moest uitleggen dat het daarvoor wel iets te groot was, maar ze konden wel even stoppen bij het strand; als hij dat leuk vond en het niet te koud was, konden ze er een wandeling maken, en dat leek hem tevreden te stellen.

Iemand in het bureau van Sixth Precinct had een, zij het knullige, poging gedaan om de boel wat op te fleuren voor de kerst: een slinger blauwe kerstlichtjes hing boven de balie (een aantal lampjes deed het niet meer), en op de muur hing een kaart met VROLIJK KERSTFEEST erop.

Perlmutter kwam haar tegemoet in de gang, begroette haar met een kus en liep samen met haar naar Browns kantoor.

Murphy zat er al, met zijn stoel naar achteren gekanteld en zijn hoofd tegen de muur.

'Heeft je moeder je nooit verteld dat je zo wel je nek kunt breken?' zei Kate, terwijl ze naast hem ging zitten en zich dwong om luchtig te blijven doen, terwijl ze hier alleen was om feiten en details te horen: *wat houdt die 'laatste ontwikkeling' in?*

'Mijn moeder heeft alleen gezegd: "Je moet niet net als je vader bij de politie gaan werken." En daar heb ik ook nooit naar geluisterd.' Hij trok een paar keer aan het elastiekje om zijn pols. 'En, hoe was het in Rome?'

'Uitstekend. Waar is Brown?'

'Koffie halen,' zei Perlmutter, net toen Brown binnenkwam met een blad Starbucks in zijn handen.

'Wauw,' zei Kate. 'Heeft iemand de lotto gewonnen?'

'Ik kon dat slootwater hier niet meer zien,' zei Brown, en deelde de koppen rond.

'Is dit mijn decafé dubbele espresso grando soja mokka frappuccino?' vroeg Perlmutter.'

'Ook wel zwarte koffie genoemd,' zei Brown.

Kate deelde daarna de cadeaus in hun fraaie zwarte dozen van Barneys uit en genoot van de verbaasde blikken op de gezichten van de mannen toen ze die openmaakten. 'In plaats van die rottige elastiekjes,' zei ze tegen Murphy. Hij bekeek de armband uitvoerig, alsof hij niet begreep waar die voor diende.

Mitch Freeman kwam binnen. 'Bederf ik het feestje?' Hij glimlachte naar Kate en ze voelde zich opgelaten omdat ze niets voor hem had gekocht. Bij Barneys had ze wel even aan hem gedacht toen ze een paar gouden manchetknopen had gezien, maar ze had er onmiddellijk van afgezien omdat het een te persoonlijk cadeau zou zijn, iets wat ze misschien voor haar man zou hebben gekocht op hun trouwdag.

De mannen zaten wat te dollen en flauwe grappen te maken... 'Die sokken zijn te veel voor die platvoeten van jou, Murphy...' 'Ja, alsof die sjaal wel om jouw dikke nek heen past, Perlmutter...'

Net kleine kinderen, dacht Kate. Ze had speelgoedsoldaatjes en bouwdozen voor hen moeten kopen.

Brown pakte zijn zacht leren handschoenen weer in alsof ze van porselein waren, reikte toen achter zich en pakte een map van zijn bureau die hij aan Kate gaf. 'Hier zul je wel voor gekomen zijn. De laatste bevindingen.'

Kate zag een lange reeks cijfers van laboratoriumonderzoeken, maar ze kon er niet uit wijs worden. 'Wat is dit?'

'DNA-resultaten,' zei Brown. 'Van de conservator, Dressler, in het museum. Hij had schilfers onder zijn nagels.'

Kate schoof naar voren. 'En...'

'Het was een vrouw.'

'Wie was een vrouw?'

'Het DNA onder Dresslers nagels – dat was van een vrouw.'

'Betekent dat dat het Miranda Wilcox was?'

'Dat vermoeden we,' zei Brown. 'De patholoog heeft genoeg monsters van Wilcox' autopsie, maar het zal wel een tijdje duren voordat dat uitgezocht is. Het is pas gisteren gekomen. Het lab van Quantico doet dezelfde onderzoeken nog eens. De overheid vertrouwt ons niet.'

'Dressler heeft waarschijnlijk iets ontdekt wat hij niet had mogen zien, en Leader en Wilcox hebben toen met hem afgerekend,' zei Perlmutter. 'Of... Leader had er niet het lef voor en Wilcox heeft het alleen gedaan. Misschien heeft zij ook met de anderen afgerekend. Misschien heeft zij Beatrice Larsen wel vermoord. Ze wilde de werken van die oude dame maar wat graag hebben, toch?'

'Heeft iemand van het museum Wilcox daar ooit gezien?' vroeg Kate.

'We hebben er een paar inspecteurs naartoe gestuurd met haar foto,' zei Brown. 'Nog niets gehoord.'

'Ik weet het niet.' Kate probeerde het zich voor te stellen: Miranda Wilcox die Dressler doodstak. 'Ik heb haar nooit voor iemand gehouden die tot meer in staat was dan malafide praktijken.'

'Is dat omdat ze een zakenvrouw was, of omdat ze een vrouw was?' zei Murphy. 'Omdat je denkt dat vrouwen het zwakke geslacht zijn?'

Kate wierp hem een venijnige blik toe. Het naïeve deel van haar wilde graag geloven dat vrouwen inderdaad niet tot zoiets in staat zouden zijn. 'Vrouwen beginnen geen oorlog,' zei ze, bij gebrek aan een betere repliek.

'Echt niet?' zei Murphy. 'Dan heb je zeker die foto's niet gezien uit de Abu Ghraib-gevangenis. Daarop leek het toch wel dat die vrouwelijke soldaat de tijd van haar leven had.'

Perlmutter wilde iets zeggen – een uiteenzetting over *gender politics* misschien – maar Freeman was hem voor. 'Dit gaat niet over het geslacht, of over de aard. Het gaat erom hoe je bent grootgebracht. Lees maar over de eerste jaren van Aileen Wuornos, dan zie je hoe een vrouw ertoe kan worden gebracht dat ze net zo kan gaan moorden als een man – en zonder gevoel.'

'Ik heb de film gezien,' zei Perlmutter. '*Monster*. Mooie actrice speelt afschuwelijke rol. Heeft haar verzekerd van een Academy Award.'

Freeman liet zich niet de mond snoeren door Perlmutter. 'Als klein kind is Wuornos in de steek gelaten door haar moeder, haar vader pleegde zelfmoord en ze werd mishandeld. Zwanger op haar dertiende. Woonde in de bossen als een wild beest. Ze liet zich seksueel gebruiken voor geld.'

'En wat weten we van het verleden van Miranda Wilcox?' vroeg Kate.

'Niet meer dan wat de FBI heeft kunnen achterhalen.'

'Kunnen we haar verdenken van een van de andere moorden?'

'De technische recherche heeft op de andere plaatsen delict totaal geen DNA aangetroffen,' zei Brown.

Zo gingen ze nog een poosje door, bakkeleiend over de details van de zaak, of het het werk was van meer mensen – Leader, Wilcox en Lifschultz – en of ze elkaar te grazen hadden genomen, als ratten in een kooi, maar tot een conclusie kwamen ze niet.

'Misschien komen we er op een dag achter,' zei Brown. Hij gooide het laboratoriumrapport op zijn bureau.

'Dus dat is het?' Kate voelde zich zo gefrustreerd dat ze het idee had dat ze elk moment kon openbarsten, als een van die buitenaardse filmmonsters.

'Wat wil je dat ik doe, McKinnon?' Brown keek haar aan met die typische combinatie van frustratie en ergernis. 'Dat ik een paar aanwijzingen verzin en een strik om de zaak bindt, zodat jij je beter voelt?'

'Nee. Ik wil alleen niet het gevoel hebben dat deze zaak voortijdig wordt afgedaan als cold case.'

'Het is geen cold case,' zei Brown. Alles is opgelost. Officiële lezing: Lifschultz was de dader. En als blijkt dat Wilcox hem heeft geholpen...' Hij haalde zijn schouders op. 'Het doet er niet toe. Op dit ogenblik heb ik een paar zeer dringende zaken liggen.' Hij legde zijn hand op een stel dossiers op zijn bureau. 'Die zijn binnengekomen toen jij je muntjes in de Trevifontein gooide. Een Zweeds echtpaar, overvallen op Union Square – geen gunstige plek voor toeristen, vooral niet in de kersttijd. En een verkrachting bij Chelsea Piers – die Tapell en de burgemeester met prioriteit behandeld willen zien. Dus het spijt me voor je als de Slachter niets meer oplevert, wat ook moeilijk zou gaan aangezien hij dood is.'

Kate zei maar niets over haar gesprek met Resnikoffs dochter. Wat had het voor zin? 'Laat maar.' Ze wist niets anders te zeggen, ook al had ze het gevoel dat het niet genoeg was en klonk het zelfs in haar eigen oren nukkig. Teleurgesteld verliet ze Browns kantoor.

Murphy liep haar in de gang achterna. 'Sorry.'

'Niet nodig,' zei Kate. 'Brown heeft gelijk. Je kunt niet op aanwijzingen afgaan als die er niet zijn.'

Murphy knikte. 'Bedankt.' Hij wees op de armband.

'Ga je hem dragen?'

'Zeker.' Hij deed hem om zijn pols, naast het elastiekje.

'Hij was bedoeld ter vervánging van die dingen, niet erbij.'

'Ik moet toch iets hebben om mee te spelen.'

Kate trok een wenkbrauw op. 'Ik geloof dat ik daar maar niet op inga.'

Murphy verplaatste zijn gewicht op zijn andere voet. Hij wist niet precies wat hij had willen zeggen. Deze zaak, het samenwerken met Kate, had van hem niet echt de held gemaakt die hij had willen zijn, maar hij had het wel fijn gevonden om weer bezig te zijn. Hij tikte op de zilveren armband. 'Deze draag ik niet alleen morgen naar Southampton, ik neem ook die doos van Barneys mee. Misschien pas ik daar dan beter.'

'Ga je naar je dochter?'

Murphy knikte en dacht aan Carol, die steeds meer op hem ging lijken: donker haar, lichte ogen, die uitgroeide tot een jonge vrouw, terwijl hij de man werd die haar om het weekend te zien kreeg.

'Ik vind het vreselijk daar. Ik krijg altijd het gevoel dat ik zo'n arme sloeber ben.'

Kate dacht aan het huis in East Hampton waar zij en Richard hadden gewoond, en aan hun leven samen dat nu al iets onwerkelijks leek, meer een droom dan iets wat ze echt had meegemaakt. 'Ik ben daar ook, in Springs, maar alleen overdag. We kunnen er wel samen naartoe rijden, goed?'

'Ja, maar alleen als ik de Mercedes mag houden. Ik blijf daar een paar dagen, en ik heb een auto nodig, dus... Ga je op bezoek bij Zander?'

'Mijn laatste interview met hem, denk ik.'

'Hoe gaat het met hem?'

'Ik geloof wel goed.' Kate dacht aan Daniella Resnikoff die herhaalde wat haar vader over Zander had gezegd: *Voor mij is hij dood.*

Murphy stak zijn hand uit, Kate drukte hem, en zo bleven ze even staan tot hij zei dat hij moest gaan.

Mitch Freeman stond bij de ingang van het politiebureau te wachten.

'Ga je naar huis wandelen?'

'Ja, dat was ik wel van plan.'

'Vind je het goed als ik mee hobbel?'

Kate knikte, al wist ze eigenlijk niet zeker of ze zin had in gezelschap. Ze liepen naar Eighth Avenue in noordelijke richting, de blauwe hemel vertoonde grijze strepen en het was kil.

'Denk jij echt dat Lifschultz de Slachter was?' vroeg ze.

'Jij niet dan?'

'Ik probeer alleen te begrijpen waarom hij Zander zou willen vermoorden terwijl hij gewoon de benen had kunnen nemen.'

'Dwangneurose, misschien. Maar soms is een verklaring ver te zoeken. Psychopaten zijn zeer complex en moeilijk te begrijpen. Ik kan het het beste uitleggen aan de hand van het feit dat een psychopaat...' – hij keek even naar de hemel – '... constant bedriegt. Niet alleen gedraagt hij zich alsof hij normaal is, maar hij gelooft echt in die rol – of rollen. Sommigen van hen zijn zo bedreven in hun rol dat je die pas ontdekt als ze instorten – vooral als ze intelligent zijn.'

'Lifschultz was volgens mij niet zo'n slimmerik. Een gladjakker, dat wel, maar intelligent... ik weet het niet.'

'Nou, misschien was dat dan maar goed ook. De slimmeriken worden vaak niet ontdekt. Het zou kunnen zijn dat Lifschultz last van wroeging kreeg na de dood van zijn vrouw, en dat hij daardoor meer risico's ging nemen.'

'Zou kunnen,' zei Kate, hoewel ze nog steeds Zander als het ultieme slachtoffer zag en niet begreep wat Lifschultz daarmee te maken kon hebben. 'Ik wacht alleen nog steeds op de volgende klap. De laatste tijd bedenk ik steeds het ergste scenario.'

'Typisch gedrag van rechercheurs. Dat is een natuurlijke reactie, uit zelfbehoud.'

Kate dacht hier even over na. Was ze nog wel rechercheur? Het leek er wel op. *Eens een politieagent, altijd een politieagent.* Hoe vaak had ze dat niet horen zeggen?

'En je hebt al heel wat voor je kiezen gekregen,' zei Freeman.

'En dan ga je je daarop instellen, bedoel je?'

Freeman knikte, en haalde een klein vierkant doosje tevoorschijn. 'Misschien is dit niet het juiste moment, maar... vrolijk kerstfeest.'

'O, shit.'

'Zeggen mensen dat tegenwoordig in plaats van dank je wel?'

'Sorry.' Kate schoot in de lach. 'Dank je wel. Echt. Alleen, ik heb niets voor jou. Ik was het wel van plan, maar...'

'Dat verwachtte ik niet, hoor.' Hij glimlachte en Kate zag de aantrekkelijke kraaienpootjes opzij van zijn ogen. 'Kom, maak het maar open. Het is niets bijzonders.'

Een antieke kerstversiering, van melkglas en filigraan.

'O, wat mooi. Nu moet ik wel een boom gaan kopen – dat wilde ik toch al doen, voor de kleine.'

'Hoe gaat het met hem?'

'Heel goed. Nola is weer met hem naar haar tante in Mount Vernon. Het is heerlijk rustig in huis, en een beetje eenzaam.' Ze had het niet hardop willen zeggen, zelfs niet tegenover zichzelf willen toegeven.

'Kerst geeft me altijd een eenzaam gevoel,' zei Freeman. 'Misschien omdat ik joods ben, en al mijn christenvrienden naar hun familie gaan en ik me voorstel dat ze het daar enorm leuk hebben.'

'Leuk, met kerst? Ben je mal?' Kate lachte. 'Het is een nachtmerrie. Nou ja, misschien niet voor protestanten, maar daar weet ik niets van. Maar voor katholieken?' Ze zweeg even. 'Grappig, Richard vierde altijd heel graag kerst met mijn ooms en tantes.' De gedachte aan alle kerstfeesten die ze met Richard had meegemaakt maakte haar somber, en toen Freeman dat merkte kwam hij bij gebrek aan een geschikter onderwerp weer terug op het DNA-monster, en het feit dat de moordenaar – althans die van Dressler – een vrouw was, waarschijnlijk Miranda Wilcox. Ze praatten er nog even over door en toen ze een paar straten van Kates huis waren, voelde Kate zich onrustig en alleen en ze vroeg Freeman of hij haar nieuwe woning wilde zien en wat drinken. Toen ze zijn gezicht zag opklaren aarzelde ze even, maar het was nu al te laat om de uitnodiging weer in te trekken.

Kate maakte een fles *pinot noir* open, na een glas ontspande ze wat en ineens was er een uur voorbij waarin ze gezellig hadden zitten kletsen. Ze was blij dat ze hem had uitgenodigd en bood aan om een maaltijd met pasta en tomatensaus in elkaar te flansen. Het eten verliep goed en toen daarna het gesprek een beetje doodliep, volgde dat ongemakkelijke moment waarop Kate dacht dat het waarschijnlijk beter was als Freeman vertrok, al wist ze niet zeker of ze dat wel wilde.

Freeman nam het initiatief. 'Ik moest maar eens opstappen.'

Kate knikte en liep met hem door de gang toen ze de beelden van haar kledingstukken, kapot gesneden en netjes op de grond gelegd, weer voor zich zag.

'Wat is er?' vroeg Freeman.

'Niets. Nou ja, ik ben nog steeds een beetje schrikachtig – sinds die inbraak, bedoel ik. Ik weet dat het dwaas is, maar...'

'Dat is helemaal niet dwaas, Kate. Iemand is je eigen woning, je thuis, je veilige haven binnengedrongen. Als je je daar niet ongemakkelijk bij zou voelen zou je een robot zijn.'

'Bedankt.'

'Het is de waarheid, meer niet.' Hij glimlachte weer. 'En volgens mij heb jij niets van een robot.'

'Soms zou ik dat wel willen. Veel gemakkelijker.'

Freeman lachte. 'Kunnen we dit nog eens doen, samen eten, bedoel ik?'

Kate knikte en stak met een wat opgelaten gevoel haar handen in haar broekzakken, als een tiener op haar eerste afspraakje.

Freeman schoot zijn jasje aan, bleef toen staan, boog zich naar haar toe en drukte een lichte kus op haar wang, ging weer recht staan en keek haar aan. Ze wist wat er kwam en toen hij zich weer naar haar toe boog, wilde ze haar hand op zijn borst leggen om hem tegen te houden, maar ze bedacht zich en sloot haar ogen.

Freemans lippen waren zacht en licht, en Kate beantwoordde zijn kus terwijl ze dacht – *wil ik dit echt wel?* – en toen haar lippen opende voor een innige kus. Ze rook zijn aftershave, citroenachtig, heel anders dan die van Richard, godzijdank, hoewel de gedachte aan Richard zich opdrong nu Freemans lippen op de hare waren en zijn hand haar rug streelde.

Freeman verbrak de stilte. 'Wil je dit wel? Anders ga ik gewoon naar huis en dan spreken we een andere keer af als je...'

'Sst.' Kate legde haar vinger op zijn lippen en kuste hem nogmaals.

Hij begon ter plekke haar kleren uit te trekken, terwijl hij haar schouders en hals zoende, en toen ze eindelijk in Kates bed belandden was ze ademloos en duizelig en vroeg ze hem eerst even tegen elkaar aan te liggen, zonder iets te zeggen of elkaar aan te raken. Freeman haalde diep adem en rolde zich op zijn zij, en na een paar minuten pakte ze zijn hand en bracht die naar haar borst, hun lippen ontmoetten elkaar weer en langzaam begon het liefdesspel, en toen hij bij haar binnenkwam sloeg ze verward en opgewonden haar armen om hem heen. Ze drong beelden van haar en Richard weg en liet zich meeslepen door wat er gebeurde, en toen het voorbij was legde ze haar hoofd in het kuiltje van zijn hals en hoopte ze dat hij haar tranen niet op zijn schouder zou voelen.

Later, toen Freeman een traan van haar wang veegde en vroeg of alles in orde was, knikte ze, al was ze er niet zeker van; ze had het gevoel dat haar emoties als droge bladeren die van een boom waren gevallen om haar heen lagen, broos en kwetsbaar. Ze had in de tien jaar die ze met Richard was geweest nooit een ander gehad, en nu met Mitch Freeman was het onverwacht geweest, een beetje beangstigend, en het had twee dingen bevestigd: ten eerste dat ze springlevend was en ten tweede dat haar man dood was.

Freeman was zo verstandig dat hij die nacht niet bleef. Het was ongemakkelijk toen hij vertrok, maar ze kusten elkaar weer en Kate wist een lachje te produceren. Toen hij weg was wist ze dat ze onmogelijk de slaap kon vatten en deed ze wat ze in dat geval altijd deed: ze ging aan het werk.

Rond 1950 had ieder lid van de New York School zijn eigen stijl ontwikkeld, en het abstract expressionisme was verdeeld in twee groepen. Aan de ene kant waren er de actionpainters, zoals Kline en De Kooning, die hun expressie vonden door met de verf te gooien of te spuiten. Aan de andere kant waren er schilders als Rothko en Newman, die zich vooral uitten door middel van kleur. Maar niet iedereen liet zich in een vakje duwen. Schilders als Clyfford Still hadden iets van beide stijlen in zich, en achteraf zijn deze schilders veel duidelijker in te delen dan in die tijd.

Je kunt je afvragen: is het drippen van Jackson Pollock wel te vergelijken met de dynamische penseelstreken van Willem de Kooning? Zijn Rothko's sombere kleursluiers hetzelfde als Barnett Newmans enorme kleurvlakken of Ad Reinhardts minimalistische zwarte doeken?

Kate hield even op met schrijven toen ze ineens Freemans naakte lichaam voor zich zag.

Heb ik dat echt gedaan?

Aan de ene kant voelde ze zich onrustig en schuldig, maar aan de andere kant vol verlangen en opgewonden, wat haar verbaasde. Ze wist niet precies waar dit toe zou leiden en of ze er klaar voor was, maar even later werd de opwinding vervangen door de gedachte aan het gesprek dat zij en Freeman hadden gevoerd over psychopaten die iedereen bedrogen, en meteen daarna dacht ze aan Henry Lifschultz, Colin Leader en Miranda Wilcox – drie mensen die er alles aan hadden gedaan om een geheim te verbergen. *Acteren*, dacht ze. Iets wat we allemaal doen.

Kate zette haar ellebogen op het bureau en dacht aan de verschillende rollen die zij had gespeeld: die van rechercheur, echtgenote, kunsthistorica, lid van de beau monde, en nu... wat? Ze wist het niet precies. *Iets wat nog in wording was?*

Maar die rollen waren wel echt geweest. Er was niets te verbergen geweest, geen geheimen.

Haar blik viel op de reproductie van het schilderij van Zander dat boven haar bureau hing.

Speelde hij een rol? Ze wist het niet, maar ze had het idee dat hij wel een geheim had.

De gedachte aan Zander bracht haar weer terug bij het schrijven.

En wat betreft abstract tegenover figuratief: er waren maar twee grote figuurschilders in de groep: Willem de Kooning en Phillip Zander. Korte tijd was er nog een derde: Sandy Resnikoff, wiens werk veel weg had van De Kooning en Zander, maar Resnikoff schilderde daarnaast ook landschappen, en hoewel hij is blijven schilderen, en verdienstelijk ook, verliet hij de groep en de kunstwereld in New York, en schilderde hij niet langer figuren.

Kates handen bleven boven het toetsenbord hangen.

Wat wilde ze nog meer kwijt over Resnikoff? Wat had zijn dochter nog meer gezegd?

Het tijdschrift *Life. The Irascibles.*

Kate pakte een boek van de plank, bladerde het door tot ze de beroemde zwart-witfoto's uit 1950 vond, een groep van vijftien schilders die bekendstonden als de New York School. De Rebel, Jackson Pollock, in het midden, met een interessante blik en een sigaret in de hand; achter hem de ondoorgrondelijke Monnik, Ad Reinhardt, stijfjes in zijn zwarte pak; Willem de Kooning, de King, met een boze blik achteraan; Mark Rothko, de Rabbi, vooraan, die Kate vooral deed denken aan een van de Marx-brothers, achter hem de jongensachtige Robert Motherwell en naast hem Phillip Zander.

Stelletje verwaande kwasten... die iets pretendeerden te zijn wat ze niet waren. Zo had Resnikoff, die niet op de foto stond, hen beschreven.

Maar ze waren bevriend geweest – Zander en Resnikoff; dat was nu wel duidelijk.

Voor mij is hij dood.

Had Zander Resnikoff op een smerige manier verraden?

Als het niet zoveel te betekenen had gehad, waarom had Zander het haar dan niet gewoon verteld?

Ach ja, weet je, ik heb Resnikoff een idioot genoemd.

Of...

Ik zei dat zijn werk niet deugde en toen werd hij razend en heeft hij nooit meer met me willen praten.

Dit soort dingen gebeurden regelmatig onder creatieve mensen, wist Kate. Maar het leek in dit geval erger, iets wat Zander niet tegenover haar wilde bekennen – of misschien niet tegenover zichzelf.

Maar wat kon er zo erg zijn?

Kate twijfelde eraan dat ze het verhaal uit Zander kon krijgen – maar misschien wilde hij het na die bedreiging toch wel kwijt. Misschien. Maar niet waarschijnlijk.

Na nog een uur werken was Kate doodop.

Toen ze in bed lag, dacht ze aan Mitch Freeman en tot haar verbazing merkte ze dat ze glimlachte. Maar toen ze langzaam in slaap viel, dacht ze ineens weer aan de letters DH, die ze vergeten was op te zoeken.

39

José liet zijn hoofd tegen de steun van de autostoel rusten, met de oortelefoon van zijn discman op zijn plaats, in zijn ene hand de nieuwe iPod, en de andere nog in het gips. Toen Kate hem het cadeau had gegeven, waren zijn ogen groot geworden en zijn glimlach breder dan ze ooit had gezien, ook al schaamde hij zich omdat hij niet wist hoe het apparaat werkte. Jules, verzekerde ze hem, zou hem daarbij kunnen helpen.

Na een uur te hebben geluisterd naar het blikkerige gezoem dat uit Josés koptelefoon kwam, stopte Kate een cd in de speler en zong mee met Annie Lennox, en zo zaten ze allebei in hun eigen wereldje terwijl ze door Queens naar Nassau County reden.

Bij Manorville verliet Kate de Long Island Expressway, terwijl ze eraan dacht dat Henry Lifschultz dezelfde weg had genomen naar de Hamptons. Ze probeerde zich hem voor te stellen achter het stuur: *waar zou hij aan hebben gedacht?* Hadden ze hem maar levend te pakken genomen, dan zou ze het nu misschien weten.

Toen het licht begon te sneeuwen tikte ze José op zijn arm.

'Mooi, hè?'

Het verveelde schouderophalen van een tiener. 'Ik heb wel eerder sneeuw gezien.'

'Dat dacht ik al,' zei Kate, en probeerde een zucht te onderdrukken.

'En, wat voor type is hij? De oude man?'

'Een soort opa. Een zeer getalenteerde man. Hij maakt nogal woeste schilderijen, dat zul je wel zien.' Kate zag in gedachten Zander in zijn atelier, en daarna de fragmentjes die samen een van zijn schilderijen hadden gevormd.

'En die andere vent, die veel van muziek weet?'

'Zijn assistent Jules. Een heel aardige jongen. Nou, ja, in mijn ogen is hij nog een jongen. Hij zal wel in de twintig zijn. Hij maakt zijn eigen cd's, en zoals ik al zei, hij zal je wel helpen met je iPod.'

José knikte en zette zijn koptelefoon weer op. Even later ruilde Kate Annie Lennox om voor Nina Simone en ze had José bijna gevraagd zijn discman even uit te zetten om hiernaar te luisteren, maar ze deed het niet. Toen de zangeres het sexy, zwoele nummer 'I Want a Little Sugar in My Bowl' inzette, dacht Kate aan Mitch Freeman, en ze werd overspoeld door een golf van genot en schuldgevoel.

Op de achterafwegen, de bomen en de velden – overal lag een dun laagje sneeuw, en hier en daar doken glimpen op van de baai, vlak en kleurloos, tussen poederwitte bomen die zich aftekenden tegen een loodgrijze lucht. Kate tikte José weer op de arm – zijn ogen waren gesloten, maar hij sliep niet, en zijn hoofd bewoog op de muziek die uit zijn oortelefoon blikkerde – toen ze de eenzame weg op draaide die naar Zanders atelier leidde.

Het was er rustig. Geen politie of politiewagens, geen helikopter deze keer. Toch was er iets aan die gedempte stilte wat Kate rillingen bezorgde. Ze rilde toen ze uitstapte en dat had niets te maken met de kou.

José bleef nog even staan kijken naar het huis en de schuur, die bescheiden waren naar de maatstaven van Hampton, en Kate bekeek het door zijn ogen: de hoge naakte eiken en groenblijvende bomen, het riante oude huis en de omgebouwde schuur waar een overdekt paadje naartoe leidde. Voor José moest dit eruitzien als iets uit een film.

Kate klopte aan en deed de deur open.

Zander zat voor een schilderij met een kwast in zijn hand, maar hij onderbrak zijn werk toen ze binnenkwamen.

'José, dit is meneer Zander.'

'Menéér?' Zander keek fronsend op. 'Zeg maar Phil.' Hij legde zijn kwast op zijn palet en stak een van zijn grote, knoestige handen uit, die besmeurd was met rode en blauwe verf. 'Wat heb je met je arm gedaan?'

'Gevochten,' zei José, terwijl hij zijn hoofd parmantig schuin hield. 'Het doet geen pijn en het gips mag er 's nachts af.'

'Dat is mooi,' zei Zander. 'Ik hoor dat je van muziek houdt – maar waarschijnlijk niet van déze.' Hij wenkte naar een grote speaker in de hoek, waaruit Ella Fitzgerald te horen was die zacht 'A Foggy Day in London Town' zong. 'Voor muziek moet je bij Jules zijn. Hij is naar huis gegaan om een stel cd's te halen die je volgens hem wel zullen bevallen. Hij kan elk moment terug zijn.'

José keek even naar Zanders schilderij en vroeg: 'Waar is haar andere arm?'

Kate schrok op. 'José...'

'Nee, nee,' zei Zander. 'Dat is een verrekt goeie vraag. Ik zweer je dat hij er een minuut geleden nog zat.' Hij keek op de grond, alsof hij daar zou kunnen liggen, José schoot in de lach en Kate voelde zich opgelucht. Toen pakte hij een doek en veegde hij wat blauwe verf weg, waarna een stukje van een vleeskleurige arm tevoorschijn kwam. 'Ah, daar is hij. Soms vergeet ik het gewoonweg.' Hij haalde zijn schouders op en lachte. 'Misschien schilder ik hem wel weer, maar je weet het nooit.' Hij wees met zijn kwast naar het doek. 'Ik heb een vraag voor je. Is dit een echte figuur of niet?'

José schudde zijn hoofd. 'Nee.'

'Precies. Het is een schilderij van een figuur, en ik kan ervan maken wat ik wil. Als je zo oud bent als ik, laat je je door niemand meer voorschrijven wat je moet doen. Ik kan schilderen wat ik maar wil. Ik kan lang uitslapen. Jezus, ik kan de hele dag slapen als ik daar zin in heb!'

'Of televisiekijken?'

'Reken maar.' Zander knipoogde naar Kate, en zij glimlachte. Ze had hem nog nooit zo meegemaakt en ze kreeg bijna last van schuldgevoelens – dat ze had gedacht dat deze vriendelijke oude man geheimen had die zij weer zou proberen hem te ontlokken.

De deur van het atelier zwaaide open en Jules verscheen. Hij schudde witte vlokken van zijn waterafstotende muts en jas, als een hond die binnenkwam uit de regen. 'Wat een sneeuw,' zei hij.

Kate keek door de open deur naar buiten – het zag eruit als een prentbriefkaart – en stelde iedereen aan elkaar voor.

Jules trok zijn oliejas uit, maar de alomtegenwoordige baseballcap hield hij op, en daarna nam hij José mee naar de cd-speler. Even later hadden ze Josés iPod aan de computer gekoppeld, Kate hoorde termen als 'branden' en 'downloaden', en José straalde. Ella Fitzgerald had plaatsgemaakt voor hiphop, en tot Kates verbazing beviel die muziek haar wel. Ze moest er onbewust op hebben staan dansen, want Jules riep: 'Go, girl!' waarop hij en José in lachen uitbarstten.

'Wie zijn dit?' vroeg ze.

'De Black Eyed Peas,' riep Jules boven de muziek uit. 'Ik zal een cd voor je branden, voor onderweg.'

'Bedankt,' zei Kate, maar Jules had zich alweer omgedraaid naar José, en ze meende dat ze José iets hoorde zeggen over de rapper 50 Cent, maar door de harde muziek kon ze niet goed horen wie er wat zei, maar het maakte ook niet uit – deze blik had ze nog nooit op Josés gezicht gezien: puur plezier.

Zander legde zijn grote, knoestige handen over zijn oren en gebaarde naar Jules, die het geluid zachter zette, José een koptelefoon opzette en bij zichzelf hetzelfde deed.

'Wat goed dat je dit doet,' zei Kate tegen Zander.

Zander wuifde het weg. 'Ik ben al half doof. Dan kan ik ook wel voor de volle honderd procent gaan. En het is goed voor Jules. Hij besteedt veel te veel tijd aan een oude man als ik.'

'Hoe gaat het met je? Ik bedoel, sinds...'

'O, dát.' Zander maakte weer een onverschillig gebaar. 'Het gaat prima met me.'

Kate keek hem aan. Was dat echt waar? Als een seriemoordenaar nog maar een week geleden haar als doelwit had gehad, zou ze daar nog wel last van hebben. Zelfs nu ze zag dat alles met Zander in orde was, bleef ze een onrustig gevoel houden.

Ze haalde de laptop uit haar tas en dwong zich tot een glimlach. 'Dit gaat gemakkelijker dan met een taperecorder. Dan hoef ik het niet meer over te schrijven,' zei ze. 'Nog maar een paar vragen.'

Zander knikte en keerde zich weer om naar zijn schilderij. 'Misschien heeft José wel gelijk – waar ís haar andere arm verdomme?' zei hij, waarna hij een dik halfuur lang uitweidde over zijn werkwijze.

Kate luisterde maar met een half oor. Ze wachtte tot Zander klaar was met zijn verhaal, zodat ze haar vragen kon stellen.

'Ik ben onlangs in Rome geweest, in het atelier van Sandy Resnikoff,' zei ze toen hij zweeg. Ze probeerde het terloops te brengen. 'Zijn dochter heeft me heel veel van zijn werk laten zien. Zijn schilderstijl was veranderd. De figuren waren helemaal verdwenen. Hij maakte abstracte landschappen.'

'O ja?' Zander pakte de kwast van zijn palet en roerde ermee rond in een blik terpentine.

'Ja. Zijn dochter zei dat hij al jaren geen figuren meer schilderde – ze kon het zich niet eens meer herinneren. Vind je dat vreemd?'

'Kunstenaars veranderen,' zei hij.

'Ja, maar Resnikoff was een van de eersten, zoals jij en De Kooning, die experimenteerden met een nieuw soort figuren. Ik vind het vreemd dat hij New York verlaat en het dan helemaal opgeeft.'

'Zoals ik al zei: kunstenaars veranderen.'

'Maar jij niet.'

Zanders hand bleef halverwege een penseelstreek steken.

'Ik bedoelde niet dat je werk niet is gegroeid of gerijpt, alleen dat je steeds hetzelfde onderwerp blijft schilderen, namelijk figuren. Je hebt toch samen met Resnikoff een atelier gehad?'

'Meer dan vijftig jaar geleden.' Zander roerde zo hard in de terpentine dat het begon te schuimen. 'Ik herinner me die keer...'

Wat Zander vertelde was geen herinnering aan Resnikoff, maar een ander verhaal, dat Kate al kende, over de schilder Ad Reinhardt die beeldhouwwerken beschreef als: '... waar je tegenaan loopt als je een stap naar achteren doet om een schilderij te bekijken'. Zander weidde erover uit en lachte, maar Kate liet zich niet van de wijs brengen.

'Volgens Resnikoffs dochter had hij, toen ze aan haar vader vroeg waarom hij was gestopt met figuren schilderen, gezegd: "Er was geen plaats voor." Wat bedoelde hij daar volgens jou mee?'

Zander liet een geërgerde zucht horen. 'Hoe kan ik dat nu nog weten?'

Omdat je je verder nog alles herinnert. Maar Kate kreeg geen kans om dat te zeggen, aangezien Zander nu een uitvoerig verhaal begon over de tijd dat hij een WPA-muurschildering had gemaakt met de schilders Arshile Gorky en George McNeil, hoe het er daar aan toeging, zelfs over de broodjes worst die ze tijdens de lunch aten.

Nee, met dat geheugen van hem was niets mis.

Maar wederom sneed hij een ander onderwerp aan – verhalen over de auteurs en critici die over de nieuwe Amerikaanse schilders schreven, hoe ze de beweging hadden geholpen en hoeveel macht ze kregen. Kate probeerde het onderwerp weer op Resnikoff te brengen, deze keer door te beginnen over het artikel in *ArtNews* 'Sandy Resnikoff Maakt een Schilderij', maar daarop reageerde Zander alleen met een verhaal over Elaine de Kooning die het bed gedeeld zou hebben met de redacteur van *ArtNews*, ofwel om haar mans carrière vooruit te helpen ofwel om hem pijn te doen, en daarna weidde hij nog twintig minuten uit over het stormachtige huwelijk van de De Koonings.

Ook hiernaar luisterde Kate niet echt – ze kende dat verhaal al zo'n beetje. Ze luisterde naar de muziek die nu opstond: Aretha Franklin zette net 'A Natural Woman' in.

'Geweldig nummer,' riep ze naar Jules en José – een manier om Zander te laten merken dat ze meer belangstelling had voor Aretha dan voor zijn mening over het huwelijk van De Kooning.

'Wie is dat?' vroeg José.

'Aretha Franklin, ken je die niet? Dat meen je niet!' zei Jules. 'Zeg me dat je dat niet meent, voordat mijn hart breekt.'

José haalde alleen maar zijn schouders op.

'De Queen of Soul! De ultieme diva!' Jules zette het geluid harder, Aretha ging van hoog naar laag en hij viel in: 'You make me feel like a... natural woman.' Hij legde een hand op Josés schouder. 'Jij moet een lesje in muziek hebben, jongeman. Ken je Elvis wel?'

'Elvis? Ja, daar heb ik wel van gehoord.'

Jules zocht tussen zijn cd's en haalde er een met de grootste hits uit tevoorschijn: een foto op de voorkant van Presley toen hij al aan het aftakelen was, in een goudlamé kungfu-pak geperst, met blauwzwart haar en dito bakkebaarden, en genoeg eyeliner om een hele cosmeticawinkel mee te bevoorraden. Hij nam een Elvis-pose aan en zong: 'You ain't nothin' but a hound dog.'

José keek hem verbaasd aan en Kate schoot in de lach.

Die afleidingsmanoeuvre had succes. Zander zweeg intussen, en zij nam de draad weer op terwijl de echte Elvis op de achtergrond 'Heartbreak Hotel' kweelde.

'Er was toch nog een vierde figuurschilder – buiten jou en De Kooning en Resnikoff?'

'Niet dat ik me kan herinneren.' Zander hield zijn blik op het doek gevestigd.

'Hij heette Hopson.'

Zanders hand schoot even uit, een rode verticale penseelstreek veranderde in een zigzaglijn. 'O ja, nu weet ik het weer. Vaag.'

'Wat kun je me over hem vertellen?'

'Alleen dat hij ook in die groep zat.'

'En over zijn schilderijen? Hoe waren die?'

Zander ging nu zo heftig met zijn penseel rond in het blik terpentine dat Kate bang was dat het om zou vallen, maar zijn stem bleef kalm. 'Ik heb geen idee. Ik kende die man amper.'

Kate dacht even na, in een flits zag ze de initialen weer. 'En zijn voornaam? Weet je die toevallig nog?'

Zander haalde diep adem, staarde naar zijn schilderij, naar het plafond, naar de vloer, alsof de naam daar ergens gedrukt stond en hij die alleen maar hoefde te vinden. 'Nee,' zei hij uiteindelijk. 'Ik weet het niet meer.' Hij keek haar aan en glimlachte haar toe op een manier die duidelijk maakte: *ik wil het hier niet meer over hebben.*

Maar Kate wilde dat wel.

'Was het Donald? Of David?'

'Wat bedoel je?'

'Hopsons voornaam. Die begon toch met een D?'

Zander fronste zijn voorhoofd, alsof hij er serieus over nadacht. 'Sorry,' zei hij na een ogenblik. 'Zoals ik al zei, ik heb hem niet goed gekend.'

'Maar je moet toch wel hebben geweten wat zijn voornaam was?'

'Misschien toen wel. Maar ik weet het nu in elk geval niet meer.' Hij draaide zich weer met nieuwe energie om naar zijn werk, en drukte zijn kwast zo hard tegen het doek dat Kate dacht dat het zou scheuren.

Zander schilderde alsof zijn leven ervan afhing – of hij deed alsof, dacht Kate, om haar vragen te ontwijken, wat haar er niet van weerhield ze nogmaals te stellen: zijn relatie met Resnikoff – *Ja, we waren wel vrienden, maar niet heel goede*; over die laatste, noodlottige bijeenkomst – *Zoals ik al zei, we hebben ruzie gemaakt, maar ik weet niet meer waarover*; en ten slotte: 'En waarom zou iemand jou willen doodmaken?'

'Ik heb geen idee,' zei Zander. 'Het gaat er soms wreed en wrokkig aan toe in de kunstwereld. Dat weet jij toch ook. Succes roept gevoelens van haat op.'

'Haat misschien,' zei Kate. 'Maar moord?'

'Ik dacht dat die ene man, hoe heet hij, Lipshitz?'

'Lifschultz.'

'Hoe dan ook, ik dacht dat hij een psychopaat was, en die handelen toch nooit volgens de wetten der logica?'

Kate zuchtte. Daar had Zander gelijk in. Bovendien waren ze het er zelfs niet allemaal over eens dat al die moorden door een en dezelfde persoon waren gepleegd. De conservator, Martin Dressler, was blijkbaar door een vrouw vermoord. En Lifschultz mocht dan veel zijn geweest, maar een vrouw in elk geval niet.

Na nog een halfuur vragen stellen die Zander negeerde of ontweek gaf Kate het uiteindelijk op; ze pakte haar laptop in en gebaarde naar José dat het tijd was om op te stappen. Haar boek zou het moeten stellen zonder Zanders verhaal over zijn ter ziele gegane vriendschap met Resnikoff, of de reden waarom Resnikoff een veelbelovende carrière had opgegeven en New York had verlaten – of iets over die vierde figuurschilder, Hopson.

Maar José was nog niet klaar voor vertrek. Hij kwam aanlopen met zijn iPod in zijn hand en één oordopje in, om te zeggen dat ze pas negentig nummers hadden overgezet, en Kate wist toch wel dat er op een iPod wel zo'n duizend nummers konden?

Kate keek verbaasd op toen Zander voorstelde om de jongen een nachtje te laten logeren.

'Nee,' zei ze. 'Zijn moeder verwacht hem thuis.'

'Dat vindt ze niet erg,' zei José, en hij had zijn moeder al gebeld voordat ze kon protesteren. Daarna buitelde hij letterlijk door het atelier naar Jules om beide oortelefoontjes weer in te doen.

'Ik geloof dat ik niets meer te zeggen heb,' zei Kate. 'Weet je zeker dat hij je niet tot last is?'

'Ik heb vier slaapkamers die nooit gebruikt worden,' zei Zander, ineens weer helemaal de vriendelijke grootvader. 'En Jules is er ook. Hij zal hem wel bezighouden.'

Er stond inmiddels weer andere muziek op, als onderdeel van Jules' muziekles, veronderstelde Kate; Michael Jacksons 'Man in the Mirror', en Kate zei dat het haar verbaasde hem daar te horen.

'Hoezo?' vroeg Jules, die zijn best deed om boven de muziek uit te komen. 'Hou je niet van de "man met de handschoenen"?'

'Jawel, maar het verbaast me alleen dat jullie hem nog waarderen.'

'Usher is een stuk beter,' zei José.

'Ja, Usher is goed, maar hij heeft wel al die bewegingen van Michael gepikt,' zei Jules. 'Ze hebben allemaal van Michael gepikt: zijn muziek, zijn danspasjes. Die rappers doen allemaal zo macho met hun "Ho, bitch, en fag", maar Michael was nooit zo. Luister maar naar zijn teksten.' Hij hield zijn hoofd schuin en zong mee met zijn aangename, lichte stem.

Kate was onder de indruk. Maar evengoed had ze er moeite mee Michael Jackson los te zien van zijn muziek.

'Ja, ik vind Michael wel cool,' zei José, en glimlachte naar Jules.

Maar Jules had de 'Man in the Mirror' intussen verruild voor een heftige rapper, een van die macho kerels over wie hij net zijn beklag had gedaan – met hun 'bonin' the bitches' – en toen vond Kate het welletjes. Ze nam afscheid en zei tegen José dat ze hem de volgende ochtend zou ophalen.

Jules haalde haar in bij de deur en gaf haar een cd. 'Alsjeblieft, een compilatie, namens José en mij. De Black Eyed Peas, Christina Aguilera, Belle en Sebastian, en nog een paar die je wel goed zult vinden.'

'Probeer je me hip te maken?' Kate glimlachte en zag dat Jules witte katoenen handschoenen droeg. 'Als je je handen wilt beschermen tegen verf en hars kun je beter rubberhandschoenen aantrekken.'

'Ik heb nooit van mijn leven handschoenen gedragen.' Zander stak als bewijs zijn handen in de lucht.

'Ja,' zei Jules. 'Maar ik wil mijn gezondheid niet op het spel zetten met die spullen hier.' Hij veegde met de handschoen zijn onverzorgde haar uit zijn gezicht en liep terug naar José en de muziek. Ze zetten hun oortelefoons weer op en luisterden.

Kate zei nogmaals gedag, maar Zander stond in gedachten verzonken naar zijn doek te staren en de jongens waren bezig met hun muziek, zodat niemand haar hoorde. 'Hé,' riep ze naar José. 'Je belt maar als je me nodig hebt.'

José knikte haar even toe en glimlachte.

Kate huiverde, hoewel het warm was in het atelier. Haar lichaam stelde zich al in op de kou buiten – althans, dat maakte ze zichzelf wijs.

40

De wereld was wit, de bomen langs Springs Fireplace Road bogen door onder het gewicht van de sneeuw, de baai was praktisch onzichtbaar en de ruitenwissers van Kates auto draaiden overuren, maar verloren het uiteindelijk omdat de sneeuw zich sneller ophoopte dan zij die konden wegwerken.

De autoverwarming stond hoog, maar Kate had het nog steeds koud. *Hoe kwam dat?* Door iets wat ze had gezien, of niet gezien, een flits van iets wat ergens in de periferie van haar geest was geregistreerd?

Ze tuurde door de voorruit en greep het stuur stevig vast. Zelfs met een snelheidje van dertig kilometer was het gevaarlijk op de smalle wegen; de gedachte dat ze nog terug moest naar Manhattan werd steeds beangstigender, en toen ze in een slip raakte, vlak voor de Springs General Store – waar Jackson Pollock altijd zijn drank had gekocht – zag ze in gedachten de kunstenaar die hier niet ver vandaan om het leven was gekomen toen hij met zijn auto tegen een boom was geknald, en dat wilde ze hem niet nadoen.

Er was niet echt een reden om naar huis te gaan, vooral niet nu ze de volgende ochtend weer terug moest, en het idee José daar achter te laten had haar ook niet echt aangestaan. Ze belde snel naar vrienden in East Hampton, sprak af dat ze daar de nacht zou doorbrengen, en vervolgde toen voorzichtig haar weg over de Old Stone Highway, terwijl ze weer nadacht over de vragen die Zander niet wilde beantwoorden: over Resnikoffs abrupte vertrek uit New York; over de vierde schilder, over Hopsons voornaam, en ze vroeg zich af wat de oude man verzweeg, en waarom.

Het spoor was al bedekt met een laag sneeuw, de autobanden denderden eroverheen en slipten een beetje toen ze verder reed over de hoofdstraat in Amagansett waar alles gesloten was, een spookstadje. Op de smalle Indian Wells Highway joeg de wind de sneeuw hoog op, en de oceaan, waarvan Kate wist dat hij op enige afstand voor haar moest liggen, was aan het zicht onttrokken.

Eindelijk reed ze Further Lane op – een exclusief stuk grond met prachtig uitzicht op de zee – en passeerde het huis van Jerry Seinfeld en zijn privéhonkbalveld, bedekt onder een laag sneeuw; daarna reed ze langs het zomerverblijf van Helmut Lang; zijn designkleding deed haar altijd met een bitterzoet gevoel denken aan haar luxeleven met Richard. Ten slotte was ze bij de privéweg die naar het huis van haar vrienden voerde dat ze amper zag liggen.

Jane en Jack Sands onthaalden haar met een knuffel en een glas rode wijn, en namen haar mee naar hun woonkamer met entresol, enorme houten balken tussen steen en beton, indianendekens, Zuid-Amerikaanse poncho's en aardewerk, die allemaal gekoesterd werden in de roodoranje gloed van de open haard.

Na een tweede glas wijn begon Kates onverklaarbare onrust af te nemen. Zij en haar vrienden wisselden de laatste nieuwtjes uit; Kate vertelde over Nola en de baby, haar vrienden toonden stralend foto's van hun kleinkinderen. Om zeven uur moesten ze zich gereedmaken voor een etentje bij de buren, en hoewel ze hadden afgesproken dat Kate mee mocht, verontschuldigde Kate zich en drong erop aan dat ze zonder haar gingen.

Toen ze vertrokken waren, at ze nog wat van de hapjes die Jane voor haar had klaargezet, haalde toen haar laptop tevoorschijn en probeerde via een zoekmachine te achterhalen welke kunstenaars DH als initialen hadden.

Verschillende moderne schilders doken op, maar geen van hen kwam in aanmerking. Maar toen ze de naam Hopson intypte, verscheen er bijna een halve pagina met de ontbrekende voornaam: Douglas.

Douglas Hopson, dacht Kate. *DH.*

Nu herinnerde ze zich weer dat ze de naam eerder had gezien – een kunstenaar uit de periode van de New York School, maar iemand die nooit erkenning had gekregen en over wie zelden of nooit iets was geschreven.

Ze klikte op de eerste link. Die bracht haar bij een expositie uit 1941 van de Amerikaanse Modernisten, georganiseerd door Sam Kootz, gehouden in Macy nota bene, een expositie die ze onlangs nog had bestudeerd, hoewel Douglas Hopson in geen van de artikelen daarover was genoemd. Net als aan de rest van de wereld was het bestaan van Douglas Hopson aan Kate voorbijgegaan.

De tweede link verwees naar een expositie in Peggy Guggenheims revolutionaire Art of This Century galerie, met meer dan veertig kunstenaars, onder wie Hopson, en ook een paar van de grote meesters: Jackson Pollock, Willem de Kooning en Phillip Zander. Verbazingwekkend, dacht Kate, dat ze Hopsons naam nooit was tegengekomen in de andere artikelen over Guggenheims galerie, en als die er wel tussen had gestaan, dat die haar nooit was opgevallen.

De derde link bracht haar bij de Art Reference Library, die achtergrondinformatie en data verschafte.

Douglas Hopson. Kunstschilder. Geboren 1911. Overleden 1978.

Kate maakte een rekensommetje. Gestorven toen hij zevenenzestig was, negenendertig jaar oud in 1950, het jaar waarin de schilders van de New York School werden geëerd met de foto van *The Irascibles* in het tijdschrift *Life*.

Eerste solo-expositie: Eighth Street Gallery, NYC, 1948.

Nog wat rekenwerk: Hopson was zevenendertig geweest, jong voor een solo-expositie volgens de normen van die tijd. Zowel Franz Kline als Zander was veertig geweest voor ze zover waren, en De Kooning zelfs vierenveertig. Tegenwoordig exposeerden kunstenaars meteen als ze van de academie kwamen en waren ze rond hun veertigste 'in de bloei van hun carrière', maar in die tijd niet.

Kate bekeek vluchtig de rest van de gegevens over Hopson: een paar groepsexposities na 1948, geen solo-expositie meer, geen opsomming van zijn kunstwerken in openbare of privécollecties, en slechts één recensie in *ArtNews* in 1948. Kate klikte op de link, die haar bij het archief van *ArtNews* bracht.

DOUGLAS HOPSON IN EIGHTH STREET GALERIE

De negen schilderijen van Douglas Hopson die in Eighth Street geëxposeerd worden, allemaal abstracte figuren, zijn niet oogstrelend te noemen. Net als vele tijdgenoten schuwt Hopson schoonheid. Zijn figuren – meest vrouwen – zijn legpuzzels van vrouwen zonder hoofd, een been hier, een arm daar, uitbundig geschilderd in felle kleuren. Je zou kunnen zeggen dat Hopson hen naar de strot vliegt – geen woordspeling.

Met uitzondering van zijn tijdgenoot Willem de Kooning, die onlangs in de belangstelling is gekomen, kan ik geen andere kunstenaar bedenken die het figuur zo goed schildert. Natuurlijk, als je op zoek bent naar een realistische afbeelding van het lichaam, kom je bedrogen uit. Deze figuren houden zich niet aan de regels van de werkelijkheid. Dit zijn figuren die alleen in de wereld van de schilder bestaan.

Ik kan niet zeggen dat Hopsons schilderijen aangenaam zijn om te zien, en bij de eerste aanblik vond ik ze zelfs niet mooi – ze verontrustten me. Maar ik kon ze dagenlang niet uit mijn hoofd krijgen.

Deze directe, intuïtieve werken zijn vanuit het hart en de ziel geschilderd, en deze recensent kijkt al uit naar wat Hopson bij zijn volgende exposities voor ons in petto heeft.

Een recensie vol lof en verwachting die niet in vervulling was gegaan. Hoeveel kunstenaars waren er van wie je na één grote expositie nooit meer iets hoorde? Te veel, dacht Kate.

Legpuzzels van vrouwen zonder hoofd, een been hier, een arm daar, uitbundig geschilderd in felle kleuren... figuren die alleen in de wereld van de schilder bestaan. Kate leunde achterover, sloot haar ogen en zag een afbeelding voor zich, een schilderij, en José die ernaar wees en vroeg: 'Waar is de andere arm?'

Zanders schilderij. Niet Hopson.

Vreemd, dacht Kate, dat de recensent van *ArtNews* Hopson had vergeleken met De Kooning, en niet met Zander.

Ze boog zich naar voren en typte 'Phillip Zander' in. De ene pagina met links na de andere verscheen, en ze zocht alles af totdat ze vond waarnaar ze op zoek was – een boek: *Het vroege werk van Phillip Zander, Schilderijen uit zijn beginjaren, 1949-1950.*

Maar dat waren niet zijn beginjaren – dat waren de jaren van zijn eerste solo-exposities – de jaren waarin hij een internationale beroemdheid werd. Zijn beginjaren moesten daarvóór zijn geweest, dacht ze, maar in het boek stond niets vermeld over de tijd voor 1949.

Kate dacht aan de boeken die ze thuis over Zander had – had in één daarvan iets gestaan over schilderijen van voor 1949? Ze dacht het niet. Ze had er nooit echt over nagedacht, maar nu ze al die boeken over hem zag, besefte ze dat ze allemaal hetzelfde duidelijk maakten: geen schilderij van Phillip Zander van voor 1949. Het was alsof hij ineens was opgedoken als een volleerd kunstenaar, dat hij altijd al van die woeste figuren had geschilderd.

Maar dat kon niet.

Kate leunde achterover, pakte haar glas wijn en nam een slok. Had ze ooit een reproductie gezien van een van de eerste schilderijen van Phillip Zander? Ze dacht het niet.

Maar iedere kunstenaar maakte voordat hij beroemd werd al schilderijen. Er waren tientallen boeken over De Koonings werk voordat hij doorbrak met de reeks *Vrouwen*; hetzelfde gold voor Frans Kline met zijn beroemde zwart-witte abstracties, en ook voor Beatrice Larsen. Kate kende al hun vroege werk. Vreemd dat ze er nooit aan had gedacht er Zander naar te vragen. Had hij alle werken uit zijn beginperiode vernietigd? Dat zou kunnen. Maar als dat zo was, waarom dan?

Kate boog zich weer over de laptop en ging dit keer naar de Art Reference Picture Library, en ook daar typte ze 'Douglas Hopson' in.

Even later verscheen er een afbeelding op het scherm.

Kate was perplex. Het schilderij van deze figuur had opvallend veel weg van het werk van iemand die Kate goed kende: Phillip Zander.

Kate ging nu naar de site van Zander, zocht het schilderij dat ze het beste kende en dat deel had uitgemaakt van de collectie van Cecile Edelman, en dubbelklikte erop om het groter te maken.

De overeenkomst was griezelig; beide schilders hadden figuren geschilderd met overdreven grote handen, cirkelvormige borsten, omtrekken van vormen die terugkwamen in penseelstreken.

Was Hopson een na-aper geweest van andermans werk, of...

Kate ging terug naar de site van Hopson om iets te controleren.

DOUGLAS HOPSON, *PIN-UP GIRL*, 1947.

DOUGLAS HOPSON. EERSTE SOLO-EXPOSITIE: EIGHTH STREET GALLERY, NYC, 1948.

Toen naar die van Zander:

PHILLIP ZANDER. EERSTE SOLO-EXPOSITIE: CHARLES EGAN GALLERY, NYC, 1949.

Hopson had een jaar eerder geëxposeerd dan Zander. *Dus Hopson was niet degene geweest die andermans werk na-aapte.*

Stonden Hopsons beginletters, DH, daarom in het hoekje van dat nagebootste schilderij van Zander – om kenbaar te maken dat Hopson met deze stijl was begonnen, en niet Zander?

Maar als Henry Lifschultz de maker was geweest van die zwart-witschilderijen – wat had hem dat kunnen schelen? En als het Leader of Wilcox was geweest, wat had hun dat kunnen schelen? Kate werd er niet wijs uit.

De zwart-witschilderijen waren ongetwijfeld gemaakt om aanwijzingen te geven – als een voorspel van vandalisme en moord. Maar was er nog meer? Wat zou het hun hebben opgeleverd als ze Douglas Hopsons bijdrage aan de moderne kunst erkenden – tenzij het was bedoeld om zijn werk aan de man te brengen, wat voor zover zij wist niet het geval was, aangezien geen van Hopsons schilderijen boven water was gekomen.

Kate begreep er helemaal niets van.

Maar als een van hen – Lifschultz, Leader of Wilcox – die schilderijen had gemaakt, dan moest er een andere reden zijn.

Zou een van hen familie van Hopson geweest kunnen zijn, vroeg ze zich af.

Ze voerde snel drie zoekacties uit op internet – Leader, Lifschultz en Wilcox. Maar geen van hen bleek iets te maken te hebben met Douglas Hopson.

Kate leunde weer naar achteren. Als zij het niet waren, wie was er dan op uit om Douglas Hopson in ere te herstellen, een mislukt schilder die één solo-expositie had gehad?

Kate keek weer naar de gegevens van Hopson, maar behalve de paar exposities brachten die weinig aan het licht.

Waar moest ze dan zoeken?

Kate staarde in het vuur.

Natuurlijk. In een van haar favoriete rubrieken – de overlijdensberichten.

Het duurde maar een paar tellen voor de zoekmachine het tevoorschijn had getoverd.

NEW YORK TIMES, 24 DECEMBER 1978.
DOUGLAS HOPSON, 67, KUNSTSCHILDER

Douglas Hopson, een abstract expressionistische kunstschilder, is op 22 december in zijn woning aan East Fourth Street in Manhattan overleden. Hij is 67 jaar geworden.

De kunstenaar was in zijn beginperiode bevriend met verschillende kunstenaars van de New York School, zoals

Willem de Kooning en Phillip Zander, en exposeerde samen met hen tijdens de American Moderns-expositie in 1941. Na zijn enige solo-expositie in Eighth Street Gallery in 1947 stagneerde zijn loopbaan. Hij scharrelde zijn kostje bijeen als huisschilder en ontving tot zijn dood een uitkering van de overheid.

Hopson trouwde in 1940 met de violiste Minnie Brill. In 1963 scheidde het paar. Hun enige dochter Robin, geboren in 1954, stierf in 1975. Mevrouw Brill-Hopson overleed een jaar daarna.

Volgens Marcus Jacobson, een oude vriend van Hopson, is de kunstenaar door de jaren heen blijven schilderen. 'Hij had een appartement vol schilderijen,' aldus Jacobson. 'Overal waar je keek zag je schilderijen.' Jacobson sprak het vermoeden uit dat Hopson depressief was vanwege zijn mislukte carrière, de dood van zijn vrouw en dochter, en dat hij te veel dronk.

De brand waarbij Hopson is omgekomen, begon blijkbaar vroeg in de ochtend van de 22ste. Volgens de brandweer zijn de woning en alle schilderijen van Hopson in vlammen opgegaan.

De NYFD vermoedt dat de brand is veroorzaakt door ontvlambare stoffen in het atelier en had het over 'verdachte omstandigheden'.

Kates vingers vlogen over het toetsenbord en tikten de naam Robin Hopson in. Er was maar één link: een artikel in de *New York Daily News* uit 1975.

POLITIE DOODT JONGE MOEDER

Kate nam het bericht vluchtig door.

Een uit de hand gelopen drugsarrestatie. Alphabet City. Hippies die verkochten en gebruikten. Verschillende arrestaties. Twee doden. Een van hen Robin Hopson.

Kate dacht weer aan de overlijdensberichten van Hopson, zijn dochter, gestorven in 1975, en een jaar later zijn vrouw. Een partner verliezen was al gruwelijk genoeg, maar een kind? Ze begreep niet hoe iemand dat kon overleven, en blijkbaar was dat Hopsons vrouw ook niet gelukt – evenmin als hem.

Het leven van Douglas Hopson was een aaneenschakeling van rampen geweest: een gemankeerde carrière, een mislukt huwelijk, de dood van een kind. Je kon het amper een leven noemen.

Ze las het artikel in de *Daily News* nog een keer door en de laatste zin riep een afschuwelijk beeld op: *een van de slachtoffers, Robin Hopson, werd aangetroffen met een baby in haar armen.*

Jezus.

Kate las het bericht nog eens door, maar er werd niet vermeld of de baby het had overleefd. Ze bleef nog even surfen, op zoek naar een mogelijke link, maar ze vond niets.

Toen ze haar laptop dichtklapte, was het er weer – dat beeld dat aan de periferie van haar geest opflakkerde. Ze staarde in het vuur waar de vlammen kronkelden als figuren van El Greco.

Figuren. Vuur.

Douglas Hopson was omgekomen tijdens een brand.

Een brand.

Ze hoorde in gedachten een liedje.

Maar dat was niet mogelijk – wat ze nu dacht – of toch wel?

Nee, dit was waanzin, ze zag verbanden waar ze niet waren – het effect van twee glazen wijn en gebrek aan slaap.

Maar het liedje wilde niet ophouden – vingergeknip, cimbalen, drums, echo's, een koor dat inzette, aanzwol tot een crescendo – en intussen verscheen dat beeld weer een fractie van een seconde. Daarna ging alles in elkaar over: foto's van vernielde schilderijen en dode lichamen, en Douglas Hopson, een man die ze nooit had gekend, stervend in een vuurzee, en dat absurde beeld, niet veel meer dan een flits die haar oogzenuw had geregistreerd en opgeslagen, en dat nu weer bovenkwam samen met dat verdomde lied, dat weer een ander beeld opriep – dit keer van een van de zwart-witschilderijen met aanwijzingen.

Dat was het. Kate kwam overeind. Ze greep haar tas en haar pistool. Ze moest weg. Om te bewijzen dat ze ongelijk had. Om te bewijzen dat ze gek was. Ze moest wel gek zijn, want als dat niet zo was, zou ze misschien al te laat zijn.

Gek?

Wie, ik? Bewijs het maar. Toe dan. Ik daag je uit.

Onmogelijk.

Het masker zit perfect.

Een vraag – woorden die even de tijd vragen voor ze verstaan worden, verwerkt, begrepen – onderbreekt de waan.

'Wat? O, natuurlijk. Gesnopen.' *Ga nu door, glimlach erbij. Ja, zo.*

Weer een vraag.

'Sorry?' *Probeer niet te zuchten. Concentreer je. Houd je hoofd schuin, kijk vragend.*

'O, ja, ja, Natuurlijk.'

Ja, ik kan het. Verbazend, niet? Om in twee werelden te leven. Wakker te worden, te eten, je passend te kleden, deze rol – Normaal Leven – nou ja, niet helemaal – en de hele tijd in de wetenschap wat ik heb gedaan, die andere rol, die andere ik, die net even onder de oppervlakte leeft.

'Wat?' Knikken. Een glimlach. 'Uh-uh.'

Zie je wel? Iedereen trapt erin. Net doen of je normaal bent, terwijl een ander deel van me alleen maar wil schreeuwen: KIJK NAAR ME! ZIE WIE IK BEN! ZIE WAT IK HEB GEDAAN!

De Slachter?

Wat een idiote naam. En die rol, veel te beperkt, te... gewoon. Ze kennen me niet. Maar hoe zouden ze ook?

Nog een glimlach, perfect geacteerd, alles gladgestreken door de pillen, de medicijnen, en zoveel jaar repeteren.

Maar het is nu tijd om het acteren op te geven. De acteur weet dit, is er klaar voor, en meer dan bereid.

Weer zo'n verdomde vraag.

'Uh-uh, ja nou. Ik ook. Je weet niet half wat een honger ik heb.'

Het is een feit: de honger heeft zich in het kruis genesteld, in de organen, diep in de psyche.

Het masker begint te barsten.

41

Buiten had de lucht onder invloed van de sneeuw een griezelige zilvergrijze tint aangenomen. Gehuld in een jas en een sjaal om haar hoofd liep Kate naar de auto terwijl ze zich afvroeg of ze Floyd Brown zou bellen. Zou hij niet vinden dat ze zich aanstelde? Waarschijnlijk deed ze dat. En Murphy? Hij zou wel belangstelling hebben voor die initialen – maar moest ze hem nu lastigvallen? Hij was bij zijn dochter in Southampton. Maar ze wist dat ze het iemand moest vertellen.

Ach, wat kon het haar ook schelen. Ze klapte haar mobieltje open, kreeg Murphy's voicemail, sprak een bericht in over de initialen, zei waar ze naartoe ging, vroeg hem haar terug te bellen en benadrukte dat het waarschijnlijk niets dringends was, maar toen ze haar mobieltje dichtklapte wist ze niet of ze haar eigen woorden wel geloofde. Ze tuurde door de voorruit naar sneeuwvlokken zo groot als zilveren dollars, en drukte toen haar telefoon weer tegen haar oor. Geen voicemail deze keer, alleen de zoemtoon.

Waarom nemen ze niet op?

Ze reed terug door het centrum van Amagansett over Pantigo Road. De sneeuwruimers waren al geweest, de weg was iets beter begaanbaar, maar het zicht bleef slecht. Het deed er niet echt toe – dat andere beeld verdrong alle andere: *een vleeskleurige vlek die ineens op wit katoen verscheen?*

Had ze dat echt gezien? Na het jaar dat ze achter de rug had, het verlies en het verdriet, nachtmerries, slapeloosheid, al het zinloze geweld, was het mogelijk dat ze hallucineerde. Maar ze dacht van niet.

Aan het eind van het stadje stak ze de met sneeuw overdekte spoorbaan weer over en slipte. Moest ze teruggaan? Deed ze iets stoms? Ze schonk geen aandacht aan de vraag, greep alleen het stuur steviger vast en reed door.

Minuten leken wel uren terwijl ze stapvoets verder reed over de Old Stone Highway. Toen ze bij de Springs kwam, vlak na Barnes Hole, werd de rijweg nog verraderlijker, met allemaal bochten en afslagen, en toen ze Louse Point passeerde en Accabonic op reed, kwam ze tegen een stuk ijs aan, waardoor de oude Mercedes van de weg gleed, en een gevoel van machteloosheid overviel haar toen ze de auto niet meer onder controle kreeg.

Kates handen zaten nog om het stuur geklemd toen de auto op niet meer dan een paar centimeter van een paar bomen tot stilstand kwam, en ze blies haar adem met korte stoten uit. *Jezus. Ga ik dit wel heelhuids redden?*

Ze liet het stuur wat los en draaide het sleuteltje om. De motor sputterde wat en zweeg.

Nee. Doe me dit niet aan. Niet nu.

Nog eens proberen. Wat schor gepruttel, als een droge hoest.
Shit.

Kate haalde diep adem en leunde achterover.

Laat hem even met rust. Anders verzuip je de motor.

De sneeuw had de voorruit totaal bedekt, als een verblindend witte deken.

Ze zou even wachten en het dan nog eens proberen.

Als het niet lukte, zou ze de auto hier laten staan en verder lopen.

Alle ramen zijn wit van de sneeuw.

De geschilderde figuren lijken spottend van het doek op te rijzen, met hun vervormde vingers te wijzen, bijna te schreeuwen: *doe het. Zorg dat het gebeurt!*

En ja, het is tijd, alle puzzelstukjes zijn op hun plaats gevallen, ze leiden hierheen, nu.

Een ogenblik om na te denken over het verleden – de frustratie en pijn die nu een hoogtepunt hebben bereikt, zo zorgvuldig gepland, alle tekst en scènes zijn bekend en gerepeteerd, zelfs al tientallen, nee honderden keren, gevisualiseerd. En nu is het eindelijk zover.

Een langdurige blik door het hele atelier op de met verf bevlekte vloerplanken, tafels vol tubes olieverf, flessen en blikken terpentine en hars, het kleine verftafeltje op wielen, en al die schilderijen, die kloteschilderijen met die klotefiguren erop.

Niemand schijnt het te zien. En waarom zouden ze ook? *Ik ben een geest.*

De muziek, een dreunend ritme dat het bloed laat stromen – en er zal spoedig meer bloed zijn.

Een diepe ademhaling.

Klaar voor de start.

Wapen getrokken.

Ah, nu zien ze me.

Een ogenblik genieten van die blikken vol schrik en angst, dan een paar stappen, meer is er niet nodig om een hand om zijn keel te kunnen leggen.

De motor sloeg aan – *godzijdank* – en Kate stuurde de auto voorzichtig de weg op.

De baai kwam in zicht, licht vanwege de sneeuw, als een gladde plaat onyx.

Een paar kilometer nog, meer niet.

Langzaam liet ze de auto over de met sneeuw bedekte rijweg kruipen. Ze kon niet het risico nemen dat ze weer slipte.

Het leek eeuwen te duren voordat ze Springs Fireplace Road bereikte en daarna de afslag kon nemen naar de privéweg.

Kleine gele rechthoeken – verlichte ramen – doemden voor haar op.

Hier was de sneeuw al opgewaaid tot minstens een halve meter, de banden knerpten en zakten erin weg. Kate hield haar adem in tot ze aan het eind van de oprit was, ze was blij toen ze de motor kon afzetten en uitstappen. Haar laarzen zakten weg in de sneeuw.

Binnen klonk muziek. Ze wist niet of dit een goed of een slecht teken was.

Ze veegde de sneeuw van haar jasje en klopte aan.

Er gebeurde niets.

Konden ze haar niet horen vanwege de muziek?

Ze klopte nogmaals en probeerde de deur. Hij ging open.

De felle spotlights in het atelier verblindden haar even – en dat ene nummer dat ze in haar hoofd had gehad, stond nu zelfs op, hard.

Het kostte Kate maar heel even voor haar ogen gewend waren en ze het zag – Zanders grote schilderij – aan de andere kant, het schilderij waar hij aan bezig was geweest, maar het was nu of de gefragmenteerde figuur leefde, bijna trilde. Kwam het door de muziek – die zo hard stond dat het was alsof het gebouw op zijn grondvesten schudde – dat het leek alsof het bewoog?

Kate deed een paar stappen en hield haar adem in. Het bewoog écht.

O god.

José, op het midden van het vernielde doek vastgesnoerd, zijn armen en benen aan de houten latten gebonden, een stuk doorzichtig tape over zijn mond, zijn ogen groot van angst.

Naast hem Phillip Zander in zijn stoel vol verfvlekken.

'De schilderijen werden een beetje afgezaagd, de figuren een beetje stijf, vind je ook niet?'

De stem was boven de muziek uit amper te horen.

Kate draaide zich om. Daar zag ze hem staan. Een donkere gestalte, als een vogelverschrikker, van achteren beschenen door de harde spotlights, met een pistool in zijn hand.

'Na-apers en dieven moeten geholpen worden als ze geen inspiratie meer hebben, vind je ook niet?'

Hij begon intussen dicht langs de muren van het atelier te lopen, terwijl hij een groot blik terpentine leeggoot en een spoor achterliet.

Kates hersenen werkten op supersnelheid. *Praat tegen hem. Maakt niet uit waarover. De muziek.* 'Hou je van Michael Jackson?'

'Mensen begrijpen hem niet.'

'Maar jij wel?' Ze moest schreeuwen om boven de muziek uit te komen.

'We lijken op elkaar, wij tweeën. Geen jeugd gehad. Veel geleden. Een kapot gezicht. Steeds opnieuw proberen om er... er... normaal uit te zien.'

Kate wist niet precies waar hij het over had, ze wist alleen dat ze met hem in gesprek moest blijven. 'Normaal? Wat bedoel je daarmee?'

'Beschouw hem maar als mijn... zelfportret.' Hij gaf een ram op de cd-speler en Michael Jackson deed er halverwege het nummer het zwijgen toe. Hij goot de terpentine uit rond José, en Kate probeerde de jongen met gebaren duidelijk te maken dat het goed zou komen, dat ze hem hieruit zou bevrijden. Maar hoe?

De scherpe lucht van terpentine vulde de ruimte toen hij nog een rondje maakte, deze keer om Zander heen, die eruitzag alsof hij bewusteloos was. Er zat een bult op zijn voorhoofd zo groot als een ei, en uit een snee sijpelde bloed over zijn borstelige wenkbrauw.

'Heb je je taperecorder bij je?'

'Wat? Ja. In mijn tas.' *Bij mijn pistool.*

Kate deed een stap, maar hij sprong al naar voren, greep de tas uit haar handen en gooide hem neer, zodat verspreid over de grond haar pennen, blocnotes, lipstick, parfum en de kleine taperecorder lagen, en ook haar Glock, die met een klap op de grond viel. Hij schopte ertegen alsof het een voetbal was, keek hoe hij naar de andere kant van het atelier stuiterde, tegen de muur ketste en tenslotte op een stapel verfdoeken bleef liggen. Hij hield zijn blik op Kate gevestigd toen hij de taperecorder van de vloer pakte en hem in zijn geschoeide hand omhooghield, en toen zag ze het weer – de flits die de aanleiding was geweest voor haar komst hierheen: *de geschoeide hand die haar de cd gaf, daarna over zijn wang veegde en de vreemde vleeskleurige vlek die toen ineens op het witte katoen van de handschoen verscheen.*

Ze staarde naar het gezicht van de assistent, dat voor het grootste deel schuilging achter lang haar dat sluik over zijn wangen hing, de ogen achter de glazen van een grote bril met een zwart montuur, de hangsnor.

Zander kreunde. Net als bij José was zijn mond dichtgeplakt.

'Trieste man, hè – die na-aper.' Hij gebaarde met zijn pistool naar Zander. 'Word wakker!'

Zanders ogen vlogen open.

'Dat is beter.' Hij draaide zich om naar Kate. 'Jij. Zitten. Daar. Naast hem.'

Kate deed wat hij zei. Ze legde haar hand op Zanders arm, die aan de stoel vastgetapet zat.

'Blijf van hem af!'

Zander was nu weer volledig bij kennis, zijn ogen keken behoedzaam.

'En nu...' Hij wachtte tot hij op adem was en zei toen rustig: '... gaat Phil ons een verhaal vertellen.' Hij zette de taperecorder op de tafel tussen Kate en Zander in. 'En daarna ga jij er een stukje over schrijven. Begrepen?'

Kate knikte. Ze dacht dat ze het begreep. Het begon haar te dagen – althans gedeeltelijk, want er waren nog heel wat vragen die op een antwoord wachtten.

Hij ging met zijn magere lichaam op een stoel zitten, liet het pistool op zijn knie balanceren en richtte het toen op Zander. 'Vooruit. Vertel het aan haar.'

Zander probeerde zijn mond te bewegen, wat niet lukte onder het tape.

'Nou, goed dan.' Hij lachte, hoog en schril, stond op en probeerde het tape eraf te halen, maar door zijn handschoenen kon hij er geen greep op krijgen. Langzaam trok hij een handschoen uit en toonde zijn hand, die hij draaide als een trofee, de huid vlekkerig en gezwollen, een vinger vergroeid, het pinkje niet meer dan een stomp.

'Fraai, hè?' Hij greep het tape en rukte het van Zanders mond. De lippen van de oude man barstten en er welde bloed uit op, zodat het overrijpe kersen leken.

Zander ging met zijn tong langs zijn lippen. 'Wat wil je dat ik zeg, Jules?'

'O, dat weet je wel. De waarheid? Wat dacht je daarvan? En niets verzwijgen. Iedereen moet het weten. Zíj moet het weten – zodat ze het bekend kan maken.'

'Ja, dat zal ik doen,' zei Kate. 'Ik zal alles doen wat nodig is om het bekend te maken, wat het ook is.'

'Natuurlijk doe je dat. Je kunt toch geen boek over de New York School schrijven waar een en al leugens in staan? Ik zal je de gelegenheid geven om de ware toedracht op te schrijven.'

'Dat zal ik doen. Maar laat José alsjeblieft gaan.'

'Sorry, dat kan ik niet doen. Die jongen stelt mijn veiligheid garant.' Een blik naar José. 'Het is niet persoonlijk, jongen. Ik mag je, echt waar. Je bent een goeie gast. En het was tof, die muziek en alles, en o ja, nu ik eraan denk – we hebben die cd nog in de computer zitten, zet er gewoon wat stukjes van Jay-Z bij waar we het over hebben gehad, dan is hij vol, en zorg dat je hem niet vergeet mee naar huis te nemen – tenminste, als je vriendin hier doet wat ik zeg.'

'Natuurlijk doe ik dat.' Kate dacht even na. 'Wat wil je dat ik doe – een boek schrijven over Douglas Hopson en zijn bijdrage aan de kunst? Is dat het?'

Er verscheen een glimlach op zijn gezicht en toen hij het haar uit zijn gezicht schoof, zag Kate barstjes in de vleeskleurige make-up rond zijn mondhoeken. *Een kapot gezicht.* 'Zo, nu weet je het.'

Ja, ze wist het. Toen ze het overlijdensbericht had gezien en over de brand had gelezen, had iets haar in een flits herinnerd aan de vlek op de handschoen en die flits van de geschonden wang. Maar het kwartje was niet gevallen, het was niet echt tot haar doorgedrongen, tot dit moment. Hij had het overleefd. Het kind van Robin Hopson, de kleinzoon van Hopson, had het overleefd. 'Ja, vertel maar.'

'Vertel wat?'

'Alles. Zodat ik alles kan begrijpen.'

'Nee. Híj gaat het je vertellen.' Hij richtte het wapen op Zanders hoofd. 'Vertel haar hoe je mijn grootvader hebt vermoord.'

'Ik heb je grootvader niet vermoord.'

'Leugenaar!' Hij duwde het wapen tegen Zanders kaak. 'Ik vermoord je als je de waarheid niet vertelt.'

Zander keek op. 'Je gaat me sowieso vermoorden, toch?'

Heel even dacht hij over de vraag na. 'Ja. Ja, dat doe ik. Maar ik zal hen ook vermoorden als je de waarheid niet vertelt. Dat is jouw rol.'

'Al die tijd,' zei Zander. 'En ik dacht...'

'Je dacht wát? Dat ik... je mócht? Dat ik om je gáf?' Hij lachte, en de kloofjes naast zijn mond werden dieper, als stoepen die tijdens een aardbeving openesplijten. 'Ik heb thee voor je gezet, ik heb verf voor je gemengd. Ik heb de lakens van je bed opengeslagen en je pillen gehaald. Ik heb geluisterd. Gedaan alsof ik om je gaf. En hoe meer ik voor je deed, hoe harder je me nodig had.' Hij kwam dichter naar Zander en fluisterde, bijna teder: 'Hoeveel zoeter smaakt het verraad als je denkt dat iemand om je geeft.' Hij zweeg even en dacht na over zijn eigen vraag. 'Maar daar weet jij alles van, nietwaar? Van verraad.' Nog zo'n verwrongen glimlach. 'O, wat een spel spelen we als we onszelf voor de gek houden, nietwaar Phil? Dus vertel maar over jouw spelletjes. Ik heb erop gewacht tot je het zou vertellen, met veel geduld. Weet je, dat heb ik geleerd, dat geduld oefenen, in een ziekenhuisbed, starend naar het plafond.' Hij ging met een vergroeide vinger langs zijn kaak en haalde er een dikke laag make-up af. 'Je moet het beste voor het laatst bewaren, luidt zo het gezegde niet?'

'Vertel over jezelf, wat er met jou is gebeurd.' Kate wilde alle feiten weten, alles wat er ontbrak. 'Alsjeblieft.'

'Met... mij?' Beelden als muziekbladen in een pianola gingen kronkelend aan zijn geestesoog voorbij, met de verschillende rollen en imitaties, de momenten van een gereconstrueerde geschiedenis die de acteur denkt te hebben beleefd. Wat is echt, wat fantasie? De acteur kan het moeilijk scheiden, maar het doet er niet meer toe.

Hij wilde net iets zeggen toen Kates mobiele telefoon, op de vloer, overging.

Met een trap schopte hij hem weg.

De boodschap was niet duidelijk – iets over de initialen op het schilderij, McKinnon wist van wie ze waren – van een schilder genaamd Hopson – en ze ging terug naar Zander, bezorgd over... iets. Murphy wist niet precies waarover.

Hij glimlachte naar zijn dochter. De hele middag waren ze in de tuin geweest achter het grote huis in Southampton dat van de miljonair was die zijn vrouw naaide, en die nu ergens nog meer miljoenen aan het verdienen was, en het enige wat Murphy goed deed was dat zijn ex-vrouw Ginny ongelukkig leek, en er ook zo uitzag.

Voor de eerste keer in lange tijd had hij gezellig met zijn dochter kunnen kletsen – over school en haar vriendinnen, en dat ze zo'n hekel had aan de miljonair (wat hem goed deed, al liet hij dat niet merken). Het was donker tegen de tijd dat ze een sneeuwpop hadden gemaakt die bijna even groot was als Murphy, met zwarte stenen als ogen, een lachende mond van kiezels en zijn eigen muts op het hoofd. Het kon hem niet schelen dat zijn haar nat werd van de sneeuw, zolang hij zijn dochter maar zag lachen.

Maar nu hij McKinnons bericht voor de tweede keer beluisterde, knaagde het aan hem. Waarom had ze nu precies gebeld? Dat was niets voor haar. En haar stem klonk beslist gespannen, alsof ze bang was om terug te gaan naar Zander. Hij probeerde haar terug te bellen, luisterde naar de zoemtoon tot de voicemail klonk, en toen ineens werd het contact verbroken.

Hij probeerde het nog eens, en toen hij weer niets hoorde, draaide hij zich om naar zijn dochter en zei: 'Ik moet weg, schat. Maar ik kom later terug.'

Toen ze vroeg waar hij naartoe ging zei hij dat hij iemand moest helpen, beloofde dat hij niet te lang zou wegblijven en vertrok met een kus.

Toen hij wegliep, riep zijn dochter hem na: 'Pappie!' Ze greep de muts van het hoofd van de sneeuwman. 'Het is koud. Zet hem maar weer op.'

'Waarom heb je hen vermoord?' vroeg Kate.

Er volgde een aarzeling. 'Het was aanvankelijk niet mijn bedoeling. Het ging me om de schilderijen. Ik wilde, ik móést ze kapotmaken – het was het werk van samenzweerders. Het was een eenvoudig plan, echt.' Hij richtte zich tot Zander. 'Jij weet wat ik bedoel, nietwaar Phil?'

'Maar je hebt mensen gedóód,' zei Kate.

'Eerst niet. Dat was niet het plan, maar...' Hij keek even opzij en daarna was zijn blik donker en hard. 'Toen werd het plan beter, veel... betekenisvoller. Dat snap je toch wel?'

'Ja,' zei Kate.

'Ik wilde het hun betaald zetten.'

'Voor je grootvader?'

'Ja.'

'Maar je was nog klein toen het gebeurde. Hoe kon je dat weten?'

'Ik was vier. En hij was de enige die ik had. En ik weet alles. Ik heb het allemaal gelezen. Zijn eigen woorden.'

'Wiens woorden?'

'Van mijn grootvader.'

'Heeft hij alles opgeschreven?'

'Ik ken het uit mijn hoofd.' Hij keek even naar het plafond, en citeerde: 'Niemand om het kind aan toe te vertrouwen. Helemaal niemand. Niet op deze wereld. Beter af in de hemel dan hier op aarde, de hel.' Hij keek even naar Zander. 'Ik weet alles. Alles wat je hebt gedaan. Alles wat er is gebeurd. En de rest heb ik opgezocht, onderzocht, alles wat er te weten viel. Ik heb er mijn levenswerk van gemaakt.' Hij wierp een blik op Kate. 'Kun je dat begrijpen? Het was mijn raison d'être, mijn bestaansreden – hen kapotmaken, hun werk en ook hun reputatie, de verraders, die zogenaamde incrowd.'

Ineens hoorde Kate Beatrice Larsen zingen: *I'm in with the in crowd...*

'Ik heb alleen gedaan wat ik moest doen. Dat snap je toch wel? Wat de anderen betreft, tja, dat ze die schilderijen in bezit hadden maakte hen net zo schuldig; dat begrijp je natuurlijk wel.'

Wat Kate zag, was een zieke geest. Maar ze wilde dat hij bleef praten. Het pistool lag aan de andere kant van het atelier, ze moest proberen het te pakken. 'Leg het me uit.'

'Zij waren schuldig. Allemaal. En ik heb hen gewaarschuwd: die man met zijn dierbare Gorky, die ander met zijn Franz Kline, die stomme conservator, en die vrouw van Hofmann, die al die schilderijen bezat en bij wie het bloed van haar grootvader door de aderen stroomde. Dat was mooi. Het ene kleinkind wreekt zich op het andere, snap je? – zij was het beste. Nee... ' Een blik op Zander. 'Het beste moet nog komen.' Een gemene grijns. 'Ik hoefde dat niet te doen, weet je, dat waarschuwen. Ze kregen een kans. En die lieten ze lopen. Dat is niet mijn schuld.'

Hij had hen allemaal vermoord. Het was niet Lifschultz, niet Leader, niet Wilcox geweest. Hier was hij, de Slachter, met het motief waar Kate naar had gezocht: wraak.

'Waarom heb je gewacht?' Kate keek van de assistent naar Zander. 'Je had hem toch al veel eerder kunnen vermoorden.'

'Natuurlijk. Maar zo was het plan niet. De tijd nemen, zijn vertrouwen winnen, dat was het beste deel – dat me de kracht gaf om door te gaan. Ik wilde dat die oude oplichter zou voelen wat mijn grootvader moet hebben gevoeld: verraden door een vriend.' Hij keek naar de oude man. 'En we zijn toch vrienden, Phil? Je vertrouwt me toch?'

Zander slaagde erin te knikken.

Hij richtte het pistool weer op Zander. 'Genoeg. Het is jouw beurt om je mond open te doen.'

'Maak er maar een eind aan,' zei Zander. 'Het kan me niet schelen.'

En Kate geloofde hem. Zijn gezicht sprak boekdelen, zijn levensvreugde was verdwenen.

'O, dat ga ik heus wel doen, maar nu nog niet – pas nadat jij alles hebt verteld, tot in detail. En als je dat niet doet...' Hij draaide zich snel om zijn as en richtte het pistool op José. '... gaat de jongen eraan. Daarna de vrouw. Jij kijkt toe hoe ze sterven, en het zal jouw schuld zijn – nog meer bloed aan je handen – en dan, dan pas, zul jij ook sterven.'

Zander likte over zijn bloedende lippen, haalde diep adem en begon te vertellen.

42

'Het was tijdens die bijeenkomst... in het atelier van Ad Reinhardt,' zei Zander. 'Was het Robert Motherwell, die die bijeenkomst had belegd? Ik geloof het wel. We waren er allemaal: De Kooning, Kline, Rothko en Resnikoff.' Hij haalde diep adem en begon uit te weiden over het plan dat ter tafel was gekomen: dat ze, als ze geschiedenis wilden maken, exclusief moesten worden. Zander schilderde het tafereel met woorden, hoe hij had rondgekeken om te zien hoe de kunstenaars die informatie opnamen – dat ze hun aantal moesten terugbrengen als ze beroemd wilden worden, als ze een schóól wilden vormen die net zo beroemd zou worden als de Parijse School. 'Het idee was simpel,' zei hij. 'Een simpel plan. We zouden met een paar heel bijzondere kunstenaars een groepje vormen dat bekend zou worden als de New York School. Maar wie zou er deel van uitmaken, en wie niet? Dat was de vraag.' Hij zuchtte.

'We besloten dat de anderen – de kunstenaars die niet op de bijeenkomst aanwezig waren – ervan uitgesloten zouden worden. Sommigen waren zonder enige reden afwezig. Anderen, tja... Het was niet moeilijk. We vroegen hun gewoon niet meer mee te doen aan exposities, deel uit te maken van onze wereld.' Hij keek op en keek Kate aan. 'Ik zie dat je dat afkeurt. Maar jij was er niet bij – jij weet niet hoe het was.'

Nee, dat wist ze niet. Maar de wreedheid van zijn verhaal verbijsterde haar.

'De kunstwereld was maar klein,' zei Zander. 'En we moesten van zo weinig rondkomen, we waren zo arm geweest. Maar toen begon het beter te gaan, de verzamelaars snuffelden rond om wat te kopen en...'

'En jij moest daar zeker bij horen?' Hij drukte het pistool tegen Zanders wang.

'Ja, ik wilde erbij horen, dat geef ik toe. Ik was toen nog jong, en ik wilde alles: roem, rijkdom.'

'En Resnikoff?' vroeg Kate, die wist dat ze dit keer de ware toedracht zou horen.

'Die was aanwezig. Tijdens de bijeenkomst zat hij naast me en luisterde naar wat er werd geopperd, en... hij richtte zich tot mij en zei: "Je kunt hier toch zeker niet mee doorgaan, Phil? Dit doe je je vrienden, andere kunstenaars, toch niet aan?"' Zanders blik versomberde. 'Ik gaf geen antwoord, ik zei geen woord – en toen wist hij genoeg. Toen begon hij tegen mij en de groep te schreeuwen; hij noemde ons verwaande kwasten en verraders, en hij stormde weg. En dat was voor hem het einde. Het was gedaan met hem, en dat wist hij. Hij zou er niet meer bij horen. Dus vertrok hij uit New York en hij kwam er nooit meer terug.'

Jules drukte het pistool weer tegen de huid van de oude man. 'Je zult het wel fijn gevonden hebben om voor God te spelen.'

'Nee. Dat was het niet.'

'Leugenaar.'

'Ik lieg niet. Ik deed het omdat... omdat ik bang was. Ik wilde geen verschoppeling worden.'

'En mijn grootvader?'

'Die was er niet.'

'En...'

'Hij was er niet, dus werd hij een verschoppeling.' Zander likte het bloed van zijn lippen. 'De rest weet je.'

'Ja, die weet ik.' Tekstregels speelden door het hoofd: *waarom hoor ik er niet bij? Waarom? Waarom? Waarom?* 'Maar er was meer. Leg het haar uit. Schiet op. Vertel de rest.'

'Het is zo lang geleden. Wat maakt het nu nog uit?'

'Genoeg. Voor mij! En voor de geschiedenis.' Hij zwaaide met het pistool in de richting van José. 'Details, nu. Voor haar – en voor de geschiedenis – anders sterft hij.'

'Alsjeblieft,' zei Kate. Ze keek naar haar eigen pistool aan de andere kant van het atelier. Kon ze eropaf gaan?

'Douglas maakte een vergissing. Op een avond bekritiseerde hij Kline en plein public in de Cedar Bar. Over het feit dat Franz zijn vrouw bedonderde.' Zander schudde zijn hoofd. 'Maar zo ging dat in die tijd. We waren vrijdenkers, bohemiens. We trokken ons niets aan van burgerlijke conventies.'

'En Douglas Hopson wel?' vroeg Kate.

'Dat denk ik wel. Ik weet het niet zeker. Hij had te veel gedronken – net als wij allemaal – toen hij dat tegen Franz zei en hij hem beschuldigde van een zwakke moraal. Ik weet nog dat De Kooning razend was, furieus. Je kon beter niets over Kline zeggen als Bill erbij was. Dat waren dikke maatjes.' Hij haalde diep adem. 'Beatrice Larsen was daar ook, met Franz. Zij was toen zijn vriendinnetje. Zij was eigenlijk de oorzaak. Franz had zijn arm om haar heen en zoende haar, je kent het wel. Dat moet Hopsons commentaar uitgelokt hebben. Ik weet het niet echt. Maar het liep uit de hand, het werd bijna een knokpartij. En ik geloof dat Hopson toen wist dat dat voor hem het einde was.' Zander zweeg even. 'Later, bij die bespreking, was Hopson de eerste die eruit werd gezet. Niemand wilde een moraalridder, iemand die met zijn oordeel klaarstond. Hij hoorde er niet bij. Iedereen was het erover eens. Zo eenvoudig was het.'

'Hij heeft het opgeschreven. In zijn dagboek. Hij wist het,' zei Jules. 'Maar hij was je vriend. Hoe kon je hem dat aandoen?'

'Ik...' Zander zuchtte. 'Misschien had ik het voor hem moeten opnemen, maar ik was bang, zoals ik al zei, dat ik er niet bij zou horen. Ik wilde niet uitgestoten worden. Ik wilde een carrière, erbij horen, bij de incrowd, ik wilde geschiedenis schrijven.'

'Dus heb je hem verraden, je beste vriend.'

Judas, dacht Kate. Zo had Zander zichzelf genoemd. En het was waar.

'Douglas was niet de enige kunstenaar die het slachtoffer werd. Er waren er nog meer, Beatrice bijvoorbeeld. Haar hebben we er ook uitgezet.'

'Jammer voor mevrouw Larsen. Maar die heeft nu rust. Daarbij heb ik haar geholpen.' Jules sloot even zijn ogen en Kate overwoog toe te slaan, maar het pistool zat nog tegen Zanders wang gedrukt.

'We hebben hen overal buiten gehouden,' vervolgde Zander. 'Onze tentoonstellingen, galeries, zelfs buiten onze feestjes. Zoals ik al zei: de kunstwereld was maar klein. We kenden alle galeriehouders, alle schrijvers en critici. Als we eenmaal kenbaar hadden gemaakt dat een kunstenaar niets meer voorstelde, niet langer deel uitmaakte van de groep, was het met hen gedaan. De critici schreven niet meer over hen, de galeriehouders exposeerden hun werk niet meer. Ze raakten geïsoleerd, werden naar de zijlijn gedirigeerd. Ze werden paria's, losers.' Hij keek naar de grond. 'Ik ben er niet trots op.'

Verbazingwekkend, dacht Kate, dat kunstenaars zo harteloos tegen elkaar konden zijn. Beschaafde héren, had Daniella Resnikoff haar vader en andere kunstenaars genoemd. Niet zo beschaafd dus, deze heren, deze kunstenaars.

'Maar er is nog meer, toch? Het belangrijkste van het verhaal,' zei Jules. 'Wat ze noemen... het leidmotief.'

'Wat bedoel je?' vroeg Zander.

'Doe maar niet alsof je gek bent, Phil. Je wilde dat mijn grootvader uit beeld verdween, zodat jij zijn werk kon stelen.'

'Nee, ik... dat is niet waar. Douglas en ik en Sandy werkten samen, we deelden opvattingen en theorieën over figuren. We ontwikkelden die stijl op... op hetzelfde moment.'

'Leugenaar!' Hij drukte het pistool hard tegen Zanders slaap.

'Niet doen!' schreeuwde Kate. Maar ze wist dat hij gelijk had – dat Zander loog. De anderen – Resnikoff en Hopson – hadden die stijl eerder ontwikkeld dan hij.

'Wil je dat ik toegeef dat ik een oplichter ben?' fluisterde Zander. 'Ben je dan gelukkig?'

'Niets... maakt mij gelukkig. Maar de waarheid is... de waarheid.'

'Ja.' Zander ademde zwaar uit, het was bijna een snik. 'Ik was een schilder die had geleerd stillevens en modellen te schilderen – maar ik probeerde vrij te werken. Resnikoff en Hopson lieten me zien hoe je de verf eerst moet uitgieten, zoals Pollock deed, om er daarna een figuur in te zoeken en te verbeelden.' Hij keek op. 'Zo. Nu heb ik het gezegd. Je grootvader, en Resnikoff, waren de eersten.'

'En jij hebt ze buitengesloten, om hun die stijl af te pikken. Het moet wel heel gemakkelijk voor je zijn geweest om te zeggen: *O, die Hopson is zo'n moraalridder. Wie wil er zo iemand in de buurt hebben? Voor mij hoort hij er niet meer bij.* Is dat niet de reden waarom Resnikoff die bijeenkomst verliet? Omdat jij de éérste was die dat zei? Omdat jij degene was die zei dat mijn grootvader, dat Douglas Hopson er niet meer bij hoorde?'

Zander fluisterde nauwelijks hoorbaar: 'Ja.'

'Resnikoff moet bijzonder geschokt zijn geweest door jouw verraad. Maar toen Resnikoff eenmaal verdwenen was, ach, wie kon het toen nog wat schelen?' Hij schoof de taperecorder dichter naar Zander. 'Zeg het nu. Omwille van de geschiedenis. De echte reden waarom je mijn grootvader hebt buitengesloten, was om zijn werk te kunnen stelen.'

Nog een gefluisterd 'Ja'.

'Zeg het: mijn grootvader was de eerste. Zég het.'

'Ja, je grootvader, Douglas Hopson, was de eerste.' Zander zuchtte nogmaals. 'Maar het was zoals Resnikoff zei: er was geen plaats meer.' Hij hief zijn hoofd en maakte oogcontact met Kate. 'Zie je, De Kooning schilderde figuren, en daar was hij al beroemd mee aan het worden. Hoeveel andere figuurschilders konden er nog in één kleine groep bestaan? Misschien één. En Resnikoff had zichzelf buiten spel gezet, hij ging weg. Dus het ging tussen Hopson en mij. En Hopson was niet aanwezig geweest op de bijeenkomst. En hij had de anderen beledigd. Ik wist dat hij eruit gezet zou worden, wat er ook gebeurde.'

'En daar heb jij toen voor gezorgd.'

'Ja. Nee. Zo was het gepland. Niet alleen door mij. Door de groep. Zie je, ieder lid moest iets bijzonders hebben: Pollock zijn druppeltechniek, Rothko zijn stemmige kleursluiers, Clyfford Still zijn stalagmietenabstracties, Motherwell zijn *Elegieën*... maar hoeveel figuurschilders konden er nog bij naast De Kooning? Ik heb geprobeerd het aan Hopson uit te leggen. Ik ging naar hem toe. Echt. Ik zei tegen hem: "Douglas, schilder iets anders. Figuren worden al gedaan." Ik drong erop aan, ik zei zelfs tegen hem dat hij het goed moest maken met Franz en Bill. Voordat het te laat was. Maar hij wilde niet luisteren. Ik probeerde hem te helpen.'

'Hem te hélpen? Smerige leugenaar. Hier zit je, een koning, een succesverhaal, met al het geld dat je hebt verdiend met een manier van schilderen die je hebt gestólen – en jij beweert dat je hem wilde helpen?' Hij zette het pistool tussen Zanders ogen, zijn vergroeide vingers trilden op de trekker.

'Ik heb er altijd spijt van gehad.' Zander sloot zijn ogen, haalde diep adem en zei: 'Doe het.'

'Nee, wacht. Ik moet meer weten.' Kate moest proberen hem tegen te houden. 'Hoe zit het met die foto in *Life*? Van *The Irascibles*?'

'Ook een idee van de groep,' zei Zander. 'Om ons te verzekeren van een plekje in de geschiedenisboeken – en wij bepaalden wie er op de foto kwamen...'

'En wie niet.' Het pistool was nog steeds op Zanders voorhoofd gericht. 'Je hebt het werk van mijn grootvader gestolen en een verschoppeling van hem gemaakt. Geen exposities, geen aandacht, geen geld. Hij werd een loser. Zijn huwelijk liep stuk – wie wilde er getrouwd blijven met zo'n mislukkeling? – daarna stierf zijn dochter, mijn móéder, het product van al die ellende, aan de drugs.'

'Daar kun je mij niet de schuld van geven.' Zander fluisterde, maar het was duidelijk dat hij dat zelf wel deed. Kate zag het in zijn ogen.

'Jij en je maatjes hebben de loop van de geschiedenis veranderd. Jullie hebben een kettingreactie veroorzaakt. Jullie hebben het leven verwoest van mijn grootvader, daarna dat van mijn moeder, en van mijn grootmoeder, en... dat van mij. Jullie hebben ze allemaal van me afgepakt – jullie hebben me mijn leven ontnomen – als je dat al een leven kunt noemen. Ik heb nooit een... leven gehad. Ik was er namelijk bij toen mijn grootvader de brand stichtte, en ik... ben tegelijk met hem gestorven. Hij wilde dat ik zou omkomen, maar... dat ben ik gaan begrijpen, en ik heb hem vergeven.'

'Waarom?' vroeg Kate. 'Als je grootvader wist dat je daar in huis was, en toch brand stichtte, hoe kon je het hem dan vergeven?'

'Het was niet zijn bedoeling. Hij – hij was dronken. Kapot. Zijn geest... Hij híéld van me! Echt waar. En ik weet waarom hij het heeft gedaan. Dat begrijp jij niet. Dat zou je niet kunnen.'

Kate wilde het begrijpen en vroeg het nogmaals, maar hij reageerde niet. Hij drukte het pistool tegen Zanders wang. 'Hem heb ik vergeven, mijn grootvader, de man die jij kapot hebt gemaakt,' herhaalde hij. 'Maar jou niet. Nooit.'

'Hoor eens,' zei Kate. 'Zelfs al was het zijn schuld, het is verleden tijd.' Ze moest haar best doen om kalm te blijven. 'Het heeft totaal geen zin om nog meer pijn en ellende te veroorzaken.'

'Pijn en ellende? Wat weet jij af van pijn en ellende? Mijn grootvader heeft geleden tot de dag dat hij stierf... tot de dag dat hij alles in brand stak, zijn werk, zichzelf, en mij!' De baseballcap vloog op de grond en onthulde een voorhoofd met een leerachtige huid, de vingers vol littekens van zijn ene hand klauwden naar de wang en trokken diepe sporen in de dikke laag make-up. 'Dít is ellende!'

Kate wist niet wat ze moest doen – op haar pistool afvliegen of toekijken – maar ze kon zich niet verroeren.

Het hemd ging uit, daarna de broek, het pistool ging van de ene hand over in de andere. Daarna rukte hij de snor van zijn lip. T-shirt uit, onderbroek volgde. 'Ik heb er genoeg van. Van maskers.'

Kate bleef stokstijf staan toen ze het in zich opnam: het naakte lichaam vol littekens, kleine borsten, het kind van Robin Hopson, de baby op haar schoot toen ze was omgekomen, Douglas Hopsons kleinkind: een meisje.

'O god,' zei Zander.

'Ik wist dat je nooit een vrouw als assistent zou aannemen, macho abstract expressionist die je bent. Ik heb onderzoek naar je gedaan. Mijn huiswerk gedaan. Je hebt de afgelopen twintig jaar meer dan twaalf assistenten gehad. Allemaal jongemannen. Wist je dat? En ik dacht... Waarom niet? Dat kan ik ook zijn. Als je geen leven hebt, geen identiteit, is het namelijk niet moeilijk om een ander te worden. En dat heb ik gedaan. Ik heb noch als man, noch als vrouw geleefd. Dus kan ik... alles zijn. Die rol werd mijn grootste uitdaging. En eerlijk gezegd is alles beter dan... mij te zijn.' Ze schudde troosteloos het hoofd toen alle rollen en vertolkingen die ze door de jaren heen had opgevoerd, het toneelspel dat haar in leven hield in dat ziekenhuisbed, niet meer gespeeld hoefden te worden. Haar hand ging op en neer over haar lichaam, haar borsten en buik, en Kate zag het allemaal: haar dat weggeduwd werd en littekens op haar wangen onthulde, een misvormd oor, gerimpelde naast gladde huid, als een lappendeken, ongeveer zoals de figuren op de schilderijen van haar grootvader.

'Wie zou mij willen?' vroeg ze. 'Vertel me dat maar.'

'Je bent iemand. Een getalenteerd mens.' Kate deed nog een stap, maar het pistool ging weer haar kant op.

'Ik wil jou niet vermoorden. Ik heb genoeg gemoord. Genoeg pijn. Jarenlang pijn, medicijnen, anderen die me pijn deden.'

'Dat geloof ik best,' zei Kate, en dat meende ze. Ze deed een kleine stap naar voren, en zei op warme, meelevende toon: 'Vertel het me allemaal. Alsjeblieft.'

'Ziekenhuizen. Medicijnen. Het ene pleeggezin na het andere. Wat wil je nog meer horen? Kun je je voorstellen hoe het is om een paria te zijn, mensen die je aanstaren, kinderen die je nawijzen? Maar ik heb geleerd hoe ik het moest verbergen, om te doen alsof. Zie je, ik kan alles zijn, omdat hij me tot... niets heeft gemaakt.'

'Je hebt geleden,' zei Kate. 'Dat zie ik. Maar laat me iets voor je doen. Laat mij de geschiedenis corrigeren.'

'Ja, zeker. Jij gaat er iets aan doen – aan die geschiedenis. Daarom heb ik je hierbij betrokken. Heb je beseft dat ik dat had geregeld? Dat ik jou hierbij wilde hebben? De kunsthistorica, de kroniekschrijfster. En jij zult je werk toch doen?'

'Ja.'

'Maar voor mij... is het te laat.' Er liepen tranen over haar gehavende wangen, en Kate zag dat ze dit moment kon gebruiken om toe te slaan – maar het zien van al dat verdriet had haar lamgeslagen.

'Je hebt zoveel talent,' zei ze. 'Je schilderijen...'

'Nep. Net als hij.'

'Nee. Ze zijn prachtig.'

'Het was maar een spel.'

'En je muziek...'

'Mijn enige troost. Je zou kunnen zeggen dat het me op de been heeft gehouden. Ik luisterde naar allerlei soorten muziek, de hele dag, een deel van de nacht. Het gaf me afleiding. Steun. Troost. Heel lang is dat het enige geweest wat ik had. Maar toen... toen moest ik wraak nemen om vol te kunnen houden.'

'Je grootvader zal in ere hersteld worden,' zei Kate. 'Alles wat je voor hem hebt gedaan – laat dat dan iets betekenen. Ik zal het allemaal opschrijven. Dat beloof ik je.' Ze keek naar José. 'Maar laat hem gaan. Alsjeblieft.'

De jonge vrouw knikte, maar zonder veel gevoel, alsof iets binnen in haar uiteindelijk was gebroken. Ze zette de taperecorder uit en wierp hem Kate toe. 'Neem dit mee. Je zult niet veel tijd hebben.' Ze liep achterwaarts naar de andere kant van het atelier, met het pistool in haar hand, en pakte een doos lucifers. 'Tijd om af te maken wat mijn grootvader is begonnen.' Ze keek om naar Kate. 'Beloof me dat je je werk doet, dat je vertelt hoe het echt is gegaan, dan geef ik je nu een minuut om te ontsnappen.'

'Dat beloof ik,' zei Kate.

Ze pakte een lucifer uit de doos en hield hem omhoog. 'Eén minuut.'

Kate greep een scherp mes van de schilderstafel, sneed als een gek het tape door waarmee Josés armen en benen aan de latten vastzaten. Ze had zijn ene arm bevrijd, daarna de arm in het gips, en was bezig met het tape om zijn benen toen ze de lucifer hoorde afstrijken. 'Nee!' schreeuwde ze, maar het was te laat. Toen ze zich omdraaide was de lucifer al uit de hand van de assistent op de grond gevallen. Na enkele seconden volgden de vlammen in allerijl het smalle spoor van terpentine.

Kate sneed het tape los, en José viel neer op de vloer op het moment dat de vlammen net aan zijn schoenen en broek likten. Kate trok snel haar jasje uit en sloeg ermee naar de vlammen. 'Houd dit om je heen,' zei ze. 'En rennen. Rénnen.' Ze duwde José voor zich uit en keek toe hoe hij zich een weg baande door de vlammen, naar de deur, en die opendeed.

Koude lucht stroomde binnen toen hij verdween, zodat de zuurstof het vuur aanwakkerde en de vlammen aan de dakspanten van het atelier likten.

Vlak achter de vlammen zag ze Hopsons kleindochter achter in het atelier, gevangen in het vuur, maar zonder zich te verroeren.

Zander zat nog vastgebonden aan de stoel, en Kate slaagde erin het tape rond een van zijn armen los te snijden.

Rondom hen blakerden zijn schilderijen zwart.

'Lopen,' zei Zander, 'ga naar buiten.' Hij keek omhoog en met zijn ene vrije arm duwde hij haar weg toen een balk van het plafond neerstortte, waarna een muur van vuur tussen hen oplaaide.

Kate kon niet langs de vlammen en de brandende balk kon onmogelijk verschoven worden.

En toen was er iemand naast haar die de balk wegduwde, en samen sneden ze het tape los en bevrijdden ze Zander. Ze hielden hem tussen zich in, Kate en Murphy, met een arm om zijn middel sleepten ze hem mee naar de deur.

Het atelier stond vol rook, Kates ogen prikten en traanden, maar ze trok de sjaal rond haar hals los en wikkelde die om Zanders gezicht.

Nog één keer draaide ze zich om en zag ze een glimp van Hopsons kleindochter. Ze stond daar naakt in de vlammen, met haar armen uitgestrekt alsof ze ze naar zich toe lokte, haar lippen bewogen om iets te zeggen of te declameren wat onmogelijk boven het geraas van de vlammen uit kon komen die om haar bleke, magere lichaam kronkelden als witgloeiende slangen.

Pas toen ze buiten stond, besefte Kate dat haar schoenen smeulden. Ze schopte ze uit en stak haar voeten in de sneeuw, liet zich op haar knieën vallen en drukte handenvol sneeuw tegen haar gezicht. De taperecorder was uit haar zak in de sneeuw gevallen, ze veegde hem af en tuurde er even naar. Ze keek om naar de schuur toen een deel van het dak openbarstte en de vlammen eruit omhoogschoten en de hemel kleurden met wilde, expressionistische vegen.

José stond naast haar, ze trok hem dicht tegen zich aan.

Murphy stond nog met zijn arm om Zander heen. Hij keek van de oude man naar José, en Kate vroeg zich af of hij misschien terugdacht aan dat ongelukkige schot op die kleine jongen, dat de cirkel nu rond was, een vreemd soort pact met de duivel – een kinderleven in ruil voor de oude man naast hem.

'Gaat het?' vroeg Kate aan Zander.

Hij reageerde niet. Hij staarde naar zijn atelier, zijn laatste serie schilderijen, het werk voor zijn voorjaarstentoonstelling was nu nog slechts as, terwijl de vlammen als wild dansende figuren in zijn ogen weerspiegelden.

43

Phillip Zander lag in het ziekenhuisbed met zijn verbrande handen in verband gewikkeld, en Kate bekroop de gedachte dat hij de rest van zijn leven aan de handen van zijn assistent zou moeten denken als hij die van zichzelf zag – en aan wat hij had gedaan, alle pijn die hij teweeg had gebracht.

Het vuur had zijn atelier met de grond gelijk gemaakt, en hij vertelde dat hij niet van plan was het weer op te bouwen. Toen ze hem vroeg waar hij dan zou gaan schilderen, zei hij dat hij niet wist of hij dat ooit nog zou doen.

Hij was in geen enkel opzicht meer de vitale man die ze had geïnterviewd, en een paar dagen later, toen zijn zoon haar belde om te vertellen dat zijn vader vredig in zijn slaap was overleden, was Kate bedroefd maar niet verbaasd. Ze hoopte dat hij rustig was gestorven en vroeg zich af of zijn bekentenis dat mogelijk had gemaakt.

De politie van Suffolk en New York en de FBI vonden het noodzakelijke bewijsmateriaal in het kleine atelier van Juliet Hopson, slechts een paar kilometer van het huis van Phillip Zander. Kate was met Brown, Perlmutter en Murphy meegegaan, en er was geen vergissing mogelijk – Juliet Hopson was de Slachter geweest. Boeken en onderzoeken over alle slachtoffers, schetsen voor de zwart-witschilderijen, een kast met kostuums, een medicijnkastje vol theaterschmink, tranquillizers en pijnstillers – percodan, vicodan, oxycontin – die getuigden van een leven dat een fysieke hel was geweest. Maar de psychische en emotionele pijn, de jaren van gemis die iemand tot de afschuwelijkste misdaden kunnen brengen, waren minder gemakkelijk te meten; iets voor de psychiaters en criminologen die er misschien op dezelfde manier over zouden praten als de kunstenaars van de New York School die hadden gekibbeld en gedebatteerd over wat mooi en wat lelijk was, over Freud en Jung, het bewuste tegenover het onderbewuste, en de vrijheid die kunstenaars hadden om regels aan hun laars te lappen en alles te doen waar ze zin in hadden – hoewel de regels vaak op slechts enkelingen van toepassing leken in plaats van op allen.

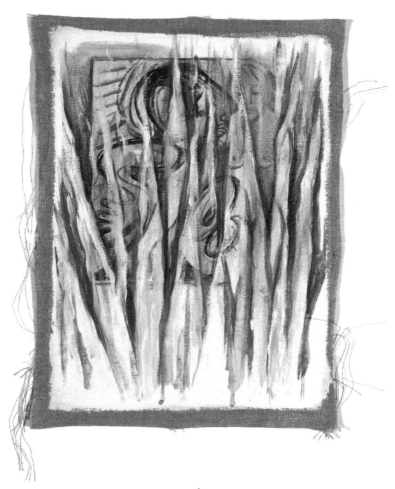

Van een schilderij van Hopson, het enige dat Kate al eens had gezien, *Pin-up Girl*, hing een computerprint op de muur. Er waren nog meer schilderijen in Juliets atelier, kleine abstracte werken met collages, afbeeldingen van fraaie mannen en vrouwen, uit tijdschriften geknipt en tussen de schilderingen geplakt; prachtige gezichten zonder lichaam die in verf zweefden. Kate kon er niets anders in zien dan projecties en wensen van de gehavende jonge vrouw die vermommingen droeg en in een schijnwereld leefde waarin ze alles kon zijn, behalve zichzelf.

Maar er hing nog een schilderij aan de muur dat Kates aandacht trok.

Ze tuurde ernaar. Eerst kon ze er niets van maken, toen zag ze langzaam wat het voorstelde. Ze zag vuur, waarachter een van Zanders schilderijen in vlammen opging.

Het laatste schilderij met aanwijzingen, dacht Kate, *de allerlaatste voorspelling. Een schilderij van Phillip Zander dat in vlammen opgaat.*

Ook dit had ze gepland: dat Zanders werk vernietigd zou worden, net als dat van haar grootvader.

Toen Kate wat beter keek, zag ze nog iets naast het schilderij van Zander, iets dat bijna schuilging in de expressionistisch geschilderde vlammen: een niet uitgewerkte figuur, naakt, met een gezicht zonder enige expressie, het geslacht amper zichtbaar.

De laatste voorspelling, dacht Kate, voordat ze dezelfde weg koos als haar grootvader en zijn kunstwerken.

Tot as zult gij wederkeren...

Tussen de papieren van Juliet Hopson had Kate ook een oud en tamelijk onopvallend schrift aangetroffen, en nadat het lab het had onderzocht nam ze het mee naar huis waar ze het op een avond doorlas – het dagboek van Douglas Hopson. Ze vroeg zich af hoe het kleine kind dit in bezit had weten te krijgen en hoe het uit de brand was gered, maar er was niemand aan wie ze dit kon vragen. Had een brandweerman het uit het brandende appartement gered? Een vriend van de familie? Kate had geen idee, maar dat het alles had overleefd was duidelijk.

Misschien waren er nog meer van dit soort dagboeken geweest. Ook dat zou ze nooit te weten komen. Dit stamde uit het begin van de jaren zeventig, de datum stond vermeld op de eerste bladzijde: juli 1972, en begon midden in een verhandeling over kleur en vorm, en het nutteloze van het maken van kunst, en daarna volgden er aantekeningen op andere data.

Op een van de eerste bladzijden was sprake van 'een avondje stappen in de Cedar', en dat hij toen zo dwaas was geweest Franz Kline te beledigen. *Hoe kon ik zo stom zijn?* Maar voor het grootste deel waren het overpeinzingen over frustraties en mislukking – *Waarom, vraag ik mezelf steeds weer af, hoor ik er niet bij? Waarom? Waarom? Waarom? Waarom?* En het antwoord volgde vele bladzijden verder: toen hij er uiteindelijk achter was gekomen dat het een van tevoren opgezet plan was geweest, dat zijn vriend Phillip Zander hem had verraden; maar Hopson vertelde niet hoe hij dat had ontdekt.

Kate las Hopsons overpeinzingen over desillusie en hopeloosheid – *Waarom doe ik het? Waarom blijf ik schilderen? Voor wie? Met welk doel?* – na de dood van zijn dochter, waarbij Kate zat te snikken, gevolgd door nog meer verdriet en wanhoop toen zijn vrouw was overleden.

Tegen het eind van het dagboek schreef hij onsamenhangender, niet meer over Hopsons specifieke frustraties over de kunst of hoe erg het was een mislukt kunstenaar te zijn. Na die twee sterfgevallen werd het een dagboek vol grillige passages, soms filosofisch getint, maar zonder samenhang.

> ik vervloek de goden, de zondige geest die me dit heeft
> laten doen, die aan me vreet, en mijn hersenen – een
> niet-geleefd leven – mieren onder mijn huid – schilderen

is leven en sterven, maar hoe mild is de dood, geen leven waard – en ik zing, o god, o mijn liefste Robin, vergeef me... En Minnie, lieve Minnie, o geschilderd huis zonder ziel, slaapgebrek, spoken zien. De figuur, zonder armen, zonder hoofd...

Daarna pagina's lang met zinnen die steeds onbegrijpelijker werden, tot de laatste notitie op 22 december 1978 – een mengeling van logica en waanzin – *Tijd om te gaan, de schilderijen gaan mee, een offer aan God of de duivel, wie me maar wil hebben, en het kind als een nog groter offer; deze engel, die te goed is voor deze wereld, en beter af is zonder, beter af is dood.* De laatste woorden waren met trillende hand geschreven.

Kate wist niet goed wat ze met het dagboek moest doen – het was in elk geval niet bedoeld om in de openbaarheid gebracht te worden – maar ze kon het ook niet vernietigen. Ten slotte schonk ze het aan een klein museum dat gespecialiseerd was in boeken van kunstenaars, waar het in het archief zou worden bewaard als een document van het leven en de dood van een kunstenaar.

Voor de media was het verhaal over het terreurregime van Jules-Juliet Hopson zoiets als een varken dat rondsnuffelt naar een flinke hoeveelheid zeldzame truffels, waar ze weken op teerden, steeds weer uitweidend niet alleen over de recente moorden, maar ook over Juliet Hopsons getergde verleden en ook over haar grootvader – de vergeten schilder van de New York School. Douglas Hopson kreeg eindelijk aandacht, hoewel de belangstelling van de media zich meer richtte op zijn ellende – armoede, mislukking, drank, een dochter die aan drugs overleed, zelfvernietiging – dan op zijn bijdrage aan de kunstgeschiedenis.

Kate ontweek verslaggevers totdat ze bedacht dat er iets was waar ze wel degelijk over wilde praten: de slachtoffers. De moordenaars, zo wist ze, werden nooit vergeten, maar de slachtoffers – wie sprak er voor hen? En dus deed zij dat. Over Beatrice Larsen, Martin Dressler, het weinige dat ze wist over Gregory Sarkisian, Cecile Edelman, Gabrielle Hofmann, en haar vriend Nicholas Starrett. En hoewel het haar niet blij maakte, gaf het haar wel een gevoel alsof de tijd die ze aan de zaak had gegeven op bescheiden wijze iets waard was geweest – al moest ze opnieuw haar pistool inleveren, deze keer bij Floyd

Brown, toen ze terugging naar het bureau om verslagen te schrijven.

'Ik bewaar hem wel voor de volgende keer,' zei hij.

'Die komt er niet,' zei Kate, vastbesloten haar energie in haar werk te steken, en dat zei ze ook tegen Brown.

'Ja, zal wel,' zei hij met een vriendelijke maar ironische lach. 'En ik ben twee jaar geleden met pensioen gegaan.'

'Dat wordt geen fraai plaatje, Floyd, wij tweeën met een rollator achter boeven aan.'

Brown lachte en zei nog eens dat hij haar pistool voor haar zou bewaren – 'gewoon voor het geval dat' – en Kate zei dat hij het kon weggooien. Ze praatten nog even door, en Brown vertelde dat Murphy een eervolle vermelding zou krijgen, wat Kate plezier deed.

Het ironische einde aan de zaak was misschien wel dat agent Bobbitt niet was ontslagen, maar overgeplaatst naar Quantico waar hij de leiding kreeg over marketing en pr, ongeveer vijf minuten voordat de media ontdekten dat ze gebruikt waren. Blijkbaar had Bobbitt nu een paar fikse processen aan zijn broek hangen van drie kranten en vier van de meest vooraanstaande musea in New York. Kate vroeg zich af wie er bij de FBI zo'n gevoel voor humor had dat hij Bobbitt die baan had bezorgd in de wetenschap wat voor narigheid hem dat zou opleveren. Als Richard er nog was, bedacht ze, zou hij de gelegenheid te baat nemen om de musea te verdedigen, en toen ze zich voorstelde hoe hij in een van zijn Armani-pakken zou spreken over de morele verantwoordelijkheid die persvrijheid met zich meebrengt, werd ze vervuld met een mengeling van droefheid en trots.

De metro naar Seventh Avenue was stampvol en veel te heet, en Kate was blij toen ze weer op straat stond. Ze liep de rest van de afstand naar de woning van de Medinas.

Ze had zich zorgen gemaakt om José, ze betaalde zelfs zijn therapie, hoewel hij zei dat het prima met hem ging en zelfs een held was geworden bij zijn vrienden, nadat hij met zijn foto in de krant had gestaan.

'Er is iets veranderd aan José,' zei zijn moeder, en ze keek Kate aan boven haar koffiekopje toen de twee vrouwen in de stampvolle keuken van de familie Medinas zaten. 'Hij is rustiger geworden, weet je. Het lijkt wel... alsof hij een man is geworden.'

Kate vroeg zich af of dat waar was of dat hij simpelweg getraumatiseerd was. Maar later, toen zij na zijn thuiskomst een wandelingetje gingen maken, praatte hij over zijn band – ze waren bezig hun eigen cd op te nemen – en kreeg ze de indruk dat het echt goed met hem ging.

Ze staken Broadway over en praatten over oudejaarsavond – Kate probeerde hem van het idee af te brengen dat hij met zijn vrienden naar Times Square zou gaan – toen hij zei: 'Ik weet dat dit gek klinkt, maar ik mocht hem echt graag.'

Kate wist dat José heel goed wist dat Jules eigenlijk een vrouw was geweest en ze nam niet de moeite hem te corrigeren. Ze keek toe toen hij de oortelefoontjes van zijn iPod indeed en meeneuriede met de nummers die hij had opgenomen met een moordenaar.

De vuilniswagens deden hun gebruikelijke avondrondje in de straat waar ze woonde, en Kate zat weer achter haar computer en probeerde de laatste hand te leggen aan haar boek over de New York School.

Ze had al een hoofdstuk toegevoegd over die noodlottige bijeenkomst in het atelier van Ad Reinhardt, hoewel ze had geleerd dat geschiedenis iets subjectiefs was en de feiten door de jaren heen konden vervagen en soms verloren raakten. Evengoed was het een onmisbaar deel van het verhaal, en hierdoor had ze ongewild gevonden waar ze naar op zoek was, een thema – succes en mislukking – en ze had er alles aan gedaan om balans in het boek te brengen, evenveel tijd te besteden aan de minder bekende kunstenaars van die tijd als aan de grote namen. Wie kon er per slot van rekening zeggen wat er na nog eens vijftig jaar zou gebeuren met de reputatie van de verschillende kunstenaars?

Haar hoofdstuk over Douglas Hopson was bijna af, met de data erbij om te laten zien dat hij een oorspronkelijk schilder was, geen imitator. In zijn dagboek had ze een paar belangrijke uitspraken gevonden over zijn werk die ze aan haar tekst had toegevoegd. Ze had ook een reproductie geplaatst van zijn schilderij *Pin-up Girl*, een schilderij dat niet meer bestond. Al zijn schilderijen waren zelfs vernietigd in de brand die hij zelf had aangestoken.

Maar hoeveel mensen kregen ooit meesterwerken in het echt te zien? Je hoefde niet naar Parijs te gaan om te weten van het bestaan van de *Mona Lisa*. De meeste mensen kenden afbeeldingen van meesterwerken, reproducties – en nu zou Hopsons schilderij ook worden gezien en herinnerd, en dat was alleen maar eerlijk. Een afbeelding bestaat, dacht Kate, ook al is het maar in een boek – of in onze herinnering.

Bij die gedachte stond ze even stil om na te denken over schilderijen die niet meer bestonden – Courbets beroemde *Stone Breakers* of de restanten van de fresco's van Mantegna in Padua; kunstwerken die ze had bestudeerd op de academie, offers aan de goden van de oorlog. Maar het waren andersoortige beelden, geen schilderijen, maar beelden van verloren dierbaren waar ze aan dacht.

Ze zag haar moeder en vader voor zich, en Elena, die als een dochter voor haar was geweest. Hun beelden hield ze levend – hoewel het soms niet genoeg was als iemand alleen in je gedachten en in je hart leefde. Ze wilde hen hier, nu, al die mensen van wie ze had gehouden en die er niet meer waren. *God, wat mis ik hen.*

En Richard.

Kate keek naar de foto op haar bureau, die was genomen voordat ze getrouwd waren, zij tweeën met hun armen om elkaar heen, voor altijd samen, met een lach op hun gezicht, zo jong en gelukkig, vervuld van hoop op de toekomst, en pas toen de tranen op haar bureau vielen, merkte ze dat ze huilde.

Naderhand, toen ze haar tranen had gedroogd, liep ze op haar tenen naar de babykamer en zag hoe het kind ademde, en weer dacht ze aan de vraag waarom ze aan deze zaak had willen meewerken, ondanks het gevaar, en hoewel ze er nog steeds geen antwoord op had, besefte ze dat ze in dat atelier van Zander – toen de boel in vlammen opging en ze geconfronteerd werd met de dood van niet alleen José maar ook van haarzelf – had willen leven.

Kate boog zich over het ledikantje, snoof de zoete babygeur op en kuste het kleintje zacht op zijn wang.

Even later stapte ze in haar eigen bed en voor ze het wist viel het zonlicht door haar slaapkamerraam naar binnen en was het ochtend.

Oudejaarsavond. Kates minst favoriete avond. Was er geen manier om die over te slaan? dacht ze, terwijl ze haar spijkerbroek aantrok. Toch had ze na lang nadenken afgesproken om uit eten te gaan met Mitch Freeman.

In de badkamer probeerde ze iets te doen met haar haar, maar daar viel niets mee te beginnen, en ze kon niet besluiten of ze het weer zou laten knippen of zou laten groeien. Misschien werd ze te oud om eruit te willen zien als Meg Ryan; misschien was Meg Ryan te oud om eruit te zien als Meg Ryan. Kate tuurde naar haar spiegelbeeld en zuchtte. Verdomme, er was niets mis met ouder worden – zolang iedereen maar vond dat je er jong uitzag! Ze deed wat lipgloss op en besloot dat zij – en Meg – er verdomd goed uitzagen.

Mitch Freeman ontmoette haar in het restaurant, en tijdens het etentje keuvelden ze genoeglijk met elkaar – over de baby, Nola, Kates boek, een cursus over criminologie die Freeman in het voorjaar ging geven – en de tijd vloog. Toen de koffie werd gebracht, stelde Kate hem een vraag.

'Heb jij het gevoel dat je succes hebt?'

'Waarom vraag je dat?'

'Daar heb ik over nagedacht – vanwege mijn boek en de kunstenaars van de New York School, degenen die wel en degenen die geen succes hadden. Is succes iets wat we ervaren via anderen?'

'Nou, psychologisch gezien...' Freeman zette zijn psychiaterstem op en glimlachte toen. 'Serieus, je kunt alleen maar succes hebben als je zelf het gevoel hebt dat je dat hebt. Anders is alles wat je doet waardeloos.'

'Ik geloof dat ik dat wel wist. Maar hebben we niet allemaal de neiging om te leven in elkaars reflecties en schaduwen? Ik bedoel, we vergelijken onszelf en wat we doen constant met anderen. Doe ik het beter dan hij of zij? Ik weet dat het niet belangrijk is, maar het is in deze wereld onmogelijk om niet in die val te lopen.'

'Daarvoor hebben we therapeuten.' Freeman grinnikte, Kate schoot in de lach en werd toen weer ernstig.

'Maar je kunt toch ook succes hebben zonder goedkeuring van de maatschappij? Ik bedoel, god nog aan toe, er zijn zoveel kunstenaars die prachtige dingen maken die amper iemand zal zien. Is het niet genoeg om je leven te wijden aan het maken van mooie, interessante of briljante dingen?'

'Als zíj het gevoel hebben dat ze succesvol zijn, zeker.'

Kate knikte. 'Niet dat ik belerend wil overkomen, maar ik geloof dat er iets goed mis is met een cultuur waarin roem wordt aanbeden alsof dat een prestatie op zich is.'

'Dat ben ik met je eens,' zei Freeman. 'Maar betekent dat dat je

Paris Hilton geen geweldige bijdrage vindt aan de Amerikaanse cultuur?'

Kate lachte, tilde haar koffiekopje op en zette het weer neer. 'Douglas Hopson was misschien de eerste van zijn groep die iets nieuws deed in de kunst, maar de wereld zag dat niet, en hij uiteindelijk ook niet. De andere schilders kregen alle aandacht en maakten nog grootser en beter werk – om een nog grootsere, betere carrière te hebben.'

'Je weet hoe het gezegde luidt: Geen groter succes dan succes.'

'En niets pijnlijker dan mislukking.'

'Nee.' Freeman keek fronsend. 'Soms zorgen we daar zelf voor omdat we bang zijn voor succes.'

'Toe dokter, kijk me niet zo aan als u dat zegt.'

'Ik doelde niet op jou.'

'Weet je dat zeker?'

Ze zwegen even, toen vroeg Freeman: 'Wat wil jij dan van het leven?'

Die vraag bracht haar van haar stuk. Wat wílde ze eigenlijk van het leven? Toch zei ze zonder erbij na te denken: 'Een nieuwe kans,' en ze stond er zelf versteld van.

Freeman stak zijn arm uit, raakte haar hand aan en keek in haar ogen, en heel even zag Kate andere ogen – die van Richard – maar dit bracht haar niet zo van haar stuk als het tot voor kort zou hebben gedaan.

'Ik kan je niets beloven.'

'Ik kan me niet herinneren dat ik daar om heb gevraagd,' zei Freeman.

'Mitch, over wat er tussen ons is gebeurd. Ik spring niet in bed met iedere man die ik tegenkom.'

'Dat dacht ik ook niet.'

'Ik meen het. Er is niemand geweest, ik bedoel, sinds Richard.' Kate moest hem dit vertellen. 'Mijn huwelijk was niet volmaakt, maar ik hield van mijn man en hij is voor een deel nog steeds bij me.' Ze haalde diep adem. 'En ik ben bang dat zijn nagedachtenis altijd tussen ons in zal staan – en als ik eerlijk ben... ik wil hem niet kwijt – of wat we samen hadden. Ik denk dat ik bang ben. Ik wil hem niet kwijtraken, maar...'

'Hoor eens, Kate. Ik verwacht niet van je dat je vergeet dat je getrouwd bent geweest met een man van wie je hield en die van jou hield. Ik wil niet Richards plaats innemen. Dat zou ik niet kunnen.'

Even zag ze Richards gezicht voor zich, toen zag ze Freeman, levend en duidelijk.

'We kunnen het rustig aan doen,' zei hij. 'Samen wat drinken, een etentje, en... je weet wel.' Hij glimlachte.

'Oké,' zei Kate, en ze haalde diep adem. 'En nu moet ik je iets heel belangrijks vragen.'

Mitch Freeman ging rechtop zitten, zijn grijze ogen keken ernstig. 'Wat dan?'

Kate wachtte nog heel even, toen vroeg ze met een glimlach: 'Wil jij iets toe? Of wil je me naar huis brengen?'

Heel veel dank aan het geweldige team van Morrow/HarperCollins, onder wie: Jane Friedman, Michael Morrison, Lisa Gallagher, Debbie Stier, Brian McSharry, Carl Lennertz, Carla Parker, Brian Grogan, Mike Spradlin, Libby Jordan, Lynn Grady, Juliette Shapland, Betty Lew, Jessica Heslin, Richard Aquan, Ervin Serrano, Darlene Delillo, Tom Egner, Adrienne Di Pietro, Jill Schwartzman en vooral aan mijn redacteur, de hartelijke, geestige en getalenteerde Dan Conaway. (En dank aan Erika Schmid voor het corrigeren van mijn Engels in alle drie mijn boeken.)

Dank aan... Janice Deaner, proeflezer, auteur, redacteur en vriendin. Ward Mintz en Floyd Lattin, die me hun rustige huis en nog veel meer hebben uitgeleend, en ook Jane en Jack Rivkin (en bedankt nog, Jack, dat je per se die afschuwelijke rit tussen East Hampton en Springs met me wilde maken tijdens een sneeuwstorm); Adriana en Robert Mnuchin voor het leuke feest ter ere van mijn boekpresentatie; Reiner Leist die, hoe druk hij het ook heeft, altijd bereid is me te helpen; Bruce en Micheline Etkin; Kathleen Monaghan en Richard Shebairo; Sunny Frazier en de San Joaquin SinC; Jan Heller Levi, die me heel veel over het schrijversvak heeft geleerd; Eliza Griswold, Marcelle Clements, Lynn Freed en Joseph Caldwell voor hun vriendelijke, bemoedigende woorden; Pavel Zoubok, Judd Tully, Jane O'Keefe, Susan Crile, David Storey en Jane Kent, Graham Leader, Terry Braunstein, Ellen Page Wilson, Diane Keaton, Nancy Dallett en

Richard Toon, Caren en Dave Cross, Christof Keller, Arlene Goldstine, S.J. Rozan – allemaal vrienden die me hebben gesteund; de Corporation of Yaddo en haar directeur Elaina Richardson, en de vele boekverkopers en lezers die me zo aardig en loyaal hebben bejegend.

Zoals altijd ben ik veel erkenning verschuldigd aan de bijzondere Suzanne Gluck.

Tevens bedank ik mijn dochter Doria, die verantwoordelijk is geweest voor de make-over van Kate; mijn zus Roberta; en mijn vrouw Joy, die tientallen versies van elk manuscript leest, kritisch commentaar levert en er altijd voor me is.

Veel prachtige boeken over de eerste jaren van de New Yorkse kunstwereld hebben me geholpen, en voor een beter inzicht in die tijd raad ik aan: *A Sweeper-Up After Artists* van Irving Sandler, *Abstract Expressionism: Creators and Critics* van Clifford Ross, *Mark Rothko* van James E. B. Breslin; *De Kooning, An American Master* van Mark Stevens en Annalyn Swann; *The New York School: A Cultural Reckoning* van Dore Ashton; en *Elaine and Bill* van Lee Hall, om er maar een paar te noemen.

Nog één laatste opmerking: wijlen George McNeil, kunstenaar en docent, heeft me onbedoeld geïnspireerd tot de plot van dit boek. Een van de vele wijze adviezen die George me heeft gegeven, was de waanzin in mijn kunst te verwerken en een stabiel leven te leiden. *(Dat eerste begrijp ik, George, maar een stabiel leven leiden? Kom alsjeblieft terug om uit te leggen hoe dat moet.)*